# 荣 获

新闻出版总署优秀畅销书奖
全国优秀古籍图书普及读物奖
第十七届山西省优秀图书一等奖
第 二 届 山 西 出 版 政 府 奖
山西出版集团2008年度十种好书

## 全套藏书累计销售500万册

## 诸子百家卷

《诗经》《尚书》《礼记》《楚辞》《论语·大学·中庸》《孟子》
《老子》《庄子》《荀子》《韩非子》《孙子兵法·尉缭子·鬼谷子》
《墨子》《周易》《山海经》《吕氏春秋》《三十六计》

## 名家选集卷

《三曹诗集》《陶渊明集》《王勃集》《王维集》《孟浩然集》
《高适集》《岑参集》《李白集》《杜甫集》《白居易集》
《刘禹锡集》《元稹集》《李商隐集》《李贺集》《杜牧集》
《韩愈集》《柳宗元集》《李煜集》《欧阳修集》《王安石集》
《苏轼集》《黄庭坚集》《柳永集》《秦观集》《周邦彦集》
《李清照集》《辛弃疾集》《陆游集》《范成大集》《杨万里集》
《姜夔集》《文天祥集》《元好问集》《唐寅集》《张岱集》
《三袁集》《李贽集》《傅山集》《纳兰性德集》《袁枚集》
《郑板桥集》《龚自珍集》

## 史著选集卷

《左传》《国语》《战国策》《史记》《汉书》《后汉书》《三国志》
《资治通鉴》

## 综合选集卷

《唐诗三百首》《宋词三百首》《元曲三百首》《千家诗》《古文观止》
《汉魏六朝小赋骈文选》《唐宋八大家文选》《明清小品文选》

## 笔记杂著卷

《蒙学六种——三字经·百家姓·千字文·增广贤文·幼学琼林·格言联璧》
《颜氏家训·朱子家训》《世说新语》《金刚经·坛经·心经·地藏经》
《曾国藩家书》《菜根谭·小窗幽记·幽梦影》《浮生六记》《闲情偶寄》
《近思录》《徐霞客游记》《古代书信精选》

## 戏曲小说卷

《元杂剧精选》《西厢记》《牡丹亭》《长生殿》《桃花扇》《今古奇观》
《三国演义》《水浒传》《西游记》《红楼梦》《聊斋志异》《儒林外史》
《封神演义》《话本小说选》《文言小说选》

中国家庭基本藏书 戏曲小说卷

# 话本小说选

李正民 主编
焦中栋 裴兴荣 注析

山西出版集团
三晋出版社

博学工作室

·山西师范大学黄竹三教授为《中国家庭基本藏书》题词

# 前言

戏曲小说卷

话本小说选·前言

我国古代小说具有鲜明的民族特色。从内容上看，突出劝善惩恶的主题；从形式上看，有文言小说和白话小说两大系统。宋代到清代，这两大系统并存、共进、互润。唐宋以前的文言小说，其特点是小而杂；唐宋以来的文言小说，又可分为传奇和杂俎(杂录)两类。我国古代小说的发展历程，可分为六个阶段：萌芽(先秦)、发展(汉魏晋南北朝)、成熟(唐)、新变(宋元)、高潮(明清)、完备(近代)。

先秦已出现了小说四祖：《尚书·金縢》可谓劝惩之祖；《山海经》——语怪之祖；《琐语》——记异之祖；《穆天子传》——志人之祖。"语怪"是记叙怪异的动植物，"记异"是记叙奇事异事。后世合为志怪小说，并发展到重视人物形象的刻画。班固《汉书·艺文志》著录小说家十五人，小说一千三百多篇，都已佚失。汉朝出现了将及千篇的《虞初周说》，具有志怪性质，还有以志人为主的《汉武故事》。魏晋南北朝时期出现了志怪小说代表作——干宝《搜神记》和志人小说代表作——刘义庆《世说新语》。"有意为小说"的唐人传奇的问世，标志着我国文言小说的成熟，对后世小说戏曲有极大影响。段成式的《酉阳杂俎》，被认为是"小说之翘楚"，对后世杂俎类小说影响很大，成为我国文言小说的一个有特色的类型。宋元话本的兴起，则是我国小说发展史上的新阶段，白话小说登上文坛，至明清出现了高潮。短篇如"三言"，长篇如《红楼梦》，代表着我国白话小说的最高成就。而文言小说的高峰，则为《聊斋志异》。明代的文言传奇小说，如"剪灯三话"、《中山狼传》等，也颇有可观。近代小说，无论在内容、体裁、类型方面，还是在叙事技巧、组织结构等方面，都堪称多样而完备；其数量也十分惊人，八十年间出现了四千馀种，但艺术质量不高。

本书所选话本，主要为宋元时期的说话人讲述的故事文本，也兼收一些明清时期的拟话本，还选了一篇发现于敦煌藏经洞的《韩擒虎话本》，以见早期话本之一斑。《永乐大典》所收《梦斩泾河龙》及朝鲜《朴通事谚解》中的《西游记》，当为《西游记平话》之片段，本书也予选录。明清时期文人创作的白话长篇小说，不属于本书选录范围。

宋元话本中，最有价值的是小说、讲史两类。小说，以讲烟粉、灵怪、传奇、公案等故事为主；讲史则讲说古今大事，而以说前代兴废争战之事为主。小说类话本，其体制一般由入话、正话、结尾三部分构成。入话是开端部分，正话为话本主体，正话之后往往以一首诗归结故事主题。小说话本最受听众欢迎的是爱情和公案题材。爱情故事中又往往突出女性的主动，如《碾玉观音》中的璩秀秀、《快嘴李翠莲记》中的李翠莲、《闹樊楼多情周胜仙》中的周胜仙等，反映了宋元时代商业发达、市民意识觉醒对传统礼教的冲击。公案故事的大量出现，则是当时官吏昏庸腐败的黑暗现实的折射。如对《错斩崔宁》所描述的冤案，作者议论道："这般冤枉，仔细可以推详出来。谁想问官糊涂，只图了事，不想搒楚之下，何求不得？""做官的切不可率意断狱，任情用刑。"明确地站在劳苦大众的立场，为民请命。

讲史话本篇幅较长，是传统的史传文学与民间口传故事结合的产物。其中《武王伐纣平话》《三国志平话》《西游记平话》，对明代的《封神演义》《三国演义》《西游记》有重要影响。《宣和遗事》中的梁山泊故事，相当于《水浒传》的部分故事梗概。讲经话本《大唐三藏取经诗话》，则已略具《西游记》的雏形。

我国说唱艺术传统源远流长。1957年，四川省的考古工作者在成都天回山崖墓中发现了一个说唱俑，俑高55厘米，陶质，身躯为模制，其馀为手塑，且敷有彩色。经考证为东汉文物。此说唱俑右臂夹鼓，左手持鼓槌高扬，左足高挑，眉飞色舞，造型极为生动，反映了汉代说唱艺术的盛况。而荀子的《成相篇》，则是更早的民间说唱文学体裁。三国时，曹植可以"诵俳优小说数千言"。隋唐时期，人们已经把故事称作"话"。《太平广记》卷248引《启颜录》："(侯)白在散官，隶属杨素，爱其能剧谈，每上番日，即令谈戏弄，或从早至晚始得归。才出省门，即逢素子玄感，乃云：'侯秀才可以玄感说一个好话。'""好话"即好故事，"说话"即说故事，"说话人"即说故事的人，"话本"即故事本。郭湜《高力士外传》说："太上皇移仗西内安置。每日上皇与高公亲看扫除庭院，芟薙草木。或讲经、论议、转变、说话，虽不近文律，终冀悦圣情。"(这里的"说话"即讲故事，与日常生活中的说话不同)白行简的《李娃传》即是根据《一枝花话》用文言改写的(李娃艺名一枝花，见《醉翁谈录》癸集卷一)。元稹《酬翰林白学士代书一百韵》中说"光阳听话移"，"听话"即听说故事。元稹于此句下自注："又尝于新昌宅说一枝花话，自寅至巳，犹未毕词也。"(《元氏长庆集》卷十)值得注意的是，讲李娃的故事，"自寅至巳，犹未毕词"，讲了七八个小时还没讲完，可见其内容丰富曲折，又可见唐代说书艺术之繁盛。唐话本对唐传奇和宋话本均有重要影响。

说唱艺术发展到宋朝，由于城市繁荣、商业兴旺、市民阶层壮大，要求通俗的文娱活动，于是出现了数以百计的职业"说话人"，出现了大型游乐场。孟元老《东京梦华录》说，娱乐场所有"桑家瓦子、中瓦、里瓦"，"其中大小勾栏(戏院)五十馀座……象棚最大，可容数千人"。唐代出现的变文，以其奇幻的故事情节和散韵相间的形式，也为话本的创作提供了借鉴。在这样的背景下，说唱传统得到了空前的发扬，话本小说蔚为大观。南宋罗烨《醉翁谈录》著录宋人话本名目达107种，明晁瑮《宝文堂书目》著录宋元话本名目52种，清钱曾《也是园书目》著录宋人话本名目16种，其他著作所提到的宋元话本还有十几种。但由于正统文人对民间文艺的轻视，不予保存收藏，宋元话本大多佚失。现存的宋话本只有40馀种，元人话本10馀种，大多不知作者姓名。元代陆显之写过话本《好儿赵正》，但也没有流传下来。

拟话本则以明代冯梦龙编辑的"三言"、凌濛初编辑的"二拍"为代表。文人创作的拟话本与话本相比，艺术上较为精致，在细节描写、结构和语言方面有不少加工，但同时也削弱了民间艺术原生态的鲜活，却增添了一些封建说教。清代的拟话本集，著名的有《石点头》《十二楼》

《照世杯》等。《杜十娘怒沉百宝箱》等名篇,见收于《中国家庭基本藏书》中的《今古奇观》,为免重复,本书不再选入。

宋元话本确立了白话小说这一崭新的文体,奠定了明清小说辉煌成就的基础,从而开辟了中国小说的新纪元,具有划时代的意义。它打破了贵族文学统治文坛的一统天下,在中国文学史上第一次出现了大量市民文学作品。市民形象成为不少话本的主角,市民生活和情趣成为描写和肯定的对象。话本作者受实录观念影响较小,在故事的夸张、虚构、细节描写等方面比文言小说有很大突破,增强了小说的艺术性。宋元话本的出现,也是文学语言领域的一场革命,生动活泼的市民口语成为话本语言的基础,在此基础上,融合一些文言成分,穿插一些诗词,形成新的白话文学语言。话本小说与在此基础上发展起来的白话长篇小说,突出地显示了中国古典小说艺术表现的基本特色,这就是:通过曲折多变的故事情节动态地表现人物,突出行动和对话,首尾完整,脉络分明。而这一特色正是由"说话"作为听觉艺术的本质要求所决定的。

宋元话本对后世小说戏曲有很大影响,根据《错斩崔宁》改编的戏曲《十五贯》,就是一个典型例证。

本书篇目由李正民选定,题解、注释和新评由山西大学文学院焦中栋、山西大同大学中文系裴兴荣合作完成,李正民审改定稿。附录"中国古代著名小说集简介"由太原师范学院李玮供稿。

不妥之处,诚望读者赐正。

李正民

2008年6月

# 序言

## 姚奠中

戏曲小说卷
话本小说选·序言

中国小说起源于远古的神话传说，但神话传说没有文字记录。存在于周秦典籍中的，只是一些零碎资料。战国时期，百家争鸣，以《庄子》为代表的著作中，有不少所谓"寓言"和"重言"（见《庄子·寓言篇》。所谓"重言"，就是借重古人、名人的名字，实际却是作者自己臆造的），虽重在说理，却具有小说的性质。汉以来，以司马迁《史记》为首的历史传记，虽写史实，却往往含有小说的成分（《史记》中不但吸收了大量传说故事，而且有的传记人物，像司马穰苴，其人是否存在过，也成问题，说明司马氏的艺术创造不少）。而在写作方法上，对后来的小说影响也十分巨大。魏晋六朝，笔记式的小说大量出现。但"轶事"一类，像《世说新语》之属，只记"上流"社会的言行片段，实不够称为小说。只有"志怪"一类，作品甚多，内容丰富，有不少民间传说。宗教迷信的宣传（志怪中，有专写鬼神怪异的，如《搜神记》《列异传》；有专事宣传宗教迷信的，如《冥祥记》《旌异记》），虽也充斥其间，而健康的、进步的东西，也时时发出光彩。特别值得重视的，是有些作品，不但具有了完整的故事情节，而且出现了感人的人物形象。在小说发展史上，可代表短篇小说的初期阶段。唐代的"传奇",把小说推进了一大步,不仅是"作意好奇"(见明代胡应麟《笔丛》三十六。原文是:"唐人乃作意好奇,假小说以寄笔端。"),重要的是惨淡经营,着意描写,其中优秀的作品,标志着短篇小说的成熟。然而它毕竟还是士大夫阶级的东西,使用的工具又是文言文,这就限制了读者的范围,和宋以后的白话小说相比,未免还隔着一层。"话本"起自唐代,盛行于宋、元,不少出自"书会""才人"(宋元时,在杭州、永嘉、大都,都有"书会"组织,那是编写剧本、词话即话本的人的团体。其中的作家,称为"才人")之手。通过"说话人"之口,为都市群众服务,在小说发展史上,更是一个飞跃。当时曾有大量作品,可惜只有少数保留下来。为了适应客观要求,"话本"从一开始即有自己的特点,即:情节引人入胜和语言入耳中听,而"入话"的巧妙作引,诗词歌唱的渲染气氛,犹其馀事。自明至清,脱离"说话"的文人拟作,大有市场,或改旧,或创新,形式上打破了口说的局限,文字上可以写得墨饱笔酣,淋漓尽致,只是难免又沾染了些文人气味。"话本"与"拟话本"小说,是古典短篇小说的最高成就。仅就"三言""二拍"或选本《今古奇观》来看,有不少作品置于世界短篇小说之林,亦毫无愧色。这是中国文学史上珍贵遗产的一部分。

山西大学文学院李正民教授组织编选的《话本小说选》,兼顾小说话本、讲史话本和拟话本,以至不同题材、风格和创作技巧,如从敦煌藏书中选了《韩擒虎话本》,从《永乐大典》中选了《薛仁贵征辽事略》,从朝鲜的《朴通事谚解》中选了《西游记平话》片段,这是一般选本所忽略的。从体例上看,题解较简明,注释详细,新评也颇有创意。附录中又介绍了七十馀种小说集,足资参考。

姚奠中,1913年生,山西稷山人。著名古典文学专家、书法家、诗人。于1935年考取章太炎先生所招收的唯一一届研究生,先后在安徽、贵州、云南等地执教。1950年回到山西,任山西大学教授。主要著作有《中国文学史》《章太炎学术年谱》《姚奠中诗文辑存》《姚奠中讲习文集》等。

# 目录

前言 / 001
序言（姚奠中）/ 001

◎ 敦煌话本

韩擒虎话本 / 001

◎ 宋元话本

错斩崔宁 / 012
王魁 / 027
薛仁贵征辽事略（节选）/ 033
大宋宣和遗事（节选）/ 054
风月瑞仙亭 / 059
快嘴李翠莲记 / 070
董永遇仙传 / 082
武王伐纣平话（节选）/ 092
三国志平话（节选）/ 102
西游记平话（片段）/ 119
张生彩鸾灯传 / 125

◎ 明清拟话本

王安石三难苏学士 / 141

白娘子永镇雷峰塔 / 152
闹樊楼多情周胜仙 / 179
一文钱小隙造奇冤 / 191
神偷寄兴一枝梅
侠盗惯行三昧戏 / 214

生报华萼恩
死谢徐海义 / 235

◎附录

中国古代著名小说集简介 / 254

# 敦煌话本

## 韩擒虎话本

**题解**

本篇亦作《韩擒虎画本》,为敦煌写本,原本现藏英国伦敦博物院,编号S·2144。原无标题,亦无作者姓名。1950年,王庆菽先生从伦敦抄回,并依故事内容拟题,收录于《敦煌变文集》中。本篇话本文字错讹之处较多,兹据《敦煌变文校注》改正。

**原文**

会昌既临朝之日[1],不有三宝[2],毁圻迦蓝[3],感得海内僧尼[4],尽总还俗回避。说其中有一僧名号法华和尚,家住邢州[5],知主上无道,遂复裹经题[6],直至随州山内隐藏[7],权时系一茅庵[8]。莫不朝朝转念,日日看讽[9]。感得八个人,不显姓名,日日来听。

或朝一日,有七人先来,一人后到。法华和尚心内有疑,发言便问:"启言老人,住居何处?姓字名谁?每日八人齐来,君子因何后到?"老人答曰:"某乙等不是别人,是八大海龙王,知和尚看一部《法华经义疏》[10],乙回施功德[11],与我等水族眷属,例皆同沾福利。某乙等眷属,别无报答,恐和尚有难,特来护助,先来莫怪后到。为随州杨坚[12],限百日之内,合有天分[13],为戴平天冠不稳[14],与换脑盖骨去来。和尚若也不信,使君现患生脑疼[15],次无人医疗[16],某乙等弟兄八人别无报答,有一盒龙膏,度与和尚。若到随州使君面前,以膏便涂,必得痊差[17]。若也得教[18],事须委嘱[19]:限百日之内,有使臣诏来,进一日亡,退一日则伤。若以后为君,事须再兴佛法,即是某乙等愿足。且辞和尚去也。"道犹言讫,忽然不见。

法华和尚见龙王去后,直到随州衙门。门司入报[20]:"外头有一僧,善有妙术,口称医疗,不敢不报。"使君闻语,遂命和尚升厅而坐。发言相问:"是某乙猝患生脑疼,检尽药方,医疗不得。知道和尚现有妙术,若也得教,必不相负。"法华和尚闻语,遂袖内取出盒子,以龙仙膏往顶门便涂。说此膏未到顶门,一事也无[21],才到脑盖骨上,一似佛手捻却。使君得教,顶谒再三[22],启言和尚:"虽自官家明有宣头[23],不得隐藏师僧,且在某乙衙府回避,岂不好事?"法华和尚闻语,忆得龙王委嘱,不敢久住。启言使君:"限百日之内,合有天分。若有使臣诏来,进一日亡,退一日伤。若也以后为君,事须再兴佛法,即是贫道愿足。且辞使君归山去也。"

使君见和尚去后，心内犹自有疑，遂书壁为记。

[1]会昌：唐武宗年号（841—846），在此期间发生了大规模的灭佛事件。会昌灭佛在韩擒虎活动的隋初之后二百五十多年，与擒虎事不符，为小说家捏合。

[2]不有：即"不友"。　三宝：佛教称佛、法、僧为三宝。

[3]迦蓝：佛寺。　坼（chè）：裂，拆。

[4]感得：使得。

[5]邢州：即今河北邢台。

[6]复：即"袱"。

[7]随州：即今湖北绥县。

[8]权时：暂时。　系：构造、建造。

[9]转念：念诵佛经。　讽：讽诵。

[10]《法华经义疏》：讲解《法华经》的著作，隋吉藏撰。

[11]回施：即回向，佛教把教徒所修功德总结回归，返施于广大众生，称为"回施"。

[12]随州杨坚：隋文帝杨坚北周时曾为随州刺史。

[13]合：应该。　天分：天命，古人认为皇帝秉承天命而为天子。

[14]平天冠：皇帝冠冕。

[15]使君：对州郡长官的尊称。

[16]次：至于此时。

[17]差（chài）：即"瘥"，病除。

[18]教：疾瘥。

[19]事须：务必。　委嘱：委托嘱咐。

[20]门司：看门人。

[21]一事也无：系当时俗语，意即毫无反应。

[22]顶谒：顶礼膜拜。

[23]官家：臣下对皇帝的称呼。　宣头：宣示。

## 原文

前后不经数旬，果然司天太监，夜观乾象[1]，知随州杨坚限百日之内，合有天分，具表奏闻。皇帝览表，似大杵中心[2]，遂差殿头高品直诣随州宣诏[3]。使君蒙诏，不敢久住，遂与来使登途进发，迅速不停，直至长安十里有余常乐驿安下。憩歇才定，使君忽思量得法华和尚委嘱：限百日之内，合有天分，进一日亡，退一日伤。是我今朝见，必应遭他毒手。思量言讫，遂命天使同共商量。后来日朝见。天使唱喏[4]，具表奏闻。皇帝览表，大悦龙颜。唯有杨妃满目流泪[5]。皇帝一见，宣问皇后："缘即罪杨坚一人，不干皇后之事。"杨妃拜谢，便来后宫，心口思量："阿耶来日朝觐[6]，必应遭他毒手。我为皇后，荣得奚为？不如服毒先死，免见使君受苦。"思量言讫,香汤沐浴,改换衣装,满添一杯药酒在镜台前头,皇后重梳蝉鬓,再画蛾眉。正梳装之次,镜内忽见一人,回顾而觑,原是圣人,从坐而起。皇帝宣问:"皇后梳装如常,要酒何用?"杨妃蒙问,喜从天降,启言圣人:"但臣妾一遍梳装[7],须饮此酒一盏,一要软发,二要驻颜。且图供奉圣人,别无馀事。"皇帝闻语,喜不自胜:"皇后尚自驻颜,寡人饮了也莫端正[8]。"杨妃闻语,连忙捧盏,启言陛下:"臣妾饮时,号曰发妆酒。圣人若饮,改却酒名,唤即甚得[9],号曰'万岁杯'。愿圣人万岁、万万岁!"皇帝不知药酒,捻得便饮。说者酒未饮之时一事无,才到口中,脑裂身死。杨妃一见,拽得灵榇[10],在龙床底下。权时把敷壁遮阑[11]。便来前殿。遂差内使一人,宣诏杨坚。使君蒙诏,一似大杵中心,不敢违他宣命,当时朝见,直诣阁门[12]。所司入奏[13],杨妃闻奏,便令赐对[14]。使君得对,趋过萧墙,拜舞叫呼万岁。杨妃一见,处分左右:"册起使君[15],便赐上殿。"杨坚举目忽见皇后,心口思量:"是我今日莫逃得此难。"思量言讫,便上殿来。杨妃问言:"阿耶莫怕,主上龙归沧海[16],今日便作万乘君王[17]。"杨坚闻语,犹自疑惑。"若也不信,行到龙床底下,见其灵榇,方可便信。"杨坚启言皇后:"某缘力微,如何即是?"皇后问言:"阿耶朝廷与甚人素善?""某与左右金吾有分[18]。"皇后闻言,缘二人权绾总在手头[19],何忧大事不成?遂来前殿,差一人宣诏左右金吾上将军胡、朗。二人蒙诏,直至殿前,忽见杨坚,心内有疑。皇后宣问:"将军知道与使君有分。主上已龙归沧海,今拟册立使君为君[20],卿意若何?"朗启言皇后:"册立则得,争向合朝大臣[21],如何即是?"皇后问言:"将军今夜点检御军五百,须得阔刃陌刀,甲幕下埋伏。阿奴来日前朝自己宣问[22],若也册立使君为君,万事不言。一句参差,殿前总杀。别立一作大臣[23],岂不好事?"将军唱喏。遂点检御军五百,甲幕下埋伏讫。后来日前朝,应是文武百寮大臣[24],总在殿前。皇后宣问:"主上已龙归沧海,今拟册立随州杨使君为乾坤之主,卿意若何?"道犹言讫,拂袖便去。应是文武百寮大臣不测涯际[25],心内疑惑,望殿而觑。见一白羊,身长一丈二尺,张牙利口,便下殿来,哮吼如雷,拟吞合朝大臣。众人一见,便知杨坚合有天分,一齐拜舞,叫呼万岁。遂乃册立,自称隋文皇帝。感得四夷归顺,八蛮来降。

[1]司天太监:负责观察天象的太监。 乾象:天象。

[2]大杵中心:心中像被杵捣一样难受。

[3]殿头高品:宋代内侍省内侍阶官(据韩建瓴考)。

[4]唱喏:古代作揖致敬时口中同时发出的声音。

[5]杨妃:杨妃为杨坚之女,北周皇帝宇文赟的皇后。

[6]阿耶:即"阿爷",父亲,指杨坚。

[7]但:只要。

[8]也莫端正:也许会漂亮。

[9] 唤即甚得：叫一个甚为相得的名字。

[10] 灵榇（chèn）：本指棺材，此处指尸体。

[11] 敷壁：帷帐。

[12] 阁门：便殿之门。

[13] 所司：主管官吏。

[14] 对：与皇帝对话的权利。

[15] 册起：搀扶起。

[16] 龙归沧海：皇帝去世的委婉说法。

[17] 万乘君王：帝王、天子。

[18] 金吾：即"执金吾"，是掌管京城治安的军事长官。　有分：有情分。

[19] 权绾（wǎn）：权力，控制力。

[20] 册立：一般指古代帝王封立太子、皇后，这里指立皇帝。

[21] 争向：怎奈。

[22] 阿奴：这里是自指，即"我"。

[23] 一作大臣：一朝大臣。

[24] 应是：一应俱有，全部。　百寮：即"百僚"。

[25] 涯际：边际。"不测涯际"有"不知底细"之意。

## 原文

时有金陵陈王，知道杨坚为君，心生不负[1]。宣诏合朝大臣，总在殿前。当时宣问："阿奴今拟兴兵，收伏狂秦[2]，卿意者何？"时有镇国上将军任蛮奴越班走出[3]，奏而言曰："臣启陛下，且愿拜将出师，剪戮后，收下西秦，驾行便去[4]。"陈王闻语："依卿所奏。"遂拜萧磨呵、周罗侯二人为将[5]，收伏狂秦。二人受宣，拜舞谢恩，领军四十馀万，登途进发。

不经旬日，直至锅口[6]，下营憩歇。二将商量，两道行军，各二十馀万。萧磨呵打宋、卞、陈、许[7]，周罗侯收安、伏、唐、邓[8]。既入界首，乡村百姓具表闻天[9]，皇帝览表，似大杵中心。遂捶钟击鼓，聚集文武百寮大臣，总在殿前。

皇帝宣问："阿奴无德，滥处为君，今有金陵陈叔宝便生违背，不顺阿奴，今拟拜将，出师剪戮，甚人去得？"时有左勒将贺若弼越班走出："启言陛下，臣愿请军去得。"贺若弼才请军之次，有一个人不肯。是甚人？是积代名将韩熊男[10]——幼失其父，自训其名号曰擒虎——心生不忿，越班走出："臣启陛下：蹄觔小水[11]，争知大海沧波；假饶蝼蚁成堆，那能与天为患？臣愿请军，尅日活擒陈王进上，不敢不奏。"

皇帝闻语，一见擒虎，年登一十三岁，奶腥未落，有若大胸襟，阿奴何愁社稷！拟拜韩擒虎为将，恐为阻着贺若弼。拟二人总拜为将，殿前尚自如此，领兵在外，必争人我。"卿二人且归私第，候来日前朝，别有宣旨。"

迄候来日前朝，合朝大臣总在殿前，遂索金铸印，第一拜杨素为都招讨使[12]，第二拜贺若弼为副知节，第三韩擒虎为行营马步使。三人受宣，拜舞谢恩，走出朝门，领军三十馀万，登途进发。迅速不停，直到郑州。有先锋马探得萧磨呵领军二十馀万，陈留下营[13]，具事由回报。上将军杨素闻语，当处下营，升帐而坐。遂唤二将，总在面前。遂问二将："隋文皇帝殿前有言，请君尅收金陵。如今贼军俯迫[14]，甚人去得？若也得胜回过，具表奏闻。"将军才问，韩擒虎越班便出，启言将军："擒虎去得。""要军多少？""要马步军三万五千。"便令交付。

擒虎得兵，进军便起，迅速不停。来到中牟境上[15]，屯军便住。擒虎升帐而坐，遂唤一官健[16]，只在面前，再三处分[17]："公解探事[18]，一取将军处分[19]，探得军机，速便早回，与公重赏。"官健唱喏。改换衣装，作一百姓装裹，担得一栲栳馒头[20]，直到萧磨呵寨内，当时便卖。探得军机，即便回来。到将军帐前唱喏便报。擒虎问言官健："军机若何？"官健衹对："马军是海眼皂旗，步人是红旗，胜字田心[21]，大开寨门，一任百姓来往买卖。"擒虎闻语，便知萧磨呵不是作家战将[22]。自古有言："军慢即将夭，主慢即国倾。"道犹言讫，处分儿郎，改换旗号，夜至黄昏，登途便起。去萧磨呵寨二十馀里，偷路而过，迅速不停。来到金陵江岸，虏劫舟船，领军便过。到得南岸，应是舟船，溺在水中，遂却继自家旗号，显其"擒虎"之名。引军打劫，直到石头店。

[1] 不负：即"不服""不忿"。

[2] 狂秦：指杨坚为帝的隋朝。杨坚为陕西华阴人，故指其称帝为"狂秦"。

[3] 任蛮奴：陈朝大将。 越班：从朝班的行列里走出。

[4] 驾：车驾，代指皇帝。

[5] 萧磨呵、周罗侯：即《陈书》中的萧磨诃，《隋书》中的周罗睺。

[6] 锅口：当为"涡口"，在今安徽怀远县境内。

[7] 卞：即汴州，与宋州、陈州、许州，同在今河南境内。

[8] 伏：即复州。安州、复州在今湖北境内；唐州、邓州在今河南境内。

[9] 具表闻天：写好奏表，送达皇帝。

[10] 韩熊男：韩熊之男，即韩雄（依《隋书·韩擒虎传》）的儿子。

[11] 蹄觥（gōng）小水：蹄印中和酒杯里的一点点水。

[12] 杨素：弘农（今河南灵宝县）人，字处道。初事周武帝，后从隋文帝定天下。以功加上柱国，封越国公。

[13] 陈留：县名，在今河南境内。

[14] 俯迫：逼近之意。

[15] 中牟：在今河南鹤壁市西。

[16] 官健：壮勇的战士。

[17] 处分：吩咐。

[18] 公解探事：你了解打探军情之事。

[19] 一取将军处分：一切由你看着办。

[20] 栲栳（kǎolǎo）：用柳条编成，形状像斗的容器，也叫"笆斗"。

[21] 胜字田心：旗帜上用"胜"字填充中心。田，即"填"。

[22] 作家：行家。

## 原文

入户告急[1]，具表奏闻。陈王览表，似大杵中心，遂搥钟打鼓，聚集文武百寮大臣，总在殿前。陈王宣问："阿奴无德，滥处称尊。今有隋家兵士到来，甚人敌得？"

陈王才问，时有三十年名将、镇国任蛮奴越班走出："臣启大王，不知隋家兵士多少？缘擒虎领军三万五千，臣愿请军三万五千，不消展阵开旗，闻蛮奴之名，即便降来。"陈王闻语，便交点检，勿令迟滞。蛮奴遂领军三万五千，直到擒虎阵面，一齐簸旗大喊[2]，索隋家兵士交战。

擒虎一见，领军便来，高声便问："上将姓字名谁？官居何位？"将军祇对[3]："某姓任名蛮奴，官职镇国大将军。"擒虎闻言，满目泪流，忆得亡父委嘱："若也以后为将，到金陵之日，有一名将任蛮奴与阿耶同堂学业，传笔抄书。见面之时，切须存其父子之礼。"谁知今日相逢！思量言讫，遂乃前来，启言将军："但擒虎三杖在身[4]，拜跪不得，乞将军不怪。"

蛮奴闻语，即知便是韩熊男，心口思量："父不得与子交战。"问言擒虎："收军却回，蛮奴奏上陈王，差使和同作一礼义之国，岂不好事！"擒虎闻语，心生不忿。启言将军："但某乙面辞隋文皇帝之日，尅收金陵。一事未成，回去须得三般之物，进上隋文皇帝，即便却回。"蛮奴闻言："第一要何物？"擒虎答曰："某乙第一，要陈家地理山河、人户数目，即便却回。"蛮奴闻言："此缘小事，后某乙奏上陈王。"蛮奴问言："第二要何物？"擒虎答曰："某乙第二，要兵马库藏，赏设三军，即便却回。"蛮奴问："第三要何物？"擒虎答言："某乙第三要陈叔宝首，进上隋文皇帝，即便却回。"蛮奴闻言，知子无礼，忽然大怒。擒虎一见，拔剑便嚇，问言将军："但擒虎手内之剑，是隋文皇帝殿前宣赐，上含霜雪，临阵交锋，不识亲疏。"蛮奴闻语，回马遂排一左掩右移阵，索隋家兵士交战。擒虎一见，破颜微笑，问言诸将："还识此阵？"诸将例皆不识。但擒虎虽在幼年，也曾博览亡父兵书。"此是左掩右移阵，见前面津口红旗[5]，下面总是鹿巷[6]。里有挠勾搭索[7]，不得打着，切须记当。"见右移阵上，人员较多，前头总是弓弩。擒虎有令："簸旗大喊，旗亚齐入[8]，若一人退后，斩杀诸将，莫言不道！"道犹言讫，簸旗大喊，一齐便入，此阵一击，当时瓦解。

蛮奴领得战残兵士，便入城来。陈王闻语，大怒非常，处分左右，令教把入[9]。横拖倒拽，直至殿前。责而言曰："叵耐这贼，临阵交锋，识认亲情，坏却阿奴社稷。

败军之将,腰令难存[10],亡国大夫,罪当难赦。拖出军门,斩了报来。"任蛮奴不忿,册起头稍[11]:"合负大王万死,乞再请军,与隋家兵士交战。"陈王闻语,念见名将积代功勋,处分左右,放起头稍。蛮奴拜舞谢恩,奏而言曰:"臣愿请军,更与隋家兵士交战,得胜回过,册立大王,面南称尊,不是好事?"陈王闻语,便教点检在城兵士,便令交割。

  蛮奴领军,心生不忿,从城排一引龙出水阵,直至隋家兵士阵前,簸旗大喊,便索交战。擒虎一见,破颜微笑,忽语诸将:"蛮奴是积代名将,乍输心生不忿,从城排一大阵,识也不识?"诸将启官将军:"但某乙即知用命,不会兵书,将军若何?"擒虎闻语:"但某乙虽自年幼,也览亡父兵书,若逢引龙出水阵,须排五虎拟山阵。"道犹言讫,此阵便圆。缘无将来投,心生疑惑。回睹此阵,虎无爪牙,争肯猛利?遂抽衙队弓箭五百人[12],以安爪牙。排此阵是甚时甚节?是寅年、寅月、寅日、寅时。此阵既圆,上合天地。蛮奴一见,失却隋家兵士,见遍野总是大虫[13],张牙利口,来吞金陵。蛮奴心口思惟:"若逢五虎拟山之阵,须排三十六万人抢枪之阵,击十日十夜,胜败犹未知。我把些子兵士[14],似一片之肉,入在虎牙,不蝼[15]咬嚼,博啑之间[16],并乃倾尽。我闻功成者去,未来者休,不如倒戈卸甲来降。"思量言讫,莫不草绳自缚,黄麻绊肘,直到将军马前。擒虎一见,处分左右,册起蛮奴,"拒敌者杀,来投便是一家,容某乙奏上隋文皇帝,请作叔父恩养,即是擒虎愿足。"道犹言讫,领军便入城池。

[1] 入户:走到里面。

[2] 簸旗:摇旗。

[3] 祇对:恭敬地回答。

[4] 三杖:泛指兵器。

[5] 津口:渡口,水路要隘之处。

[6] 鹿巷:"鹿"即"鹿砦",用树木设置的形似鹿角的障碍物。"巷"是形容其构筑曲而长。

[7] 挠勾搭索:勾即"钩"。挠钩搭索,是擒拿器械。

[8] 旗亚:将旗压低。

[9] 把:把持、押解。

[10] 腰令:即"腰领",腰和脖颈,代指性命。

[11] 册起头稍:抬起头。头稍,头发。

[12] 衙队:即牙队,主帅直接指挥的一队军兵。

[13] 大虫:老虎。

[14] 些子:这么少。

[15] 不蝼:不够。

[16] 博啑(bóshà):象声词。"博啑之间"意为"博啑"一声的时间,形容快速。

## 原文

陈王见隋家兵士到来，遂乃波逃[1]，入一枯井，神明不助，化为平地。将士一见，当下擒将，把在将军马前。责而言曰："叵耐这贼心生违背，淆乱中原，今日把来，有甚理说？"陈王被责，杜口无词。遂陷车而载[2]，同朝隋文皇帝。迅速不停，直到新安界首[3]。有先锋使探得周罗侯领军二十馀万，拟劫本主。擒虎闻言，遂命陈王，责而言曰："事君违背，于天不祐，先斩公首，再居中营，后与周罗侯交战。"陈王闻语，启言将军："容某乙修书与周罗侯降来，岂不好事？"擒虎闻语，便令修书。陈王书曰："阿奴本任金陵之日，地管五十馀州，三百馀县，握万里山河，权军百万[4]，便拟横行天下，自号称尊。不知擒虎兵士到来一击，当时瓦解，当下擒将。假饶卿虽自权军，不得与隋家交战。若也心中疑惑，于天不祐。今陈王书到周罗侯手内开坼[5]。"

修书既毕，遂差一小将直至周罗侯寨内送书。罗侯得书，满目流泪，心口思量："我主上犹自擒将，假饶得胜回过，功归何处？"思量言讫："大凡男子，随几而变，不如降他。"先送二十万军衣甲，然后草绳自缚，直到将军马前，启而言曰："某乙缘是败军之将[6]，死活二途[7]，伏乞将军一降。"擒虎闻言："忽遇将军，拒敌者杀，来投便是一家。"既得主、将二人，登途进发，星夜不停，同朝隋文皇帝。皇帝览表，大悦龙颜，便令赐对。擒虎得对，先进上主、将二人，然后趋过萧墙，拜舞叫呼万岁。皇帝一见，大悦龙颜："赐卿且归私第憩歇。候杨素到来，别有宣旨。"擒虎拜舞谢恩，走出朝门，私宅憩歇。

前后不经旬日，杨素战萧磨呵得胜回过，直诣阁门。所司入奏，皇帝闻奏，便令赐对。杨素得对，趋过萧墙，拜舞叫呼万岁。皇帝一见，遂诏合朝大臣，总在殿前，索金铸印，遂拜韩擒虎为开国公，遥守扬州节度[8]。第二拜杨素东京留守。第三赐贺若弼锦彩罗纨、金银器物。三将受宣，拜舞谢恩，走出朝门，各归私第。

[1] 波：奔；逃跑。敦煌本《张义潮变文》有"各自波逃，信脚而走"句。
[2] 陷车：古时押解犯人的囚车。
[3] 新安：在今河南省。
[4] 权军：统领军队。
[5] 坼（chè）：裂开，这里指拆信。
[6] 缘是：原是。
[7] 死活二途：或死或活，有两条路可走。
[8] 遥：遥领，担任官职，但不亲去赴任。

**[原文]**

　　前后不经旬日,有北蕃大夏单于遂差突厥首领为使[1],直到长安,遂索隋文皇帝交战。皇帝闻语,聚集文武百寮大臣,总在殿前。皇帝宣问:"单于索寡人交战,卿意若何?"皇帝才问,蕃使不识朝仪,越班走出:"臣启陛下,蕃家弓箭为上,赌射只在殿前。若解微臣箭得[2],年年送贡,累岁称臣;若也解箭不得,只在殿前,定其社稷。"皇帝闻奏,即在殿前,遂安射垛[3],画二鹿,便教赌射。蕃人一见,喜不自胜,拜谢皇帝,当时便射。箭发离弦,势同劈竹,不东不西,恰向鹿脐中箭。皇帝一见,宣问大臣:"甚人解得?"时有左勒将贺若弼:"臣愿解箭。"皇帝闻语,"依卿所奏。"贺若弼此时臂上捻弓,腰间取箭,搭括当弦[4],当时便射。箭起离弦,不东不西,同孔便中。皇帝一见,大悦龙颜。应是合朝大臣,一齐拜舞,叫呼万岁。时韩擒虎一见箭不解,不肯拜舞,独立殿前。皇帝宣问:"卿意若何?"擒虎奏曰:"臣愿解箭。"皇帝闻语:"依卿所奏。"擒虎拜谢,遂臂上捻弓,腰间取箭,搭括当弦,当时便射。箭既离弦,势同雷吼,不东不西,去蕃人箭括便中,从杆至镞,突然便过,去射垛十步有余,入土三尺。蕃人一见,惊怕非常,连忙前来,侧身便拜。擒虎一见,责而言曰:"叵耐小兽[5],便意生心[6],扰乱中原。如今殿前,有何理说?"蕃将闻语,惊怕非常,当时便辞,登途进发。隋文皇帝一见,遂差韩擒虎为使和番。擒虎受宣,拜舞谢恩,面辞圣人,与蕃将登途进发。

　　前后不经旬日,便到蕃家界首。单于接得天使,升帐而坐,遂唤三十六射雕王子,总在面前处分:"缘天使在此,并无歌乐,蕃家弓箭为上,射雕落雁,供养天使。"唱喏,一时上马,忽见一雕从北便来,王子一见,当时便射,箭既离弦,不东不西,向雕前翅过。单于一见,忽然大怒,处分左右:"把下王子,便擗腹取心[7],有挫我蕃家先祖。"天使一见,方便来救,启言蕃王:"王子此度且放。但某乙愿请弓箭,射雕供养单于。"单于闻语,遂度与天使弓箭[8]。擒虎接得,思惟中间,忽有双雕,争食飞来。擒虎一见,喜不自胜,祇揖蕃王,当时来射。擒虎十步地走马,二十步地臂上捻弓,三十步腰间取箭,四十步搭括当弦,拽弓叫圆[9],五十步翻身背射。箭既离弦,势同劈竹,不东不西,向前雕咽喉中箭,突然而过,向后雕劈心便着,双雕齐落马前。蕃王一见,一齐唱好。天使接势便嚇[10]:"但擒虎弓箭少会些些,隋文皇帝有一百二十指挥[11],射雁都尽总好手。"蕃王闻语,连忙下马,遥望南朝拜舞,叫呼万岁。拜舞既了,遂拣细马百匹[12],明驼千头[13],骨咄、猞猁、麋鹿、麝香[14],盘缠天使[15]。擒虎便辞,登途进发。前后不经旬日,便达长安,直诣阁门。所司入奏,皇帝闻语,便令赐对。擒虎得对,趋过萧墙,拜舞叫呼万岁。皇帝一见,喜不自胜,遂赐擒虎锦彩罗纨,金银器物,美人一对,且归私第憩歇,一月后别有进旨。擒虎拜舞谢恩,便来私家憩歇。

　　前后不经两旬,忽觉神思不安,眼瞤耳热[16]。心口思量,升厅而坐。坐犹未定,忽然十字地裂，涌出一人，身披黄金锁甲，顶戴凤翅兜牟[17]，按三杖低头，高声唱喏。擒虎一见，当时便问："是公甚人？"神人答曰："某乙缘是五道将军[18]。""何来？""夜来三更，奉天符牒下，将军合作阴司之主。"擒虎闻语："忽遇五道大神，但某乙请假三日，得之已否？"五道大神启言将军："缘鬼神阴司无人主管，一时一刻不得。"擒虎闻语，忽然大怒，问："你属甚人所管？""某乙属大王所管。"擒虎责言："不缘未辞本主，左胁下与一百铁棒。"五道将军闻语，吓得浃背汗流："臣启大王，莫道三日，请假一月已来总得。"擒虎处分五道将军："速去阴司点检鬼神，后第三日祗候。"五道将军唱喏，影灭身形。擒虎见五道将军去后，遂写表闻天，具事由奏上隋文皇帝。

皇帝览表，惊讶非常，宣诏擒虎，直到殿前："缘朕之无德，滥处称尊。不知将军作阴司之主，阿奴社稷若何？"擒虎奏曰："臣启陛下，若有大难，但知启告，微臣必领阴军相助。"皇帝闻奏，遂诏合朝大臣，内宴三日，只在殿前与擒虎取别。恰到第三日整，歌欢之次，忽见一人著紫，忽见一人著绯，乘一朵黑云，立在殿前，高声唱喏。擒虎一见，"殿前立者甚人？当时祗对。""某乙缘二人是天曹、地府，来取大王，更无别事。"擒虎闻语："且赐酒饭管领[19]，且在一边。"二人唱喏，各归一面。擒虎且与圣人取别，面辞合朝大臣，来入自宅内，委嘱妻男、合宅良贱，且辞去也。道犹言讫，便奔床卧，才著锦被盖却，摸马攀鞍，便升云路，来到隋文皇帝殿前："且辞陛下去也。"皇帝一见，满目流泪，遂执盏酹酒祭而言曰[20]……[21]

话本既终，并无抄略[22]。

[1] 北蕃：北方的少数民族。　单于：匈奴首领。后来汉族人也用之称呼其他少数民族的首领。突厥：南北朝至唐朝我国西北地区民族。

[2] 解：通晓。此处有超越之意。

[3] 射垛：箭靶子。

[4] 括：箭尾。

[5] 叵耐（pǒnài）：不可忍耐；可恨。

[6] 便意生心：使诡意，生坏心。

[7] 擗（pǐ）：剖开。

[8] 度：根据能力挑选合适的东西。

[9] 叫圆：一边大喝，一边将弓拉满。

[10] 接势：顺势。

[11] 指挥：武官名。

[12] 细马：良马。

[13] 明驼：《木兰辞》有此词，解释颇多，有"骏马""名驼""明驼使"等。此处当指健壮、灵敏的骆驼。

[14]骨咄、猦羝（huándī）、麋鹿、麝香：俱为西北少数民族的特产。骨咄属马类，猦羝属羊类。

[15]盘缠：此处作动词，"使作盘缠"之意。

[16]瞬（shùn）：眼皮跳动。

[17]兜牟：即"兜鍪"（dōumóu），头盔。

[18]五道将军：阎王手下的头领。

[19]管领：管待。

[20]执盏酹（lèi）酒：手持酒杯，洒酒于地。

[21]此处原文有阙略。

[22]抄略：漏抄或省略。

  关于本篇话本的撰写年代，有学者据其中的官职等推断，当为五代或北宋时期的写定本，而民间当早已流传。它是我国最早的话本小说之一。

  这篇话本的主体是讲隋朝大将韩擒虎为国立功的故事。故事中的韩擒虎与正史中的形象虽有差异，却为我们展现了一个更为勇猛、爱国、重情重义的英雄形象。韩擒虎有胸襟、有胆略，箭法精妙，足智多谋，既是一位"虽万千人吾往矣"的猛将，又是一位"运筹帷幄之中，决胜千里之外"的良帅。擒虎在平陈的战役中立下大功，又在出使北蕃时恩威并施，既开创了隋朝的基业，也保证了新王朝的稳定。功成之后，并不居功自傲。故事结尾让擒虎化为阴司之主，是下层民众情感的一种流露，也是对这位大智大勇将军功业的一种肯定。

  本篇话本是敦煌话本小说中保存得较为完整的作品。它并不完美，艺术上也较粗糙。这种粗糙既是民间故事的固有特色，也是白话小说初创时期不可避免的瑕疵。通过这篇《韩擒虎话本》，我们大体可以了解到我国白话小说产生之初的基本面貌。

（焦中栋）

# 宋元话本

## 错斩崔宁

### 题解

本篇选自《京本通俗小说》卷十五，编者不详。此书首次见于近人缪荃孙1915年刊印的《烟画东堂小品》丛书。残存第十卷至第十六卷，但学术界对其真伪和成书年代向有不同看法。它可能是明代中后期出现的一部话本小说集。集中所收大都为宋元旧作，真实地反映了话本小说的原始形态。书中故事情节曲折生动，人物刻画，尤其是心理描写达到了一定的水平。它生动、真实地反映了当时的社会生活及风俗人情，不但对小说史的研究具有很高的价值，也有相当重要的语言、民俗研究价值。

《醒世恒言》卷三十三也刊载了这篇小说，题作《十五贯戏言成巧祸》，文字稍有差异。清代朱素臣据此改编为《十五贯》传奇。故事围绕"错斩"这个中心进行。昏官判案，不调查研究，不推理详情，而是严刑拷打，强逼招供。结果使清白无辜的崔宁和陈二姐一被"依律处斩"，一被"凌迟示众"。作品以血淋淋的事实，揭露了封建制度的黑暗腐朽和昏官恶吏的草菅人命。语言明白生动，对话全用符合各人身份的口语，风格朴实，不事雕琢，是宋元话本中的名篇。

### 原文

聪明伶俐自天生，懵懂痴呆未必真[1]。
嫉妒每因眉睫浅[2]，戈矛时起笑谈深[3]。
九曲黄河心较险[4]，十重铁甲面堪憎[5]。
时因酒色亡家国，几见诗书误好人[6]。

这首诗单表为人难处，只因世路窄狭，人心叵测[7]，大道既远，人情万端。熙熙攘攘[8]，都为利来；蚩蚩蠢蠢[9]，皆纳祸去。持身保家，万千反复。所以古人云："颦有为颦，笑有为笑[10]。"颦笑之间，最宜谨慎。

### 注释

[1] 懵（měng）懂：糊涂，不明白道理。
[2] 眉睫：代指眼光。
[3] 戈矛时起笑谈深：争端往往起于开玩笑开得太甚。戈矛，比喻斗争，仇恨。
[4] 九曲黄河：黄河有九道弯，河道险要，水流湍急。这里比喻人心险恶胜于黄河之险。

[5]十重铁甲:十层铠甲,比喻脸皮很厚。

[6]几见:何曾见。

[7]叵(pǒ)测:难以猜测。

[8]熙熙攘攘:形容人来人往,热闹拥挤的样子。语出《史记·货殖列传》。

[9]蚩蚩蠢蠢:愚昧无知的样子。

[10]颦(pín)有为颦,笑有为笑:意思是愁眉苦脸有它的目的,笑也有目的,一哭一笑,都是有所为的,最要谨慎,不能随随便便。二句本是成语,见《韩非子·内储说上》。

这回书单说一个官人[1],只因酒后一时戏笑之言,遂至杀身破家,陷了几条性命。且先引下一个故事来,权做个"得胜头回"[2]。

我朝元丰年间[3],有一个少年举子,姓魏,名鹏举,字冲霄。年方一十八岁,娶得一个如花似玉的浑家[4],未及一月,只因春榜动,选场开[5],魏生别了妻子,收拾行囊,上京应取[6]。临别时,浑家分付丈夫:"得官不得官,早早回来,休得抛闪了恩爱夫妻[7]。"魏生答道:"功名二字,是俺本领,前程不索贤卿忧虑[8]。"别后登程到京,果然一举成名,榜上一甲第九名,除授京职[9],到差[10],甚是华艳动人。少不得修了一封家书,差人接取家眷入京。书上先叙了寒温及得官的事[11],后却写下一行道:"是我在京中早晚无人照管,已讨过一个小老婆,专候夫人到京,同享荣华。"

[1]官人:古代对男子的尊称。

[2]权:姑且。 得胜头回:又名"入话",宋元时代的说书人在开讲正书以前,先讲一段与所说正书相类或相反的小故事做引子,叫做得胜头回。当时听说书的多为军民,故冠以吉语曰"得胜"。

[3]元丰:宋神宗赵顼的年号(1078—1085)。

[4]浑家:对妻子的俗称。

[5]春榜动,选场开:唐宋以来进士试叫会试,例在春天举行,所以会试叫做春试。春榜动,就是春试期近。选场,就是试场。

[6]应取:科举时代应选举的考试。

[7]抛闪:抛撇。

[8]不索:不须,不消。

[9]除授:任命。 京职:在京城任职。

[10]到差:上任。

[11]寒温:说寒道暖,是一种应酬语。

家人收拾书程[1],一径到家。见了夫人,称说贺喜,因取家书呈上。夫人拆开看了，见是如此如此，这般这般，便对家人道："官人直恁负恩[2]！甫能得官[3]，便娶了二夫人！"家人便道："小人在京，并没见有此事，想是官人戏谑之言。夫人到京便知端的[4]，休得忧虑。"夫人道："恁地说[5]，我也罢了。"却因人舟未便，一面收拾起身，一面寻觅便人，先寄封平安家信到京中去。那寄书人到了京中，寻问新科进士寓所，下了家书，管待酒饭自回，不题。

却说魏生接书，拆开来看了，并无一句闲言闲语，只说道："你在京中娶了一个小老婆，我在家中也嫁了一个小老公，早晚同赴京师也。"魏生见了，也只道是夫人取笑的说话，全不在意。未及收好，外面据说有个同年相访[6]。京邸寓中，不比在家宽转[7]；那人又是相厚的同年，又晓得魏生并无家眷在内，直至里面坐下，叙了些寒温，魏生起身去解手。那同年偶番桌上书帖[8]，看见了这封家书写得好笑，故意朗诵起来。魏生措手不及，通红了脸，说道："这是没理的事。因是小弟戏谑了他，他便取笑写来的。"那同年呵呵大笑道："这节事却是取笑不得的。"别了就去。

[1] 书程：书信和行李。
[2] 直恁：竟然如此。
[3] 甫能：刚刚，方才。
[4] 端的（dì）：究竟。
[5] 恁地说：如此，这般。
[6] 同年：同在一榜考上进士的人，互称同年。
[7] 宽转：宽敞。
[8] 番：同"翻"。 书帖：书信。

【原文】

那人也是一个少年，喜谈乐道，把这封家书一节，顷刻间遍传京邸。也有一班妒忌魏生少年登科的，将这桩事，只当做风闻言事的一个小小新闻[1]，奏上一本，说这魏生年少不检[2]，不宜居清要之职[3]，降处外任。魏生懊恨无及。后来毕竟做官蹭蹬不起[4]，把锦片也似的一段美前程，等闲放过去了[5]。这便是一句戏言，撒漫了一个美官[6]。

[1] 风闻言事：把传闻的事向皇帝报告。
[2] 不检：不自约束。 检，约束，收敛。
[3] 清要之职：指司职清闲而地位重要的官职。
[4] 蹭蹬（cèngdèng）：遭遇挫折，失意。
[5] 等闲：轻易。
[6] 撒漫：抛撒，糟蹋。此处意为断送。

## 原文

今日再说一个官人，也只为酒后一时戏言，断送了堂堂七尺之躯，连累两三个人，枉屈害了性命。却是为着甚的？有诗为证：

世路崎岖实可哀，傍人笑口等闲开。
白云本是无心物，又被狂风引出来。

却说高宗时，建都临安[1]，繁华富贵，不减那汴京故国[2]。去那城中箭桥左侧，有个官人，姓刘，名贵，字君荐。祖上原是有根基的人家。到得君荐手中，却是时乖运蹇[3]。先前读书，后来看看不济[4]，却去改业做生意。便是半路上出家的一般，买卖行中一发不是本等伎俩[5]，又把本钱消折去了。渐渐大房改换小房，赁得两三间房子，与同浑家王氏，年少齐眉[6]。后因没有子嗣[7]，娶下一个小娘子[8]，姓陈，是陈卖糕的女儿，家中都呼为二姐。这也是先前不十分穷薄的时做下的勾当[9]。至亲三口，并无闲杂人在家。那刘君荐极是为人和气，乡里见爱，都称他："刘官人，你是一时运限不好[10]，如此落寞[11]。再过几时，定时有个亨通的日子[12]。"说便是这般说，那得有些些好处[13]？只是在家纳闷，无可奈何。

[1] 临安：南宋的首都，今浙江杭州市。
[2] 汴京：北宋都城，今河南省开封市。
[3] 时乖运蹇（jiǎn）：命运不好。乖，背；蹇，难。
[4] 不济：不成。济，利，成。
[5] 一发：越发。 本等伎俩：本行技能。本等，宋人习用语，本行，本分；伎俩，技能。
[6] 齐眉：比喻夫妻友爱。事出《后汉书·梁鸿传》："梁鸿为人舂米，每归，妻为具食，不敢于鸿前仰视，举案齐眉。"
[7] 子嗣：儿子。
[8] 小娘子：小老婆。
[9] 勾当：事情。
[10] 运限：时运。
[11] 落寞：冷落寂寞。
[12] 亨通：发达。
[13] 些些：少许，一点儿。

## 原文

却说一日闲坐家中，只见丈人家里的老王，年近七旬，走来对刘官人说道："家间老员外生日[1]，特令老汉接取官人娘子去走一遭[2]。"刘官人便道："便是我日逐愁闷过日子，连那泰山的寿诞也都忘了[3]！"便同浑家王氏，收拾随身衣服，打迭个包儿[4],交与老王背了。分付二姐看守家中:"今日晚了,不能转回;明晚须索来家[5]。"说了就去。离城二十馀里,到了丈人王员外家,叙了寒温。当日坐间客众[6],丈人女婿,不好十分叙述许多穷相[7]。到得客散,留在客房里歇宿。直到天明,丈人却来与女婿攀话,说道:"姐丈[8],你须不是这等算计[9]。'坐吃山空,立吃地陷'。'咽喉深似海,日月快如梭'。你须计较一个常便[10]。我女儿嫁了你一生,也指望丰衣足食,不成只是这等就罢了[11]。"刘官人叹了一口气道:"是!泰山在上,道不得个'上山擒虎易,开口告人难',如今的时势,再有谁似泰山这般怜念我的!只索守困[12]。若去求人,便是劳而无功。"丈人便道:"这也难怪你说。老汉却是看你们不过,今日赍助你些少本钱[13],胡乱去开个柴米店,赚得些利息来过日子,却不好么?"刘官人道:"感蒙泰山恩顾,可知是好[14]。"当下吃了午饭,丈人取出十五贯钱来[15],付与刘官人道:"姐丈,且将这些钱去收拾起店面。开张有日[16],我便再应付你十贯。你妻子且留在此过几日,待有了开店日子,老汉亲送女儿到你家,就来与你作贺。意下如何?"刘官人谢了又谢,驮了钱一径出门[17]。到得城中,天色却早晚了。却撞着一个相识,顺路在他家门首经过。那人也要做经纪的人[18],就与他商量一会,可知是好。便去敲那人门时,里面有人应诺,出来相揖,便问:"老兄下顾,有何见教?"刘官人一一说知就里[19]。那人便道:"小弟闲在家中,老兄用得着时,便来相帮。"刘官人道:"如此甚好。"当下说了些生意的勾当,那人便留刘官人在家,现成杯盘,吃了三杯两盏。刘官人酒量不济,便觉有些朦胧起来[20]。抽身作别,便道:"今日相扰,明早就烦老兄过寒家计议生理[21]。"那人又送刘官人至路口,作别回家,不在话下。若是说话的同年生,并肩长,拦腰抱住,把臂拖回,也不见得受这般灾晦[22],却教刘官人死得不如:

《五代史》李存孝[23],《汉书》中彭越[24]。

[1]员外:本指额外之官,唐时设置,可以用钱捐取,与正式的官员不同,故后世也称财主富翁为员外,不必实任此官。

[2]遭:次。

[3]泰山:对岳父的尊称。 寿诞:生日。

[4]打迭:打点,收拾。

[5]须索:应当。

[6]客众:客人多。

[7]穷相:指生活困难的境况。

[8]姐丈:这是丈人对女婿的客气称呼(用儿女的口气说)。

[9]须:应该。

[10]计较:计算,打算。 常便:长久妥善的办法。

[11]不成:难道。

［12］只索：只得。

［13］赍（jī）助：资助。

［14］可知：岂不，当然。

［15］十五贯：十五千钱。古代的铜钱，中心有方孔，每枚一文，一千枚用绳子穿成一串叫一贯。

［16］开张：首次营业。

［17］驮：背负。

［18］经纪：经手买卖。

［19］就里：原委，内情，底细。

［20］朦胧：这里作糊涂解。

［21］寒家：对自己家的谦称。　生理：活计。

［22］灾晦：灾难，晦气。

［23］李存孝：五代时后唐李克用的义子，本姓安，名敬思，飞狐人，屡立战功，后为李克信所陷害，受车裂（用马车来分裂人的肢体的酷刑）之刑而死。

［24］彭越：字仲，汉初人，初事项羽，后率兵归汉，立大功，封梁王。后来有人告发他谋反，被醢（hǎi，剁为肉酱），夷三族。

## 原文

却说刘官人驮了钱，一步一步捱到家中敲门，已是点灯时分。小娘子二姐，独自在家，没一些事做，守得天黑，闭了门，在灯下打瞌睡。刘官人打门，他那里便听见？敲了半晌，方才知觉，答应一声："来了！"起身开了门。刘官人进去，到了房中，二姐替刘官人接了钱，放在桌上，便问："官人何处挪移这项钱来[1]？却是甚用？"那刘官人一来有了几分酒，二来怪他开得门迟了，且戏言吓他一吓，便道："说出来，又恐你见怪；不说时，又须通你得知。只是我一时无奈，没计可施，只得把你典与一个客人[2]。又因舍不得你，只典得十五贯钱。若是我有些好处，加利赎你回来；若是照前这般不顺溜[3]，只索罢了！"那小娘子听了，欲待不信，又见十五贯钱堆在面前；欲待信来，他平白与我没半句言语[4]，大娘子又过得好，怎么便下得这等狠心辣手？狐疑不决[5]，只得再问道："虽然如此，也须通知我爹娘一声。"刘官人道："若是通知你爹娘，此事断然不成。你明日且到了人家，我慢慢央人与你爹娘说通，他也须怪我不得。"小娘子又问："官人今日在何处吃酒来？"刘官人道："便是把你典与人，写了文书，吃他的酒才来的。"小娘子又问："大姐姐如何不来？"刘官人道："他因不忍见你分离，待得你明日出了门才来。这也是我没计奈何，一言为定。"说罢，暗地忍不住笑，不脱衣裳，睡在床上，不觉睡去了。那小娘子好生摆脱不下："不知他卖我与甚色样人家[6]？我须先去爹娘家里说知。就是他明日有人来要我，寻到我家，也须有个下落。"沉吟了一会[7]，却把这十五贯钱，一垛儿堆在刘官人脚后边。趁他酒醉，轻轻的收拾了随身衣服，款款的开了门出去[8]，拽上了门[9]，却去左边一个相熟的邻舍叫做朱三老儿家里，与朱三妈借宿了一夜，说道："丈夫今日无端卖我，我须先去与爹娘说知。烦你明日对他说一声，既有了主顾，可同我丈夫到爹娘家中来讨个分晓[10]，也须有个下落。"那邻舍道："小娘子说得有理。你只顾自去，我便与刘官人说知就里。"过了一宵，小娘子作别去了，不题。正是：

　　鳌鱼脱却金钩去，摆尾摇头再不回。

**注释**

[1] 挪移：借。
[2] 典：抵押。
[3] 顺溜：顺利。
[4] 平白：平日。　没半句言语：没有吵过嘴。
[5] 狐疑不决：像狐狸一样多疑，犹豫不定。
[6] 色样：样子。
[7] 沉吟：心里疑惑不定。
[8] 款款：慢慢。
[9] 拽：拉。
[10] 讨个分晓：弄个明白。

**原文**

　　放下一头。却说这里刘官人一觉直至三更方醒，见桌上灯犹未灭，小娘子不在身边，只道他还在厨下收拾家火[1]，便唤二姐讨茶吃。叫了一回，没人答应，却待挣扎起来，酒尚未醒，不觉又睡了去。不想却有一个做不是的[2]，日间赌输了钱，没处出豁[3]，夜间出来掏摸些东西[4]，却好到刘官人门首。因是小娘子出去了，门儿拽上不关，那贼略推一推，豁地开了。捏手捏脚[5]，直到房中，并无一人知觉。到得床前，灯火尚明，周围看时，并无一物可取。摸到床上，见一人朝着里床睡去，脚后却有一堆青钱[6]。便去取了几贯。不想惊醒了刘官人，起来喝道："你须不尽道理[7]！我从丈人家借办得几贯钱来养身活命，不争你偷了我的去[8]，却是怎的计结[9]！"那人也不回话，照面一拳。刘官人侧身躲过，便起身与这人相持。那人见刘官人手脚活动，便拔步出房。刘官人不舍，抢出门来，一径赶到厨房里，恰待声张邻舍起来捉贼。那人急了，正好没出豁，却见明晃晃一把劈柴斧头，正在手边。也是人急计生，被他绰起一斧[10]，正中刘官人面门，扑地倒了。又复一斧，斫倒一边[11]。眼见得刘官人不活了，呜呼哀哉，伏维尚飨[12]！那人便道："一不做，二不休。却是你来赶我，不是我来寻你索命。"番身入房，取了十五贯钱，扯条单被包裹得停当，拽扎得爽俐[13]，出门拽上了门就走，不题。

[1] 家火：什物。

［2］做不是的：干坏事的、行为不正的人。这里指小偷。

［3］出豁：生发，想办法。

［4］掏摸：偷窃。

［5］捏手捏脚：轻手轻脚，不敢声张的样子。

［6］青钱：用铜铅锡配造的制钱。

［7］你须不尽道理：你却不近道理，或不讲道理。须，却；尽，近。

［8］不争：如果，假使。

［9］计结：了结。

［10］绰起：抓起。

［11］斫：砍。

［12］呜呼哀哉，伏维尚飨（xiǎng）：过去祭奠死人的祭文里，末尾多用此二句作结，表示哀悼之意，祈望鬼神来享用。飨，以酒食款待。小说中借以表示死亡之意。

［13］拽扎得爽俐：收拾包扎得紧密。

**原文**

次早邻舍起来，见刘官人家门也不开，并无人声息，叫道："刘官人！失晓了[1]！"里面没人答应。推将进去，只见门也不关。直到里面，见刘官人劈死在地。他家大娘子两日前已自往娘家去了；小娘子如何不见？免不得声张起来。却有昨夜小娘子借宿的邻家朱三老儿说道："小娘子昨夜黄昏时到我家宿歇，说道刘官人无端卖了他。他一径先到爹娘家里去了。教我对刘官人说，既有了主顾，可同到他爹娘家中，也讨得个分晓。今一面着人去追他转来，便有下落；一面着人去报他大娘子到来，再作区处。"众人都道："说得是。"先着人去到王老员外家报了凶信。老员外与女儿大哭起来，对那人道："昨日好端端出门，老汉赠他十五贯钱，教他将来作本，如何便恁的被人杀了？"那去的人道："好教老员外大娘子得知：昨日刘官人归时，已自昏黑，吃得半酣，我们都不晓得他有钱没钱，归迟归早。只是今早刘官人家门儿半开，众人推将进去，只见刘官人杀死在地；十五贯钱一文也不见；小娘子也不见踪迹。声张起来，却有左邻朱三老儿出来，说道他家小娘子昨夜黄昏时分借宿他家。小娘子说道刘官人无端把他典与人了。小娘子要对爹娘说一声，住了一宵，今日径自去了。如今众人计议，一面来报大娘子与老员外；一面着人去追小娘子。若是半路里追不着的时节，直到他爹娘家中，好歹追他转来[2]，问个明白。老员外与大娘子须索去走一遭，与刘官人执命[3]。"老员外与大娘子急急收拾起身，管待来人酒饭，三步做一步，赶入城中，不题。

却说那小娘子清早出了邻舍人家，挨上路去，行不下一二里，早是脚疼走不动，坐在路旁。却见一个后生，头带万字头巾，身穿直缝宽衫，背上驮了一个搭膊[4]，里面却是铜钱，脚下丝鞋净袜，一直走上前来。到了小娘子面前，看了一看，虽然没有十二分颜色，却也明眸皓齿，莲脸生春，秋波送媚，好生动人。那后生放下搭膊，向前深深作揖："小娘子独行无伴，却正往那里去的？"小娘子还了万福道[5]："是奴家要往爹娘家去[6]。因走不上，权歇在此。"因问："哥哥是何处来？今要往何方去？"那后生叉手不离方寸[7]："小人是村里人，因往城中卖了丝帐，讨得些钱，要往褚家堂那边去的[8]。"小娘子道："告哥哥则个。奴家爹娘也在褚家堂左侧，若得哥哥带挈奴家同走一程[9]，可知是好。"那后生道："有何不可？既如此说，小人情愿伏侍小娘子前去。"两个厮赶着一路[10]，正行，行不到二三里田地，只见后面两个人，脚不点地赶上前来[11]，赶得汗流气喘，衣服拽开，连叫："前面小娘子慢走，我却有话说知。"小娘子与那后生看见赶得蹊跷[12]，都立住了脚。后边两个赶到跟前，见了小娘子与那后生，不容分说，一家扯了一个，说道："你们干得好事！却走往那里去？"小娘子吃了一惊，举眼看时，却是两家邻舍，一个就是小娘子昨夜借宿的主人。小娘子便道："昨夜也须告过公公得知，丈夫无端卖我，我自去对爹娘说知。今日赶来，却有何说？"朱三老道："我不管闲账。只是你家里有杀人公事，你须回去对理[13]。"小娘子道："丈夫卖我，昨日钱已驮在家中，有甚杀人公事？我只是不去。"朱三老道："好自在性儿！你若真个不去，叫起地方[14]：有杀人贼在此，烦为一捉！不然，须要连累我们，你这里地方也不得清净。"那后生见不是话头，便对小娘子道："既如此说，小娘子只索回去。小人自家去休[15]。"那两个赶来的邻舍齐叫起来，说道："若是没有你在此便罢；既然你与小娘子同行同止，你须也去不得。"那后生道："却又古怪！我自半路遇见小娘子，偶然伴他行一程，路途上有甚皂丝麻线[16]，要勒掯我同去[17]？"朱三老道："他家有了杀人公事，不争放你去了，却打没对头官司！"当下怎容小娘子和那后生做主？看的人渐渐立满，都道："后生，你去！不得你'日间不作亏心事，半夜敲门不吃惊'，便去何妨？"那赶来的邻舍道："你若不去，便是心虚；我们却和你罢休不得。"四个人只得厮挽着一路转来[18]。

到得刘官人门首，好一场热闹！小娘子入去看时，只见刘官人斧劈倒在地死了；床上十五贯钱，分文也不见。开了口合不得，伸了舌缩不上去。那后生也慌了，便道："我怎的晦气！没来由和那小娘子同走一程，却做了干连人[19]。"众人都和闹着。正在那里分豁不开[20]，只见王员外和女儿一步一颠走回家来，见了女婿尸身，哭了一场，便对小娘子道："你却如何杀了丈夫，劫了十五贯钱逃走出去？今日天理昭然，有何理说！"小娘子道："十五贯钱委是有的[21]。只是丈夫昨晚回来，说是无计奈何，将奴家典与他人，典得十五贯身价在此，说过今日便要奴家到他家去。奴家因不知他典与甚色样人家，先去与爹娘说知。故此趁夜深了，将这十五贯钱一垛儿堆在他脚后边，拽上门，到朱三老家住了一宵，今早自去爹娘家里说知。我去之时，也曾央朱三老对我丈夫说，既然有了主儿，便同到我爹娘家里来交割[22]。却不知因甚杀死在此。"那大娘子道："可又来[23]！我的父亲昨日明明把十五贯钱与他驮来作本，养赡妻小，他岂有哄你说是典来身价之理？这是你两日因独自在家,勾搭上了人;又见家中好生不济,无心守耐;又见了十五贯钱,一时见财起意,杀死丈夫,劫了钱,又使见识往邻家借宿一夜[24],却与汉子通同计较,一处逃走。现今你跟着一个男子同走,却有何理说,抵赖得过?"众人齐声道:"大娘子之言甚是有理。"又对那后生道:"后生!你却如何与小娘子谋杀亲夫?却暗暗约定在僻静处等候,一同去逃奔他方,却是如何计结?"那人道:"小人自姓崔,名宁,与那小娘子无半面之识。小人昨晚入城卖得几贯丝钱在这里,因路上遇见小娘子,小人偶然问起往那里去的,却独自一个行走。小娘子说起是与小人同路,以此作伴同行。却不知前后因依[25]。"众人那里肯听他分说?搜索他搭膊中,恰好是十五贯钱,一文也不多,一文也不少。众人齐发起喊来,道是:"'天网恢恢,疏而不漏'[26]。你却与小娘子杀了人,拐了钱,盗了妇女,同往他乡,却连累我地方邻里打没头官司!"

[1] 失晓:睡过了头。

[2] 好歹:无论如何,不管怎样。

[3] 执命:追查凶手以抵命。

[4] 搭膊:又名褡包、褡裢。一种长形布袋,口在中央,两端盛放钱物,可以系在腰间或负于肩上。

[5] 万福:唐宋时妇女行礼,双手放在左面衣襟前拂一拂,口中说"万福",表示祝福。后来就成为习用的妇女行礼的代名词。

[6] 奴家:旧时妇女自称。

[7] 叉手不离方寸:双手作拱,放在当心处,是一种表示谦虚和恭敬的行礼姿势。叉手,拱手;方寸,指心。

[8] 褚家堂:在杭州东青门内蒲桥寨之北,为唐代书法家褚遂良的故里。

[9] 带挈(qiè):带领。

[10] 厮:相。

[11] 脚不点地:形容走得很快。

[12] 蹊跷(qīqiāo):事情离奇可疑。

[13] 对理:见官。理,指治狱官,法官。

[14] 地方:地保的俗称。

[15] 自家去休:自己回家去罢了。休,算了,罢了。

[16] 皂丝麻线:含有痕迹、牵连、关系的意思。宋元习语,指不正当的暧昧关系。

[17] 勒掯(kèn):勒逼,强迫。

[18] 厮挽:相挽。

[19] 干连人:有关系的人。

[20] 分豁:解释,分辩。这里有摆脱的意思。

[21] 委是:确是。委,确实。

[22] 交割:交代,了结。

[23] 可又来：却又来，亏你说的。表示否认的话。

[24] 使见识：用计策、耍手段的意思。

[25] 因依：因果，经过，缘由。

[26] 天网恢恢，疏而不漏：意思是天道的罗网，看来似乎很疏阔，但决不放过一个做坏事的人。语出《老子》第七十三章。

## 原文

当下大娘子结扭了小娘子，王老员外结扭了崔宁，四邻舍都是证见，一哄都入临安府中来。那府尹听得有杀人公事[1]，即便升堂，便叫一干人犯逐一从头说来。先是王老员外上去告说："相公在上[2]。小人是本府村庄人氏，年近六旬，只生一女，先年嫁与本府城中刘贵为妻，后因无子，娶了陈氏为妾，呼为二姐。一向三口在家过活，并无片言[3]。只因前日是老汉生日，差人接取女儿女婿到家住了一夜，次日因见女婿家中全无活计，养赡不起，把十五贯钱与女婿作本开店养身。却有二姐在家看守，到得昨夜，女婿到家时分，不知因甚缘故，将女婿斧劈死了。二姐却与一个后生名唤崔宁，一同逃走，被人追捉到来。望相公可怜见老汉的女婿身死不明，奸夫淫妇，赃证见在，伏乞相公明断[4]！"府尹听得如此如此，便叫："陈氏上来！你却如何通同奸夫杀死了亲夫，劫了钱与人一同逃走？是何理说！"二姐告道："小妇人嫁与刘贵，虽是个小老婆，却也得他看承得好[5]；大娘子又贤慧；却如何肯起这片歹心？只是昨晚丈夫回来，吃得半酣[6]，驮了十五贯钱进门，小妇人问他来历，丈夫说道因为养赡不周，将小妇人典与他人，典得十五贯身价在此，又不通我爹娘得知，明日就要小妇人到他家去。小妇人慌了，连夜出门，走到邻舍家里借宿一宵，今早一径先往爹娘家去。教他对丈夫说：既然卖我有了主顾，可到我爹妈家里来交割。才走得到半路，却见昨夜借宿的邻家赶来，捉住小妇人回来。却不知丈夫杀死的根由。"那府尹喝道："胡说！这十五贯钱，分明是他丈人与女婿的，你却说是典你的身价，眼见的没巴臂的说话了[7]。况且妇人家如何黑夜行走？定是脱身之计。这桩事须不是你一个妇人家做的，一定有奸夫帮你谋财害命。你却从实说来！"那小娘子正待分说，只见几家邻舍，一齐跪上去告道："相公的言语，委是青天[8]！他家小娘子昨夜果然借宿在左邻第二家的，今早他自去了。小的们见他丈夫杀死，一面着人去赶，赶到半路，却见小娘子和那一个后生同走，苦死不肯回来[9]，小的们勉强捉他转来；却又一面着人去接他大娘子与他丈人，到时，说昨日有十五贯钱付与女婿做生理的，今者女婿已死，这钱不知从何而去？再三问那小娘子时，说道他出门时，将这钱一垛儿堆在床上。却去搜那后生身边，十五贯钱分文不少。却不是小娘子与那后生通同谋杀！赃证分明，却如何赖得过！"府尹听他们言言有理，就唤那后生上来道："帝辇之下[10]，怎容你这等胡行！你却如何谋了他小老婆，劫了十五贯钱，杀死他亲夫？今日同往何处？从实招来！"那后生道："小人姓崔,名宁,是乡村人氏。昨日往城中卖了丝,卖得这十五贯钱。今早偶然路上撞着这小娘子,并不知他姓甚名谁,那里晓得他家杀人公事?"府尹大怒,喝道:"胡说!世间不信有这等巧事!他家失去了十五贯钱,你却卖的丝恰好也是十五贯钱,这分明是支吾的说话了[11]。况且'他妻莫爱,他马莫骑',你既与那妇人没甚首尾[12],却如何与他同行同宿?你这等顽皮赖骨,不打如何肯招!"当下众人将那崔宁与小娘子,死去活来拷打一顿。那边王老员外与女儿并一干邻佑人等[13],口口声声咬他二人;府尹也巴不得了结这段公案[14]。拷讯一回,可怜崔宁和小娘子受刑不过,只得屈招了。说是一时见财起意,杀死亲夫,劫了十五贯钱同奸夫逃走是实。左邻右舍都指画了十字[15]。将两人大枷枷了,送入死囚牢里。将这十五贯钱给还原主,也只好奉与衙门中人做使用,也还不够哩!府尹迭成文案[16],奏过朝廷。部复申详[17],倒下圣旨,说崔宁不合奸骗人妻,谋财害命,依律处斩;陈氏不合通同奸夫杀死亲夫,大逆不道,凌迟示众[18]。当下读了招状,大牢内取出二人来,当厅判一个"斩"字,一个"剐"字[19],押赴市曹行刑示众[20]。两人浑身是口,也难分说。正是:哑子漫尝黄檗味[21],难将苦口对人言。

注释

[1] 府尹:宋时京都的知府称府尹。

[2] 相(xiàng)公:宋时对文官的习称,表示尊重。

[3] 片言:这里意为争吵。

[4] 伏乞:敬求。

[5] 看承:看待。

[6] 酣:酒醉。

[7] 没巴臂:无根据、没来由的意思。

[8] 青天:比喻贤明的清官。

[9] 苦死:宁死、拼死。

[10] 帝辇:皇帝坐的车子,这里代指首都。

[11] 支吾:搪塞、抵赖。

[12] 首尾:关系。

[13] 邻佑:邻居。

[14] 公案:官府的案牍,这里作公事解释。

[15] 指画了十字:画押、签字。古时不识字的人,不能自书姓名,往往用画十字来代替签字。

[16] 迭成文案:做成公文。

[17] 部复申详:由刑部查询向皇帝申奏。

[18] 凌迟:旧时一种剐肉的酷刑。

[19] 剐(guǎ):凌迟刑的简称。

[20] 市曹:城市中的交通要道,古代常在此处行刑。

[21]漫尝:无意中吃。黄檗(niè):即黄柏,一种很苦的药。

## 原文

看官听说:这段公事,果然是小娘子与那崔宁谋财害命的时节,他两人须连夜逃走他方,怎的又去邻舍人家借宿一宵,明早又走到爹娘家去,却被人捉住了?这般冤枉,仔细可以推详出来[1]。谁想问官糊涂,只图了事,不想捶楚之下[2],何求不得!冥冥之中,积了阴骘[3],"远在儿孙近在身",他两个冤魂也须放你不过。所以做官的切不可率意断狱[4],任情用刑,也要求个公平明允[5]。道不得个"死者不可复生,断者不可复续"[6],可胜叹哉!

闲话休题。却说那刘大娘子到得家中,设个灵位,守孝过日。父亲王老员外劝他转身[7],大娘子说道:"不要说起三年之久,也须到小祥之后[8]。"父亲应允自去。

光阴迅速,大娘子在家巴巴结结,将近一年。父亲见他守不过,便叫家里老王去接他来,说:"叫大娘子收拾回家,与刘官人做了周年,转了身去罢。"大娘子没计奈何,细思父言,亦是有理;收拾了包裹,与老王背了,与邻舍家作别,暂去再来。一路出城,正值秋天,一阵乌风猛雨[9],只得落路往一所林子去躲[10],不想走错了路。正是:

　　猪羊走入屠宰家,一脚脚来寻死路。

走入林子里去,只听他林子背后大喝一声:"我乃静山大王在此[11]!行人住脚,须把买路钱与我[12]!"大娘子和那老王吃那一惊不小。只见跳出一个人来:

　　头戴干红凹面巾,身穿一领旧战袍。腰间红绢搭膊裹肚,脚下蹬一双乌皮皂靴。

手执一把朴刀,舞刀前来。那老王该死,便道:"你这剪径的毛团[13]!我须是认得你!做这老性命着与你兑了罢!"一头撞去,被他闪个空。老人家用力猛了,扑地便倒。那人大怒道:"这牛子好生无礼[14]!"连搠一两刀[15],血流在地,眼见得老王养不大了。那刘大娘子见他凶猛,料道脱身不得,心生一计,叫做"脱空计"[16],拍手叫道:"杀得好!"那人便住了手,睁圆怪眼,喝道:"这是你甚么人?"那大娘子虚心假气的答道:"奴家不幸,丧了丈夫;却被媒人哄诱,嫁了这个老儿,只会吃饭。今日却得大王杀了,也替奴家除了一害。"那人见大娘子如此小心,又生得有几分颜色,便问道:"你肯跟我做个压寨夫人么[17]?"大娘子寻思,无计可施,便道:"情愿伏侍大王。"那人回嗔作喜,收拾了刀杖,将老王尸首撺入涧中;领了刘大娘子到一所庄院前来,甚是委曲[18]。只见大王向那地上拾些土块,抛向屋上去,里面便有人出来开门。到得草堂之上,分付杀羊备酒,与刘大娘子成亲。两口儿且是说得着[19]。正是:

　　明知不是伴,事急且相随。

# 注释

[1] 推详：审问详情。

[2] 捶楚：杖刑。用竹杖或木棍打人。

[3] 阴骘（zhì）：天命默定，积善或积恶终有报应。

[4] 率意：随意，任意。

[5] 明允：明白恰当。

[6] 死者不可复生，断者不可复续：出自《史记·扁鹊仓公列传》，提萦上书救父说："死者不可复生，而刑者不可复续。""断者"指受断头之刑的人。

[7] 转身：改嫁。

[8] 小祥：死人的周年祭。按封建礼法，服丧满了一年叫小祥。

[9] 乌风猛雨：狂风暴雨。

[10] 落路：离开大路。

[11] 静山大王：在山林里打劫过往客商钱财的强盗的头子的自称。

[12] 买路钱：强盗对过往行人强索财物的常用语。

[13] 剪径：拦路打劫。 毛团：畜牲。骂人的话。

[14] 牛子：像牛一样执拗蠢笨的人。也是骂人的话。

[15] 搠（shuò）：刺，捅。

[16] 脱空计：掉弄玄虚、说谎的计策。

[17] 压寨夫人：绿林盗魁的妻子。

[18] 委曲：迂回曲折。

[19] 且是说得着：倒是说得拢，说得投机。

# 原文

不想那大王自得了刘大娘子之后，不上半年，连起了几主大财，家间也丰富了。大娘子甚是有见识，早晚用好言语劝他："自古道：'瓦罐不离井上破，将军难免阵中亡[1]。'你我两人，下半世也够吃用了，只管做这没天理的勾当，终须不是个好结果。却不道是'梁园虽好，不是久恋之家'[2]，不若改行从善，做个小小经纪，也得过养身活命。"那大王早晚被他劝转，果然回心转意，把这门道路撤了[3]；却去城市间，赁下一处房屋，开了一个杂货店。遇闲暇的日子，也时常去寺院中念佛赴斋。忽一日在家闲坐，对那大娘子道："我虽是个剪径的出身[4]，却也晓得'冤各有头，债各有主'。每日间只是吓骗人东西，将来过日子。后来得有了你，一向不大顺溜，今已改行从善。闲来追思既往，正会枉杀了两个人，又冤陷了两个人，时常挂念，思欲做些功德超度他们[5]，一向不曾对你说知。"大娘子便道："如何是枉杀了两个人？"那大王道："一个是你的丈夫，前日在林子里的时节，他来撞我，我却杀了他。他须是个老人家，与我往日无仇，如今又谋了他老婆，他死也是不甘心的。"大娘子道："不怹的时，我却那得与你厮守？这也是往事，休题了。"又问：

"杀那一个又是甚人？"那大王道："说起杀这个人，一发天理上放不过去。且又带累了两个人，无辜偿命。是一年前，也是赌输了，身边并无一文，夜间便去掏摸些东西。不想到一家门首，见他门也不闩，推进去时，里面并无一人。摸到门里，只见一人醉倒在床，脚后却有一堆铜钱。便去摸他几贯。正待要走，却惊醒了那人，起来说道：'这是我丈人家与我做本钱的，不争你偷去了，一家人口都是饿死！'起身抢出房门，正待声张起来，是我一时见他不是话头，却好一把劈柴斧头在我脚边。这叫做'人急计生'，绰起斧来，喝一声道'不是我，便是你'，两斧劈倒，却去房中将十五贯钱尽数取了。后来打听得他却连累了他家小老婆，与那一个后生，唤做崔宁，冤枉了他谋财害命，双双受了国家刑法。我虽是做了一世强人，只有这两桩人命是天理人心打不过去的；早晚还要超度他，也是该的。"那大娘子听说，暗暗地叫苦："原来我的丈夫也吃这厮杀了[6]！又连累我家二姐与那个后生无辜受戮[7]。思量起来，是我不合当初做弄他两人偿命[8]。料他两人阴司中也须放我不过。"当下权且欢天喜地，并无他说。

明日捉个空[9]，便一径到临安府前叫起屈来。那时换了一个新任府尹，才得半月，正值升厅，左右捉将那叫屈的妇人进来[10]。刘大娘子到于阶下，放声大哭。哭罢，将那大王前后所为，怎的杀了我丈夫刘贵，问官不肯推详，含糊了事，却将二姐与那崔宁朦胧偿命[11]；后来又怎的杀了老王，奸骗了奴家，今日天理昭然，一一是他亲口招承，伏乞相公高抬明镜[12]，昭雪前冤！说罢又哭。府尹见他情词可悯，即着人去捉那静山大王到来，用刑拷讯，与大娘子口词一些不差。即时问成死罪，奏过官里。待六十日限满，倒下圣旨来：勘得静山大王谋财害命，连累无辜，准律[13]杀一家非死罪三人者斩加等，决不待时[14]；原问官断狱失情[15]，削职为民；崔宁与陈氏枉死可怜，有司访其家[16]，量行优恤[17]；王氏既系强徒威逼成亲，又能伸雪夫冤，着将贼人家产一半没入官[18]，一半给与王氏，养赡终身。

刘大娘子当日往法场上看决了静山大王，又取其头去祭献亡夫并小娘子及崔宁，大哭一场。将这一半家私舍入尼姑庵中。自己朝夕看经念佛，追荐亡魂，尽老百年而终。

有诗为证：

　　善恶无分总丧躯，只因戏语酿灾危。
　　劝君出语须诚实，口舌从来是祸基。

　　[1]瓦罐不离井上破，将军难免阵中亡：古代谚语。瓦罐用以汲水，所以在井边打破的可能性很大；将军率兵打仗，阵亡自属难免。这里比喻经常干抢劫的勾当，不会有好结果。

　　[2]梁园虽好，不是久恋之家：古代谚语。梁园虽好，毕竟不是自己的家园，不能久恋。梁园是汉代梁孝王刘武接待宾客的苑囿，规模宏大，故址在今河南开封市东南。

[3] 把这门道路撇了：意思是不再干这种抢劫的勾当了。
[4] 剪径：在小路上抢劫杀人。
[5] 功德：念佛诵经，超度亡魂，叫做做功德，是迷信的行为。
[6] 吃这厮：被这家伙。厮，是骂人的话。
[7] 受戮：被杀。
[8] 做弄：故意使，强要。
[9] 捉个空：抓个空儿，乘隙。
[10] 左右：指衙门里的公差们。
[11] 朦胧：稀里糊涂。
[12] 高抬明镜：旧时称官员审判案件明察是非。
[13] 准律：依照法律。
[14] 决不待时：决，处决。不待时，旧时死刑多在秋后处决，重犯不等到秋后，立即执行。
[15] 断狱失情：断案不能详察情理，造成冤案。
[16] 有司：主管的官员。　访：调查，了解。
[17] 量行优恤：按照实情，给予优待抚恤。
[18] 没入官：把财产没收归公。

　　本篇小说所写的都是极为普通的事情，就像生活中时常发生的一样：丈人留女儿多住几天，让不得意的女婿先回去；女婿在回家途中遇到旧友，略饮几杯，有些醉意；二姐因守门倦怠睡着而开门迟了；刘贵带醉戏言把二姐典当了；二姐却信以为真，离家出走，想回娘家告知；赌徒偶然进屋偷窃被主人发现，情急之下杀人灭口；崔宁也不免于喜欢异性，于是当路遇二姐请求同行时便欣然应允……无不入情入理，完全是日常生活。但这中间又有巧合误会的因素：刘贵借得十五贯钱回来，戏言是典当二姐的钱；却又被赌徒进来偷走了；而崔宁身上也恰好带有十五贯钱，却又正好与二姐一路同行……再加上邻居的推脱干系，官府的糊涂审案、草菅人命，自然导致了悲剧的发生。这样就能使人强烈地感到生活中时时处处都有祸患，也就达到了劝告人们说话做事要小心谨慎的目的了。

（裴兴荣）

# 王　魁

　　《王魁》选自《小说传奇》合刊本，作者不详。宋代罗烨《醉翁谈录》传奇类有《王魁负心》名目，辛集卷二负约类有《王魁负约桂英死报》一篇，早期南戏亦有

《王魁》名目，故事情节皆与本篇相近，可知此话本当为宋元时期作品。《小说传奇》合刊本大约出版于明万历末年，原书已残，书名不详，现名为路工先生所拟。

话说宋朝山东济宁府[1]，有秀才姓王，名魁，字俊民。因上京应试下第回来，至莱阳县遇一相知友人[2]，邀至北市鸣珂巷妓家小饮。这妓女姓敫，小字桂英，果是姿容艳丽，态度轻盈。王生一见，两下目成心许。饮酒中间，桂英满斟一杯，对王魁笑道："妾名桂英，酒乃天之美禄[3]，足下得桂英而饮天禄，明年必登高第之兆[4]。"即将罗帕一方，求魁题咏，魁即援笔题云：

谢氏筵中闻雅唱[5]，何人戛玉在帘帏[6]。

一声透过秋空碧，几片行云不敢飞。

王魁写毕，付与桂英收置，桂英满心欢喜道："自今之后，君但勤学，四时饮食、衣服，我当备办。"王魁感谢，自此朝出夜归。

[1] 济宁府：今山东济宁市。

[2] 莱阳县：今山东莱阳市。

[3] 美禄：《汉书·食货志下》："酒者，天之美禄，帝王所以颐养天下，享祀祈福，扶衰养疾。"后来以"美禄"指酒。

[4] 登高第：科举考试名列前茅。

[5] 谢氏：唐代宰相李德裕家谢秋娘为名歌妓，后因以谢娘泛指歌妓。

[6] 戛（jiá）玉：敲击玉片，形容声音清脆悦耳。

住了一年，又将应试，一切资妆行李之具[1]，皆是桂英置办。临行，两下不忍分手。桂英垂泪道："我与你偶尔相逢，情爱所牵，一时难舍。若此一别，妾身如断梗飞蓬，虚舟飘瓦[2]，不知你功名成否何如？又不知你心中何如？此处有个海神庙，其神最灵，何不同到庙中焚香设誓，各不负心，生同心，死同穴，终始无二！不知你意如何？"王魁欣然同至庙中。焚香拜毕，王魁跪在神案前设誓道："魁与桂英，誓不相负。若生离异，神当殛之[3]！"桂英也立誓道："念桂英今与王魁结为夫妇，死生患难，誓不改节！若渝此盟，永沉苦海！"两人誓毕，再拜而出。桂英又送一程而回。

[1] 资妆：同"资装"，旅费，盘缠。

[2]断梗飞篷：篷当作"蓬"，"断梗飞蓬"与下文"虚舟飘瓦"都是没有根基、没有依靠之意。

[3]殛(jí)：杀死。

## 原文

却说王魁自别桂英之后，在路免不得饥餐渴饮，夜住晓行，不止一日，到得京都，寻了寓所安下，即寄诗一绝与敫氏云：

琢月磨云输我辈，都花占柳是男儿[1]。
前春我若功名去，好养鸳鸯作一池。

是科放榜，状元及第竟是王魁。报到桂英家，其喜可知，即寄诗贺魁云：

人来报喜敲门急，贱妾初闻喜可知。
天马果然先骤跃[2]，神龙不肯后蛟螭[3]。
海中空却云鳌窟[4]，月里都无丹桂枝[5]。
汉殿独呈司马赋[6]，晋廷惟许宋君诗[7]。

身登龙首云雷疾[8]，名落人间霹雳驰。
一榜神仙随驭出[9]，九衢卿相尽行迟[10]。
烟霞路稳休回首[11]，舜禹朝清正得时[12]。
夫贵妇荣千古事，与郎才貌各相宜。

诗寄至京，魁见之，竟不在念，桂英复寄一诗云：

上国笙歌锦绣乡[13]，仙郎得意正疏狂[14]。
谁知憔悴幽闺质[15]，日觉春衣丝带长[16]。

又诗云：

上都梳洗逐时宜[17]，料得良人见即思。
早晚归来幽阁里，须教张敞画新眉[18]。

## 注释

[1]这两句是说自己是情场老手，能获得女人的芳心才是男子汉。或曰"琢月磨云"指写文章，"都花占柳"指考中进士后的游乐活动。

[2]天马：骏马。

[3]蛟螭：即蛟龙，这里泛指水族。

[4]此句谓王魁已独占鳌头，云鳌窟中没有位置了。

[5]此句谓王魁已蟾宫折桂，月里再没有桂枝了。

[6]司马赋：司马相如的赋。

[7]宋君诗：宋君不详何人，待考。

[8]身登龙首：东汉末，被李膺提携奖誉谓之"登龙门"，一登龙门，身价百倍。

[9]一榜：指全榜，科举考试录取的全部名单。

[10] 九衢：九条道路相交叫衢，后来指宽阔的大道、繁华的街市。
[11] 烟霞路：指青云直上之路。
[12] 舜禹朝清：指像舜和禹统治时那样政治清明。
[13] 上国：指京城。
[14] 仙郎：本指年轻的男仙，也指俊美的男子，唐代亦指尚书省各部的郎中和员外郎。
[15] 幽闺：深闺。
[16] 春衣丝带长：即"衣带渐宽"之意。
[17] 上都：京都。
[18] 张敞画新眉：汉代张敞常为夫人画眉，后以"张敞画眉"喻夫妻感情融洽。

**原文**

魁见连次寄书至，竟生厌常之心，自忖道："我今身既贵显，岂可将烟花下贱为妻。料想五花官诰[1]，他也没福受用。倘亲友闻知，岂不玷辱，我今只绝他便了。"竟不答回书。那王魁父母在家已聘崔相国之女，只等王魁衣锦还乡，即便洞房花烛。及至在京候选，除授徐州佥判[2]。桂英闻知，大喜道："此去徐州不远，想他到任之后，必差人来迎接我矣！"以后又打听得他到任已久，竟不差人来接。桂英心中忧愤，又修书一封，差一的当家人，特地送至徐州任所。那人来至徐州，正值王魁坐厅理事。把门皂隶进禀道[3]："老爷，有管家在门外，说特送家书到此，不敢擅进，候老爷钧旨。"王魁只道家中父亲差来的人，连忙道："着他进来。"及至那人走至阶前，方认得是桂英家人，大怒，喝令左右，即时逐出，书竟不容投递，其人只得空回，将书付还桂英，说其不容相见光景。桂英听说，气得捶胸跌足，呕血大哭道："王魁负我如此，我必死以报之！"当夜自刎而死。

可怜如玉娇花貌，化作南柯梦里魂！

当时惊动了鸨儿、龟子[4]，举家来救，已无及矣。欲将告官涉讼，无奈官官相护，又无把柄可告。终是门户人家[5]，又不是亲生父母，那一个肯出头露面去申冤？只得叹口气，买棺盛敛，忍气吞声的埋了。

[1] 五花官诰：古代诰命夫人所穿的正式服装。
[2] 佥判：即签判，签书判官厅公事的简称，为宋代各州幕职，协助州长官处理政务及文书案牍。
[3] 皂隶：旧时衙门里的差役。
[4] 鸨儿：妓院中的女老板。　龟子：妓院中的男性仆役。
[5] 门户人家：即妓院。

**原文**

却说王魁当厅逐去那寄书人，自后杳无信息，心上以为得计。差人接取父母，并崔小姐到任完亲。又闻得桂英自刎而亡。看官,桂英是娼妓,王魁是邻邦官府,这信谁人敢传!原来就是始初同王魁到桂英家里去的那莱阳朋友,特地写书报他的。王魁一闻此信,暗喜道:"这妇人倒也达时务,恐我去摆布他,故先自尽了。也好,也好!如今拔去眼中钉了!"自思自想了一回,走到书院中,只觉得没情没绪介无聊,正是:

日间不作亏心事,半夜敲门不吃惊。

只听得壁间如猫捕鼠的一响,王魁回眸一看,烛光之下早已站着一个桂英在面前。王魁一见,吓得手足无所措,只得迎问道:"呀!你从那里来?原来你不曾死?"桂英道:"我岂不曾死!若不死,怎来看见得你这负心贼!"王魁道:"你既死了,又来见我怎的?"桂英骂道:"你轻恩薄义,负誓渝盟[1],使我至此,怎肯与你干休?"王魁那时慌了手脚,连忙道:"是我得罪了。但你今既死,无可救疗你,只得斋僧礼忏[2],多化些纸钱超度你罢[3]!"桂英怒道:"别的都是闲说,我只索你命便了!"说罢,只见在袖中取出当初求王魁题诗在上这幅罗帕,将王魁没头没脸只一兜,王魁大叫一声,闷倒在地。正是:

青龙共白虎同行,吉凶事全然未判。

[1] 负誓渝盟:背负誓言,不守盟约。
[2] 斋僧:以斋饭施舍僧人。　礼忏:举行仪式忏悔过失。
[3] 超度:佛教或道教徒举行诵经等活动,以使鬼魂脱离苦难。

当时父母闻得叫呼,急忙同丫环点灯出来看时,只见王魁口吐流涎,倒在地上。父母惊慌,忙将滚水姜汤灌醒,扶入卧房,时时叫呼,索刀剑自刺。父母问道:"我儿为甚如此?"王魁道:"有冤鬼在此逼迫我死,奈何没法驱遣他。"父母乃请道士结坛,修醮保禳[1]。这主醮坛的道士,姓马,名守素,善能书符召将[2],逐鬼驱邪。

[1] 修醮:道士修坛念经作法事。　保禳:祭祀神祖,去邪除恶,求其保护。
[2] 书符召将:画符箓,召天将,逐鬼驱邪。

是日,众道士齐集在坛前,吹的吹,打的打,好不热闹。那马道士头戴星冠[1],身穿法服,手执剑,足步罡[2],念罢净坛咒,噀水一口[3],随即俯伏在坛[4],瞑目闭气,神游而去。直至莱阳地方,只见一所庙宇庄严灿烂,山门上匾额大书"海神庙"

三字。守素走进庙中,步至东廊下,却有两个人将头发互相结着,有几个奇形怪状的人看守在那里,分明似解审犯人一般。又听得两个结发的在那里"千负心、万薄倖"的诉说骂詈[5],乃是妇人声音。守素正欲问时,殿上走出一个圜眼胡髯、绿袍银带的官儿,向守素施礼道:"法师,可曾见那两个么?这就是你今日为他设醮的斋主王魁,与敫氏桂英。他两个仇恨深阔,非道力可解的。法师,休管他罢!"守素道:"虽然如此,求判长在大王面前方便一声,也须看他是状元及第,阳世为官的情面。"那判官呼呼的笑道:"咳!可惜你是个有名的法官,原来只晓得阳间势利套子!富贵人只顾把贫贱的欺凌摆布,不死不休。堆积这一生的冤孽帐,到俺这里来,俺又不与他算个明白,则怕他利上加利,日后索冤债的多了,他纵官居极品、富比陶朱[6],也偿不清哩!况俺大王心如镜、耳似铁,只论人功过,那管人情面?只论人善恶,那顾人贵贱?料王魁今日这负义忘恩的罪,自然要结了。你也不必替他修醮了,请回罢!"说毕,舒开右手,将马守素劈心一推,守素只叫得一声:"啊呀!"早已翻斤抖跌入大水之中。忙在水中捻着避水诀,口念避水神咒,怎奈略开口,水就骨嘟嘟灌入喉咙,只觉得气闷难熬,一字也念不出,只得随波逐浪的滚格过去。滚得一个不耐烦,方才把两手一舒,两脚一伸,开眼看时,呸!原来就在王金判公署后堂醮坛里毡单子上睡着。

[1] 星冠:道士戴的帽子。下文"法服",指道士作法时所穿衣服。
[2] 足步罡:脚步按照北斗七星的斗柄位置走动。 罡(gāng):北斗星的斗柄。
[3] 嗅(xùn):喷。
[4] 府伏:即俯伏。
[5] 薄倖:薄情;负心。 骂詈:责骂。
[6] 陶朱:即"陶朱公",指春秋时范蠡,他助勾践灭吴后经商致富。

**原文**

　　守素爬起来,对众道士将神游所见之事一一细述。说犹未了,只听得里面若男若女号天哭地,大恸起来。可惜一个状元大人,呜呼哀哉死了也!众道士正欲收拾坛场,却喜得老封翁倒有三分主意[1],疾忙唤家人出来分付道:"今日醮事且不消收,换了文疏,竟作老爷入殓功德便了!"众道士听说,只得重写疏仪,改换祝文[2],重新做起入殓醮事。王魁父母妻儿好不凄惨。寮友闻知[3],都来探丧吊奠。过了二七之期,方始收拾回归济宁安葬。正是:

　　　　玉堂学士归山后[4],马迹车轮绝影无。

　　至今相传负义王魁,骂名不朽。
　　有诗为证:

忍负贫穷衣食时，山盟海誓鬼神知。
东廊结发何时解？世世生生永唱随。

[1] 封翁：由于子孙显贵而受到典封的人。
[2] 疏仪：书面上写的仪式程序。　祝文：祷告的文章。
[3] 寮友：即"僚友"，同事。
[4] 玉堂：宋代以后称翰林院。　归山：去世。

《王魁》是南戏最早的剧目之一，它的题材与《赵贞女蔡二郎》相似，都是写男子负心的作品。这篇话本和戏曲一样，写王魁在桂英的资助下考取了状元，功成名就后却背负了桂英的感情。自刎而死的桂英的鬼魂，将王魁性命索去。

这个故事长期在民间流传，今天在戏曲舞台上仍然有"义责王魁"之类的剧目演出，王魁也成为了负心人的代名词。男子"负心"是中国戏曲小说中一个重要的主题。"朝为田舍郎，暮登天子堂"，中国古代社会的选官制度，无论是察举征辟还是科举考试，都为贫穷书生提供了一条"学而优则仕"的道路，下层知识分子可以通过自己的努力成为官僚体系的一员。在男权社会中，一个男性的成功是整个家族、家庭努力的结果，更是妻子奉献的结果。而男子一旦进入官场，感情便面临了多种选择。"糟糠之妻不下堂"被当作一种美德，这样的男子令人敬佩。也有一些男子在名利、美色的诱惑下，眷恋异乡花草，贪图上国锦绣，成为王魁、蔡二郎那样的人。所以，王魁在中国文学人物形象中极具典型性。同样，桂英也成为被负心男子抛弃的妇女的典型。

王魁最终被桂英索命而亡，虽然荒诞无据，纯属迷信，却恰恰是朴素的下层社会人民情感的一种体现。而这种"因果报应"的叙事结构，也成为我国古代俗文学的一种主要的模式。

(焦中栋)

## 薛仁贵征辽事略（节选）

《薛仁贵征辽事略》，讲史话本。明《文渊阁书目》著录，原书已佚，仅《永乐大典》卷五二四四收此书一卷。此书文辞古朴简率之处，和元英宗至治年间刊行之《全相平话五种》类似,当是宋元间说话人手笔。本文叙唐太宗时,百济国使臣来进贡,经过高丽国时,被莫离支葛苏文劫其贡品,并刺其面以侮辱太宗。唐太宗御驾亲征,拜李世绩、尉迟敬德等人为主将。白袍小将薛仁贵在征辽过程中屡献奇谋,攻城掠地,本应得到嘉奖,然而却受主将张士贵的压制打击,几无出头之日。最后在尉迟敬德等人的不断努力下,屡建奇功的薛仁贵受到唐皇的嘉赏,三箭定天山,生擒葛苏文,唐军班师回朝。全书史实与虚构相结合,情节曲折生动而叙事紧凑。今有赵万里辑注本。

**【原文】**

三皇五帝夏商周,秦汉三分吴魏刘。
晋宋齐梁南北史,隋唐五代宋金收。

话说昔日唐太宗皇帝即位,贞观十八年,天下太平,诸国来朝。海外高丽国东有四国,一曰新罗国,一曰伯济国[1],一曰龟兹国[2],一曰危楼国。一日,太宗皇帝设朝升殿,文武班齐。合门使出班奏曰:"今有海东伯济王遣使昌黑飞来进奉陛下。"帝令近臣引见帝,来使以皂纱蒙面,帝不晓其由,遂问使:"进者何物?"昌黑飞下殿请死。太宗问其故。昌黑飞奏曰:"臣有辱国之愆,罪当万死。"帝曰:"赦卿无罪,当言其故。"昌黑飞曰:"臣奉王命,将所进陛下宝物前来,至海东黑风口,从登州蓬莱阁,欲循海经过高丽国,遇高建藏大兵截其路。捧一员将,身长一丈,披绛狮服,跨赤虬马,腰挂两鞭弓,身背飞刀五口,乃高丽虎将葛苏文也[3]。官封莫离支,杀本主。高建藏为主,挟天子之命,威镇群臣,乃东海王莽也。将臣所进之物尽皆劫去,以针黑绣其面讽刺陛下,臣不敢去其蒙面,若陛下见了,臣该万死。"帝曰:"赦卿无罪。"昌黑飞去其蒙面之物,却见面上刺着四句言语,道甚来?

"杀兄前殿,囚父后宫[4],将老兵骄,不堪成事。"

太宗视之大怒,随问群臣曰:"今高丽欺朕如此,便起兵征伐,谁敢前去?"言未毕,殿下一将出班厉声取奏:"陛下。臣非口过,若高丽国去,倘逢贼将,臣能生擒奉献陛下。"太宗见了,喜不自胜。怎见得?有诗为证。

诗曰:

一身踏碎高丽国,两手生擒莫离支。
英风凛凛欺叔宝,勇气堂堂赛尉迟。

觑了无不称心。这将军却是燕国公世雄之子,乃薛万彻也。太宗曰:"是驸马也。"薛万彻愿作先锋。帝曰:"兵起,卿为前部先锋。"

房玄龄、杜如晦出班奏曰:"勿为私隙,陛下起兵征辽,军民遭难。况高丽居于海东,路遥地远。陛下今起军征伐,军有带甲之劳,民有转输之苦[5]。虽若成功,得地不足耕耘,不堪畜养。何况胜败难分。昔日炀帝征辽,军折三万,地退数千里,以成后世之笑。陛下熟思之。"太宗曰："非也。二卿所知，昔日炀帝不成者，盖不明用兵之法。朕自河东起义兵，五载定隋，削平群盗，所征者破，所击者亡。自武德至贞观[6]，岂有化外粗俗，敢欺中原天子。今莫离支杀主夺权，欺凌大国。此贼神天不容，朕大杀之。请卿勿复再言，寡人事已决矣。"

房、杜二人不敢再谏，出朝，忽见一队头踏[7]，骨朵大剑，水罐银盆，近中门来。背后马上坐一老将，鬓如银丝，目若朗星，乃是鄂国公敬德也。见房、杜下马，问二人何为面色不乐。房、杜言曰："天子欲征高丽，谏之不从，所以带忧。"敬德曰："我当谏之。"房、杜再随入朝来。近臣言鄂国公总管来见帝，帝宣上殿赐坐，房、杜立于殿下。帝问曰："卿不宣何至？"敬德曰："知陛下欲征高丽，来谏陛下。"太宗令昌黑飞至殿下，敬德视之，面刺："杀兄前殿，囚父后宫，将老兵骄，不堪成事。"敬德猛叫曰："莫离支贼将安敢如此！"奏曰："从陛下征此高丽，庶几报恨。"帝曰："卿若减了十五岁，朕何虑也？卿今老矣。"敬德曰："臣虽老，二臂尚有千斤之力，何其老矣。"帝曰："如何见得卿不老？"以手指殿下石狮子，约千斤以上："臣当一臂惯之，使陛下知臣不老。"言讫，撩起袍，用臂惯石狮子平身而起，转殿行步如飞，约及数遭，掷石狮子于殿下，全无气喘。又再取奏："陛下，尉迟老那不老？"只陛下见道欢喜煞。太宗宣左右："将先锋印来，寡人御驾亲征，卿为前部先锋，只来日军兵便上来。"各人皆散。怎见得？诗曰：

　　欲破高丽平海水，全凭老将尉迟恭。

房玄龄、杜如晦道："他来谏天子，被天子倒说了他。"

[1]伯济：即"百济"，古国名，在今朝鲜境内。

[2]龟兹（qiūcí）：古代西域国名，在今新疆库车县一带，不在朝鲜半岛。高丽的"龟兹国"与下文"危楼国"，都是小说家的杜撰。

[3]葛苏文：正史一般称为"盖苏文"，是七世纪前期高丽权臣。他曾废杀高丽王，立王侄高藏为王，自封为"莫离支"。《新唐书》卷二三六"东夷"："更立建武弟之子藏为王，自为莫离支，专国，犹唐兵部尚书、中书令职云。"

[4]杀兄前殿，囚父后宫：指李世民为夺取政权而发动的"玄武门之变"。

[5]转输：转运输送（粮草军需等）。

[6]武德：唐高祖李渊年号（618—626）。

[7]头踏：也叫"头搭""头答"，官员出行时走在最前面的仪仗。

拜英国公李世绩为元帅，敬德作先锋，起军三十万，御驾亲征。打登州蓬莱阁过海黑风口，军才达东岸，迎头的兵来约及三万有馀。阵前捧一员将，顶三叉紫金冠，披绛狮服，横一柄大杆刀，跨赤虬马，左右带兵器两鞭弓，身背飞刀五口，阵前耀武自言："吾乃莫离支葛苏文也。"太宗传圣旨："若擒取贼首者，当封万户侯。"一将出马交战数合，莫离支刀劈敬德，敬德闪过，左手拿住刀杆狻猊爪，不放青锋刀，腕上髟髟竹节鞭[1]，举起鞭来，莫离支背上取出飞刀在手，敬德拨马归阵。莫离支催兵掩杀，太宗失败，兵荒将乱，伞倒旗斜。太宗一骑马落荒走，莫离支背后赶着。海东岸见险峻山势，太宗到近，见一坐山下红绰高门，上安牌一面，写"虹蜺三刀之山"[2]，太宗负急纵马入门，莫离支欲追太宗，连发数箭皆不中。太宗思着美良川榆窠园也[3]，纵马上坡。莫离支叩坡大叫："李世民下马受死。"太宗无计免难。向山脚一壁转过一骑马来，马上一个年少将军，素袍莹铠，赤马朱缨，擗转方天戟[4]，取弓箭在手，一箭射莫离支坠马。太宗厉声问曰："救朕建功者，虎将何人也？"白袍年少飞身下马，擗方天戟，高坡直下，躬身取奏："臣乃绛州龙门县人也[5]。"

诗曰：

黄河流在昆仑下，龙虎风云际会时。

其人欲言姓名，忽骤雨大作。帝从马下坡，马蹶落足[6]，太宗坠骑，大叫一声，向寝殿睡觉。其时风清还二鼓，月白正三更，却是梦中之事，坐而待旦。

帝设朝，宣袁天刚、李淳风司天台官圆梦。帝说罢，袁天刚曰："虹蜺者绛也，三刀者州也。白袍将军必在布衣，当年少。在绛者，左侧必有破辽虎将。"帝曰："应梦之臣，如何得之？"李淳风曰："陛下因起义兵而立朝臣，若陛下随路招其义军而立唐朝，必得应梦将军也。"太宗降诏书天下，交三十六路总管府为招义军，拜英公李世绩为征辽大元帅。

英公令长安市心立起义军旗，旗下张挂榜文……

[1] 髟（biāo）：挥打。

[2] 虹蜺：即"虹霓"，彩虹。古人认为彩虹是虹霓吐气所致。

[3] 美良川：刘武周大将尉迟恭与李世民等人在此曾大战，时间在武德二年。传说尉迟恭击秦琼三鞭，秦琼还击两锏。 榆窠园：为当时战斗的发生之处。

[4] 擗（pǐ）：这里指将武器挂在马鞍上的动作。

[5] 绛州龙门：今山西河津。

[6] 蹶（jué）：跌倒。

帝还宫，发使催督三十六路总管招军使。一宣使往绛州金台府。张士贵本名忽峰，虢州卢氏人也，号曰"忽峰贼"，征肖铣有功，封虢公，作绛州兵马总管。张士贵接着使命，开诏叙征辽事，招义军总管府。宣使回，张士贵与副总管刘君昂张挂黄榜于绛州市井招义军，百姓看着无数。于人丛里见一个村妇人，年约二十有馀，荆钗布袄，至甚贫寒。观其标格，非久困之人。问其市中人曰："所看何榜？"或曰："大唐天子欲跨海征辽，招集义军壮士，如愿者当纳状书名入官投军。"贫妇听言，两手加额："我夫有冠世之才，今逢时当显也。走至庄上，俺夫主交赴官投军一名，倘有折箭之功，岂不荣家显祖也。"

诗曰：

佩剑执圭朝玉阙，顶冠彻履上金銮。

这夫人是柳氏，在绛州龙门县大黄庄分曲村住。妇人奔庄上来，通报夫主："我昨日奔绛州去，见市中张黄榜，言大唐天子征高丽见招义军，你敢投军么？今边庭用人之际，乃英雄得志之时，今日不显功名富贵，更待何时。今可便往绛州总管张士贵处投义军一名。"仁贵曰："有大事未了。"柳氏曰："何事？"曰："父母在浅土，未曾迁葬，孝服在身，远离父母坟所，乃大不称心也。"柳氏曰："夫孝始于事亲，终于事君。你去，妾当佣食洗衣，亦可苟养一身。公若身居爵位，他日无忘也。"仁贵遥辞了父母坟，拜别庄院，方欲进步[1]。柳氏曰："祝公！若充军止作长行[2]，妾与公一物，慎勿遗失。"言绝，舒手怀中，取出一物来度与仁贵。觑了，两手加额。是甚物也？父母临危，留下一领汗衫，柳氏收得。"公若临军，披此汗衫，其功必建，盖孝感于身。"

[1] 进步：迈步。

[2] 长行：远行。

仁贵辞柳而去，不数日早至绛州，分开人丛，走至讲武厅下，戳下方天戟，叉手应喏："小人特来此投军使。"张士贵、刘君昴悚然大惊[1]，百姓应喊。士贵曰："尔来晚矣。"仁贵曰："告总管：国家用人之际，英雄得志之时，今日不显，功名何时及身？"士贵曰："尔何姓名？""姓薛，双名仁贵。"张士贵大叫一声："这汉怎敢！"刘君昴道："左右，臂口捆更不敢言。"令左右推出教场去者。

仁贵出来，低头自思，不知其过。一老人言曰："公犯着总管讳字。"薛仁贵方省，鼓掌开言曰："天子征辽，招壮士来投军，为犯总管讳字，将某不用。"仁贵正分辩间，向官道上数骑马来，马上坐着个老将军，生得方面巨口，怪目神眉，乃卢国公程咬金带牌走马，催赶天下义军。薛仁贵迎着马头叫屈，程咬金遂问："汉子因甚叫屈？"仁贵叉手立于马前，曰："小子乃绛州龙门县大黄庄人也，姓薛双名仁贵，来投义军，为犯着总管讳字，将其遣赶不用，是英勇难施助国之心也，愿详察之。"程咬金见说大怒："这老贼怎敢。"道："仁贵随我去来，用你时万事俱休。"道罢，张士贵接来衙内。问张士贵、刘君昴："招义军如何？"士贵曰："义军招足。"咬金曰：

"公有何私？"士贵曰："某无私。""大黄庄薛仁贵，为犯你讳字，挟冤不用。昔日李药师曾有变，神尧高祖反[2]，斩家小二百馀口，不为仇，反用为军师。秦叔宝逼帝于老君堂。今二人皆厚唐禄。为犯你讳字，遣弃良将。"士贵缄口无言。咬金喜曰："此人有良将之才。"众官问曰："你要充军，有何武艺？"仁贵曰："十八般武艺俺都会。"张士贵听道罢，早不喜。令左右将弓来，教仁贵拽试。仁贵左手推靶，右手兜弦，一推上弓，连拽数十满。士贵问曰："此弓以上更加得几张。"仁贵道："这弓更添三张。"张士贵大怒曰："你敢猛言[3]，怕不信？""臂膊来粗桑树，砍做弓，曾拽四张。"士贵道："除了弓箭，别会甚么？"绰戟在手，言曰："除总管以下，都敢与他比试。"刘君昂道："这汉正是搦我。左右，将披挂来。"欢喜仁贵！望有个成头的，这汉合死，一戟戳死这汉，然后随程咬金入洛阳驾前争先锋印则个。

这两个方欲争斗，见一队军约一千有馀，捧一员将，自言吾乃混天大王董达。咬金道："不须你二人比试，张士贵领义军教你来迎贼兵。"两阵完，混天大王出马，头顶朱漆笠，身披明铠甲，跨赤虬马，横着宣花斧。董达搦战，刘君昂出马，无数合，君昂败了。贼再搦战。咬金道："只亏我老了。"背后一人高叫："总管放心，俺生擒贼将，夺莹铠。"言讫，告总管借与我马，横方天戟，不打话便战。贼将不能措手，拨马便走。薛仁贵追贼，散乱奔走。张士贵催军掩杀，贼军逃走。程咬金鸣锣，诸将皆至，不见仁贵。咬金高坡上视之，望见正西下骑马来，马上白袍年少鞍乔上横担着一员贼将，直至高坡下，掷贼将于地。薛仁贵活捉将来，惊杀了程咬金，以鞭碎其脑。咬金曰："吾先往洛阳，随后义军便起。"将董达莹铠、赤虬马赏薛仁贵。

[1] 悾（kōng）然：非常惊恐的样子。
[2] 神尧：唐代对李渊的敬称，李渊谥号为"神尧大圣光孝皇帝"。
[3] 猛言：吹牛。

张士贵、刘君昂领薛仁贵从事，登程上路。天下义军都至洛阳，太宗车驾亦至，传圣旨，宣大小总管来日驾登九龙门看诸总管摆行阵，程过门下[1]。得圣旨，各奔本寨。张士贵、刘君昂置营于城外，亦蒙帝旨。二人帐上议之，士贵曰："吾自年少素攻力战，不曾习兵法，摆行阵，不知规矩，岂能晓会。来日九龙门下惹众将笑。帝知我为勇夫也，虽无罪，岂不自耻？"君昂但默然不语。帐下一人高叫一声："何须总管忧，此乃征辽建功之日，只来日先怕行阵，教总管先获头功。"二人惊视，乃薛仁贵也。帐上问曰："你会排行阵么？"仁贵曰："稍解孙吴兵法。"士贵大喜："行阵有法，当奏帝荐功。"仁贵应声退候。

次日，太宗驾领敬德与英公文武登九龙门，看总管行阵过。次后张士贵过于门下，帝与英公大笑言曰："奇哉此阵。见左右方圆，内虚外实，势若绳绷剪纸[2]，阵形用内虚外实，所以孙吴具载。"帝曰："运筹略略如孙子，布阵依依似武侯。那老贼焉能会布此阵。方知艺行随福。"太宗默然瞬目，见士贵背后一人素衣白袍莹铠，赤马朱缨，执戟在前，军于其后。帝乃曰："此士贵是拙主人，背后执戟者巧博士。"使一殿官下九龙门，交问："挂白袍年少卿官姓甚？朕欲用之。"比及殿官下门问，张士贵行阵已过。帝更不看别路诸侯行阵，便下九龙门至朝。驾坐，宣英公、敬德至。帝曰："卿等适来见张士贵行阵如何？此阵奇哉！"英公曰："此阵甚好，敌避之为虚，击之为实，得武侯八阵法。"帝问敬德："此阵如何？"敬德曰："臣自佐刘武周，后归陛下，大小约经二百馀阵，虽不通兵法，也曾见过，适来阵势，未尝见此。"帝曰："老贼焉会此阵。昔日张士贵为破肖铣，虽有功力战，何知兵法。惟恐有人所教。"帝疑之。适见执戟白袍年少指引军兵，此人非俗。帝令近臣宣张士贵至于殿下。帝曰："昔日高祖三封萧相，卿知否？"士贵曰："不知。""因荐韩信进贤，卿休讳。适见行阵，卿岂能会？必受他人所教，卿当言之。朕无高祖之明，卿有萧何之德。今谁教你行阵来，休讳。"士贵曰："臣不敢讳。"俯伏在地，奏曰："非臣之能，有一人所教。"帝大喜："问卿谁教你来？"士贵言曰："夜梦神人所教。"帝口中不语。

[1]门下：门下省，唐代三省之一。
[2]绷（bēng）：同"绷"，牵引。

## 原文

太宗传圣旨道与诸路总管上"平辽论"。张士贵还寨，请刘君昂上帐，说："帝要平辽论，如何？"君昂曰："请仁贵问之。"令人请仁贵至帐坐，士贵擎酒问之："帝要平辽论，想足下必有高见。"仁贵曰："今蒙钧旨，敢不尽心？鲁钝之才，试做一论，愿求纸笔。"士贵心中大悦："左右，将纸笔来。"仁贵拂开纸，一笔挥就看了，度与士贵看罢，将平辽论收于里面。仁贵曰："今将此表见帝，如蒙问念，若何？倘不解文意，何以对帝奏之。"士贵言："咱两个同去见帝，你自解说去来。"言讫，搭手仁贵之臂，同步下帐。怎见得？诗曰：

正当龙虎相逢日，恰是君臣庆会时。

张士贵将仁贵至内门前，留于宫门外。士贵将平辽论见太宗升殿，有英公亦袖其表，宣诸路总管至殿下各进平辽论。武士彟献上，帝觑其文。马三宝言边关守长自备其境，帝不喜。段志贤、裴行俭上表，不合帝意。英公见帝不喜，方欲袖出其表，见张士贵亦捧表一道上，帝展于御案，令左右宣读，未及一半，欢喜煞太宗。使英公袖手碎其表。不知表上说个甚来？表曰：

臣闻黄帝临朝，蚩尤作乱。有虞在位[1]，苗裔不君。轩辕岂无德之君[2]，帝舜非不仁之主。盖乱臣贼子，兴起干戈。今高丽者，海东丑类，化外之夷。既不奉上来朝，当宜兴师问罪。加以葛苏文杀主夺权，恣行凶暴。将百济国进奉邀夺[3]，辱昌黑飞针绣其面。欺陵大国，讽刺吾皇。若不拜将征伐，难容中原之人。说昔马援立铜柱[4]，盖南蛮丧胆而服。近李靖至阴山，使北狄望风而怯。今欲征辽，可分兵三路，南赴明越，中赴青丘道，北进先取榆林。若兴三路雄师，庶使建功神速。臣虽愚见，伏取圣裁。

帝看了，问士贵："前者排行阵之日，朕早疑，尔言梦中神人所教。此平辽论有出世之才，非常之义，此表是甚人做来？"张士贵曰："乃绛州副总管刘君昴做来。"帝命赏金一锭，宝带一条，随张士贵统军。

[1] 有虞：舜。
[2] 轩辕：黄帝。
[3] 邀：阻拦，截击。
[4] 马援立铜柱：汉代马援曾于交阯立二根铜柱确定国家的边界。

太宗分三路。南路越州，大将张公谨。中路青丘道，程咬金、苏定方为副将。北路太宗御驾兵三十万。令张士贵前部总管，取松亭关。路过辽东，帝叹曰："辽河水，西去长安五千里。"帝有悔心。数日至海岸下寨。帝视海水汪洋无穷，东望高丽，隔海千里，如何得过？悔不纳房、杜之言。帝宣诸路总管上御寨，问过海之计。敬德曰："乞问张士贵。"帝问张士贵曰："卿有计否？"士贵曰："臣当思之。"诸总管皆散。

士贵归寨，请刘君昴议之："帝问过海之计，敬德以言窘我，若无，怎奈何？"君昴曰："乞问仁贵，必有奇谋。"士贵请仁贵至帐下，谓曰："前者公做平辽论，帝大喜，言若临阵有折箭之功[1]，当重赐赏。帝宣诸官入御寨，问过海之计，诸将缄口，吾当思之。公莫有其术，教三十万兵过海？"仁贵见问，叉手遂言："告总管。今天子只忧大海为阻，难征高丽，仁贵用一计，教千里海水，只来日不见了半点儿。上至太宗，下至小卒，如登平地，安稳过海，意下如何？"张士贵欠身离坐，下帐执仁贵之手，言："引你去御寨见帝，慢慢说道甚。"仁贵付耳低言道与，士贵大喜。

诸总管都来见帝，太宗再问过海之计有无。近臣奏曰："有一豪民，近居海上，特来请见驾，言三十万过海军粮，此家独备之。"帝大喜，宣老人至帐上，问其言。帝领百官随海边来，见其万户皆一彩帐遮围。其老人东向到步引帝入室[2]，皆彩绣幪，地铺茵褥。帝坐，百官进酒，帝喜。但觉风声四面，波响如雷，杯盏倾侧，身居动摇良久。帝不晓，令近臣揭帐幪视之，但见清清海水无穷。帝急问曰："此乃是何处？"张士贵起而奏曰："此乃臣过海之计，得一风势，三十万军乘船过海，到东岸矣。"视之，果在船上。

[1] 折箭：表示衷心履行誓约。
[2] 到步：倒步，倒退。

**原文**

将扣东岸，见辽兵布阵，阻其前路。帝问曰："谁能夺东岸？"言未毕，见一战船两下里豁起龙尾。棹上有兵五百，戳着绛州义军旗号，飞上岸去，执方天戟，见白衣年少举枪如飞，走至岸上，摇白旗一面，厉声高叫："请车驾速登海岸！"惊煞太宗！急问杀辽将夺海岸者虎将是谁。张士贵奏曰："此乃臣过海之计，乃绛州义军建功。"帝问持戟白袍年少，近臣奏曰："绛州一队义军，随白袍将杀贼军往东未回。"太宗领兵过岸，遂问诸将，前者甚城。昌黑飞奏曰："前者凤凰城。"帝问曰："如何得之？"近臣奏曰："今被绛州义军退辽军夺讫凤凰城也。在城军民，担酒牵羊来迎陛下。"帝大喜："此头功非张士贵，皆是白袍持戟者是也。"

太宗入城，改衙为内[1]。帝坐，列文武两班。帝曰："赏罚国之大事。赏信罚明，赏一人，天下悦之；罚一人，天下戒之。今过海水，得凤凰城，皆绛州义军首功。"宣张士贵至殿下："朕当船上亲见夺岸建功，卿当为首。只教穿白袍持戟者，卿当言其姓名是谁。"

诗曰：

　　若非圣主临天下，怎得名贤出世间。

张士贵奏曰："乃绛州义军都头目薛怀玉也。此人勇若关张[2]，智同伊尹[3]，堪当大用。"帝喜，令宣薛怀玉至于殿下，身穿素衣，未尝加职。帝封为沂州刺史，锦袍一领，玉带一条，宝剑一口，战马一匹。帝令出内游街，以激众士之心。

[1] 内：皇宫。
[2] 关张：关羽、张飞。
[3] 伊尹：助商汤伐夏桀的大臣。

**原文**

帝与英公、敬德文武，论怀玉之功。忽见凤凰落于鼓角楼上立，高九尺，生得头顶毛色五彩，乃禽之王也。此凤凰非竹实不食，非梧桐不栖，非甘泉不饮，非玉石不坐。邦有道则见，邦无道则隐。"鲁麟周凤"——周见凤凰，将州改为凤翔府。太宗问群臣："朕征高丽，今见凤凰，皆祥瑞也。"张士贵奏曰："灵芝长，黄河清；麒麟至，凤凰见，祥瑞也。今陛下征高丽，才过海，凤凰来朝，天垂景祥，决平高丽也。"帝大喜，正是祥瑞。忽有一人高[1]："启陛下，麒麟出，凤凰见，非为祥瑞。陛下征辽，谋臣勇将，此乃祥瑞也。"有百济国昌黑飞曰："此城名凤凰城，城北三十里有一凤凰山，有凤凰作窠哺子[2]，岩内飞者动有千数。如陛下不信，登高山看之，便有虚实。"帝大喜，即便引文武看凤凰山。英公曰："不可去。高丽不比中原，恐遇贼兵有失。"帝曰："不暮而还，英公何忧？"不从谏，领兵将文武百官离凤凰城，奔凤凰山来。

[1] 高：疑下脱"叫"之类的字。

[2] 窠：鸟窝。

帝登高岭，勒马东顾，果有凤凰飞戏成群。帝贪看，忽闻金鼓喧天，喊声震地，旗幡遮天，枪刀耀日。见山四面，尽有辽兵所逼，更见戳着莫离支旗号。帝曰："悔不听英公之言，果遭难。"敬德曰："臣等欲保陛下出兵夺阵，贼甚大，诚恐有失，莫若遣人下山求救。"帝曰："贼甚大，谁敢出？"言未尽，帝后一声高叫："启陛下。咱自取救兵。臣只身单骑就军前活挟过那莫离支来，其兵自退。"言讫，一骑马注下去，太宗问左右："下山者谁也？"近臣奏曰："乃驸马薛万彻。"下山横枪冲突贼阵。辽将数员，拦住薛万彻，不能出阵。

话说凤凰城外诸总管寨有士贵[1]、刘君昂帐上坐。门人报曰："帝领文武看凤凰山，到今未回。"只听正东金鼓喧天，喊声震地，必有辽兵相持，阻截车驾。诸将方欲起兵，人报曰："白袍将军薛仁贵领一队军马出寨去。"张士贵、刘君昂领兵也往东去。仁贵五百兵，方欲行，见直东辽兵来到，万馀人列成阵。旗开，捧一员将，顶三叉冠，披绛服，跨马横刀，高叫："唐将来的迟了，唐天子于凤凰山上被吾擒了，将高丽国去也。"薛仁贵大怒："海外贼将，怎敢诳我！"斜横方天戟，纵马约战三合，擗转方天戟，活捉过来，撇在阵前。戟戳在心窝内，道："不杀你，你是莫离支？"答曰："不是，我乃辽将耨撒延寿。"仁贵曰："唐帝安在？"延寿曰："见在凤凰山，遭莫离支大兵所困。"仁贵曰："不杀你，待就军中生擒莫离支，保驾西还。"言讫，纵马东去，五百兵威严随后。张士贵、马三宝、裴行俭、武士彠、段志贤等诸将皆曰："此是仁贵恐别人成功，飞奔辽军里来。"忽见十五员将赶驸马薛万彻出阵望西。薛万彻盛走[2]，望见唐兵将至，连声高叫："乃附马薛万彻也。"言："被数辽将所逼，力困难敌，唐兵救我。"不防马蹶前足，番身落马。二辽将持枪腾至，仁贵欲救，约百步之外，连放二箭，皆中二将坠骑，唬众辽将无敢近前。薛万彻整身上马，问："救我者何人？"仁贵道："驸马休问名姓。只大军中拖过莫离支来，救天子驾，怎时知名。"言讫，策马去。仁贵不顾万彻，入辽军里，只寻莫离支。随后众将领兵皆至，四面掩杀辽兵。

［1］有士贵：有后当脱"张"字。

［2］盛走：正走。

**原文**

帝在凤凰山，望唐兵四下齐至，看唐兵交战。忽见白袍年少跃马横戟，冲突辽阵，如入无人之境。帝视敬德："朕见此将，如卿往日之勇，真虎将也。见此人，便是夺海岸者白衣将军相似。"敬德曰："臣下山宣此人。"帝欲去，见薛万彻上山。帝喜，问曰："非卿取救，不能免朕之危。"万彻奏曰："非臣之功。臣下山，辽将数员，臣战十合，方能出阵。众将逼某甚急，遇一队唐兵，逢一白袍年少将军特来保驾。臣马蹶前足，堕落地上，二辽将来取我，被白袍将军连飞二箭，皆中二将坠骑，救臣得免。臣问姓名，言得莫离支见帝未迟。"帝曰："即此山下冲杀辽兵者，白袍将军是么？"万彻曰："启陛下，正是此人。""卿当下山，与朕急宣。"万彻领圣旨下山，叫："白袍年少，有圣旨宣你。"仁贵杀辽兵赶东往，万彻迭鞭而追[1]，至近，言有圣旨。仁贵下马。问："将军姓甚？"答曰："姓薛名仁贵，系绛州龙门县人也，投张士贵作义军。"万彻曰："曾建甚功？"曰："某就绛州，对程咬金捉了混天大王董达。次到洛阳，摆阵于九龙门下。献平辽论。用计使三十万兵过海。杀辽将，夺东岸，取凤凰城，救凤凰山——皆是薛仁贵之功也。"曰："你建如此大功，也消得一镇诸侯，公当上马，同赴山上见帝。"比及二人到山，帝归凤凰城去了。万彻曰："公且归寨。"万彻入城见帝，帝归帐歇泊，等来日天晓见帝。

［1］迭鞭：连连抽动马鞭。

**原文**

五更催军鼓响，帝领百官前进。张士贵、刘君昂前取榆林城，逢辽兵来，捧一员将，使偃月刀，顶三叉金冠，银叶铠，阵前叫："我乃莫离支也。"唬张士贵大怕。君昂道："放心。"横刀出马阵前，道："莫离支乃东海王莽也。"莫离支大怒，横刀跃马飞上刘君昂来，斗数合，君昂走败。催兵掩杀，张士贵望西北走，辽兵随后赶。忽见一队义军横截，挡住辽兵，捧一员将，索袍莹铠，赤马繁缨，横方天戟，声如哮雷,言:"贼将莫离支且住,薛仁贵在此。"辽将出马与仁贵相见。"尔乃东海莫离支么?"将曰:"某不是,吾乃手下虎牙将也,姓梁名建勋。"仁贵道:"你退,教莫离支来,你枉污我兵器。"建勋大怒,与仁贵交战数合,未分胜败。张士贵遣人报曰:"被薛仁贵横截住辽兵,教君昂倒兵击辽阵。"梁建勋领兵急回,望榆林城走,背后张士贵兵追杀,直至城下。

张士贵收兵归寨,上表奏帝,被小臣杀辽梁建勋,大败之,夺金鼓旗幡无数。帝看罢,转惊:张士贵直恁的强?帝遣使臣传圣旨:"道与张士贵者:今征辽累建大功,宜加旌赏,可挂三路都统军印者。"士贵方欲谢恩,向帐下一人高叫:"告使臣:这只不是张士贵的功也,有他别人的。"唬杀那张士贵。使臣遂言:"汉子,怕不有你的功。"言者,王君廓之子王孙谔,叉手言曰:"国家只用张士贵,敢用其馀将军则个。"使臣问:"此人是谁?"张士贵责曰:"尔父为庐江王李瑗反情相累[1],遭国家罪责,未得诏争敢用你?且军中待吾秉奏,若得诏用你。"使臣回见帝,奏曰:"与张士贵三路都统军印。欲谢恩,一人高叫道:'这功不是张士贵的,也有别人的功。'乃王君廓之子王孙谔。未得帝诏,不敢用,遂令退。"帝视敬德,奏:"他爷被反臣相累,他人须无过犯,如何不用他?臣疑张士贵功诈。赏罚者国之纲纪,不争建功者不赏,枉怨国家不平,海东何日平安?从张士贵建功,亦赖众兵之力。"帝曰:"如何则可?"敬德曰:"臣将御酒三车入张士贵寨赏军,有功者饮酒,建功者自争,如此见端的。"帝令鄂国公押御酒三车至士贵寨。接着,敬德上帐坐,言帝赐御酒赏军。上至众将,下至小卒,有功者赏酒,纳金鼓旗幡人头鼻耳者赏及百人,从辕门外入。手下遂言:"告总管:若论建功饮酒,这三车酒只小人都吃了。"惊杀敬德。遂问张士贵:"这人是谁?"张士贵道:"这人是绛州龙门县人也,姓薛名延陀。""昔日帝于长安招义军,某先投军。自随张士贵过海,累建大功不蒙赏赐。"敬德问曰:"所建者何功?"延陀曰:"昨日立斩旗头,使兵挫锐,乃某功也。"士贵曰:"非为大功,敢将众夸口。"敬德曰:"虽功不多,亦合赏。"连赏三杯,延陀退去。敬德低头:"况今数建大功,既非士贵,合无争者。"

[1]李瑗:原误为"李琼",依赵万里注本改。

赏军已毕,寨门外立着二人,乃薛仁贵、王孙谔。论曰:"适来对大臣欲整大功,帐下不言,何也?"仁贵曰:"征辽应有功劳,都与张士贵。怕见莫离支,或一戟两箭,恁时成功,对帝受赏。"王孙谔曰:"公言非也。比及擒莫离支未得,或高丽王先降,恁时帝已班师,更不误尔功名也。今鄂国公将御酒三车入咱寨赏军,今日不告,何时再得相见?"几句儿言,唤回薛仁贵,着白战汗衫,待入寨,从寨门里见敬德、张士贵并马出来，仁贵唱喏不定，吃紧的王孙谔两手推倒马头前面[1]。敬德问："汉子告甚的？"仁贵欲言，张士贵便道："这汉不早来，御酒已尽也，你好穷口[2]。"仁贵素无一言，只恼杀王孙谔，曰："道你言。"仁贵曰："非建大功，何告之有？"

[1] 推倒：当为"推到"。

[2] 穷口：没口福。

　　士贵随敬德入寨见帝，言："赐锦袍玉带，卿兵取榆林城。"士贵领圣旨还寨，请君昂议事。士贵曰："我榆林城何能得之？"君昂曰："当告仁贵。"士贵曰："数次不荐，必恨在心，焉能竭力？"君昂道："仁贵如战斗，若用美言抚之，必舍命当先，榆林城立破之。"言无数句，这般使用。士贵大喜，召仁贵至帐下。士贵曰："数次不荐足下，莫不怀怨么？非不待荐公，恐帝重用，尔必离我，怎奈何老拙也？以此留公保我。若平辽毕其功，奏帝未晚。"仁贵曰："馀功皆不要，若逢莫离支，或一戟两箭建功，恁时肯奏仁贵么？"欢喜煞张士贵："自与公结为心友。"

　　有探事人到帐下，遂言离榆林城不远，排着三万来辽军，当头捧一员将，貌如恶虎，雄赛狞神，自言莫离支特来搦战。欢喜煞薛仁贵："告总管：这件功，早了与小人[1]。"离帐下阶，绰戟上马，领兵东来。怎见得？诗曰：

　　　　堪爱白袍年少将，领军活捉莫离支。

　　薛仁贵搦战，愿杀莫离支。辽兵阵前一将出来，刀横偃月，马跨赤虬，顶三叉冠，披银甲，乃辽将梁建勋。仁贵曰："莫离支在何？"建勋曰："在城中。""缘何不出？"建勋曰："射鼠岂消虎箭？"仁贵怒曰："若三合外胜你，非为英雄。"言讫，纵马交战，不三合，建勋败走[2]。仁贵乃唐之栋梁，只曾见日月交蚀，几曾见仁贵中箭。仁贵望箭又来，右手绰其箭，左手将戟搠于地上，拈弓在手，搭箭当弦。建勋自见仁贵侧偃了，道箭中，拨马来取。仁贵曰："这箭妨主人[3]。"叫一声着，应弦而箭中，正中气喋[4]，建勋堕马而死。

[1] 了与：完成。

[2] 建勋败走：后边当有"搭弓放箭"之类的话。

[3] 妨主人：伤害主人。

[4] 气喋：指人呼吸的部位，类似于咽喉。

**原文**

张士贵大兵掩杀，败兵入城，闭门不出。张士贵大兵扣城下寨[1]，写表奏帝。帝惊：怎见许多功？发使来摧张士贵来日取榆林城[2]。"如何得[3]？"仁贵曰："不难，今晚寨中造云梯数十个，来日天晓立于城下，仁贵先登城，当夺乳口[4]。"士贵依言，遂令工匠造之。回奏天子，来日决取榆林城。薛仁贵指挥士卒，欲立云梯。奈西北圆楼上列十数个辽将，箭如雨箭[5]，使兵不能近前。仁贵大怒，下马戳戟于地，臂圆牌直叫火号，仰望圆楼上，连发五箭，射辽将五个堕于城下，惊杀了太宗。他能发弓箭的，见后怕不怕，言李广复生也！太宗惊问："见三处云梯皆于城下，比及别人动，但有发箭者。"白袍年少上城，望见失声惊叫："若非虎将，安有此勇！"敬德曰："这功早了，不是张士贵的。"纵马下坡，径到张士贵马前。"今有圣旨交来问你，为首登云梯夺城建功者是谁？"张士贵曰："待破城之后，询问建功者，方知是谁，然后奏帝。"敬德曰："见三处云梯一发争功，皆薛仁贵先上城，先占圆楼，然后众兵上城，杀军开门。"张士贵、刘君昂领兵入城，奏帝夺城建功者，又是绛州义军。传圣旨："守城众官勿伤百姓。"开门，仁贵入城，使人叫百姓勿出。忽闻大街上喊一声，仁贵急问："为何？"报曰："从榆林城大衙内一队兵来，约一千馀人，捧一员辽将，威势若虎。"仁贵交马无一合，戟刺榆林太守高昌堕马而死。胜杀辽兵出城而走，追杀数里，方回榆林城。安抚以定，张士贵收兵还寨。

**注释**

[1] 扣：临近。
[2] 摧：当为"催"。
[3] 此处当脱"士贵曰"之类的话。
[4] 乳口：城墙上的垛口。
[5] 箭如雨箭：当为"箭如雨下"。

**原文**

天晚，敬德领从者三二人私往士贵寨。疑士贵匿他人之功，昨日功劳稍见分毫，将士贵对帝理会。令从者把马于门外，独提单鞭信步而入。把门人谁敢当他，时行方转，听探动静。军马早来攻击榆林城，身疲力困，熟睡者甚多。敬德一壁里处，听一人弹剑作歌。歌曰：

未逢时运且蹉跎。
茅舍两三间，数株雕残柳。
红叶落林间，闷对樽前酒。
书剑两无功，使我懑开口。

又不得横戟阵前，笑斩辽东元帅首。
又不得长驱大众疾如雷，扫荡妖尘清宇宙。
英雄智力不能施，空将愤气冲牛斗。

叫："张士贵，你误了我也！"敬德大叫一声："弹剑作歌的壮士，你休埋怨张总管，你敢告我来。"敬德走向前来，圪塌的把那白袍扯住[1]。"将军，你不是白衣人么？"仁贵恐反遭罪责，不想是鄂国公，顿衣而走[2]。敬德忿恨而还，候天晓求见帝。

[1]圪（gē）塌：象声词。
[2]顿：挣脱。

敬德见帝，说："昨日取榆林城人，不是张士贵之功。天晚入寨察之，闻一人弹剑作歌，埋怨张士贵。臣拽衣而问姓名，其人顿衣而起走脱。明知张士贵匿人之功，虚作他功，赏不明，深为国患，愿陛下详之。"太宗曰："朕方思之。"差一近臣往张士贵寨，急宣张士贵来见帝。帝宣至帐下，帝曰："举贤荐能，必有安身之处。卿当实奏寡人，昨日榆林城下，见五箭射五辽将堕楼，首登云梯，夺城建功者，白衣将军是谁？"张士贵奏："陛下，臣昨日攻破榆林城首先建功者，姓薛名延陀，官授沂州节度副使。"近臣奏帝，领众官前近安地岭下寨。

……

各点军三千出寨，敬德为左军，张士贵为右军。望辽兵至近，士贵觑刘君昂："被你送了我也。"君昂曰："重赏之下，必有勇夫。"付耳低言这般者。士贵解腰间金带，用手提定，回顾众将曰："如先入阵救任城王的赏此带。"言未尽，见一人下马戳定戟，用手取的带腰间便系。士贵大怒："你功未建，先取其赏。"白袍年少曰："总管会的，敢先要赏，须便建功。休道只救任城王，和那莫离支拖将过来，须直总管一条金带。"言讫，绰戟在手，跨上赤虬马，飞奔军阵前去。敬德大叫："夺吾功者是谁？"再觑了，便喜道："好将军。既不是张士贵，把这一件功却与这汉。"仁贵纵马入阵，见一员将使一条枪来。仁贵曰："吾乃唐将薛仁贵。"辽将笑曰："无名将退者。"问曰："尔是莫离支么？""吾乃辽将耨撒延寿。"仁贵曰："莫离支安在？"延寿曰："今阵中捉了任城王，亲送高丽平壤城去也。"仁贵大怒，横戟交战，未分胜败。听背后喊声大震，仁贵回视，见敬德催兵，也奔辽阵里来。仁贵恐被敬德夺功，催兵掩杀，辽兵四散乱走。

仁贵过阵，并不闻任城王消息，莫非遭莫离支所擒？倘皇叔有失，吾亦不能回见总管。纵马东行，忽闻金鼓乱鸣，喊声大震。仁贵曰："任城王必在此处遭困。"单马欲临辽阵，见阵中一骑马出来，仁贵觑了，言："任城王果被贼所杀，我来的不济事也！"走出来的人，乃唐将小卒，满身流血，痛遭伤损。仁贵曰："尔既出阵，任城王安在？"其人言曰："将军愿回，辽兵势大，将非一人可动。"仁贵再问："任城王如何？"答曰："见被辽将数员逼困，末能得出[1]，三四百人出来，惟我得脱，其馀皆折了。"仁贵曰："尔当西去，若张士贵问，但言仁贵先入阵保皇叔，总管兵速来。"言讫，纵马入阵，手执戟左右撞辽阵。蓦见山边一骑马来，马上一将铠甲雕零，身带十数箭，背后着了两三枪，认的是唐将，不辨是谁。后有一辽将，追之甚速。仁贵道："唐将休走，我救你者。"——乃是任城王。见仁贵纵马前来，辽将拨马结斜走，仁贵来赶，背后有薛延陀复追辽将。延陀叫曰："休杀皇叔。"辽将被薛延陀追及，拈弓箭在手，番身背射，薛延陀堕骑，辽将拨马来取。仁贵道："莫非是莫离支。谁有这般弓箭。如得此将，高丽平矣。"横戟腾到根底，叫："莫离支略住，薛仁贵在此。"辽将见仁贵纵马至前，不顾延陀，只赶李道宗。仁贵下马，扶延陀起，见射中左臂。仁贵急问："皇叔安在？"延陀曰："适来辽将追赶，身带重伤者便是任城王。"仁贵道："误了皇叔。"绰戟在手，上马来赶辽将。

[1]末能：当作"未能"。

　　却说任城王身带十数伤，血流不止，辽将追及，蓦见高坡一树木成丛，任城王急不择路，纵马而走，辽将赶至，任城王转树而走。忽见白袍将军纵马横戟腾至坡下，大叫曰："贼将勿杀皇叔。"其辽将不免回战仁贵。任城王勒马回头看二人交战。只一合，戟刺辽将坠骑而死。仁贵下马，戳戟叉手，遂言："绛州义军小卒薛仁贵也。赖王叔虎威。"欢喜煞李道宗，忘却身边疼痛。"我与敬德争气力，帝曾言如胜辽将者，便分付任城王职位，何况教吾一命。将军上马。"道宗问曰："尔既在绛州义军，随士贵曾建功么？"仁贵言："绛州捉了混天大王董达，次洛阳摆行阵，后献平辽论，用计过海，夺东岸，首登云梯，攻取榆林城，皆小人之功也。奈张士贵不荐其功，只作义军小卒。身无微职，托皇叔特荐，倘或重用，某杀身报国。"道宗曰："放心。我不比别人，乃是皇叔。蒙君之恩，岂敢忘也？"仁贵、皇叔西来，见辽兵与张士贵交战。未过阵，仁贵纵马横戟，杀一条粗巷，保皇叔出阵。逢张士贵，见皇叔身带重伤，下马动问道："先遣仁贵救皇叔，大兵助其势，方杀辽兵过阵，今逢皇叔，得免此围，张士贵之功也。"任城王马上道："误国之栋梁也。前建功十数件，今保吾一命，皆薛仁贵之功也。你反为谄佞之臣，吾若奏帝，你必该死。"张士贵叉手遂言："非不教仁贵见帝，奈未得便，既是皇叔有荐之心，某愿同往。"欢喜煞李道宗："公既有此心，情愿上马，回归御寨。"李道宗、张士贵领兵，和那薛仁贵也奔御寨。

　　却说帝思敬德、士贵救任城王，不知消息。近臣奏曰："有随皇叔去战者薛延陀复回。"帝宣至帐下,身带重伤。问:"皇叔安在?"延陀曰:"败于辽阵,被辽将所逼皇叔甚急,臣往前去救,臣中箭落马,其辽将追皇叔不知何处,臣撞阵出来,身带重伤。"帝大怒曰:"送皇叔一命,皆尔匹夫也。"令左右推转斩讫。延陀告陛下:"臣乞领兵,再保皇叔。"近臣奏曰:"今皇叔被张士贵保入御寨。"帝道:"张士贵又建功。"遂免延陀,令宣皇叔、张士贵。见数个小卒扶皇叔入寨至帐下,张士贵在后。帝视之,见任城王浑身血,不能举动。帝不忍之,离御座,急问皇叔:"若不争气[1],安有此伤?"道宗曰:"臣竭力战贼将,能死无憾。奈扶江山阵中遭辽将所逼[2],身带重伤,口中吐血不止,死内得生,臣赖一虎将所救,臣方得免。今对陛下,可当举荐——"惊煞太宗:"救皇叔者虎将姓甚?"李道宗方欲言,仆然倒地,口中吐[3],满身搐手拳[4]。帝惊曰:"皇叔为何?"张士贵曰:"皇叔是破伤风发。"帝令扶归帐,令医官治疗。帝问士贵曰:"建功救皇叔者虎将是谁?"士贵曰:"臣怎做得虎将?托陛下洪福,累次建功。"帝曰:"又是士贵也。"遂重赏。近臣奏曰:"被敬德追杀辽兵,上安地岭去也。"敬德邀驾于安地岭下寨。

[1]争气:斗气。
[2]此句赵注疑为"能扶江山死无憾,奈阵中遭辽将所逼"。
[3]口中吐:下当缺"血"字。
[4]满身搐手拳:即全身和手脚抽搐。

### 原文

仁贵领五千兵杀众将上安地岭去,辽兵不能当,只办前走[1],仁贵后追不舍。行追行杀[2],相缠到安地岭上。仁贵大喜,却又得安地岭,辽兵过岭去,仁贵方欲前进,仰头觑了前面山口,被辽兵屯柴薪烧阻,不能前进。回岭上盘桓犹豫,忽见东南山有一条小路,仁贵与众兵曰:"吾当前进,尔等后随。"言讫,横戟信马而进……

[1]只办前走:只会向前逃跑。
[2]行追行杀:边追边杀。

### 原文

却说张士贵、刘君昂归寨,帐上论话。士贵问君昂:"公射仁贵一箭,那汉莫不奏帝去也。此事若何?"君昂道:"若帝见罪,和总管也休。"士贵曰:"怎奈何?"君昂曰:"不如投辽背唐。"士贵曰:"高丽君安肯纳之?"刘君昂道:"将三路都统军印来,某往平壤城去见高建藏去。"士贵遂摘印,度与君昂。刘君昂曰:"某先往,总管后来,恐唐兵将拿咱。"君昂领兵出寨,往平壤路上来,心情恍惚,甚怯甚怕。正到峻岭岩映箭处,闻一喊发,一队唐兵阻其去路,旗开,捧一员将,高叫:"刘君昂略住!鄂国公在此。"敬德遂问:"君昂何往?正西有御寨,直东待那里去?"君昂曰:"我奉总管命巡绰去[1]。"敬德笑曰:"尔等射仁贵一箭,正中左肩,今帝知其事,今遣兵擒尔等。今领兵东往,莫不背唐投辽乎?"君昂曰:"不敢。"敬德曰:"尔不反,可下马受缚,见帝便休。"君昂知罪大,拨马归辽,领兵便走。敬德曰:"这匹夫实反。"催军便赶,君昂却更走十数里远近。海岛一队军来,当住刘君昂,二将出马,一个雪白袍,遮藏了铁铠,一个皂罗袍,笼罩了虎[2],一个挂孝秦怀玉,一个尉迟宝林。高叫:"来将何人?"君昂觑了,不顾众军,一骑马落荒便走,背后敬德领二年少将军赶将来,盛走里,忽然听一棒锣声,有五百人截了去路。旗开,捧一员将,素袍莹铠,赤马繁缨,横方天戟,按住马,叫:"刘君昂略住!薛仁贵在此。"便似报恨伍员逢伯嚭[3],两个相见,结怎末?刘君昂结下马告仁贵,被仁贵生致君昂,将见尉迟总管。

话说张士贵帐上道:"莫不漏泄了也!"正寻思间,人报君昂领兵回。张士贵思之,何来之早?左右道:"欲去平壤城,路逢莫离支,献了三路都统军印,辽家受降,刘君昂入寨,特来见总管。"张士贵令左右请来,言未了,辕门外二将腾至,面前敬德,后面是仁贵。敬德高叫:"老贼匿仁贵之功,其罪非小。敢遣刘君昂却将三路都统军印逢辽兵投降,罪当灭族,老贼下帐来!"张士贵撩衣便往帐后欲走,仁贵举步如飞腾至,扯住征袍,道:"总管休走!奉圣旨特来宣总管,有折证的事[4]。"怎见得?诗曰:

　　　　往日赖功情可恕,今朝反国罪非轻。

[1]巡绰:巡查警戒。

[2]虎后当有"靴"字。

[3]伍员:字子胥,春秋时期楚国人。吴国大夫,杰出的政治家、军事家。　伯嚭:亦作白喜,楚伯州犁孙。以父郤宛为楚平王所杀奔吴,吴王阖庐以为大夫,进太宰。夫差嗣位,为太宰相国。伍员与伯嚭共事吴王,伯嚭受越国贿,将伍员逸死。

[4]折证:对证。

太宗大怒。次日领兵三十万出寨,两阵圆,莫离支出马。帝谓诸将曰:"此贼若得,天下平定,谁敢建功?"薛仁贵出马,骂:"贼将勿走。"言讫交马,莫离支气力不加,拨马归阵,仁贵领兵混战。帝令英公、敬德上高坡望,军兵交战,旗号交杂,枪刀混闹,金鼓喧天,喊声振地[1],混战多时,胜败未分。忽观正北尘头遮日,土雾腾空,大兵数万。如今至近,太宗高阜处觑了旗号,连声叫苦不迭,旗上写着"天山军",乃莫离支所借也。昔炀帝之败,皆因此兵。帝与英公便收兵还寨议事。近臣奏曰:"天山射雕王颉利可罕领三将元龙、元虎、元凤,兼大兵三万,来助高丽下战书,搦善射者来日对阵,较量弓马。"太宗曰:"比及谁能?今唐将皆老,难对此人弓箭。"薛仁贵应声而出:"陛下放心!小臣当射。"

[1] 振地:当为"震地"。

次日帝亲领大兵出,与天山两兵对阵射。颉利可罕立于阵前,谓唐兵曰:"番辽邻国,特来解斗,吾以弓箭伏于尔等,可还本国。"言讫,取弧矢,望空中群雁过,连发数箭,皆中其雁落地。唐将皆恐,帝见失色,似此弧矢,冠绝古今,想匹夫是养由基番地复生[1]。门旗影内立着薛仁贵,心内自思,此功不建,名姓难扬,擗转方天戟,取弓箭在手,搭箭当弦,望番王约二百步远近,发箭便射。怎见得?诗曰:

弓拽满轮秋月,箭飞一点寒星。

军兵发喊一声,惊煞太宗。绰旗望见,失声便叫:"从天地那里有这弓箭来?抵三千个养由基,赛一万个李广。"仁贵功在何处?三箭天山定太平——兀的是第一箭。怎的着箭?正中其胸,堕骑而死,颉利可罕阵中先亡。元龙见本主先亡,欲报其恨。元虎拨马,搦发箭者出。仁贵出马,元虎曰:"尔既弓箭熟,休得力战,较弧矢者。"仁贵曰:"何以较之?"元虎曰:"各射三箭。"仁贵道:"射何物?"元虎曰:"尔射我,我射尔。"仁贵道:"谁先发箭。"元虎曰:"尔先射。"仁贵曰:"饶尔三箭。"太宗惊曰:"怎奈何?"元虎曰:"先战几合,得便者发箭。"仁贵应命,交马数合,从元虎走,仁贵赶,见那汉连珠发三箭,仁贵皆躲了,元虎拨马来取,仁贵道:"你射我三箭,我只一箭,这箭防着。"拿住三只箭,取六钧弓,迎头只一箭,元虎堕骑。元凤来救,仁贵道:"你也吃我一箭。"元凤不曾争揣[2],只一箭射在马下。薛仁贵道:"这根箭便不着,交元龙吃我一戟。"道罢,纵马飞奔元龙根底来。怎结末?诗曰:

凛凛威风冠世雄,扶持唐世定辽东。

能交海外烟尘静,皆在天山三箭中。

[1] 养由基:春秋时善射之人。
[2] 争揣:挣扎。

**原文**

　　元龙措手不及,被仁贵戟刺落马。太宗亲督大兵掩杀天山军。仁贵盛赶败军,结斜一队辽兵来,打莫离支旗号。仁贵不赶天山军,来迎莫离支。两阵圆,薛仁贵出马,叫:"高氏非吾敌也。愿求莫离支出阵。"葛苏文应声出马,仁贵曰:"天山军一队既败,尔若不从,别无所托,下马受降,唐帝宽厚,亦赦其过。尔不投降,置于砧刀[1],悔之晚矣。"苏文曰:"大丈夫死而不辱,吾刺昌黑飞之面,讥讽唐帝,纵吾拜降,亦只免死,何如死内逃生。"言讫,与仁贵交战,无数合,莫离支败走,仁贵便赶。绰飞刀在手,仁贵见刀来,下马闪过,整身上马,见飞刀又至,仁贵用手接其刀,再赶,一口刀漫头来,仁贵急躲不迭。怎见得?诗曰:

　　　　刀飞三尺寒泉,血溅满袍红雨。

　　当时惊煞太宗,唬杀众总管。不争仁贵有失,怎结末大唐天下?飞刀中仁贵左肩,虽伤不重,恨心转加,大叫:"誓报一刀之恨!"纵马入辽阵,杀辽兵四散奔走。太宗见仁贵有伤,收兵还寨。宣仁贵上帐,帝用金疮药涂之,仁贵誓死以报国,次日金疮药痛不止。莫离支知仁贵卧病,每日领兵搦战。方及旬日,仁贵金疮痊愈,帝赐御宴,与仁贵起病。方饮宴间,有探马探报曰:"莫离支又来搦战。"仁贵曰:"一刀之恨,今日可报。"离御筵下帐,披挂了上马,一似大虫中箭[2]。太宗亲领三员上将,数十万大军出寨。怎见得?诗曰:

　　　　可爱白袍年少将,发心活捉葛苏文。

　　莫离支出马搦战,仁贵出曰:"前者飞刀算吾,看今番再试。"交战无十合,莫离支败走。仁贵赶,飞刀一口,仁贵左手接着,又飞一口刀,右手接了,复一刀来,下马闪过,连飞三刀皆不中。仁贵放心,一直赶至平壤城下。莫离支高叫:"城上有高建藏么?"遂曰:"卿何败失?"曰:"葛苏文为仁贵之勇而败,大王急开门!"建藏曰:"卿休怪,此城已献与别人也。"莫离支曰:"献与谁?"向圆楼上转过英公,高骂曰:"逆贼!你主降吾,此城属唐也!"叫左右发箭射,莫离支转城欲走,向城西角上腾至一队兵来,当其归路。旗开,捧一员将,皂袍铁甲,乌骓马,大叫:"莫离支略住!鄂国公在此。"背后英雄薛仁贵,前面猛勇尉迟恭,两势并攻夹击,莫离支领兵撞阵得出,约有千兵,背后唐兵追袭不舍。

　　赶至天晚,前有大庄,令兵歇泊,呼其庄主,一老人出迎。众人簇问,曰:"我乃莫离支也。"庄主问:"因何至此?"莫离支曰:"因与唐兵交战,误败于此,暂假一宵,天晓便去。"老人曰:"请将军入庄正堂上,则着嘉毅美酒待之[3]。"老人向正堂一壁小阁中,唤至年少约二十余岁,老人言曰:"吾儿,天交咱父报仇,尔兄白全斌因劝辽王降唐,被此贼杀,今为唐兵所败,误至于此。"更不别言,将剑在手。飞奔正堂上来。谁知道,莫离支没兴。

　　正是:

　　　　私渡过船遇船漏,孤庄求宿遇仇人。

却说白全斌弟白全荣提剑在手，欲出，老人急止："吾儿略住，莫离支勇，非不知也，可候图之。"老人上堂来，与莫离支道话，一宵中不得便，天方晓，忽闻金鼓之声，人报唐将薛仁贵至庄外。莫离支便不顾众军，单骑走至北方，心悔昌黑飞之事误矣。盛走至前面，逢着二年少将军，一个体挂皂罗袍，腕悬竹节鞭，一个身挂白衣，双悬水磨简。两个截住，高叫："贼将略住。尉迟宝林、秦怀玉在此。"莫离支不迎二将，结斜走去。背后薛仁贵合二将兵赶莫离支走，马上叫苦三声，只见一漫漫的海水当其路头。曰："吾亡于此。"言未尽，唐兵腾至，喊一声，围三路，北有海水，东有尉迟宝林，西有秦怀玉，南有薛仁贵。白全荣高叫："您三将略住。你不知我有冤仇，被此贼杀吾兄，今日当报其冤。"言讫出马。仁贵曰："休夺我功，天子斩了刘君昂，害了张士贵，皆为匿吾功也。"言讫，斜方天戟出马，腾至莫离支面前，不打话，交战无二合，生擒莫离支于马上，将至平壤城见帝。

[1]砧：切物用的垫板。
[2]大虫：老虎。
[3]骰：同"肴"。

帝令宣至殿下。太宗曰："尔是莫离支，作大罪知否？一杀本主高建武，二欺弱高建藏，三夺下番进奉之物，诈言谤朕。朕驱兵五十馀万，非贪疆好土，侵犯外国，因汝兴师，令军民劳役。今遭擒执，何言所诉？"葛苏文曰："陛下乞赦小臣，使我王服大国，更不阙进奉之礼？"帝冷笑曰："伤人猛虎既制，安能复纵？朕若还国，安用于汝？"令左右武士推转斩讫。

太宗传圣旨，加封高建藏为高丽国王。太宗班师还国。正是诗曰：
　　鞭敲金凳转，人唱凯歌回。
怎见得？又有诗为证。诗曰：
　　将军三箭定天山，壮士长歌入汉关。
　　永息烟尘清净宇，太宗车驾却西还。

薛仁贵征辽的故事在宋元时期民间广为流传，相关的小说、戏曲作品也很多。《薛仁贵征辽事略》可以说是这一题材的集大成者，也为后世有关的薛家将故事所本。

这篇话本小说的历史背景是唐太宗征高丽，重点描写了薛仁贵英勇善战、为国杀敌立功的故事。薛仁贵箭法精妙,武艺超群,在征辽中屡建奇功,但是受到主将张士贵的排挤和压制,不为太宗所知。薛仁贵并没有因此而置征辽大事于不顾,反而是愈挫愈奋,终被朝廷发现,予以重赏,最后生擒莫离支葛苏文。薛仁贵隐忍为国的精神,写得十分感人。同时,太宗的圣明,尉迟恭的粗豪,张士贵的阴险狡诈,葛苏文的张狂乖戾,都塑造得比较成功。

这篇作品的情节结构也很有特点。薛仁贵立功而不能受赏,每每在真相即将被揭开的时候,作者的笔锋一转,种种或必然或偶然的因素使得薛仁贵在大半部作品都遭受着有功无名的待遇。这样的处理,一方面突出了奸臣张士贵的阴险无赖,另一方面突出了薛仁贵的忍辱负重,读者为薛的命运感到不平的同时又被故事情节所牵引,增强了小说的魅力。

这部作品重在讲史,它的语言也是文白结合,具有宋元时期历史演义小说的一般特色。

(焦中栋)

## 大宋宣和遗事(节选)

**题解**

《大宋宣和遗事》四卷,作者为由宋入元的文人。全书内容系杂抄野史笔记和话本而成,反映了汉族人民爱国抗金的思想感情。大致可以分为十段:第一段历数前朝各个荒淫无道的昏君,直讲到宋徽宗;第二段讲王安石变法致祸;第三段讲宋徽宗用蔡京等在朝任事;第四段讲宋江等三十六人聚义梁山泊,即水浒故事的雏形;第五段讲宋徽宗宠爱娼妓李师师;第六段讲宋徽宗信任道士林灵素;第七段讲腊月预赏元宵和元宵放灯的盛况;第八段讲金人入侵,以至攻陷京城;第九段讲金兵掳徽钦二帝北行;第十段讲康王赵构南渡即位,定都临安(今杭州),即宋高宗。本书节选第四段有关水浒故事的部分。

宣和四年春正月,加梁师成开府[1]。自来唤内侍官为宗臣[2],是时童贯为太师,领枢密院,恩同宰相;师成为开府,亦与宰相同职;每春秋大燕,巍然坐于执政之上[3],与人主讲劝酬之礼[4]。且家臣为师傅[5],于义尤悖。童贯领枢密,日与宰相同班;后入内,却换易窄衫,与群阉为伍。出则为大臣,当体貌之礼[6];入则为近侍,执使令之役[7],古所未见也。

夏四月,命童贯、蔡攸帅师巡边。贯出郊,徽宗易服出郊,与童贯、蔡攸饯行。

五月,童贯兵与辽人战败,退保雄州[8]。九月,金使期会兵于中康。

先是朱勔运花石纲时分[9],差着杨志、李进义、林冲、王雄、花荣、柴进、张青、徐宁、李应、穆横、关胜、孙立十二人为指使,前往太湖等处,押人夫搬运花石。那十二人领了文字,结义为兄弟,誓有灾厄,各相救援。李进义等十名,运花石已到京城;只有杨志为在颍州等候孙立不来[10],在彼处雪阻。

那雪景如何? 却是:

乱飘僧舍茶烟湿,密洒歌楼酒力微。

那杨志为等孙立不来,又值雪天,旅涂贫困,缺少果足[11],未免将一口宝刀出市货卖。终日价没人商量。行至日晡[12],遇一个恶少后生要买宝刀,两个交口厮争,那后生被杨志挥刀一斫,只见头随刀落。杨志上了枷,取了招状,送狱推勘结案[13]。申奏文字回来,太守判道:"杨志事体虽大,情实可悯。将杨志诰剳出身尽行烧毁[14],配卫州军城[15]。"断罢,差两人防送往卫州交管。正行次,撞着一汉,高叫:"杨指使!"杨志抬头一觑,却认得孙立指使。孙立惊怪:"哥怎恁地犯罪?"杨志把那卖刀杀人的事,一一说与孙立。道罢,各人自去。那孙立心中思忖:"杨志因等候我了,犯着这罪。当初结义之时,誓有厄难相救。"只得星夜奔归京师,报与李进义等知道杨志犯罪因由。这李进义同孙立商议,兄弟十一人往黄河岸上,等待杨志过来,将防送军人杀了,同往太行山落草为寇去也。

[1] 开府:古代指高级官员(如三公、大将军、将军等)成立府署,选置僚属。也指有权开府的官员。

[2] 内侍官:隋置内侍省,所掌皆宫廷内部事务。虽亦参用士人,主要为宦官之职。唐后全部以宦官充任。宋代增设入内内侍省和内侍省,在宫内执役的属前者,尤为亲信。 宗臣:与君主同宗之臣。

[3] 执政:宋金时期某些高级官员的统称。

[4] 劝酬:相互劝、敬酒。

[5] 家臣:春秋时各国卿大夫的臣属。卿大夫家的总管叫宰,宰下又有各种官职,总称为家臣。后亦泛指诸侯、王公的私臣。 师傅:太傅、太师、少傅、少师的合称。

[6] 体貌之礼:指国家的重大礼仪。

[7] 使令:供使唤的人,泛指奴婢仆从。

[8] 雄州:今河北雄县。

[9] 花石纲:纲指成批送运货物的组织。花石纲是将民间木石运往东京的船队。

[10] 颍州:今安徽阜阳。

[11] 果足:盘缠,旅费。

[12] 晡(bū):申时,即午后三点至五点。也指傍晚。

[13] 推勘:审问。

[14]诰劄出身：为官的履历。

[15]卫州：今河南汲县。

## 原文

是年，正是宣和二年五月，有北京留守梁师宝将十万贯金珠、珍宝、奇巧匹段，差县尉马安国一行人，担奔至京师，赶六月初一日为蔡太师上寿。其马县尉一行人，行到五花营堤上田地里[1]，见路傍垂杨掩映，修竹萧森，未免在彼歇凉片时。撞着八个大汉，担着一对酒桶，也来堤上歇凉。靠歇了，马县尉问那汉："你酒是卖的？"那汉道："我酒味清香滑辣，最能解暑荐凉。官人试置些饮？"马县尉口内饥渴瘦困，买了两瓶，令一行人都吃些个。未吃酒时，万事俱休；才吃酒后，便觉眼花头晕，看见天在下，地在上，都麻倒了，不省人事。笼内金珠、宝贝、匹段等物，尽被那八个大汉劫去了，只把一对酒桶撇下了。直至中夜，马县尉等醒来，不见了那担仗，只见酒桶撇在那一壁厢。未免令随行人挑着酒桶，奔过南洛县[2]，见了知县尹大谅，告说上件事因。尹知县令司吏辨认酒桶是谁人家动使，便可寻觅贼踪。把酒桶下验，见上面有"酒海花家"，四字分晓。当有缉事人王平，到五花营前村，见酒旗上写着"酒海花家"四字。王平直入酒店，将那姓花名约的拿了，付吏张大年勘问因由。花约依实供吐到："三日前日午时分，有八个大汉，来我家里吃酒；道是往岳庙烧香，问我借一对酒桶，就买些个酒去烧香。"

张大年问："那八个大汉，你认得姓名么？"花约道："为头的是郓城县石碣村住，姓晁名盖，人号唤他做'铁天王'；带领得吴加亮、刘唐、秦明、阮进、阮通、阮小七、燕青等。"张大年令花约供指了文字，将召保知在，行着文字下郓城县根捉。有那押司宋江接了文字看了，星夜走去石碣村，报与晁盖几个，暮夜逃走去也。宋江天晓却将文字呈押差董平，引手三十人，至石碣村根捕[3]。不知那董平还捉得晁盖一行人么？真个是：

网罗未设禽先遁，机阱才张虎已藏。

那晁盖一行人，星夜走了，不知去向。董平只得将晁家庄围了，突入庄中，把晁盖的父亲晁太公缚了，管押解官。行至中途，遇着一个大汉，身材迭料[4]，遍体雕青，手内使柄泼镔铁大刀，自称"铁天王"，把晁太公抢去。董平领取弓手回县，离不得遭断吃棒。

且说那晁盖八个，劫了蔡太师生日礼物，不是寻常小可公事，不免邀约杨志等十二人，共有二十个，结为兄弟，前往太行山梁山泊去落草为寇。一日，思念宋押司相救恩义，密地使刘唐将带金钗一对，去酬谢宋江。宋江接了金钗，不合把与那娼妓阎婆惜收了。争奈机事不密，被阎婆惜知得来历。

忽一日，宋江父亲作病，遣人来报。宋江告官给假，归家省亲。在路上撞着杜千、张岑两个，是旧时知识，在河次捕鱼为生，偶留得一大汉，姓索名超的，在彼饮酒；又有董平为捕捉晁盖不获，受了几顿粗棍限棒，也将身在逃，恰与宋押司途中相会。是时索超道："小人做了几项歹事勾当，不得已而落草。"宋江写着书，送这四人去梁山泺寻着晁盖去也[5]。

宋江回家，医治父亲病可了，再往郓城县公参勾当。却见故人阎婆惜又与吴伟打暖，更不采着。宋江一见了吴伟两个正在偎倚，便一条忿气，怒发冲冠，将起一柄刀，把阎婆惜、吴伟两个杀了，就壁上写了四句诗。道是：

　　杀了阎婆惜，寰中显姓名。
　　要捉凶身者，梁山泺上寻。

是时郓城县官司得知，帖巡检王成领大兵弓手，前去宋公庄上捉宋江。争奈宋江已走，在屋后九天玄女庙里躲了。那王成根捕不获，只将宋江的父亲拿去。宋江见官兵已退，走出庙来，拜谢玄女娘娘；则见香案上一声响亮，打一看时，有一卷文书在上。宋江才展开看了，认得是个天书；又写着三十六个姓名，又题着四句道，诗曰：

　　破国因山木，兵刀用水工[6]；
　　一朝充将领，海内耸威风。

宋江读了，口中不说，心下思量："这四句分明是说了我里姓名。"又把开天书一卷，仔细观觑，见有三十六将的姓名。那三十六人道个甚底：

　　智多星吴加亮　　玉麒麟卢进义
　　青面兽杨志　　　混江龙李海
　　九纹龙史进　　　入云龙公孙胜
　　浪里百跳张顺　　霹雳火秦明
　　活阎罗阮小七　　立地太岁阮小五
　　短命二郎阮进　　大刀关必胜
　　豹子头林冲　　　黑旋风李逵
　　小旋风柴进　　　金枪手徐宁
　　扑天雕李应　　　赤发鬼刘唐
　　一撞直董平　　　插翅虎雷横
　　美髯公朱同　　　神行太保戴宗
　　赛关索王雄　　　病尉迟孙立
　　小李广花荣　　　没羽箭张青
　　没遮拦穆横　　　浪子燕青
　　花和尚鲁智深　　行者武松
　　铁鞭呼延绰　　　急先锋索超
　　拼命三郎石秀　　火船工张岑
　　摸着云杜千　　　铁天王晁盖

宋江看了人名，末后有一行字写道："天书付天罡院三十六员猛将，使呼保义宋江为帅，广行忠义，殄灭奸邪[7]。"宋江看了姓名，见梁山泺上见有二十四人，和俺共二十五人了。宋江为此，只得带领得朱同、雷横并李逵、戴宗、李海等九人，直奔梁山泺上，寻那哥哥晁盖。及到梁山泺上时分，晁盖已死；又是以次人吴加亮、李进义两人做落草强人首领。见宋江带得九人来，吴加亮等不胜欢喜。宋江把那天书，说与吴加亮等道了一遍。吴加亮和那几个弟兄，共推让宋江做强人首领。寨上原有二十四人，死了晁盖一个，只有二十三人，又有宋江领至九人，便成三十二人了。

就当日杀牛大会，抱天书点名，只少了四人。那时吴加亮向宋江道："是哥哥晁盖临终时分道与俺：他从政和年间，朝东岳烧香，得一梦，见寨上会中合得三十六数；若果应数，须是助行忠义，卫护国家。"吴加亮说罢，宋江道："今会中只少了三人。"那三人是：花和尚鲁智深、一丈青张横、铁鞭呼延绰。

是时筵会已散，各人统率强人，略州劫县[8]，放火杀人，攻夺淮阳、京西、河北三路二十四州八十馀县，劫掠子女玉帛，掳掠甚众。朝廷命呼延绰为将，统兵投降海贼李横等出师收捕宋江等，屡战屡败；朝廷督责严切，其呼延绰却带领得李横反叛朝廷，亦来投宋江为寇。那时有僧人鲁智深反叛，亦来投奔宋江。这三人来后，恰好是三十六人数足。

一日，宋江与吴加亮商量："俺三十六员猛将，并已登数[9]；休要忘了东岳保护之恩，须索去烧香赛还心愿则个[10]。"择日起行，宋江题了四句，放旌上道[11]，诗曰：

来时三十六，去后十八双。

若还少一个，定是不归乡！

宋江统率三十六将，往朝东岳，赛取金炉心愿。朝廷不奈何，只得出榜招谕宋江等。有那元帅姓张名叔夜的，是世代将门之子，前来招诱宋江和那三十六人归顺宋朝，各受武功大夫诰敕[12]，分注诸路巡检使去也。因此三路之寇，悉得平定。后遣宋江收方腊有功，封节度使。

[1]五花营：在今河北南乐县北十八里，唐时河北五镇会兵于此，故名。后人因其壁垒聚居成镇，今名五花村。

[2]南洛：即南乐。

[3]跟捕：跟通"跟"，跟捕即缉捕。

[4]迭料：俗言"双料头"，形容身材高大。

[5]泺：同"泊"。

[6]破国因山木，兵刀用水工：山木，即"宋"字；水工，即"江"字。

[7]殄（tiǎn）：消灭。

[8] 略:通"掠"。抢劫,夺取。
[9] 登数:成数,足数。
[10] 赛:行祭礼以酬神。
[11] 旂(qí):"旗"的异体字。
[12] 诰敕:官吏受封的文书。

《大宋宣和遗事》第四段是比较早的叙述梁山泊英雄故事的资料。在它之前,《宋史》等对梁山泊故事已有记载,不过故事简略,粗陈梗概。《大宋宣和遗事》中的宋江等人的故事,虽仍只有三千来字,但水浒故事已经基本成形,其详细程度远远超过此前的作品。开始讲童贯、梁师成的奸佞专权,为后来情节的发展提供了一个"乱自上作"的前提,使得后来的梁山泊众人的打家劫舍具有了某种正义的价值。

《大宋宣和遗事》也为《水浒传》提供了最基本的思想倾向。从官逼民反、武装斗争到招安,作者写的并非一伙"贼寇",而是一群"好汉",这就为后来的水浒故事奠定了一个最基本的情感基调。这种情感,和元杂剧中的水浒戏完全相通。

"杨志卖刀""智取生辰纲""宋江杀惜"等情节,虽比《水浒传》简略,细节也略有不同,但照样摇曳多姿。这里的语言平白却不失表现力,写景如"垂杨掩映,修竹萧森",写情如"一条忿气,怒发冲冠",议论如"出则为大臣,当体貌之礼;入则为近侍,执使令之役,古所未见也",都是寥寥数语,却干净洗练。三十六条好汉的姓名和绰号也与《水浒传》中多有不同,但"浪里百跳""一撞直"等绰号,别有风味,甚至比"浪里白条"和"双枪将"更有表现力,也更接近原生态。

(焦中栋)

# 风月瑞仙亭

《风月瑞仙亭》说的是卓文君私奔司马相如的故事,杂用文言白话,文字较为简略,但比较《史记·司马相如列传》所载的史实来看,故事情节却丰富了,且有些情节多出于虚构。如说卓文君及笄未聘,卓王孙听说朝廷征召司马相如时就去成都府看望女儿,都与史实不同:史书上所记为卓文君已聘而丈夫去世,守了望门寡;卓王孙也并非趋炎附势之人,而是因为卓文君私奔司马相如,败坏了门风,又在他的眼皮底下当垆卖酒,使他丢尽脸面,实在有碍于他这个百万富翁的情面,才不得已给了女儿女婿一些生活费用的。所谓"瑞仙亭相会"也是说话人新编的情节。小说中突出了卓文君主动大胆热烈地追求情爱自由的胆识和勇气。卓文君私奔司马相如的故事也成为中国文学史上最精彩、最典型、最常用的爱情典故之一。

【原文】

入话[1]:
　　夜静瑶台月正圆,清风淅沥满林峦。
　　朱弦慢促相思调[2],不是知音不与弹[3]。
　　汉武帝元狩二年[4],四川成都府一秀士司马长卿[5],双名为相如,自父母双亡,孤身无倚,齑盐自守[6]。贯串百家[7],精通经史[8],虽然游艺江湖,其实志在功名。
　　出门之时,过城北七里许,曰升仙桥[9]。相如大书于桥柱上:"大丈夫不乘驷马车[10],不复过此桥!"所以北抵京洛[11],东至齐楚[12],遂于梁孝王之门[13],与邹阳、枚皋辈为友[14]。不期梁王薨[15],相如谢病归成都市上[16]。临邛县有县令王吉,每每使人相招[17]。一日,到彼相会,盘桓旬日[18]。谈间,言及本处卓王孙巨富,有亭台池馆,华美可玩。县令着人去说,交他接待[19]。
　　卓王孙资财巨万,僮仆数百,门阑奢侈[20]。园中有花亭一所,名曰"瑞仙"。四面芳菲[21],锦绣烂熳,真可游览休息。京洛名园,皆不能过此。所以游宦公子,江湖士夫,无不相访。这卓员外丧偶不娶[22],慕道修真[23]。止有一女,小字文君[24],及笄未聘[25]。聪慧过人,姿态出众。诗词歌赋,琴棋书画,描龙刺凤,女工针指[26],饮馔酒浆[27],无所不通。员外一应家中事务,皆与文君计较。

　　[1]入话:话本小说结构的开头。以引子的形式,用于每篇话本之首。体裁不一,多为诗词韵语或小故事,是说话人在叙述正文之前,为了候客、垫场、引人入胜或点明本事之用。后代拟话本亦沿用之。这里是引入正题的诗句。
　　[2]朱弦:用熟丝制的琴弦。泛指琴瑟类弦乐器。　慢促:或慢或快地弹奏。促,短暂急促。
　　[3]知音:相传伯牙善弹琴,钟子期善听琴。伯牙弹到志在高山的曲调时,钟子期就说"峨峨兮若泰山";弹到志在流水的曲调时,钟子期又说"洋洋兮若江河"。钟子期死后,伯牙不再弹琴,以为没有人能像钟子期那样懂得自己的琴音。后遂以"知音"比喻对自己非常了解的人、知己朋友。
　　[4]汉武帝:刘彻,西汉皇帝,汉景帝之子。公元前140年继位。在位期间颁行"推恩令",进一步削弱诸侯王国势力。又设置十三部刺史以加强中央对地方的控制。曾接受董仲舒建议,"罢黜百家,独尊儒术"。派张骞两次出使西域,开辟"丝绸之路"。曾命卫青、霍去病率军进击匈奴,获大胜。元狩二年:即公元前121年,元狩是汉武帝的年号,公元前122年到公元前117年。
　　[5]司马长卿(前179—前118):即司马相如,字长卿,汉代成都人,汉武帝时因献赋被任命为郎。曾通使邛、笮有功。著作有《子虚赋》《上林赋》等,以讽喻为名,铺张皇帝打猎和观赏歌舞的享乐生活以及游仙故事,文字华丽雕琢,成为汉代以后文人辞赋的模仿对象。

［6］齑（jī）盐自守：形容坚持着过着非常清苦的日子。齑，细切的腌菜或酱菜。

［7］百家：战国时期形成儒、道、墨、名、法、阴阳、纵横、农、杂等各家，在天道观、名实关系、社会伦理、礼法制度以及各种政治主张等问题上展开争论，极大地推动了当时文化学术的发展，世称诸子百家。这里指诸子百家的著作。

［8］经史：我国传统的图书分类法，把所有图书划分为经、史、子、集四大类，称为四部。经部包括儒家经传和小学方面的书；史部包括各种历史书，也包括地理书；子部包括诸子百家的著作；集部包括诗、文、词、赋等。

［9］曰：叫作。

［10］驷（sì）马车：《汉书·于定国传》："始定国父于公，其闾门坏，父老方共治之。于公谓曰：'少高大闾门，令容驷马高盖车。我治狱多阴德，未尝有所冤，子孙必有兴者。'至定国为丞相，永为御史大夫，封侯传世云。"后以"驷马高车"指显贵者所乘的驾四马的高车，表示地位显赫。

［11］京洛：洛阳的别称。因东周、东汉均建都于此，故名。后来也泛指国都。

［12］齐楚：古代诸侯国中有齐国和楚国。这里指齐楚之地，大约在今山东和湖北一带。

［13］梁孝王：即刘武，是汉高祖刘邦之孙，孝文皇帝刘恒之子，封于梁。因他仁慈孝顺，死后被追谥为孝王，后人称之为梁孝王。他曾修"梁园"，据史书称"方三百里"，极其壮观华美。

［14］邹阳：西汉文学家，齐（今山东东部）人，初从吴王刘濞，有《上吴王书》，劝刘濞勿起兵叛乱，刘濞不听，后去为梁孝王客，被谗下狱，有《狱中上梁王书》申诉冤屈。释放后，为梁王上客。所作散文有战国游士纵横善辩之风。枚皋（gāo）：字少孺，西汉辞赋家，淮阴（今属江苏）人，枚乘之子，汉武帝时为郎。下笔敏捷，有赋一百余篇，今已不存。

［15］薨（hōng）：古代称诸侯死曰薨。

［16］谢病：托称有病请求辞职退隐或谢绝宾客访问。

［17］相招：邀请。

［18］盘桓（pánhuán）：徘徊，逗留住宿。 旬：一旬为十日。旬日，十日。

［19］交：教，让。

［20］门阑：亦作"门栏"。即门框成门栅栏。借指庭院。

［21］芳菲：花草的芳香。

［22］丧偶：失去配偶。

［23］慕道：向往修道。 修真：道教谓学道修行为修真。

［24］文君：汉临邛大富商卓王孙女，好音律，新寡家居。司马相如过饮于卓氏，以琴心挑之，文君夜奔相如，同驰归成都。因家贫，复回临邛，尽卖其车骑，置酒舍卖酒。相如身穿犊鼻裈，与奴婢杂作涤器于市中，而使文君当垆。卓王孙深以为耻，不得已而分财产与之，使回成都。事见《史记·司马相如列传》。又据《西京杂记》载，文君作司马相如诔文传于世；又载相如将聘茂陵人之女为妾，卓文君作《白头吟》以自绝，相如乃止。后世常将卓文君事用为典故。

［25］及笄（jī）：古代特指女子可以盘发插笄的年龄，即十五岁。 笄：簪子。 未聘：未出嫁。聘：旧时以礼物订婚。

［26］女工：也作"女红（gōng）""女功"。指通常由妇女所作的纺织、刺绣、缝纫等事。 针指：指做针线活。

［27］饮馔（zhuàn）：饮食。 酒浆：汤类饮品。

## 原文

其日早辰[1]，闻说县令友人司马长卿乃文章巨儒[2]，知员外宅上园池佳胜[3]，特来游玩。卓员外慌忙迎接至后花园中瑞仙亭上。相如举目看那园中景致，但见：

径铺玛瑙[4]，栏刻香檀[5]。聚山坞风光[6]，为园林景物。山叠岷岷怪石[7]，槛栽西洛名花[8]。梅开庾岭冰姿[9]，竹染湘江愁泪[10]。春风荡漾，上林李白桃红[11]；秋日凄凉，夹道橙黄橘绿。池沼内，鱼跃锦鳞；花木上，禽飞翡翠。

卓员外动问姓名，相如答曰："司马长卿。因与王县令故旧[12]，特来相探，留连旬日，闻知名园胜景，故来拜访。"卓员外道："先生去县中安下不便[13]，敢邀车马于敝舍[14]，何如？"相如遂令人唤琴童，携行李来瑞仙亭安下。倏忽半月[15]。

且说卓文君去绣房中[16]，每每存想："我父亲营运家业[17]，富之有余，岁月因循[18]，寿年已过。奈何！奈何！况我才貌过人，性颇聪慧，选择良姻，实难其人也。此等心事，非明月残灯安能知之[19]？虽有侍妾[20]，姿性狂愚，语言妄出[21]，因此上抑郁之怀[22]，无所倾诉。昨听春儿说：'有秀士司马长卿来望父亲，留他在瑞仙亭安下。'乃于东墙琐窗内窥视良久[23]，见其人俊雅风流[24]，日后必然大贵。但不知有妻无妻？我若得如此之丈夫，平生愿足[25]！争奈此人箪瓢屡空[26]，若待媒证求亲[27]，俺父亲决然不肯。倘若挫过此人[28]，再后难得。"过了两日，女使春儿见小姐双眉愁蹙[29]，必有所思，乃对小姐曰："今夜三月十五日，月色光明，请小姐花园中散闷则个[30]。"小姐口中不说，心下思量："自见了那秀士，日夜废寝忘食，放心不下。我今主意已定，虽然有亏妇道[31]，是我一世前程。"收拾些金珠首饰在此。小姐分付春儿[32]："打点春盛食罍、灯笼[33]。我今夜与你赏月散闷。"春儿打点完备，挑着，随小姐行来。

[1] 早辰：早晨。

[2] 巨儒：大儒，学问很高的人。

[3] 佳胜：优美。

[4] 玛瑙：有色彩丰富的花纹或条带的玉石矿物。因花纹像马脑而得名。常由极细小的石英聚集而成，多产于火山岩的气孔中。品种很多，较名贵的有缠丝玛瑙、夹胎玛瑙、合子玛瑙和水胆玛瑙等。常可制成装饰品或工艺品，也用于精密仪器轴承和耐磨器皿等。径铺玛瑙，用珍贵的玛瑙石铺成小路。

[5] 香檀：香檀木，一种名贵的木材，能散发出芬香。栏刻香檀，指用名贵的香檀木建造栏杆，并且雕刻有各种花纹。

[6] 山坞：山坳，山间的平地。

[7] 岷岷：形容石头之奇形怪状。

[8] 西洛名花：指牡丹，为我国著名花卉，花朵硕大，花容端庄，品种繁多，雍容华贵，被称为"万

花一品""冠绝群芳"的"花王"。槛栽西洛名花,是说卓王孙花园里栽满了洛阳盛产的牡丹。

〔9〕梅开度岭冰姿:梅岭多梅,且有其特色。《南雄府志》载:"庾岭梅花微与江南异,花颜似桃而唇红,亦有纯红者,岭上累经增植,白者为多。"由于岭南岭北气候明显差异,虽一岭之隔,出现了南枝先开,北枝后放,界岭分明的奇景。因此,梅岭的梅花特别引人注目。此句是说卓王孙花园的梅花可与梅岭的梅花相媲美。

〔10〕竹染湘江愁泪:即湘妃竹,又名"斑竹",此源于"舜帝葬长沙,双妃寻夫斑竹泪"的典故。张华《博物志》载:"舜二妃曰湘夫人。舜崩,二妃以涕挥竹,竹尽斑。"相传在三皇五帝时代,尧有二女。一个叫娥皇,一个叫女英。后来,尧把此二女嫁与了接班人舜。舜晚年南巡,死在九嶷山的苍梧之野,他的两个爱妃娥皇、女英奔丧,船到洞庭被风浪打翻,湖上飘来七十二只青螺,把他们托起聚成君山。爱妃南望茫茫湖水,悲痛欲绝,扶竹痛哭,血泪染竹成斑。人们将这种竹子叫斑竹。他的两位妻子悲痛之下一起投湘水自尽了,斑竹便又叫湘妃竹。

〔11〕上林:秦代旧苑,汉初荒废,至汉武帝时重新扩建。故址在今西安市西及周至、户县界。后泛指帝王的园囿。司马相如曾作《上林赋》。

〔12〕故旧:老朋友。

〔13〕安下:安顿,住下。

〔14〕敢:这里是谦词,有冒昧的意思。 敝舍:寒舍。对自己家的谦称。邀车马于敝舍,邀请您来我家居住。

〔15〕倏(shū)忽:忽然,很快地。

〔16〕绣房:华丽的房舍。又多指青年女子居室。

〔17〕营运:经营。常指经商。

〔18〕岁月因循:指日复一日,没有变化。

〔19〕安:哪里。

〔20〕侍妾:丫鬟。

〔21〕语言妄出:信口胡说。

〔22〕抑郁:指情绪低落忧闷。

〔23〕琐窗:镂刻有连锁图案的窗棂。 东墙:战国楚宋玉《登徒子好色赋》谓宋玉东邻有一女,姣好为楚国之冠,登墙窥视宋玉三年,而宋玉不与之交往。后因以"宋玉东墙"喻指貌美而多情的女子。 窥视:偷看。东墙窥视,比喻美貌女郎倾心于男子。

〔24〕俊雅:秀美文雅。 风流:多指有才学而不拘礼法。

〔25〕愿足:心满意足。

〔26〕箪(dān)瓢屡空:谓饮食不继,生活贫困。箪瓢,盛饭食的箪和盛水的瓢,亦借指饮食。《论语·雍也》载:颜渊一箪食,一瓢饮,居陋巷,而不改其乐,孔子称赞他说:"贤哉回也!"后以"箪瓢陋巷"为生活清贫的典故。

〔27〕媒证:婚姻介绍人。 求亲:提亲。

〔28〕挫过:错过。

〔29〕双眉愁蹙(cù):双眉因发愁而紧锁的样子。形容忧愁。

〔30〕散闷:排遣烦闷。 则个:句末助词。表示祈使、解释等语气。

〔31〕有亏:有损。 妇道:为妇之道。古代对妇女有许多束缚,要求妇女遵从三从四德等儒家伦理

道德规范。

[32] 分付：吩咐。

[33] 打点：整理，准备。　春盛：本指出游时用以盛放食品的一种器皿。后来也指春游时携带的食品。食罍（léi）：亦作"食垒"。一种多层的有提梁的食盒。

### 【原文】

话中且说相如自思道："文君小姐貌美聪慧，甚知音律[1]。今夜月明下，交琴童焚香一柱，小生弹曲瑶琴以挑之[2]。"文君正行数步，只听得琴声清亮，移步将近瑞仙亭，转过花阴下，听得所弹琴音曰：

　　凤兮凤兮思故乡，遨游四海兮求其凰。时未遇兮无所将[3]，何悟今夕兮升斯堂？有艳淑女在闺房，室迩人遐在我傍[4]。何缘交颈为鸳鸯[5]？胡颉颃乎共翱翔[6]。

　　凤兮凤兮从我栖[7]，得托孳尾永为妃[8]。交情通体心和谐[9]，中夜相从知者谁[10]？双翼俱起翻高飞，无感我思使余悲！

小姐听罢，对侍女曰："秀才有心，妾亦有心。今夜既到这里，可去与秀才相见。"遂乃行到亭边。

相如月下见了文君，连忙起身迎接，道："小生闻小姐之名久矣，自愧缘悭分浅[11]，不能一见。恨无磨勒盗红绡之方[12]，每起韩寿偷香窃玉之意[13]。今晚既蒙光临，小生不及远接，恕罪[14]！恕罪！"文君敛衽向前道[15]："先生在此，失于恭敬，抑且寂寞[16]，因此特来相见。"相如曰："不劳小姐挂意，小生有琴一张，自能消遣[17]。"文君曰："妾早知先生如此迂阔[18]，不来冒渎[19]。今先生视妾有私奔之心[20]，故乃轻言[21]。琴中之意，妾已备知。"相如跪而告曰："小生得见花颜，死也甘心。"文君曰："请起。妾今夜到此，与先生同赏月，饮三杯。"春儿排酒果于瑞仙亭上。文君、相如对饮。相如细视文君，果然生得：

　　眉如翠羽[22]，肌如白雪。振绣衣，被桂裳。秾不短，纤不长[23]。毛嫱障袂，不足程式[24]；西施掩面，比之无色[25]。临溪双洛浦，对月两嫦娥[26]。

酒行数巡，文君令春儿："收拾前去，我便回来。"相如曰："小姐不嫌寒儒鄙陋[27]，欲就枕席之欢[28]。"文君笑曰："妾慕先生才德，欲奉箕帚[29]，唯恐先生久后忘恩。"相如曰："小生怎敢忘小姐之恩！"文君许成夫妇。二人倒凤颠鸾[30]，顷刻云收雨散[31]。文君曰："只恐明日父亲知道，不经于官，必致凌辱[32]。如今收拾些少金珠在此，不如今夜与先生且离此间，别处居住。倘后父亲想念，搬回一家完聚[33]，也未可知！"相如与文君同下瑞仙亭，出后园而走，却似：

　　鳌鱼脱却金钩去，摆尾摇头更不回。

[1] 甚：很，非常。　知音律：懂得音乐。

[2] 瑶琴：用玉装饰的琴。宋何薳《春渚纪闻·古琴品说》："秦汉之间所制琴品，多饰以犀玉金彩，故有瑶琴、绿绮之号。"　挑：挑逗，引诱。

[3] 将：行动。

[4] 室迩（ěr）人遐（xiá）：亦作"室迩人远""室迩人遥"。语出《诗经·郑风·东门之墠》："东门之墠，茹藘在阪，其室则迩，其人甚远。"朱熹集传："室迩人远者，思之而未得见之辞也。"后常用为怀念亲故或悼念亡者之词。这里形容两人距离虽近而无由得以接近。

[5] 鸳鸯：鸟名，雌雄相随，飞止相匹。比喻和睦的夫妻。　交颈：两颈相交缠。形容关系亲密。

[6] 颉颃（xiéháng）：亦作"颉亢"。鸟飞上下的样子。语本《诗经·邶风·燕燕》："燕燕于飞，颉之颃之。"引申为欢快地结伴而行。　翱翔：鸟回旋飞翔。上下振翅为翱，展翅不动为翔。比喻自由自在，无拘无束。

[7] 栖（qī）：本义为鸟类歇息。引申为停留，居住。

[8] 得托孳尾永为妃：暗约文君半夜幽会，并一起私奔。孳尾，指鸟兽雌雄交尾。《尚书·尧典》："厥民析，鸟兽孳尾。"《传》云："乳化曰孳，交接曰尾。"妃：配偶。《说文》："妃，匹也。"

[9] 交情通体心和谐：交流沟通，情意相融。

[10] 中夜：半夜。

[11] 缘悭（qiān）分浅：缺少缘分。悭：吝啬。

[12] 磨勒盗红绡：唐裴铏《传奇·昆仑奴》记载：唐大历中，有崔生者，其父为显僚，与盖世之勋臣一品者熟。其父使往视一品疾，一品命歌舞妓衣红绡者以匙为崔生进食，又命送崔生出府，二人遂相爱慕。崔生既归，神迷意夺。家有昆仑奴磨勒于月圆夜负崔生入一品宅，与红绡相会，复负崔生与红绡潜出，促成二人结合。后以红绡为侠义女子的典型。红绡，红色薄绸。此处指人名。

[13] 韩寿：南朝宋刘义庆《世说新语·惑溺》记载："晋韩寿美姿容，贾充辟为司空掾。充少女午见而悦之，使侍婢潜修音问，及期往宿，家中莫知，并盗西域异香赠寿。充僚属闻寿有奇香，告于充。充乃考问女之左右，具以状对。充秘其事，遂以女妻寿。"此事亦见《晋书·贾谧传》。后因以"韩寿偷香"为男女暗中通情的典故。又以"韩寿"借称美男子，多指出入歌楼舞榭的风流子弟。　偷香窃玉：比喻男子与女子偷情私通。

[14] 恕罪：原谅过错。多用为请勿计较的套语。

[15] 敛衽（liǎnrèn）：也作袷衽、敛袂。意即整整衣襟，表示恭敬之意。

[16] 抑且：况且，而且。

[17] 消遣：设法度过闲散时间。

[18] 迂阔：迂腐而阔远。

[19] 冒渎：冒犯亵渎，多作谦词。

[20] 私奔：旧指女子不经父母之命、媒妁之言，私自投奔所爱的男子，或两人一起逃走。

[21] 轻言：说话轻率，不慎重。

[22] 翠羽：翠鸟的羽毛。

[23] 矮不短，纤不长：不高不矮，不肥不瘦。矮，肥。纤，瘦。

[24] 毛嫱（qiáng）：古代美女名，与西施并称。　障袂（mèi）：以袖遮目。　程式：这里指美女的标准。毛嫱障袂，不足程式，形容卓文君长得非常漂亮，连美女毛嫱都觉得自惭形秽，不敢相视。

[25] 西施掩面，比之无色：意同上句。也是形容卓文君长得非常漂亮，连美女西施在她的映衬下都失去了光彩，以至于把脸遮住。

[26] 洛浦：洛水之滨。借指洛神。中国神话人物。即洛水的女神洛嫔。相传她是宓（伏）羲的女儿，故称宓妃。溺死于洛水，成为洛水之神。曹植的《洛神赋》对洛神进行了赞美。嫦娥：中国神话人物。后羿之妻。相传她偷吃后羿从西王母处得到的不死之药，遂成仙，飞入月宫，有玉兔为她捣灵药。成为月中仙子、月神。后常比喻美丽的女子。临溪双洛浦，对月两嫦娥，是说卓文君如果站在溪边，可以和洛水女神相比美；对着月宫，可以和嫦娥仙子媲美。

[27] 鄙陋：见识浅薄。

[28] 欲就：想要成就。　枕席之欢：指做夫妻。

[29] 箕帚：洒扫的工具。因古时妇女常从事清洁房屋的工作，故借指妻妾。欲奉箕帚，意即愿做妻子。

[30] 倒凤颠鸾：比喻男女交欢。

[31] 云收雨散：比喻男女交欢完毕。云雨，语出战国时楚国宋玉的《高唐赋》，写楚王在阳台梦见巫山神女，女去而辞曰："妾在巫山之阳，高丘之阻，且为朝云，暮为行雨。"后用来指男女幽会合欢。

[32] 凌辱：欺凌、污辱。

[33] 完聚：团聚、团圆。

## 原文

　　且说春儿至天明不见小姐在房，亭子上又寻不见，报与老员外得知。寻到瑞仙亭上，和相如都不见。员外道："相如是文学之士，为此禽兽之行[1]！小贱人，你也自幼读书，岂不闻：'女子出门，必拥蔽其面[2]，夜行以烛，无则止。'事无擅为[3]，行无独成[4]，所以正妇道也。你不闻父命[5]，私奔苟合[6]，你到他家，如何见人？"欲要讼之于官[7]，争奈家丑不可外扬，故尔中止。"且看他有何面目相见亲戚乎！"从此，隐而不出。正所谓：

　　　　含羞无语自沉吟，咫尺相思万里心。
　　　　抱布贸丝君亦误[8]，知音尽付七弦琴。

　　却说相如与文君到家，相如自思："囊箧罄然[9]，难以度日。正是：'君子固穷，小人穷斯滥矣[10]！'想我浑家乃富贵之女[11]，岂知如此寂寞！所喜者，略无愠色[12]，颇为贤达[13]。他料想司马长卿必有发达时分。"正愁闷间，文君至曰："我离家一年。你家业凌替[14]，可将我首饰钗钏卖了，修造房屋。我见丈夫郁郁不乐，怕我有懊悔。我既委身于你[15]，乐则同乐，忧则同忧；生同衾，死同穴[16]。"相如曰："深感小姐之恩。但小生殊无生意[17]。俗语道：'家有千金，不如日进分文；良田万顷，不如薄艺随身。'我欲开一个酒肆[18]，如何？"文君曰："既如此说，贱妾当垆[19]。"

　　未及半年，忽一日，正在门前卖酒，只见天使捧诏道："朝廷观先生所作《子虚赋》[20]，文章洁烂，超越古人。宫里叹赏：'飘飘然有凌云之志气[21]，恨不得与此人同时！'有杨得意奏言[22]：'此赋是臣之同里司马长卿所作[23]，见在成都闲居。'天子大喜，特差小官来征。走马临朝，不许迟延。先生收拾行装，即时同行。"正是：

　　一封丹凤诏[24]，方表丈夫才[25]。

当夜，相如与文君言曰："朝廷今日征召，乃是友人杨得意举荐。如今天使在驿[26]，专等起程。"文君曰："日后富贵，则怕忘了瑞仙亭上与日前布衣时节[27]！"相如曰："小生那时虽见小姐容德[28]，奈深堂内院，相见如登天之难，若非小姐垂怜看顾[29]，怎能匹配[30]？小生怎敢忘恩负义！"文君曰："如今世情至薄[31]，有等蹈德守礼[32]，有等背义忘恩者。"相如曰："长卿决不为此！"文君曰："秀才每也有两般[33]：有'君子儒[34]'，不论贫富，志行不私[35]；有那'小人儒[36]'，贫时又一般，富时就忘了贫时。"长卿曰："人非草木禽兽，小姐放心！"文君又嘱："非妾心多，只怕你得志忘了我[37]！"夫妻二人不忍相别。文君嘱曰：

　　"此时已遂题桥志[38]，莫负当垆涤器人[39]！"

[1] 禽兽之行：鸟兽的行为。指相如与文君私自结合出走。

[2] 拥蔽：遮掩，蒙蔽。

[3] 事无擅为：做任何事情没有擅自决定的。

[4] 行无独成：意思是不单独行动。

[5] 不闻父命：没有得到父亲的允许。

[6] 私奔苟合：男女偷情，私自结合。

[7] 讼：打官司。

[8] 抱布贸丝：语出《诗经·卫风·氓》："氓之蚩蚩，抱布贸丝。匪来贸丝，来即我谋。"后因以"抱布贸丝"指自媒、自主婚嫁之意。

[9] 囊箧（nángqiè）：袋子与箱子。磬（qìng）然：磬通"罄"，空，尽。这句说囊中空虚，贫穷。

[10] 君子固穷，小人穷斯滥矣：语出《论语·卫灵公》，意为君子虽然穷，但是仍能坚守志节；若是小人，就无所不为了。后以"固穷"形容甘于贫困，不失气节。

[11] 浑家：妻子。

[12] 略无：毫无。 愠色：怨怒的神色。

[13] 贤达：有才德，通达事理。

[14] 凌替：衰落，衰败。

[15] 委身：托身，以身事人。谓女子嫁给男子。

[16] 生同衾，死同穴：意为同生共死。

[17] 殊无：实在没有。 生意：生计，谋生的办法。

[18] 酒肆：酒店。

[19] 垆（lú）：放酒坛的土墩。当垆，对着酒垆，意即卖酒。

[20] 《子虚赋》：赋篇名。西汉司马相如作。赋中假设子虚、乌有先生和亡是公三个寓言人物，前

二人分别夸说诸侯国楚、齐的宫苑之壮丽,亡是公继而铺叙皇帝的游猎盛况(《文选》将前一部分题作《子虚赋》,后一部分题作《上林赋》)。全篇结构宏大,辞采富丽,是汉大赋的代表作。

[21] 凌云之志气:指壮志高于云天。

[22] 杨得意:《汉书·司马相如传》载:"蜀人杨得意为狗监,传上。上读《子虚赋》而善之,曰:'朕独不得与此人同时哉!'得意曰:'臣邑人司马相如自言为此赋。'上惊,乃召问相如。"狗监:负责给皇帝饲养猎犬的官。

[23] 同里:同乡。

[24] 丹凤诏:皇帝下达的诏书。

[25] 方表:才得以表现。 丈夫:犹言大丈夫,指有所作为的人。

[26] 驿:驿站。

[27] 布衣:粗布衣服。因布衣一般为平民和贫寒之士的服饰,故借指平民或没有做官的文士。

[28] 容德:容貌品德。

[29] 垂怜:赐予怜悯。这里是赐爱、见爱之意。 看顾:敬重,照顾。

[30] 匹配:婚配。

[31] 世情:世态人情。 至薄:最薄。

[32] 有等:有一类人。 蹈德:实行美好的德行。 守礼:遵循礼义。

[33] 秀才每:秀才们。 每:们。 般:类,种。

[34] 君子儒:君子式的儒者。儒,为古代学者的通称。

[35] 志行:志向和操行。 私:邪,不正。

[36] 小人儒:指无远大见识,只追求眼前小功利的儒者。

[37] 得志:实现志愿。特指名利欲望等得到满足。

[38] 已遂题桥志:已经实现了当年在升仙桥上所题的志向,即"大丈夫不乘驷马车,不复过此桥"。遂,实现,完成。

[39] 莫负当垆涤器人:不要辜负了当年同甘共苦的妻子。当垆涤器,指司马相如与卓文君私奔后,无以为生,只好在闹市中开了一家酒店,卓文君当垆卖酒,亲自洗涤餐具,日子过得相当艰苦。

【原文】

且不说相如同天使登程,却说卓王孙听得杨得意举荐司马长卿,蒙朝廷征召去了,自言:"我女儿有先见之明,为见此人才貌双全,必然显达,所以成了亲事。老夫想起来,男昏女嫁,人之大伦[1]。我女婿不得官,我先带侍女春儿,同往成都去望,乃是父子之情,无人笑我。若是他得了官时去看他,交人道我趋时奉势[2]。"次日,带同春儿,径到成都府,寻见卓文君。文君见了父亲,拜道:"孩儿有不孝之罪,望爹爹饶恕!"员外道:"我儿,你想杀我[3]!今日送春儿来伏侍你[4]。孩儿,你在此受寂寞,比在家享用不同。你不念我年老无人[5]?"文君曰:"爹爹跟前不敢隐讳。孩儿见他文章绝代,才貌双全,必有荣华之日,因此上嫁了他。"卓员外云:"如今且喜朝廷征召,正称孩儿之心。"卓员外住下,待司马长卿音信。正是:

眼望旌节旗[6],耳听好消息。

且说司马长卿同天使至京师朝见，献《上林赋》一篇。天子大喜，即拜为著作郎[7]，待诏金马门[8]。近有巴蜀开通南夷诸道[9]，用军兴法[10]，转漕繁冗[11]，惊扰夷民。宫里闻知大怒，召长卿议论此事，令作《谕巴蜀之檄》[12]。宫里道："此一事欲待差官，非卿不可。"乃拜长卿为中郎将[13]，持节[14]，拥誓剑、金牌[15]，先斩后奏："卿若到彼，安抚百姓，缓骑回程，别加任用。"

长卿自思："正是衣锦还乡，已遂平生之愿。"乃谢恩，辞天子出朝。遂车前马后，随从者甚多。一日，迤逦到彼处，劝谕巴蜀已平，蛮夷清静。不过半月，百姓安宁，衣锦还乡。正是：（以下原缺）

[1] 男昏女嫁，人之大伦：男子长大成年后总要娶亲成家，女子长大成年后总要嫁人，这是人生最基本的伦理。昏，同"婚"；大伦，大端，大原则。指封建社会的基本伦理道德。

[2] 趋时奉势：同"趋时附势"。意为迎合时尚，依附权势。

[3] 想杀我：想死我了。

[4] 伏侍：同"服侍"。伺候，照料。

[5] 念：顾念，思虑。

[6] 旌节：朝廷使者所持的饰有牦牛尾的竹节。

[7] 拜：授官。 著作郎：官名，三国魏明帝始置。这里是小说家言。

[8] 待诏：等待诏命。也指官名。汉代征士未有正官者，均待诏公车，其特异者待诏金马门，备顾问，后遂以待诏为官名。后也指待命供奉内廷的人。金马门：汉代宫门名，学士待诏之处。

[9] 巴蜀：秦汉设巴蜀二郡，在今四川东部和西部。后用为四川的别称。 南夷：旧指南方的少数民族，又指南边远地区。

[10] 军兴法：指战时的法令制度。

[11] 转漕（cáo）：转运粮饷。古时陆运称"转"，水运称"漕"。繁冗：亦作烦冗。指事务繁杂而烦琐。

[12]《谕巴蜀之檄》：西汉司马相如所作的一篇安抚巴蜀父老的檄文。檄，文体名。用于征召、晓谕、声讨的文书。

[13] 中郎将：官名。中郎署的长官。秦置，汉沿用。担任宫中护卫、侍从。分五官、左、右三中郎署，各署长官称中郎将，省称中郎。

[14] 持节：古代使臣奉命出行，必执符节以为凭证。

[15] 誓剑、金牌：皇帝授予大臣全权处理要事的两种信物。誓剑，尚方宝剑。

宋末元初人罗烨在其所著的《醉翁谈录》卷一《小说引子》中曾赋诗云："春浓花艳佳人胆，月黑风寒壮士心。"所谓"春浓花艳"，即指青年男女的爱情婚姻；"佳人胆"，则指青年女子大胆地冲破封建婚姻礼制的羁绊，热烈地追求自由、美好的爱情婚姻的勇气和精神。在该书的《小说开辟》条中，他又指出当时说话人所说的主要内容之一是,"说重门不掩底相思,谈闺阁难藏底密恨"。所谓"重门不掩""闺阁难藏",即指说话人所要突出、渲染的就是青年女子主动公开地、大胆热烈地追求情爱自由的胆识和勇气。《风月瑞仙亭》中的卓文君,在追求爱情方面也表现得热烈、大胆,无所顾忌。她见司马相如俊雅风流、倜傥不群,遂起爱慕之心。于是便不顾妇道闺范,自行决断,主动约司马相如一同私奔。一曲《凤求凰》也表现了强烈的反封建思想。司马相如和卓文君大胆冲破了封建礼教的罗网和封建家长制的樊篱,什么"不待父母之命,媒妁之言,钻穴隙相窥,逾墙相从,则父母国人皆贱之"(《孟子·滕文公下》),什么"妇人有三从之义,无专用之道"(《仪礼·丧服》),什么"男女……无币不相见"(《礼记·坊记》),"门当户对"等等神圣礼法,统统被相如和文君的大胆私奔行动踩在脚下,成为后世男女青年争取婚姻自主、恋爱自由的一面旗帜。试看榜样的力量在后世文学中的影响吧:《西厢记》中张生亦隔墙弹唱《凤求凰》,说:"昔日司马相如得此曲成事,我虽不及相如,愿小姐有文君之意。"《墙头马上》中李千金,在公公面前更以文君私奔相如为自己私奔辩护;《玉簪记》中潘必正亦以琴心挑动陈妙常私下结合;《琴心记》更是直接把相如文君故事搬上舞台……足见《凤求凰》反封建之影响深远。在艺术上,这两首琴歌,以"凤求凰"为通体比兴,不仅包含了热烈的求偶,而且也象征着男女主人公理想的非凡、志趣的高尚、知音的默契等丰富的意蕴。小说成功地塑造了一个坚定、勇敢、豪爽、大胆,热爱自由,甚至有些强悍泼辣的女性形象。卓文君这类形象在宋以前的诗文小说中还很少出现过,她们不仅具有新颖、独特的个性风采,而且还展露出一种富有时代特色的新的思想因素和审美情趣。因此,她们的出现,在中国小说史上有其独特的审美价值。

(裴兴荣)

## 快嘴李翠莲记

**题解**

《快嘴李翠莲记》是《清平山堂话本》中的一篇。《清平山堂话本》是宋元话本的一个辑佚本。明代嘉靖年间洪楩编有《六十家小说》,后散佚。经马廉、钱杏邨等人收集整理,现存29篇,其中话本26篇,文言小说3篇。1957年谭正璧点校后,以《清平山堂话本》为名,由古典文学出版社排印出版。《快嘴李翠莲记》讲述了李翠莲由于"嘴快"而和家人难以相处,结婚三天后便主动要求休回,回娘家后仍因嘴快与父母、兄嫂不睦,最后决定出家为尼的故事。

入话[1]：

出口成章不可轻，开言作对动人情。

虽无子路才能智[2]，单取人前一笑声。

此四句单道：昔日东京有一员外[3]，姓张名俊，家中颇有金银。所生二子，长曰张虎，次曰张狼。大子已有妻室，次子尚未婚配。本处有个李吉员外，所生一女，小字翠莲，年方二八。姿容出众，女红针指[4]，书史百家，无所不通。只是口嘴快些，凡向人前，说成篇，道成溜[5]，问一答十，问十道百。有诗为证：

问一答十古来难，问十答百岂非凡。

能言快语真奇异，莫作寻常当等闲。

[1] 入话：话本正文之前的部分，其作用是引出正文。
[2] 子路（前542—前480）：孔子的学生，名仲由，字子路。
[3] 员外：古指正员以外官员（全称为"员外郎"），小说中多为对有钱人的敬称。
[4] 女红针指：亦写做"女工""针黹"，指女子所从事的刺绣、编织等手工劳动及其制成品。
[5] 溜：顺口溜。

 话说本地有一王妈妈，与二边说合，门当户对，结为姻眷，选择吉日良时娶亲。三日前，李员外与妈妈论议，道："女儿诸般好了，只是口快，我和你放心不下。打紧她公公难理会[1]，不比等闲的，婆婆又兜答[2]，人家又大，伯伯、姆姆，手下许多人，如何是好？"妈妈道："我和你也须分付她一场。"只见翠莲走到爹妈面前，观见二亲满面忧愁，双眉不展，就道：

"爷是天，娘是地，今朝与儿成婚配。男成双，女成对，大家欢喜要吉利。人人说道好女婿，有财有宝又豪贵；又聪明，又伶俐，双六[3]、象棋、通六艺[4]；吟得诗，做得对，经商买卖诸般会。这门女婿要如何？愁得苦水儿滴滴地。"

[1] 打紧：要紧。
[2] 兜答：心眼多，不爽快。
[3] 双六：亦作"双陆"，古代一种棋类游戏。
[4] 六艺：礼、乐、射、御、书、数六种技艺。

员外与妈妈听翠莲说罢，大怒曰："因为你口快如刀，怕到人家多言多语，失

了礼节,公婆人人不欢喜,被人笑耻,在此不乐。叫你出来,分付你少则声[1],颠倒说出一篇来,这个苦恁的好!"翠莲道:

"爷开怀,娘放意。哥宽心,嫂莫虑。女儿不是夸伶俐,从小生得有志气。纺得纱,绩得苎[2],能裁能补能绣刺;做得粗,整得细,三茶六饭一时备;推得磨,捣得碓[3],受得辛苦吃得累。烧卖、匾食有何难[4],三汤两割我也会[5]。到晚来,能仔细,大门关了小门闭;刷净锅儿掩厨柜,前后收拾自用意。铺了床,伸开被,点上灯,请婆睡,叫声'安置'进房内。如此伏侍二公婆,他家有甚不欢喜?爹娘且请放心宽,舍此之外值个屁!"

[1]则声:作声。
[2]苎:麻。
[3]碓(duì):舂米的用具,脚踏驱动木杠,杠端石头连续起落,落下时砸在石臼中。
[4]匾食:饺子。
[5]割:屠宰。

**原文**

翠莲说罢,员外便起身去打。妈妈劝住,叫道:"孩儿,爹娘只因你口快了愁!今番只是少说些。古人云:'多言众所忌。'到人家只是谨慎言语,千万记着!"翠莲曰:"晓得。如今只闭着口儿罢。"妈妈道:"隔壁张大公是老邻舍,从小儿看你大,你可过去作别一声。"员外道:"也是。"翠莲便走将过去,进得门槛,高声便道:

"张公道,张婆道,两个老的听禀告:明日寅时我上轿,今朝特来说知道。年老爹娘无倚靠,早起晚些望顾照!哥嫂倘有失礼处,父母分上休计较。待我满月回门来,亲自上门叫聒噪。"张大公道:"小娘子放心,令尊与我是老兄弟,当得早晚照管;令堂亦当着老妻过去陪伴,不须挂意!"

作别回家,员外与妈妈道:"我儿,可收拾早睡休,明日须半夜起来打点。"翠莲便道:

"爹先睡,娘先睡,爹娘不比我班辈。哥哥、嫂嫂相傍我,前后收拾自理会。后生家熬夜有精神,老人家熬了打盹睡。"

翠莲道罢,爹妈大恼曰:"罢,罢,说你不改了!我两口自去睡也。你与哥嫂自收拾,早睡早起。"

翠莲见爹妈睡了,连忙走到哥嫂房门口高叫:

"哥哥、嫂嫂休推醉[1],思量你们忒没意[2]。我是你的亲妹妹,止有今晚在家中。亏你两口下着得[3],诸般事儿都不理。关上房门便要睡,嫂嫂你好不贤惠。我在家,不多时,相帮做些道怎地?巴不得打发我出门,你们两口得零利[4]?"

翠莲道罢,做哥哥的便道:"你怎生还是这等的?有父母在前,我不好说你。你自先去安歇,明日早起。凡百事,我自和嫂嫂收拾打点。"翠莲进房去睡。兄嫂二人,无多时,前后俱收拾停当,一家都安歇了。

[1]推醉:装糊涂。

[2]忒:太。

[3]下着:做得出来。

[4]零利:伶俐,便利。

员外、妈妈一觉睡醒,便唤翠莲问道:"我儿,不知甚么时节了?不知天晴天雨?"翠莲便道:

"爹慢起,娘慢起,不知天晴是下雨。更不闻,鸡不语,街坊寂静无人语。只听得:隔壁白嫂起来磨豆腐,对门黄公舂糕米。若非四更时,便是五更矣。且待奴家先起,烧火劈柴打下水,且把锅儿刷洗起,烧些脸汤洗一洗,梳个头儿光光地。大家也是早起些,娶亲的若来慌了腿!"

员外、妈妈并哥嫂一齐起来,大怒曰:"这早晚[1],东方将亮了,还不梳妆完,尚兀自调嘴弄舌!"翠莲又道:

"爹休骂,娘休骂,看我房中巧妆画。铺两鬓,黑似鸦,调和脂粉把脸搽。点朱唇,将眉画,一对金环坠耳下。金银珠翠插满头,宝石禁步身边挂[2]。今日你们将我嫁,想起爹娘撇不下;细思乳哺养育恩,泪珠儿滴湿了香罗帕。猛听得外面人说话,不由我不心中怕;今朝是个好日头,只管都噜都噜说甚!"

翠莲道罢,妆办停当,直来到父母跟前,说道:

"爹拜禀,娘拜禀,蒸了馒头索了粉[3],果盒肴馔件件整[4]。收拾停当慢慢等,看看打得五更紧。我家鸡儿叫得准,送亲从头再去请[5]。姨娘不来不打紧,舅母不来不打紧,可耐姑娘没道理[6],说的话儿全不准。昨日许我五更来,今朝鸡鸣不见影。歇歇进门没得说,赏她个漏风的巴掌当邀请。"

[1]这早晚:这时候。

[2]禁步:古时挂在妇女裙边或鞋上的金玉饰物,迈步稍大或走路稍快,就丁当作响。

[3]索粉:类似今天的制作粉条。

[4]肴馔:鱼肉一类的菜。

[5]送亲:指送亲的人。

[6]姑娘:姑妈。

## 原文

　　员外与妈妈敢怒而不敢言。妈妈道："我儿,你去叫你哥嫂及早起来,前后打点。娶亲的将次来了[1]。"翠莲见说,慌忙走去哥嫂房门口前,叫曰:

　　"哥哥、嫂嫂你不小,我今在家时候少。算来也用起个早,如何睡到天大晓?前后门窗须开了,点些蜡烛香花草。里外地下扫一扫,娶亲轿子将来了。误了时辰公婆恼,你两口儿讨分晓[2]!"

　　哥嫂两个忍气吞声,前后俱收拾停当。员外道:"我儿,家堂并祖宗面前[3],可去拜一拜,作别一声。我已点下香烛了。趁娶亲的未来,保你过门平安!"翠莲见说,拿了一炷,走到家堂面前,一边拜,一边道:

　　"家堂,一家之主;祖宗,满门先贤:今朝我嫁,未敢自专。四时八节[4],不断香烟。告知神圣,万望垂怜!男婚女嫁,理之自然。有吉有庆,夫妇双全。无灾无难,永保百年。如鱼似水,胜蜜糖甜。五男二女,七子团圆。二个女婿,达礼通贤;五房媳妇,孝顺无边。孙男孙女,代代相传。金珠无数,米麦成仓。蚕桑茂盛,牛马挨肩。鸡鹅鸭鸟,满荡鱼鲜[5]。丈夫惧怕,公婆爱怜。妯娌和气,伯叔忻然。奴仆敬重,小姑有缘。"

## 注释

[1]将次:将要,就要。
[2]讨分晓:放明白。
[3]家堂:这里指供奉神灵和祖先的画。
[4]四时:春、夏、秋、冬。　八节:立春、立秋、立夏、立冬、春分、夏至、秋分、冬至。
[5]荡:浅水湖。

## 原文

　　翠莲祝罢,只听得门前鼓乐喧天,笙歌聒耳,娶亲车马,来到门首。张宅先生念诗曰[1]:

　　　　"高卷珠帘挂玉钩,香车宝马到门头。
　　　　花红利市多多赏,富贵荣华过百秋。"

　　李员外便叫妈妈将钞来,赏赐先生和媒妈妈并车马一干人。只见妈妈拿出钞来,翠莲接过手,便道:"等我分!"

　　"爹不惯,娘不惯,哥哥、嫂嫂也不惯。众人都来面前站,合多合少等我散。抬轿的合五贯,先生、媒人两贯半。收好些,休嚷乱,掉下了时休埋怨!这里多得一贯文,与你这媒人婆买个烧饼,到家哄你呆老汉。"

　　先生与轿夫一干人听了,无不吃惊,曰:"我们见千见万,不曾见这样口快的!"

大家张口吐舌,忍气吞声,簇拥翠莲上轿。一路上,媒妈妈分付:"小娘子,你到公婆门首,千万不要开口。"

[1]张宅先生:看风水兼唱礼的道士。

不多时,车马一到张家前门,歇下轿子,先生念诗曰:
"鼓乐喧天响汴州,今朝织女配牵牛。
本宅亲人来接宝,添妆含饭古来留[1]。"
且说媒人婆拿着一碗饭,叫道:"小娘子,开口接饭。"只见翠莲在轿中大怒,便道:

"老泼狗,老泼狗,叫我闭口又开口。正是媒人之口无量斗[2],怎当你没的翻做有。你又不曾吃早酒,嚼舌嚼黄胡张口[3]。方才跟着轿子走,分付叫我休开口。甫能住轿到门首,如何又叫我开口?莫怪我今骂得丑,真是白面老母狗!"

先生道:"新娘子息怒。她是个媒人,出言不可太甚。自古新人无有此等道理!"翠莲便道:

"先生你是读书人,如何这等不聪明?当言不言谓之讷,信这虔婆弄死人[4]!说我婆家多富贵,有财有宝有金银,杀牛宰马做茶饭,苏木檀香做大门,绫罗缎匹无算数,猪羊牛马赶成群。当门与我冷饭吃,这等富贵不如贫。可耐伊家忒恁村[5],冷饭将来与我吞。若不看我公婆面,打得你眼里鬼火生!"

翠莲说罢,恼得那媒婆一点酒也没吃,一道烟先进去了;也不管她下轿,也不管她拜堂。

本宅众亲簇拥新人到了堂前,朝西立定。先生曰:"请新人转身向东,今日福禄喜神在东。"翠莲便道:

"才向西来又向东,休将新妇便牵笼[6]。转来转去无定相,恼得心头火气冲。不知哪个是妈妈?不知哪个是公公?诸亲九眷闹丛丛,姑娘小叔乱哄哄。红纸牌儿在当中,点着几对满堂红[7]。我家公婆又未死,如何点盏随身灯?"

张员外与妈妈听得,大怒曰:"当初只说要选良善人家女子,谁想娶这个没规矩、没家法、长舌顽皮村妇!"

诸亲九眷面面相觑,无不失惊。先生曰:"人家孩儿在家中惯了,今日初来,须慢慢的调理她。且请拜香案,拜诸亲。"

[1]含饭:结婚仪式之一。

[2] 无量斗：没有定准之意。

[3] 嚼舌嚼黄：多说废话。

[4] 虔婆：贼婆，骂老妇人的话。

[5] 村：粗俗、土气。

[6] 牵笼：摆布，控制。

[7] 满堂红：蜡台，这里指蜡烛。后句"随身灯"，指点在死人脚后的灯。

## 原文

合家大小俱相见毕。先生念诗赋，请新人入房，坐床撒帐[1]：

"新人挪步过高堂，神女仙郎入洞房。

花红利市多多赏，五方撒帐盛阴阳。"

张狼在前，翠莲在后，先生捧着五谷，随进房中。新人坐床，先生拿起五谷念道：

"撒帐东，帘幕深围烛影红。佳气郁葱长不散，画堂日日是春风。

撒帐西，锦带流苏四角垂[2]。揭开便见姮娥面[3]，输却仙郎捉带枝。

撒帐南，好合情怀乐且耽。凉月好风庭户爽，双双绣带佩宜男[4]。

撒帐北，津津一点眉间色。芙蓉帐暖度春宵，月娥苦邀蟾宫客[5]。

撒帐上，交颈鸳鸯成两两。从今好梦叶维熊[6]，行见蠙珠来入掌[7]。

撒帐中，一双月里玉芙蓉。恍若今宵遇神女，红云簇拥下巫峰。

撒帐下，见说黄金光照社。今宵吉梦便相随，来岁生男定声价。

撒帐前，沉沉非雾亦非烟。香里金虬相隐映，文箫今遇彩鸾仙[8]。

撒帐后，夫妇和谐长保守。从来夫唱妇相随，莫作河东狮子吼。"

说那先生撒帐未完，只见翠莲跳起身来，摸着一条面杖，将先生夹腰两面杖，便骂道："你娘的臭屁！你家老婆便是河东狮子！"一顿直赶出房门外去，道：

"撒甚帐？撒甚帐？东边撒了西边样。豆儿米麦满床上，仔细思量像甚样？公婆性儿又莽撞，只道新妇不打当[9]。丈夫若是假乖张[10]，又道娘子垃圾相。你可急急走出门，饶你几下擀面杖。"

注释

[1] 撒帐：古时婚礼的一种仪式。南宋孟元老《东京梦华录》："对拜毕就床，女向左，男向右坐。妇女以金钱彩果散掷，谓之撒帐。"

[2] 流苏：下垂的穗子，用五彩羽毛成丝线制成。古代用做帐幕、车马、旌旗等的装饰物。

[3] 姮娥：嫦娥。

[4] 宜男：萱草的别名。相传怀孕妇女佩带萱花就生男孩，故名宜男。

[5] 蟾宫：月宫。

[6] 好梦叶维熊：叶，谐；熊，古代认为梦见熊罴便预兆生男孩。

［7］蠙珠：蚌珠，珍珠。

［8］文箫今遇彩鸾仙：文箫、吴彩鸾是唐代裴铏《传奇·文箫》中的一对爱侣。

［9］打当：收拾，准备。

［10］乖张：性情执拗怪僻。

## 原文

那先生被打，自出门去了。张狼大怒曰："千不幸，万不幸，娶了这个村姑儿！撒帐之事，古来有之。"翠莲便道：

"丈夫，丈夫，你休气，听奴说得是不是？多想那人没好气，故将豆麦撒满地。倒不叫人扫出去，反说奴家不贤惠。若还恼了我心儿，连你一顿赶出去，闭了门，独自睡，晏起早眠随心意[1]。阿弥陀佛念几声，耳伴清宁倒伶俐。"

张狼也无可奈何，只得出去参筵劝酒。至晚席散，众亲都去了。翠莲坐在房中自思道："少刻丈夫进房来，必定手之舞之的，我须做个准备。"起身除了首饰，脱了衣服，上得床，将一条绵被裹得紧紧地，自睡了。

且说张狼进得房，就脱衣服，正要上床，被翠莲喝一声，便道：

"堪笑乔才你好差[2]，端的是个野庄家。你是男儿我是女，尔自尔来咱是咱。你道我是你媳妇，莫言就是你浑家。那个媒人那个主？行甚么财礼下甚么茶？多少猪羊鸡鹅酒？甚么花红到我家[3]？多少宝石金头面[4]？几匹绫罗几匹纱？镯缠冠钗有几付？将甚插戴我奴家？黄昏半夜三更鼓，来我床前做甚么？及早出去连忙走，休要恼了我们家！若是恼咱性儿起，揪住耳朵采头发，扯破了衣裳抓碎了脸，漏风的巴掌顺脸括，扯碎了网巾你休要怪[5]，擒了你四鬓怨不得咱。这里不是烟花巷，又不是小娘儿家，不管三七二十一，我一顿拳头打得你满地爬。"

那张狼见妻子说这一篇，并不敢近前，声也不则，远远地坐在半边。将近三更时分，且说翠莲自思："我今嫁了他家，活是他家人，死是他家鬼。今晚若不与丈夫同睡，明日公婆若知，必然要怪。罢，罢，叫他上床睡罢。"便道：

"痴乔才，休推醉，过来与你一床睡。近前来，分付你，叉手站着莫弄嘴。除网巾，摘帽子，靴袜布衫收拾起。关了门，下幔子，添些油在晏灯里。上床来，悄悄地，同效鸳鸯偕连理。休则声，慎言语，雨散云消脚后睡。束着脚，拳着腿，合着眼儿闭着嘴。若还蹬着我些儿，那时你就是个死！"

［1］晏：迟。

［2］乔才：无赖。

［3］花红：为庆贺喜事而赠送的插花挂红的衣料礼品。

［4］头面：首饰。

［5］网巾：古时男子用以束发的网状物。罩网巾后，再戴帽子。

**【原文】**

说那张狼果然一夜不敢作声。睡至天明,婆婆叫言:"张狼,你可叫娘子早起些梳妆,外面收拾。"翠莲便道:

"不要慌,不要忙,等我换了旧衣裳。菜自菜,姜自姜,各样果子各样妆;肉自肉,羊自羊,莫把鲜鱼搅白肠;酒自酒,汤自汤,腌鸡不要混腊獐。日下天色且是凉,便放五日也不妨。待我留些整齐的,三朝点茶请姨娘[1]。总然亲戚吃不了,剩与公婆慢慢噇[2]。"

婆婆听得,半晌无言,欲待要骂,恐怕人知笑话,只得忍气吞声。耐到第三日,亲家母来完饭[3]。两亲家相见毕,婆婆耐不过,从头将打先生、骂媒人、触夫主、毁公婆,一一告诉一遍。李妈妈听得,羞惭无地,径到女儿房中,对翠莲道:"你在家中,我怎生分付你来?叫你到人家,休要多言多语,全不听我。今朝方才三日光景,适间婆婆说你许多不是,使我惶恐万千,无言可答。"翠莲道:

"母亲,你且休吵闹,听我一一细禀告。女儿不是村夫乐,有些话你不知道。三日媳妇要上灶,说起之时被人笑。两碗稀粥把盐蘸,吃饭无茶将水泡。今日亲家初走到,就把话儿来诉告,不问青红与白皂,一迷将奴胡厮闹[4]。婆婆性儿忒急躁,说的话儿不大妙。我的心性也不弱,不要着了我圈套。寻条绳儿只一吊,这条性命问他要!"

妈妈见说,又不好骂得,茶也不吃,酒也不尝,别了亲家,上轿回家去了。

[1]点茶:唐、宋时的一种煮茶方法,这里有备办茶饭的意思。

[2]噇(chuáng):暴饮暴食。

[3]完饭:古时风俗,结婚后第三天女家送"三朝礼"到男家。

[4]一迷:一味。

**【原文】**

再说张虎在家叫道:"成甚人家?当初只说娶个良善女子,不想讨了个五量店中过卖来家[1],终朝四言八句,弄嘴弄舌,成何以看!"翠莲闻说,便道:

"大伯说话不知礼,我又不曾惹着你。顶天立地男子汉,骂我是个过卖嘴!"

张虎便叫张狼道:"你不闻古人云'教妇初来'。虽然不至乎打她,也须早晚训诲;再不然,去告诉她那老虎婆知道!"翠莲就道:

"阿伯三个鼻子管[2],不曾捻着你的碗。媳妇虽是话儿多,自有丈夫与婆婆。亲家不曾惹着你,如何骂她老虎婆?等我满月回门去,到家告诉我哥哥。我哥性儿烈如火,那时叫你认得我。巴掌拳头一齐上,着你旱地乌龟没处躲!"

张虎听了大怒,就去扯住张狼要打。只见张虎的妻施氏跑将出来,道:"各人妻小各自管,干你甚事?自古道:'好鞋不踏臭粪!'"翠莲便道:

"姆姆休得要惹祸[3],这样为人做不过。尽自伯伯和我嚷,你又走来添些言。自古妻贤夫祸少,做出事比天来大。快快夹了里面去,窝风所在坐一坐[4]。阿姆我又不惹你,如何将我比臭污?左右百岁也要死,和你两个做一做[5]。我若有些长和短,阎罗殿前也不放过!"

[1]五量店:出卖油、盐、酱、醋、酒的店铺。 过卖:店铺中的伙计。
[2]三个鼻子管:意为多管闲事。
[3]祸(gù):灾祸。
[4]窝风:避风。
[5]做一做:较量一番。

女儿听得,来到母亲房中,说道:"你是婆婆,如何不管?尽着她放泼,像甚模样?被人家笑话!"翠莲见姑娘与婆婆说,就道:

"小姑,你好不贤良,便去房中唆调娘。若是婆婆打杀我,活捉你去见阎王!我爷平素性儿强,不和你们善商量。和尚、道士一百个,七日七夜做道场[1]。沙板棺材罗木底,公婆与我烧钱纸。小姑姆姆戴盖头,伯伯替我做孝子。诸亲九眷抬灵车,出了殡儿从新起。大小衙门齐下状,拿着银子无处使。说你家财万万贯,弄得你钱也无来人也死!"

张妈妈听得,走出来道:"早是你才来得三日的媳妇,若做了二三年媳妇,我一家大小俱不要开口了!"翠莲便道:

"婆婆休得要水性,做大不尊小不敬。小姑不要忒侥幸,母亲面前少言论。些些轻事□重报,老蠢听得便就信。言三语四把吾伤,说的话儿不中听。我若有些长和短,不怕婆婆不偿命!"

妈妈听了,径到房中,对员外道:"你看那新媳妇,口快如刀,一家大小,逐个个都伤过。你是个阿公,便叫将出来,说她几句,怕甚么!"员外道:"我是她公公,怎么好说她?也罢,待我问她讨茶吃,且看怎的。"妈妈道:"她见你,一定不敢调嘴。"只见员外分付:"叫张狼娘子烧中茶吃!"

那翠莲听得公公讨茶,慌忙走到厨下,刷洗锅儿,煎滚了茶,复到房中,打点各样果子,泡了一盘茶,托至堂前,摆下椅子,走到公婆面前,道:"请公公、婆婆堂前吃茶。"又到姆姆房中道:"请伯伯、姆姆堂前吃茶。"员外道:"你们只说新媳妇口快,如今我唤她,却怎地又不敢说么?"妈妈道:"这番,只是你使唤她便了。"

少刻，一家儿俱到堂前，分大小坐下，只见翠莲捧着一盘茶，口中道：

"公吃茶，婆吃茶，伯伯、姆姆来吃茶。姑娘、小叔若要吃，灶上两碗自去拿。两个拿着慢慢走，泡了手时哭喳喳。此茶唤作阿婆茶，名实虽村趣味佳。两个初煨黄栗子[2]，半抄新炒白芝麻[3]。江南橄榄连皮核，塞北胡桃去壳粗[4]。二位大人慢慢慢慢吃，休得坏了你们牙。"

员外见说，大怒曰："女人家须要温柔稳重，说话安详，方是做媳妇的道理。那曾见这样长舌妇人！"翠莲应曰：

"公是大，婆是大，伯伯、姆姆且坐下。两个老的休得骂，且听媳妇来禀话：你儿媳妇也不村，你儿媳妇也不诈。从小生来性刚直，话儿说了必无挂。公婆不必苦憎嫌，十分不然休了罢。也不愁，也不怕，搭搭凤子回去罢[5]。也不招，也不嫁，不搽胭粉不妆画。上下穿件缟素衣，侍奉双亲过了罢。记得几个古贤人：张良、蒯文通说话，陆贾、萧何快掉文，子建、杨修也不亚，张仪、苏秦说六国，晏婴、管仲说五霸，六计陈平、李左车，十二甘罗并子夏[6]。这些古人能说话，齐家治国平天下。公公要奴不说话，将我口儿缝住罢！"

张员外道："罢，罢，这样媳妇，久后必被败坏门风，玷辱上祖！"便叫张狼曰："孩儿，你将妻子休了罢！我别替你娶一个好的。"张狼口虽应承，心有不舍之意。张虎并妻俱劝员外道："且从容教训。"翠莲听得，便曰：

"公休怨，婆休怨，伯伯、姆姆都休劝。丈夫不必苦留恋，大家各自寻方便。快将纸墨和笔砚，写了休书随我便。不曾殴公婆，不曾骂亲眷，不曾欺丈夫，不曾打良善，不曾走东家，不曾西邻串，不曾偷人财，不曾被人骗，不曾说张三，不与李四乱，不盗不妒与不淫，身无恶疾能书算，亲操井臼与庖厨[7]，纺织桑麻拈针线。今朝随你写休书，搬去妆奁莫要怨。手印缝中七个字：'永不相逢不见面。'恩爱绝，情意断，多写几个弘誓愿。鬼门关上若相逢，别转了脸儿不厮见！"

张狼因父母作主，只得含泪写了休书，两边搭了手印，随即讨乘轿子，叫人抬了嫁妆，将翠莲并休书送至李员外家。父母并兄嫂都埋怨翠莲嘴快的不是。翠莲道：

"爹休嚷，娘休嚷，哥哥、嫂嫂也休嚷。奴奴不是自夸奖，从小生来志气广。今日离了他门儿，是非曲直俱休讲。不是奴家牙齿痒，挑描刺绣能绩纺。大裁小剪我都会，浆洗缝联不说谎。擗柴挑水与炮厨，就有蚕儿也会养。我今年小正当时，眼明手快精神爽。若有闲人把眼观，就是巴掌脸上响。"

李员外和妈妈道："罢，罢，我两口也老了，管你不得，只怕有些一差二误，被人耻笑，可怜！可怜！"翠莲便道：

"孩儿生得命里孤，嫁了无知村丈夫。公婆利害犹自可，怎当姆姆与姑姑？我若略略开得口，便去搬唆与舅姑。且是骂人不吐核，动脚动手便来搷。生出许多情切话，就写离书休了奴。指望回家图自在，岂料爹娘也怪吾。夫家、娘家着不得，剃了头发做师姑。身披直裰挂葫芦[8]，手中拿个大木鱼。白日沿门化饭吃，黄昏寺里称念佛祖念南无，吃斋把素用工夫。头儿剃得光光地，那个不叫一声小师姑。"

说罢卸下浓妆，换了一套绵布衣服，向父母前合掌问讯拜别，转身向哥嫂也别了。哥嫂曰："你既要出家，我二人送你到前街明音寺去。"翠莲便道：

"哥嫂休送我自去，去了你们得伶俐。曾见古人说得好：'此处不留有留处。'离了俗家门，便把头来剃。是处便为家，何但明音寺？散淡又逍遥，却不倒伶俐！不恋荣华富贵，一心情愿出家，身披一领锦袈裟，常把数珠悬挂。每日持斋把素，终朝酌水献花。纵然不做得菩萨，修得个小佛儿也罢。"

新编小说《快嘴媳妇李翠莲记》终。

[1] 做道场：这里指和尚念经以超度死者的亡魂。
[2] 煨：在炭火里把东西烤熟。
[3] 抄：勺子。
[4] 柤："楂"的异体字。
[5] 凤子：大蝴蝶，这里指绣有蝴蝶的轿子。
[6] 以上列举的都是古代善于辞令的人。
[7] 井臼庖厨：指各种家务活。
[8] 直裰：僧道穿的宽大长袍。

本篇话本一个显著的艺术特色，就是所有的场景和人物性格几乎都是从对话中体现出来的。李翠莲性格刚强，心直口快，和传统文化中对女性温柔贤淑的要求完全不一致，所以她和环境是极不协调的。她反对庸常环境的手段便是她的伶牙俐齿。这种反抗从某种程度上来说是对传统和封建礼教的反叛，是一种自主意识的表现。但过于卖弄口舌又使她的形象不那么可爱，过于尖酸刻薄又使她的遭遇不那么令人同情。复杂的人物性格正是一个优秀文学形象的必备的特征，从这个意义上来说，"李翠莲"在中国文学里是独一无二的典型。同时，本文中次要的人物性格塑造的也很生动。如"兜搭"的婆婆、严厉的公公、无奈的兄嫂，无不性格鲜明，各具特色。

当然，被后人视为"璞玉"的宋元话本在艺术上显然并不完美。李翠莲的主动被休和出家显得十分突兀，再加上一个佛家说教的结尾，更使小说落入了俗套。这篇小说如果放在勾栏瓦肆中讲说，显然效果要好得多，它可以将说书人的口才发挥得淋漓尽致。通过这篇有说有唱的话本，我们能够更好地理解古代说话艺术的特点。

这篇话本还为我们描绘了宋元时期社会生活的一个侧面，浓郁的生活气息和丰富的民俗素材，使它具有较高的审美价值。

敦煌变文中有一篇《虮蛸新妇文》，可能对此篇有所影响。

（焦中栋）

## 董永遇仙传

**【题解】**

本文选自《清平山堂话本》。说的是东汉时期，有个年轻农民叫董永，他早年丧母，对父亲十分孝顺，常用小车推着父亲到田边，边劳动边照料老人。父亲病死后，因家贫，董永向傅财主借钱一千贯安葬，然后卖身到傅财主家为佣工三年还债。董永的孝行感动了天帝，便让漂亮灵巧的天仙织女下凡帮助他偿还债务。于是织女与董永在村头老槐树下相会，谎称自己丈夫去世，无以为生，愿与董永结为夫妻，以树为媒，土地爷作证，定下了终身。并说自己自幼学会织布，愿同董永一起到傅财主家织布还债。傅财主提出要他们织出三百匹布来，便可抵债。织女心灵手巧，不分昼夜地织布，只用了三个月就织出绘有龙凤图案的精美的三百匹布来。傅财主虽然对此感到惊诧不已，也只得放他们夫妻还家。董永所欠债务已经偿还，织女下凡的期限也很快到了。临别时织女将自己的真实身份告诉了董永，并说自己已有身孕。虽然二人已是夫妻恩爱，情意绵绵，但天命难违，两人不得不分离。傅财主对织女那么快就织出三百匹布来感到惊诧，又见所织图案皆为龙凤，故怀疑她为仙女，于是把此事的经过告诉官府，并且很快惊动了皇帝。为表彰董永的孝行，皇帝下旨封他为兵部尚书，而傅财主也因进献仙女所织布匹有功而被封为金判。后来傅财主便把自己的女儿赛金娘子嫁给董永为妻。十个月后，织女生下一男孩，便送还董永，取名为董仲舒，并嘱咐不要告诉儿子这一切。等董仲舒长到七八岁时，要见自己的生身母亲，经算卦先生指点，终于见到自己的母亲。事后，算卦先生因泄露天机而受到织女的惩罚，被烟火冲瞎双眼；而董仲舒也因未听母亲的话，一顿吃多了母亲给的仙米，很快长成巨人。父亲董永因惊悸而亡，升天作了鹤神。

**【原文】**

入话[1]：

典身因葬父[2]，不愧业为佣[3]。

孝感天仙至，滔滔福自洪[4]。

话说东汉中和年间[5],去至淮安润州府丹阳县董槐村,有一人,姓董名永,字延平,年二十五岁。少习诗书,幼丧母亲,止有父亲,年六十馀岁。家贫,惟务农工,常以一小车推父至田头树阴下,以工食供父[6]。如此大孝。时直荒旱,井内生烟,树头生火,米粮高贵,有钱没处买。董永心思:"离村十里之外,有一傅长者,专一济穷拔苦[7],不免去求他。"乃对父曰:"如此饥荒,无饭得吃。天色寒冷,孩儿欲去傅长者家,借些钱米来过活。"父言:"你去,借得与借不得,便回,免交我记念。"董永辞别父亲,三步作两步而行,正是十二月半天气,地冷天寒,西北风大作,腹中又饥,身上又冷,捱着饥寒而走。不想纷纷扬扬,下落一天雪来:

尽道丰年瑞,丰年瑞若何?

长安有贫者,为瑞不宜多。

话分两头。却说傅长者正在家中与妈妈赏雪。这长者见雪下得大,叫院子王仝[8],去库中取一千贯钱,仓中搬米十石,在门前散施[9]。不问男女,皆得救济。当时董永也来到门首,见散钱米,遂得钱十贯,米一斗,谢了长者,火急回身。正是:

求人须求大丈夫,济人须济急时无。

董永迎风冒雪,拿着钱米回家。其父见儿子回来,喜不自胜。董永将钱买柴米,与父烘火[10],做饭吃了,看那雪时,到晚来越下得紧。正是:

拳头大块空中舞,路上行人只叫苦。

父子二人过了半月有馀,其父因饥寒苦楚成病,忽然一卧不起。董永心中好苦,要请医人调治,又无钱物。指望捱好[11],不想父亲病得五六日身亡。董永哀哭不止,昏绝几番。端的是[12]:

屋漏更遭连夜雨,行船又撞打头风[13]。

董永自父死后,举手无措,寻思:"止有我娘舅在东村内住,只得去求他,借些财物买棺木。"当时径到娘舅家,备告丧父无钱之事[14]。娘舅见说,又无现钱,遂将布二匹,绢一匹,借与董永。董永换具棺木回家,盛停在家中,早晚哭泣。日间与人耕种度日。欲要殡葬,又无钱使。

荏苒光阴[15],不觉过了一年有馀,无钱殡送。心思一计:"不免将身卖与人佣工,得钱揭折[16]。"当日离家,径投傅长者家[17],见了院子,央他报说卖身之事。傅长者出厅,叫董永入来,备问其事。董永道:"小人姓董名永,丹阳县董槐村人氏。自幼丧母。今年又丧父,停柩在家[18],无钱殡葬。今日特告长者,情愿卖身与长者,欲要千贯钱回家葬父,便来长者家佣工三年。望长者慈悲方便!"长者见说,乃言:"你是大孝之人!"便教院子取一千贯钱付与董永。董永拜别长者出门。正是:

从空伸出拿云手[19],提起天罗地网人[20]。

董永将钱回家,至次日,雇请乡人扛抬棺木,往南山祖坟安葬已毕。过了一夜,次日收拾随身行李,锁了大门,迤逦便行[21]。行至一株大树下,歇脚片时,不觉睡着在树下。

[1] 入话：话本小说中的引子，用于每篇话本之首。体裁不一，多为诗词韵语或小故事，是说话人在叙述正文之前，为了候客、垫场、引人入胜或点明故事本事之用。后代拟话本亦沿用之。

[2] 典身：卖身。典，典当。

[3] 不愧业为佣：不以做佣人为耻。

[4] 洪：大。

[5] 东汉中和："中和"当作"中平"，东汉灵帝刘宏年号（184—189）。

[6] 工食：干活后补充的食物。

[7] 济穷拔苦：帮助穷人，使他们摆脱贫困。济，救助，接济。

[8] 院子：旧时仆役之称。

[9] 散施：散发施与。

[10] 烘火：烤火，取暖。

[11] 捱：拖延。

[12] 端的：的确，真的。

[13] 打头风：逆风。

[14] 备告：全部告诉。

[15] 荏苒（rěnrǎn）：形容时间渐渐逝去。

[16] 揭折：抵偿，折还。

[17] 径：直接。投：到，往。

[18] 柩（jiù）：装有尸体的棺材。

[19] 拿云手：比喻具有远大志气、高强本领的人。

[20] 天罗地网：也称"地网天罗"。天空地面遍张罗网。比喻法禁森严，无法脱逃；这里指遭逢大难，走投无路。

[21] 迤逦（yǐlǐ）：曲折延绵。

## 原文

却说董永孝心，感动天庭。玉帝遥见[1]，遂差天仙织女降下凡间，与董永为妻，助伊织绢偿债，百日完足[2]，依旧升天。当时织女奉敕[3]，下降于槐树下。董永睡着，抬头见一女子，生得：

月里嫦娥无比，九天仙女难描。玉容好似太真娇[4]，万种风流绝妙。

行动柳腰袅娜[5]，秋波似水遥遥[6]。金莲小笋生十指[7]，羞花闭月清标[8]。

那女子启一点朱唇[9]，露两行碎玉[10]，向前道个万福[11]，问："郎君何故在此？"董永答礼，道："小人姓董名永，董槐村人氏。自幼失母。年前丧父，因停柩在家，不能安葬，因此卖身。葬父已了，今往傅长者家还债。行走困倦，少歇于此[12]。娘子尊问[13]，只得实告。"道罢，两泪交流。仙女道："原来如此大孝。好交官人得知[14]，奴是句容县人。公婆父母皆丧。不幸先夫过世，难以营生[15]，欲嫁一个好心之人，甘当伏事[16]。"董永道:"娘子请便,小人告辞。"仙女道:"今见官人如此大孝,情愿与官人结为夫妇,同到傅家还债。官人心下如何?"董永答道:"多蒙娘子厚情,又无媒人,难以成事。"仙女道:"既无媒人,就央槐树为媒,岂不是好?"董永再四推却。仙女怒道:"非奴自贱,因见官人是个大孝之人,故此情愿为妻。你倒反意推却!岂不闻古人云:'有缘千里能相会,无缘对面不相逢。'此亦是缘分,何必生疑!"董永无可奈何,只得结成夫妇,携手而行,乃云:"我前日在傅长者面前,以说佣工三年准债[17]。今日见我夫妻二人入门,只恐焦皂[18]。"仙女道:"不妨。我自幼会得织绸绫绵绢,他必喜欢。"

迤逦行到,二人拜见长者,具言同妻织绢之事[19]。长者大喜,便问:"要多少丝?"仙女道:"起首要十斤[20],一日织十匹。"长者见说:"我不信,难道生百只手?既然如此,我只要你织三百匹纻丝[21],便放你回去。"当时便与丝十斤,令董永夫妻二人去织。果然一日一夜织成十匹纻丝,呈上长者。长者并家中大小皆惊:"不曾见如此手快之人。"原来仙女到夜间,自有众仙女下降帮织,以此织得快。

光阴撚指[22],一月之期,织成纻丝三百馀匹,呈上长者。长者大喜,言称:"世间少有这般妇人。"乃问董永:"你妻非是凡人;若是凡人,如何一月织得三百匹纻丝?"董永答道:"实不相瞒,是小人路上相遇此妇人,他见我说孝心之事,他便情愿嫁我,相帮还债。"长者道:"有如此之事!你真是孝心所感。当初说佣工三年,如今正是三月。我与你黄金十两,将去别作生理[23]。"

[1] 玉帝:天帝。道教称天帝为玉皇大帝,简称玉帝、玉皇。

[2] 完足:完成,完毕。

[3] 奉敕:奉旨。也即奉玉帝的命令。

[4] 太真:指杨贵妃,唐玄宗宠妃。小字玉环,蒲州永乐(今山西芮城西南)人。晓音律,善歌舞。原为玄宗子寿王瑁妃。后为女道士,号太真。公元744年入宫,得玄宗宠爱,封为贵妃。

[5] 袅娜:细长柔美的样子。

[6] 秋波:形容眼睛像秋天的水波一样清澈明亮,后来作为美人眼睛的代称。

[7] 金莲:旧时指缠足妇女的脚。小笋:刚长出的竹笋,这里形容女子的手指洁白细嫩。

[8] 清标:俊逸,清美出众。

[9] 启:张开。

[10] 碎玉:形容牙齿整齐洁白的样子。

[11] 万福:旧时妇女所行的敬礼。两手松松抱拳,在胸前右下侧上下略作移动,同时微微鞠躬,口中多说"万福"。

[12] 少歇:稍微休息一会儿。

[13] 尊问:对对方问话的尊称。

[14] 交:同"教",让。

[15] 营生：维持生计。
[16] 甘当：心甘情愿。　伏事：同"服侍"，侍奉。
[17] 准债：抵债，还债。
[18] 焦皂：焦躁。
[19] 具言：一五一十地告诉。
[20] 起首：一开始。
[21] 纻（zhù）丝：用纻麻织成的丝绸。
[22] 撚（niǎn）指：以两指相搓，犹弹指。比喻时间短暂。
[23] 将去：拿去。　生理：生计。别作生理，谋求别的生路。

**原文**

董永当时拜谢长者，领妻出门。行至旧日槐阴树下暂歇。仙女道："当初我与你在此槐树下结亲，如今又三月矣！"不觉两泪交流。董永道："贤妻有何故如此？"仙女道："今日与你缘尽，故此烦恼。实不相瞒，我非是别人，乃织女也。上帝怜你孝意，特差我下降与你为妻，相助还债，百日满足。奴今怀孕一月，若生得女儿，留在天宫；若生得男儿，送来还你。你后当大贵，不可泄漏天机。"道罢，足生祥云[1]，冉冉而起[2]。董永欲留无计，仰天大哭："指望夫妻偕老[3]，谁知半路分离！"哭罢，一径回到坟前，又哭一场，结一草庐，看守坟茔[4]，不在话下。

却说傅长者在家无甚事，打开仙女所织之纻丝看时，上面皆是龙文凤样[5]，光彩映日月。长者大惊，不敢隐藏，将此事申呈本府[6]。府尹问知[7]，有如此孝感之事，具依奏上朝廷[8]。汉天子览表[9]，龙颜大悦[10]，曰："朕即位已来[11]，累有孝行之人，未尝有如此大孝之人。"遂命近臣修诏书一道[12]，宣董永入朝面君[13]。即日，天使到润州[14]，府尹着人请董永到府叙礼[15]。董永大惊，拜道："董永是一介小人，有何德能，敢劳大人如此敬重！"府尹道："不必谦辞！阁下乃大孝之人[16]，天子有表在此。"只见天使取出表来开读，董永与府尹跪听。其表云：

奉天承运皇帝诏曰[17]：为臣者忠，为子者孝，此人道之大敦[18]，立身之大要也。故忠者为邦国之权衡[19]，而孝者乃齐家之珍器也[20]。今据润州府奏鸣，董永之孝感，盖起自棘篱之间[21]，而知《孝经》大意[22]。则数居颠沛之际[23]，犹存佣乐之心，此非我国有将兴之机乎？而孝子起于郊野者矣！诏书到日，着董永即便觐阙[24]，量才擢用[25]，岂不有感发将来者？钦哉！钦哉！

董永听罢，望阙谢恩已毕，请天使在驿中安下。董永回家即辞别亲邻，到次日，拜别府尹，一同天使起程。正是：

皇恩宣诏往宸京[26]，跃马扬鞭莫暂停。
一色杏花红十里，春风得意马蹄轻[27]。

董永同天使不只一日到京，近臣引见汉天子。天子大喜，封为兵部尚书[28]，莅任为官[29]。不在话下。

[1] 祥云：吉祥的云彩。

[2] 冉冉（rǎn）：慢慢的样子。

[3] 偕老：一起到老。

[4] 坟茔：坟墓。

[5] 龙文凤样：指织出龙和凤的图案。文，同"纹"。

[6] 申呈：呈报。旧时下级送报上级叫呈。

[7] 府尹：官名。始于汉代之京兆尹。一般为京畿地区的行政长官。唐代之东都、西都、北都及州郡之升府者，皆置府尹。后亦用以泛称太守。

[8] 具：全部。 依：按照，依照。

[9] 览表：看表文。览，观看。

[10] 龙颜：谓眉骨圆起。《史记·高祖本纪》："高祖为人，隆准而龙颜，美须髯，左股有七十二黑子。"晋潘岳《西征赋》："造长山而慷慨，伟龙颜之英主。"后因用以指帝王的容貌。也借指帝王。 大悦：非常高兴。

[11] 朕（zhèn）：古时自称为朕，无贵贱之分。自秦始皇始，成为皇帝专用的自称。

[12] 修：撰写。 诏书：皇帝颁发的命令。

[13] 面君：面见皇帝。

[14] 天使：皇帝的使臣，指钦差大臣。

[15] 叙礼：以礼相见。

[16] 阁下：敬辞，称对方。

[17] 奉天承运皇帝诏曰：明太祖初，定大朝会正殿为奉天殿，于皇帝所执大圭上刻"奉天法祖"四字，与臣下诰敕命中必首称"奉天承运皇帝"。后相沿成为皇帝敕命中的套语。

[18] 大敦：最厚道。

[19] 邦国：国家。 权衡：原指秤锤和秤杆。引申为比较轻重、计算得失。这里指标准、榜样。

[20] 齐家：治家。《礼记·大学》："欲齐其家者，先修其身。" 珍器：珍宝。

[21] 棘篱：指乡野。

[22] 《孝经》：一部宣扬封建孝道和孝治思想的儒家经典。有今文、古文两种版本，今文本称郑玄注，分十八章；古文本称孔安国注，分二十二章。今之通行本为《十三经注疏》本，用唐玄宗注和宋邢昺疏。

[23] 颠沛：跌倒，比喻处境窘迫困顿。

[24] 觐阙（jìnquè）：拜见天子。觐，朝见君主或朝拜圣地。阙：宫殿门前两边的立柱和角楼，引申为宫殿、朝廷。

[25] 量才擢（zhuó）用：根据才能大小来提拔任用。擢，提拔。

[26] 宸（chén）京：京城，帝都。宸，旧指帝王住的地方。

[27] 春风得意马蹄轻：旧时形容读书中举后，志得意满、洋洋自得的情态。语出孟郊《登科后》诗："春风得意马蹄疾，一日看尽长安花。"

[28] 兵部：六部之一，主管全国武官选用和兵籍、军械、军令等事宜。　尚书：官名。始于战国，掌管文书。汉武帝时地位逐渐重要。东汉正式成为协助皇帝处理政务的官员。

[29] 莅（lì）任：到任，上任。

## 原文

却说傅长者因进贡异样绒丝，朝廷亦封为佥判之职[1]。长者有一女儿，名唤做赛金娘子，生得十分容貌，未曾招亲。当日长者与院君商议[2]："何不将赛金招董永为婿，却不是好？"遂央媒人与董永说知此事[3]。董永闻知，十分欢喜，乃言："前者之恩，未曾补报。今又招亲，此恩难忘。"便令媒人拜上傅长者："小生一听尊命[4]。"乃选吉良时[5]，下财纳礼[6]，成亲已毕。正是：

　　清风明月两相宜，女貌郎才天下奇。
　　在天愿为比翼鸟，入地愿为连理枝[7]。

不说董尚书夫妻和睦。且说天宫织女自与董永别后，不觉十月满足，生下一子，已得一月，取名叫做董仲舒[8]，遂自送下界来，与董永抚养。

却说董尚书升厅，只见牌坊下立着一个妇人[9]。董尚书交人喝问[10]："那妇人是何人？敢窥望朝臣[11]？"只见仙女高声叫道："忘却织绢之恩，倒来喝我？"董永听得，慌忙下厅看时，却是前妻，吃了一惊，相抱而哭，便道："今日有何缘，得遇贤妻下降？手中抱者何人？"仙女道："是你儿子，今日特送还你。"董永拜谢，道："多感贤妻之恩，不知曾取名否？"仙女道："玉帝已取名了，唤做仲舒。"董永大喜，接了孩儿，便道："自别之后，又早一年有馀。今日相逢，与你同享荣华，偕老百年。"仙女笑道："相公差了。夫妻自有天数[12]，不可久留。"说罢，云生脚下，冉冉而起。董尚书仰天大哭。只见傅氏夫人听得，出来看时，便问："相公如何烦恼？手中抱者何人？"董永把上项事说了一遍[13]。夫人大喜，乃命奶子抚养[14]。光阴撚指，正是：

　　乌乱飞，兔不歇[15]，朝来暮往何时彻？
　　女娲会炼补天石[16]，岂会熬胶粘日月？

[1] 佥（qiān）判：即签判。签书判官厅公事的简称。为宋代各州幕职，协助州长官处理政务及文书案牍。这里指做佥判官。

[2] 院君：即县君。本为对有封号的妇女的称呼。后来一般富户的妻子也称"院君"。

[3] 遂：于是。　央：请求。

[4] 尊命：对对方嘱托的敬称。

[5] 吉良时：良辰吉日。

[6] 下财纳礼：旧式聘婚，男方向女方赠送礼物及钱财谓之下财，也称纳礼。

[7] 比翼鸟：传说中的一种鸟，雌雄常在一起飞，古典诗词里用做恩爱夫妻的比喻。　连理枝：不

同根的草木枝干连生在一起，古人认为是吉祥的征兆。比喻恩爱夫妻。"在天愿作比翼鸟，在地愿为连理枝"，比喻生生世世永作夫妻，语出白居易的《长恨歌》。

　　[8] 董仲舒（前179—前104）：西汉哲学家。广川（今河北景县）人。曾建议汉武帝废除各家之学，独尊儒术，为汉武帝采纳。他将天道和人事牵强比附，提出"天人感应"说，还提出"三纲五常"的封建伦理。著作有《春秋繁露》等。这里是小说家的虚构。

　　[9] 牌坊：又称"牌楼"，一种门式的纪念性建筑物，上刻题字。多建于庙宇、陵墓、祠堂、衙署、园林前或街道路口。

　　[10] 喝问：呵斥，讯问。

　　[11] 窥望：偷看。

　　[12] 天数：天命。

　　[13] 上项事：前述事项。

　　[14] 奶子：奶娘，乳母。

　　[15] 乌乱飞，兔不歇：谓光阴流逝。乌，指日；兔，指月。古代神话传说太阳中有三足乌，月亮中有玉兔。

　　[16] 女娲：神话传说中人类的始祖。女娲会炼补天石，传说女娲炼五色石补天，止大雨，治平洪水，杀死猛兽，使人民得以安居。

## 原文

　　倏尔已经十馀年[1]，董仲舒年登一十二岁。父母教他上学读书，九经书史，无所不通。一日，正在书院中读书，只见同学小儿戏骂仲舒道："无娘子[2]！"仲舒被骂，不敢回言，径回来，看着董尚书，一把扯住，大哭起来："不知因何，别人皆骂我做'无娘子'？今且定要见个明白！定要见我亲娘！"董尚书乃言："你娘是天宫仙女，如何得见？"仲舒听罢，放声大哭，道："若见得母亲，便死也瞑目[3]。若说见不得，就撞死在此。"董尚书道："孩儿不可焦皂！此去长安市上，有一卖卦严君平先生[4]，能测过去未来之事。你可去问他。"

　　仲舒见说，便将了十文钱，径来问卦。严君平问道："小官人欲占何卦？"仲舒备言欲见母亲之事："望先生指引只个。"先生看卦已了，乃言："你母乃天仙织女，如何得见？"仲舒听罢，哭拜在地："万望先生指引[5]，死生不忘。"先生道："难得这般孝心。我与你说，可到七月七日，你母亲同众仙女下降太白山中采药，那第七位穿黄的便是。"仲舒道："不知此去太白山，有多少路？"先生道："约有三千馀里。"仲舒道："我到彼，娘如何肯认我？"先生道："那穿黄的，你一把扯住，拜哭起来，他便认你。若问何人教你来，切不可说是我！"

　　仲舒取钱拜谢先生而去，径回府中，见父母，备言："严先生教我往太白山中见母，今日拜别便行。"董尚书道："此去太白山三千馀里，虎狼极多，孩儿年幼，如何去得？"仲舒道："便死无恨，去心难留！"董尚书见他拼命要去，只得教老王付与盘缠："伏事孩儿去。"

当日拜别登程,在路饥飡渴饮[6],夜住晓行,不只一日,来到一座山下,问人时,正是太白山。行过一重山,只见野鹿含花,山猿献果;又一重山,只见鲜花翠草乱纷纷,瀑布飞流。此时正是七月七日,忽见一群仙女下来洗药瓶,仲舒便教老王躲过了,慌走上前,看着第七位穿黄的纳头便拜,扯住了只叫:"母亲,丢得孩儿好苦!"

仙女问道:"你是何家孩儿?甚人叫你来?"仲舒道:"孩儿便是董仲舒,爹爹教我来拜见母亲。"仙女道:"孩儿快回去!此处豺狼伤人,不可久居!"仲舒道:"孩儿千山万水到此[7],如何便打发我回去?"仙女道:"虽然母子之情难舍,犹恐天上得知,见罪非轻。你可回去,拜上父亲,善养天年。此必是严君平老子饶舌教你来[8]。你可将此金瓶寄与严先生,谢他卦灵。又与你一个银瓶,瓶内有米数合,你将回去,每日只吃一粒,切不可吃多!"说罢,云生脚下,众仙女一齐冉冉而起。仲舒欲要拖住,又去远了,只得仰天大哭。老王听得走来,劝了,挑了行李急回去。

不只一日,已达长安,拜见父母,具说见母之事:"多多拜上父亲。寄此金瓶与严先生。此一银瓶,与孩儿戏耍。"董尚书大喜,便道:"既是你母寄与严先生的金瓶,不可有违,快寄将去!"仲舒即时将了金瓶,径往严先生家里来。先生正在门前坐,仲舒拜罢,递上金瓶与先生,道:"母亲多多谢上先生,无物相酬[9],特将此金瓶相谢。"先生接得看时,光彩射目,口中不道,心下思量:"此物乃世上大宝,人所罕见,乃天宫金净瓶。"翻来覆去看。把手去开这瓶盖时,吃了一惊。只见从瓶口内飞出一星火来,将上元甲子并知过去未来之书[10],尽数烧了。这先生手忙脚乱,急救火时,被烟一冲,不想将双目皆冲瞎了。至今流传瞎子背记蠢子之书[11],自此始。

仲舒惊得目睁口呆,急奔回家,将银瓶内米倾出看时,约有七合[12],呵呵大笑:"母亲教我一日吃一粒,如何得饱?不如将此米一顿煮来吃了。"不想吃饭之后,一日,二日,三日,身已长大魁肥,饭食不吃亦不饥,没半月光景,身长一丈,腰大十阔,自亦心中惊异,夜不安枕,没药可救。父母见了大惊。不期其父董永一者受惊,二者年老多病,一疾乌乎[13]。

这仲舒见父已故,哀痛之甚,备衣衾棺椁[14],送柩回乡。安葬已了,守孝三年,不思饮食。忽一日,对人言道:"前者母亲与我仙米,我却不知,一顿吃了,不料形体变异。今玉帝差火明大将军宣我上天[15],封为鹤神之职[16]。每遇壬辰癸巳上天[17],辛亥己酉游归东北方[18],四十四日后还天上一十六日也。"直至于今,万古千年,在太岁部下为鹤神也[19]。

[1] 倏(shū)尔:迅疾的样子,形容时间过得很快。

[2]无娘子：没娘的孩子。

[3]死也瞑目：死了也放心。瞑目，闭眼。

[4]卖卦：以为人占卜谋生。　严君平：汉蜀郡人，名遵。卜筮于成都市，卒年九十馀岁。

[5]万望：非常希望。　指引：指点引领。

[6]飡（cān）：同"餐"。

[7]千山万水：形容山水很多，比喻路途艰险、遥远。

[8]饶舌：多嘴。

[9]相酬：报答，酬谢。

[10]上元甲子：六十年为一甲子，讲阴阳五行的人以三个甲子共一百八十年为一周。称其中的第一个甲子为"上元甲子"，第二个甲子为"中元甲子"，第三个甲子为"下元甲子"，合称"三元甲子"。

[11]瞎子背记蠢子之书：意为算卦先生多为瞎子，且因他们的始祖严君平先生曾被董永之母七仙女设计弄瞎眼睛，所以卦书要靠代代口耳相传，故有此称。

[12]合（gě）：容量单位。十合为一升，十升为一斗。

[13]一疾乌乎：因病而死。乌乎，同"呜呼"。是古代祭文中常用的叹词，借指死亡。

[14]衣衾（qīn）：衣服与被子。这里指装殓死者的衣服与单被。　棺椁（guānguǒ）：棺材。椁，小棺材外面套的大棺材。

[15]差：差使，这里有派遣的意思。　宣：宣布君主的诏令。

[16]鹤神：严敦易校注："太岁部下的凶煞之一。"

[17]壬辰癸巳：古代纪年月日用十天干和十二地支。甲乙丙丁戊己庚辛壬癸为十天干，子丑寅卯辰巳午未申酉戌亥为十二地支。顺次以天干配地支，来纪年月日，如上文的壬辰和癸巳即是如此，代表具体的日期。下文的辛亥己酉亦是同样道理。

[18]游归：指在人间游历后回天界去。

[19]太岁：指太岁之神。迷信说法认为地上的太岁神与天上的岁星相应而行，旧时以太岁之神所在为凶方，凡兴造、搬迁、嫁娶、远行等均要躲避太岁的方位，否则定有祸殃。

　　两千年前东汉孝子董永卖身葬父、天仙下凡婚配的传说，反映了老百姓向往勤劳善良、美好幸福的生活理想，成为中国古代脍炙人口、感人至深的故事之一。它不仅在民间长期口头流传，而且被镌刻在山东嘉祥县"武梁祠"的东汉石刻画像上面。在书面文学中，曹植的《灵芝篇》是最早记载这一故事的诗歌，东晋干宝的《搜神记》又加以敷衍，写成一篇志怪小说。此后，这一故事还以佛教"变文"形式载入《敦煌变文集》。宋、元年间敷衍成本篇小说《董永遇仙传》，收入《清平山堂话本》，而且又被绘入著名的"二十四孝图"。在戏曲中也成为重要的创作素材。据此题材编为戏曲作品的如晋剧《槐荫记》、黄梅戏《天仙配》、楚剧《百日缘》等，千百年来在舞台上长期演出，成为民间流传最广、影响最深的爱情故事之一。

《董永与七仙女》和《孟姜女》《白蛇传》《梁山伯与祝英台》成为中国古代最著名的四大民间故事。

(裴兴荣)

## 武王伐纣平话(节选)

**题解**

这篇平话原名《全相平话武王伐纣书》,也叫《吕望兴周》,分为上中下三卷,最早为元代建安虞氏刊印,为明代神魔小说《封神演义》所本。主体内容是写商纣王无道、武王兴兵伐纣的故事,而以姜尚为伐纣故事的核心人物。平话内容较长,这里只节选读者熟悉的一些故事,如酒池肉林、炮烙之刑、文王演周易、比干剖心、太公遇文王、太公用兵等。

**原文**

妲己至夜与纣王相见[1],面带忧容,颜无笑色。王怪问曰:"卿因何不悦?"妲己诈云:"臣启大王,今有姜皇后位下宫人,倚着正宫名势,见子童无礼[2],臣欲大除之。"王曰:"依卿所奏。怎生除之?"妲己言曰:"我王去殿下置酒池肉林、虿盆炮烙之刑[3],教宫人相扑[4],赢底推在酒池内饮酒,输底推在虿盆,交蛇蛟蝎蜇[5],得罪的推在炮烙,教抱铜柱。"纣王见道:"依卿所奏。"即传宣于殿下,置酒池肉林,虿盆炮烙铜柱。

一切都置就,纣王共妲己摘星楼上饮酒,令宣姜皇后宫中宫人,尽皆梳妆美丽。宫人咸至楼前,尽教去却宫衣绣裳,只系裙子一腰,教二人相扑往来,风吹忽有裸体之形,妲己共纣王取乐笑耳。赢者推在酒池之内,交饮酒醉死,输者推在虿盆之内,交蛇咬蝎蜇死。如有得罪之人,推在炮烙之内,教抱通红铜柱烧死。如此无道,损害千人之命,宫女声哀不止,妲己共纣王取乐无厌。如此无道,国中依言无不知。

有诗为证。诗曰:

狐灵专宠恣荒淫[6],嗜酒成池肉作林。

一旦朝歌非我有[7],方知天命果难谌[8]。

有一日,妲己奏曰:"子童辨认得孕妇腹中是男是女。"王曰:"如何知之?"妲己曰:"恐王不信,试将数个孕身妇人,臣妾辨之。"王曰:"依卿所奏。"便宣到百个孕妇人至殿下。纣王问妲己曰:"那个是男?那个是女?"妲己遂叫过一妇女来,令坐复起。妲己奏曰:"坐中先抬左足者是男,先抬右足者是女。"纣王曰:"如何得知?"妲己奏曰:"恐王不信,剖腹验之。"纣王曰:"依卿所奏。"教左右剖腹验之，果然如此。每日可废百人之命，妲己精神越好。此人是妖精之神也。民间嗟怨，客旅哀哉，悲啼不止，无不伤心。

诗曰：

恣情损害几多人，能辨人间孕妇身。

今日虽然多富贵，后来剑底作泥尘。

当日，纣王共妲己游西鹿台，前有一河，号曰野水河。妲己共纣王登台上而坐，望见河岸上冬月凌冰[9]。二人欲下水。有一年少者怕冷，不敢下水，数次上岸。老者不怕冷而撩衣便过。王问妲己曰："此二人，年少却惧冷，年老不惧冷涉河，何哉？"妲己奏曰："年少者是老生之子，髓不满其胫，阳气衰弱，怕冷不敢涉水。年老者是少生之子，髓满其胫，傲寒耐冷。虽是肌毛枯伐，阳气太盛，故不怕冷，便涉河而过。"纣王曰："如何见得？"妲己奏曰："恐我王不信，教左右捉取二人，敲胫看之。"纣王曰："依卿所奏。"令左右捉取二人来，斫胫看之[10]，果然如此。纣王大喜，告妲己曰："卿煞知好事。"如此损害人命，后来不敢来河上过往。纣王令左右去到处捉人来，于河中试之，每日害数十人命。

诗曰：

刳胎斫胫剖忠良[11]，颠覆殷汤旧纪纲。

积恶已盈天震怒，渎天不免鹿台亡[12]。

[1]妲己：商纣王最宠爱的妃子。姓己名妲，有苏氏女。周武王灭商时被杀。

[2]子童：后妃自称。后来的小说戏曲中也用作帝王称呼后妃。

[3]虿（chài）：蛇、蝎类的毒虫的古称。炮烙（páoluò）：原作"炮格"，一种酷刑，把人绑在烧红的铜柱上烫死，据说为商纣发明。

[4]相扑：摔跤。

[5]蛟：当为"咬"。蜇（zhē）：毒虫叮刺。

[6]狐灵：据原文，妲己系狐妖所化。

[7]朝歌：当时商的首都。

[8]难谌（chén）：难以相信。谌，相信。

[9]凌冰：结冰。

[10]斫（zhuó）：斩；砍。胫：小腿。

[11]刳（kū）：剖，剖开。

[12]鹿台：台名。故址在今河南汤阴朝歌镇南。鹿台乃殷纣王为供自己玩乐而造。另据他说，武王伐纣，纣兵败，登台自焚而死。

日往月去，前后早五六载。姬昌当日离岐州[1]，已知东去有七年囚牢之难。

姬昌常问监官,如今纣王无道。那姬昌不愁自身之苦,念纣王无道,每日在囚城中,长把乾、坎、艮、震、巽、离、坤、兑为神将大将军[2],使六丁六甲为左右将军[3],摘其中十干、五行、二十八宿[4],定分八卦爻象[5],逐年逐月逐日逐时,知吉凶之事,占人间灾福之兆,课身上吉凶之来意[6],知一年旱涝不匀,五谷丝蚕收成,人民病疾灾伤。文王在囚牢之内,一一尽知,克日定时[7],并无分毫差错。文王以六十四卦自卜其身,见卦中更有二日,方免囚牢之难。七年,时至仲秋末、季秋初,文王卜下见喜[8],合受七年方脱。

有诗为证。诗曰:

纣王荒淫国不修,贪迷妲己损诸侯。

不从西伯忠臣谏,羑里当囚七载忧[9]。

又诗曰:

直言骨鲠总皆谋[10],君不君兮实可羞。

天然暗助行兵德,万里江山尽属周。

[1] 姬昌:周文王名。　歧州:即岐州,今陕西岐山县。岐山,在岐山县东北。因山有两枝,故名。

[2] 乾、坎、艮、震、巽、离、坤、兑:八卦名。

[3] 丁、甲:天干名。

[4] 十干:甲、乙、丙、丁、戊、己、庚、辛、壬、癸。　五行:金、木、水、火、土。　二十八宿:中国古代天文学家把天空中可见的星分成二十八组,叫二十八宿,东南西北四方各七宿。东方苍龙七宿是角、亢、氐、房、心、尾、箕;北方玄武七宿是斗、牛、女、虚、危、室、壁;西方白虎七宿是奎、娄、胃、昴、毕、觜、参;南方朱雀七宿是井、鬼、柳、星、张、翼、轸。

[5] 爻:《周易》中组成卦的符号,含有交错和变化之意。爻象即卦象。"一"为阳爻,"--"为阴爻。每三爻合成一卦,可得八卦;两卦(六爻)相重则得六十四卦。

[6] 课:占卜。

[7] 克:限定。

[8] 卜下见喜:占卜到了一个吉卦。

[9] 羑(yǒu)里:古地名,在今河南省汤阴县北。

[10] 骨鲠:鲠本意为鱼刺,比喻"刚直正气"。

有一日,比干打酒池肉林、炮烙虿盆边过[1],忽有旋风闹起,睹是枉死生灵。比干见如此之事,言曰:"此事都因纣王信妲己之言,苦害宫妃,枉死之魂,未蒙出离。"比干自言曰:"我是皇伯,可谏于王。"比干心怀此事,至殿下,见纣王与妲己对坐。比干谏曰:"臣启陛下,大王宠信妲己之言,置下酒池肉林、炮烙虿盆,积粟成尘[2],修建台阁,剖斫胫之过,除斩忠臣,往酱献色[3],损姜皇后[4],贬殷交[5],

囚姬昌，反了黄飞虎[6]，皆是我王之过也，皆是妲己拥蔽圣聪。大王试可深思，岂不痛哉！除斩了妲己，全门赐死，此是大王仁德复行也。愿大王依小臣之言，黎民仰之。"纣王无言。比干又奏曰："昔日祖父汤王下车，抱尸而哭，有一大臣问曰：'何故哭之伤情？'汤王曰：'朕闻三皇五帝尧舜禹之时，至饿莩死者并无[7]。今到寡人之时，亡莩者无限，岂不是寡人无德？'言罢，汤王遂开仓库，救济贫民，饥者得食，寒者得衣，天下尽称圣治之王。此是汤王之德也。陛下思之，依小臣之言，斩了妲己是也。"纣王不悦，不听比干之言。

诗曰：

唐虞揖逊底和平[8]，及纣如何播恶声。

若听比干忠谏论，江山不被外人争。

纣王大怒，令左右捽下皇伯比干[9]，推在一壁。王问妲己曰："此人如何？"妲己心中思惟道："比干坐硕州时[10]，参庙殿神灵，须用三牲肉祭之。有比干来庙，见一穴，令人探之，见床上有一妖狐中坐。探之即出，说与比干相公。相公教用柴点火，撞穴熏之，或去穴中锁之，见妖狐上涌出去，自后生泉水，今在寒泉村北是也。妖狐西走，前到故恩州[11]，至驿中见苏护女子[12]，吸了三魂七魄，变为妲己。言比干绝我之祖，今日却教比干死在我手下。用心与纣王言之。"妲己奏曰："臣闻比干是大贤人也。心有七窍，为人所以聪明智慧。"纣王问："卿如何知？"妲己奏曰："恐大王不信，可以剖腹看之。"纣王："依卿所奏。"令左右剖开比干腹看之，果然如此。纣王大喜："卿煞知好事[13]！"妲己至夜，遂把比干心肝食之。妲己喜而言曰："今报了我恨也！"

注释

[1] 比干：商代贵族，纣王伯父，官少师。

[2] 积粟成尘：商纣不体恤百姓，横征暴敛而来的粮食都腐烂变成了尘土。

[3] 往酱：丁锡根曰：疑作"妄奖"。

[4] 姜皇后：纣王的皇后，被他推下摘星楼摔死。

[5] 殷交：本话本前文云："有一日，姜皇后降生一太子，名位曰景明王，号为殷交……此人便是太岁也。"

[6] 黄飞虎：燕南王。纣王调戏其妻耿氏不成，刀剁耿氏为肉酱，黄飞虎被逼反。

[7] 饿莩（piǎo）：莩同"殍"。饿死的人。

[8] 唐尧揖逊：指尧舜禅让。

[9] 捽（zuó）：揪。

[10] 硕州：地名不详。

[11] 恩州：唐宋辽时，在今山东、广东、河北、辽宁等地皆有恩州，此处不知为何处。

[12] 苏护：华州太守。商纣王遍搜天下美女，苏护女妲己被选。遇妖狐吸取其魂魄骨髓，又吹入妖气，变为妖媚之形，成为后来的祸国殃民的妲己。

[13]煞：副词，很、极。

# 原文

纣王自乱天下。当日姜尚西走至岐州南四十里地，虢县南十里[1]，有渭水河岸，有磻溪之水[2]。姜尚因命守时，直钩钓渭水之鱼，不用香饵之食，离水面三尺。尚自言曰："负命者，上钩来！[3]"姜尚自叹曰："吾今鬓发苍苍，未遇明主。尚止北望岐州，想文王是仁德之君，吾在此直钩钓鱼数载，并无一人来相顾。我有心兴周破纣安天下，吾待离了此个明君，忍无似西伯侯有仁德——且守天时。"

从前，姜尚所图经纪道路[4]，皆无胜心。运命不通，有妻马氏，遂弃索休而去。子牙亦不苦留，与休了教去。

却说西伯侯夜作一梦，梦见从外飞熊一只，飞来至殿下。文王惊而觉。至明，宣文武至殿，具说此梦。有周公旦善能圆梦，周公曰："此梦合注天下将相大贤出世也。梦见熊，更能飞者，谁敢当也。从南方贤人来也。大王今合行香南巡寻贤去也[5]。贤不可以伐[6]。"周公说梦，深解其意："昔日有轩辕皇帝梦见天凤[7]，而得风后先生[8]，为特灭于蚩尤在涿鹿之野[9]。轩辕皇帝又梦见上天，后至百日，果然升天。又有尧王梦见升天，得帝王。有汤王梦见用手托天，得帝位。大王梦见飞熊，必得贤也。"

文王翌日早晨排列队仗，乘驷马车，出猎巡狩寻贤，武吉引驾，求贤去也。

却说姜尚在磻溪岸上，手持钓钩，自叹曰："吾今老矣！年已八十，未佐明君。非钓鱼，只钓贤君。"自叹咏一首。诗曰：

吾今未遇被妻休，渭水河边执钓钩。

只钓明君兴社稷，终须时至作王侯。

姜尚叹息罢，忽见正北一道气色甚好，姜尚道："更待三日，必有王侯至此。"道念其间，从水上流下一片大石，如席来大小，更青红碧绿，至姜尚面前自住。姜尚心内思惟："吾不克时为将相也。"又观此石面前自住。言："自古有风后先生在于此处，从水面上流下此石，至风后面前而止。后轩辕皇帝为将此石名曰'王皇石'也。"在后叹曰，咏诗一首，诗曰：

片石漂流石岸傍，烟笼寒水色苍苍。

自从吕望兴家国[10]，更有何人遇明王。

文王出岐州，南四十里虢县，文王入城，车驾行时，有万民并大小官员，皆来接驾，入衙中歇泊排宴。文王诣翌日绝早出虢县南，约行到五七里之地。文王见喜气来朝，百鸟皆鸣。文王告大臣曰："贤人近也。"又见黄气冲天，有大臣散宜生、太颠、闳夭、南宫适。众大臣皆言："贤人近也。"有金牛位引驾大将军奏曰："臣启大王，前是磻溪河岸，是渔公止处也。"文王闻奏："你先去。"把武吉蒙宣前去，果见渔公手执钓竿。武吉却回来，报与文王："渔公在彼。"

却说文王望见磻溪河一里地下车,行至岸边,见渔公,大礼恭敬三次,姜尚不顾分毫[11]。文王近前大礼,渔公举手指让,文王大喜而无愠色[12]。姜尚执钓竿问曰:"公乃何人也?"文王曰:"某是西伯侯姬昌,专来出猎到此。知公大贤,许我伐无道之君,如何?"姜尚无言。文王又问:"知公此岸钓引,于天意愿,愿公表察[13]。昌令四方求探至此,愿呈肝胆之智,望贤垂意。顿首顿首,惶恐惶恐。贤意如何?"姜尚见文王大礼之言,心内思惟:"此人虽是真主,我不便思文王之德。始三次顾我,我又不顾,文王无分毫愠色,亦无忿怒,此是大君子人也。"姜尚又试探,文王有天子之德。尚答曰:"君非专意举贤,出猎游戏,亦不是坚心求贤,而乘乐而至。吾乃钓叟,岂取金紫之名乎[14]?臣恐停车驾,请大王且退去。"

姜尚道罢,遂入苇叶而去。文王心内思惟:"吾自错矣。"令车驾却入虢县。文王清斋三日,沐浴圣体。第三日,文王宣文武排銮驾,再去求贤。文王随从,前往磻溪至近,姜尚先知,言:"文王再来。"姜尚立钓竿于岸侧,去芦叶深处,不出迎。文王至近下车,共文武步行一二里。至岸,却不见渔公,只见钓竿。文王赠诗一首。诗曰:

求贤远远到溪头,不见贤人见钓钩。
若得一言明指教,良谋同立西周。

文王诗毕。文王问:"先生何在?只得一句,言着国事,安天下,定社稷,无非大贤指教。"言罢多时,不闻音耗。文王又吟诗一首。诗曰:

先生表察再来求,不似先前出猎游。
若得一言安社稷,却将性命报恩由。

姜尚于芦花深处,听得文王志气,坚心来求贤,姜尚遂出来,与文王相见。二人各叙寒温。礼毕,文王道:"先生还得一句,为立国安邦之法,拜为良臣,公意如何?"姜尚见文王谨意诚心,苦来求告。姜尚乃答诗一首。诗曰:

谢君志意诣磻溪,一语安邦定国机。
吾略乱言匡国法,须教陛下镇华夷。

姜尚诗毕,文王大喜,深谢贤良。西伯侯用手扶姜尚,并众臣扶定姜尚,上车北进。姜尚又答诗一首。诗曰:

渭水河边执钓钩,文王应梦志心求。
虽然年迈为元帅,一定周家八百秋。

周公又赠诗一首。诗曰:

夜梦飞熊至殿前,果逢良将渭河边。
曾因纣王行无道,扶立周家八百年。

周公诗毕,文王并众文武等,却回到岐州。翌日,文王排宴宣姜尚。姜尚蒙宣,诣于殿下。礼毕,与文王对饮。文王笑而问:"公何姓?"姜尚答曰:"臣姓姜,名尚,字子牙,号飞熊。"文王见言,大喜:"正合吾梦也,此真名将。贤之妻子在于何处？"姜尚曰："臣一身遇明君，何忧妻子乎？"文王见姜尚出语奇异，再问曰："请贤伐纣，立国安天下，如何？"姜尚曰："臣昔日在于烟波渭水河边坐钓之时，非钓鱼，只钓贤君。臣既得大王宠用，何愁伐纣安天下乎？"文王说纣王无道之事。姜尚曰："臣尽知之。此上知纣不仁[15]，故来投仁君。"王闻之大喜，先封姜尚为"恒檀公"。姜尚谢文王恩。礼毕，众文武见姜尚，皆喜。文王宴罢，皆退。

[1] 虢县：这里指西虢，在今陕西省宝鸡市陈仓区东，为周文王弟虢仲的封地，公元前665年为秦所灭。

[2] 磻溪（pánxī）：水名，一名璜河。在今陕西宝鸡市东南。源出南山兹谷，北流入渭水。

[3] 负命：背负上天使命。

[4] 经纪：经营。

[5] 行香：去神佛之前上香祈愿。

[6] 伐：损坏。

[7] 轩辕：传说中的上古帝王黄帝的名号。

[8] 风后先生：传说黄帝灭蚩尤时的三军统帅。

[9] 蚩尤：传说中部落首领名。 涿鹿：今河北涿鹿县。

[10] 吕望：姜子牙先祖封于吕，故其又名吕望。

[11] 顾：回头看。

[12] 愠（yùn）色：怨怒的神色。

[13] 表察：明察。

[14] 金紫：金，金印；紫，紫绶。金紫代指高官。

[15] 此上：此前。

遂选良时吉日，筑坛，捧毂推轮[1]，公卿大礼，风后正仪[2]，拜太公上坛，黄钺皂旗，何舒镫捧，旌节旗幡，黄幡豹尾，牌印封全，立太庙[3]。将一具大斧，头向主，柄向太公，如有不正、不依太公者，用斧劈之。上祭天，下祭地，中祭神祇。武王又向太公曰："用人为佐将？"太公曰："吾乃后选日。"乃拜，起。

太公为将，武王排御宴，赏文武。武王又问曰："用人为佐将？"太公曰："用周公旦为参谋，用祁宏为末将，南宫适为先锋——此人使铜弓铁箭，用南宫列为先锋副将——此人使一口大刀。"武王又问："用兵多少？"太公曰："用兵三万三千三百三十三人。"武王曰："用此些个兵，怎破纣王？纣王有战将千员，雄兵百万有余，如何破得？"太公曰："天有三台，上苍有三万众星，昼夜有三百躔[4]。每进兵三十里。兵之决战无困，是伐纣之兵也。"武王大喜。

第三日，太公辞武王去伐纣。武王曰："寡人亦恨纣王。寡人次卿之后。"武王大兵在后，众文武同随。岐州内有太任掌国事[5]。众兵将前到潼关去，太公前进,武王御兵后随。经月余之间,前至潼关下。有关主姜国舅知西周兵将来至,关门不开,上表奏帝。使命诣于殿下,礼毕,将表文上殿。纣王拆开看之,冷笑微微:"令司户参军为将。此人老耄[6],不足为患乎!"纣王宣费仲、费达、费颜三人,领兵一万五千去迎西兵。

三人在路,不经数日,前到潼关,见国舅姜显,具说前事。费仲三人出兵与太公对阵。有先锋副将南宫列与费达相见,二人各施礼毕。南宫列与费达约斗数合,费达使枪去刺南宫列,被南宫列架起,一刀劈了费达,杀退纣兵。又有费颜纵马出,与南宫列又战,不到十合,又被南宫列一刀,挫折费颜项骨。杀费仲共兵走上潼关去了。见关主姜国舅。国舅问:"胜败如何?"费仲气喘难言,良久,具说前事:"被南宫列坏了费达、费颜等,甫能走脱。告国舅,紧把关口,勿今放过周兵。我去见帝,别举将军迎敌太公。"费仲嘱罢,他去见帝去了。

有太公进兵至潼关近下寨,令一小将送一封书与关主姜国舅。前诣关上,见国舅。礼毕,献书与姜显。姜显接得书,开视之,却是太公文字书。书曰:

上启国舅:久不奉颜,喜得安乐。尚昔日急急身危之时,谢贤放过关来,今辰实报贤恩。闭关不出,岂不知纣王无道——恣纵妲己之言,将尔姊就摘星楼攒下来,撅杀姜皇后;山陵不修,贬了太子殷交,羑里城囚文王七载;醢了伯邑考[7],反了黄飞虎,斩了吾母,剖了皇伯比干。贬剥忠良,不能赏设三军;宠信妲己之言,不听忠臣之谏。不良无道,苦虐万民,耕夫罢种,织女停梭。天地人臣,咸皆怨旷。今者,天教武王杀伐无道,如贤不肯放关,岂不是助纣作孽?若兴兵击破关门,缚贤见主,吾与贤失了昔日之义也。如贤献关,吾奏武王,教贤列土封侯[8],与尔姊报恨。天下太平,岂不美哉!?今月日,西周元帅姜尚书。

姜显看了此书,速竖降旗,献潼关与太公。太公传令,教兵过潼关东下寨。有一小将来报:"今有巡河使者胡雷,领兵近也。"太公见书,乃问众将:"怹谁人敢去捉胡雷?"问一声未了,有先锋将南宫适唱喏:"我去捉胡雷!"领兵士与胡雷相见,两下军兵大喊,二将争功,有如二龙初出海,恰似两虎乍离山。约斗十合,见一将拨马便走,是南宫适。胡雷后赶至近,被南宫适暗取铜弓铁箭,背后射胡雷一箭。胡雷落马,被众将救得胡雷入阵去了。有南宫适亦回兵,入大寨见太公,具说前事。太公闻之大喜。

太公又发课,言道:"今日有一将来投我。"道罢,果然一将来,投去见武王、太公。礼毕,武王问曰:"尔是何人也?"来人具说:"吾乃昔日与太公约期信:'若你投西伯侯仁君,佐国为将,必去相助,破无道之君。'今知太公为将,故来投之——吾是太子殷交。"武王、太公闻言大喜。教殷交为上将——此人使一具百斤大斧——用了殷交。

却说费仲去见帝,山呼,且说前事:"被南宫列坏了费达、费颜也。"纣王闻奏大怒,又令费孟领兵来探潼关,西逢着周兵。南宫适与费孟决战,杀声不止。暗中有一小将斫折费孟马脚，活捉住费孟，来见太公。太公令建法场凌迟碎剐[9]——此人是谗臣费仲兄也。

### 注释

[1] 捧毂（gǔ）推轮：毂是车轮中心的圆木，周围与车辐的一端相接，中有圆孔，可以插轴。捧毂推轮是一种对别人表示尊重的隆重的仪式。

[2] 风后正仪：意为筑坛拜将是黄帝拜风后时留下来的礼仪。

[3] 太庙：封建皇帝为祭拜祖先而营建的庙宇。

[4] 躔（chán）：本义为践履，此处意为运行。

[5] 太任：文王姬昌母亲。

[6] 耄（mào）：年老。

[7] 伯邑考：文王姬昌第五子，触怒纣王，被醢为肉酱。

[8] 列土封侯：古代帝王社祭时，以五色土为坛，分封诸侯则割某方某色之土，以茅草包之，授予受封者，作为分封土地的表示。

[9] 凌迟：零割碎剐的一种酷刑。

### 原文

太公升帐而坐，令教高毁、祁宏二将领兵一千，去收复容城。前迎着纣兵，是离娄、师旷与高毁、祁宏决战。不斗数合，被离娄、师旷杀败。高毁、祁宏复归营内，来见太公，应喏谢罪。太公免罪。又定一计，教去噤口岩中伏了兵士，来日决战诈败，离娄、师旷必赶，拖逗二人入岩中，必捉二人。太公设计与将士。有离娄、师旷早闻，先知仔细。至来日，南宫适出阵，与二将大战三十合，南宫适诈败，拨马西奔。离娄、师旷不去赶，二人于阵上笑而叫曰：“太公你用伏兵计，去噤口岩待促俺二人，亦早知！"太公闻言大惊：“怎有如此之事，二人先知吾心肠之机？”太公又定计，教兵士三度换衣，来日大战，两下用兵掩杀二将。众依计。有离娄、师旷先知其计，二人升帐而坐，遂写文字，令一小将送与太公。太公看了文字，大惊：“似此二人先知吾心内之机，如何捉得二人？”太公犹豫不定。有一人前来自启太公：“此二人，名离娄者是千里眼，名师旷者是顺风耳。二人别无一能，只除远近皆闻皆见。”——来报者是把关姜显。告太公，太公见言，叹曰：“奇哉！吾不知，难捉二人；吾既知，看吾别计，便教捉了二人。"恐二人听得观见，遂出阵中，多用幔子遮了，太公写计与殷交知之，令众将不知此计。教众将看了，依此计。先行去阵上擂起锣鼓，动五百面铜锣，令师旷不闻此事。次从用三千面绣旗遮了阵面，令离娄不见。太公令翌日辰时大战，教锣鼓齐鸣。

南宫适先出阵与离娄挑战，二将马项相交，大战两阵，起如云雾。二人各用心机，刀劈枪刺，高低恰似龙争宝，往来有似虎争餐。斗到三十合，南宫适诈败，离娄后赶入阵。离娄被旗遮了阵脚，不见；师旷锣鼓聒耳，不闻；二人不闻不见。二将入阵,蓦闻旗开,忽睹一员猛将。是谁?却是殷交,把旗遮地,擒了离娄。被南宫适放一铁箭,师旷落马。被将捉住,拥见太公。太公使人教去陕府东岗岭之下,建法场斩之。

众人蒙令,拥二人去法场斩之。忽见一阵大风,起沙走石,似吹扬尘,屋瓦翻飞,对面不能相见。忽于法场上不见二人,不知何往,根觅不见[2]。监斩官并刽子二人来见太公,二人言:"奇怪之事。"太公问曰:"何事?"二人具说于法场上待斩,二人化一阵狂风,不见了此二人。太公见道,令将士寻觅。左右依令,根寻到陕府东约四五里之地,见轩辕黄帝庙门前两壁厢,有千里眼,顺风耳。左右报与太公。太公见言,更不穷究二人之事,遂去取复容城。

太公传令兵将,速至渑池[3]。有一大将,姓秦名敬,出城领兵与殷交相见。秦敬问殷交:"尔为甚反背朝廷?"殷交曰:"我为纣王无道不仁,故来伐之。尔肯献城与我么?"秦敬曰:"你斗得我时,情愿与你;若斗不得我,你见我这手中大刀么?"殷交大怒,纵马与秦敬刀来斧去。不数合,被殷交架了秦敬刀,两手轮斧一劈,秦敬分尸而死,败兵却回。殷交收了渑池地,前到洛阳。

伯夷、叔齐谏武王[4]:"臣不可伐君,子不可伐父。启陛下,父死不葬,焉能孝乎?臣弑君者,岂为忠乎?陛下望尘遮道,今日谏大王休兵罢战。纣君无道,天地自伐。愿我王纳小臣之言,可以回兵,只在岐州为君。大王有德,纣王自败也。"伯夷、叔齐如此之谏,故意先交前面扬尘遮日,只见昏暗,只图武王听之,回兵不战。武王不纳伯夷、叔齐之谏。言曰:"纣王囚吾父,醢吾兄,损害生灵,剥戮忠良,剖剔孕妇,斫胫看髓,酒池虿盆,肉林炮烙之刑。弃妻逐子,民不聊生。朕顺天意伐无道之君,禀太公之智,东破不明之主。若不伐之,朕躬有罪。卿等且退。"二人又谏曰:"大王休兵罢战,不合伐纣,恐大王逆也。"武王大怒,遂贬二人去首阳山下。不食周粟,采蕨薇草而食之,饿于首阳山之下,化作石人。后有诗为证。

诗曰:
　　让匪巢由义亦乖[5],不知天命匹夫灾。
　　将图暴虐诚能阻,何是崎岖助纣来。
又诗曰:
　　孤竹齐夷耻战争,望尘遮道请休兵。
　　首阳山倒有平地,应是无人说姓名。

[1] 离娄:又称"离朱",传说为黄帝时人,视力极好,能于百步之外,视秋毫之末。　师旷:春秋时晋国乐师,擅于辨音。以后为听觉超凡,擅辨音律人物的代称。

[2] 根寻:寻觅。

[3] 渑池(miǎnchí):古城名。一作黾池。因南有黾池得名。在今河南渑池县西。

〔4〕伯夷、叔齐：商朝末年孤竹国君的二子。二人在周武王灭商以后，不愿吃周朝的粮食，一同饿死在首阳山（现山西省永济市南）。

〔5〕巢由：巢父与许由。相传皆为尧时的隐士，尧传位与二人，均避而不受。后用来指隐居不仕者。

"武王伐纣"题材的故事在我国民间流传已久。除正史之外，野史传闻颇多。本篇《武王伐纣平话》是今天能够看到的最早的关于这一题材的白话小说。这篇话本塑造人物形象十分鲜明：暴虐凶残的纣王、妖媚祸国的妲己、礼贤下士的文王、用兵如神的姜尚、勇猛无敌的殷交，都给读者留下了深刻的印象。其他次要人物也是性格突出，栩栩如生。

这篇话本的结构同样令人称道。全部故事分为几大块：纣王和妲己祸国殃民的故事，文王推演周易、礼聘姜尚的故事，姜尚避祸待访的故事，以及武王、姜尚伐纣的故事等。几个故事各有情节，各有线索，但都纹丝不乱，最后几条线索交汇在一起，构成一个完整的伐纣兴周的故事。这种结构模式也成为古代白话小说的典型结构之一。

这篇话本的内容与《封神演义》不太相同。它较少受到佛道因素的影响，也少有诸神斗法等比较"荒诞"的情节。它以正史与传说为依据，重在表达君圣臣贤、以有道伐无道的传统主题。

（焦中栋）

## 三国志平话（节选）

《三国志平话》全名为《新全相三国志平话》，分上中下三卷。有元代至治年间建安虞氏刊本，现藏日本东京内阁文库。《三国志平话》的内容与陈寿《三国志》、罗贯中《三国志演义》皆不同，与前者相比，具有更多的野史传说色彩；与后者相比，风格更为简约粗豪，同一故事的细节也多有不同。本次节选的内容，除第一部分司马仲相断狱外，都是民间广为流传的故事，如"桃园结义""古城会""三顾茅庐""赤壁大战"等。读者可以从这几个故事中领略《三国志平话》独特的艺术特色。

## 原文

江东吴土蜀地川，曹操英勇占中原。

不是三人分天下，来报高祖斩首冤。

昔日南阳邓州白水村刘秀[1]，字文叔，帝号为汉光武皇帝。光者，为日月之光，照天下之明；武者，是得天下也。此者号为光武。于洛阳建都，在位五载。当日，驾因闲游，至御园。至园内，花木奇异，观之不足。驾问大臣："此花园亏王莽之修？"近臣奏曰："非干王莽事，乃是逼迫黎民移买栽接，亏杀东都洛阳之民。"光武曰："急令传寡人圣旨，来日是三月三日清明节假，出其黄榜[2]，寡人共黎民一处赏花。"

至次日，百姓都在御园内赏花，各占亭馆。忽有一书生，白襕角带、纱帽乌靴[3]，左手携酒一壶，右手将着瓦钵一副，背着琴剑书箱，来御园中游赏。来得晚了些个，都占了亭馆，无处坐地。秀才往前行数十步，见株屏风柏，向那绿茸茸莎茵之上，放下酒壶、瓦钵，解下琴剑书箱。秀才坐定，将酒倾在瓦钵内，一饮而竭，连饮三钵，捻指却早酒带半酣。

一杯竹叶穿心过[4]，两朵桃花上脸来。

这秀才姓甚名谁？复姓司马，字仲相。坐间因闷，抚琴一操毕，揭起书箱，取出一卷文书展开，看至亡秦南修五岭，北筑长城，东填大海，西建阿房，坑儒焚书。仲相观之，大怒不止，毁骂始皇："无道之君！若是仲相为君，岂不交天下黎民快乐！"又言："始皇逼得人民十死八九，亦无埋殡，熏触天地。天公也有见不到处，却教始皇为君！今南畏琅琊[5]，反了项籍[6]，北有徐州丰沛刘三起义[7]。天下刀兵忽起，军受带甲之劳，民遭涂炭之苦！"才然道罢，向那荼蘼架边，厌地转过锦衣花帽五十余人[8]，当头两行八人，紫袍金带，象简乌靴[9]，未知官大小，悬带紫金鱼："臣奉玉皇敕，交陛下受者六般大礼。"见一人托定金凤盘内，放着六般物件[10]，是平天冠、衮龙服、无忧履、白玉圭、玉束带、誓剑。仲相见言，尽皆受了。即时穿毕。坐定，手执白玉圭。

八人奏曰："这里不是驾坐处。"道罢，向那五十花帽人中，厌地抬过龙凤轿子，在当面放下："请陛下上轿。"仲相绰起黄袍，上轿子端然而坐。八人分在两壁前引，后五十花帽围簇住。行至琉璃殿一座："请我王下轿子。"

上殿，见九龙金椅。仲相上椅端坐，受其山呼万岁毕，八人奏曰："陛下知王莽之罪，药酒鸩杀平帝[11]，诛了子婴[12]，害了皇后，净其宫室，杀了宫娥勿知其数。如此之罪。后建新室，做皇帝，字巨君。在十八年后，有南阳邓州白水村刘秀起义，破其王莽，后夺天下，把王莽废了，见在交舍院中。如今光武皇帝即位，宰相兼有二十八宿四斗侯为将帅辅从[13]。光武是紫微大帝[14]，天无二日，民无二主。我王这里授其牒，无兵无将，又无智谋，又无缚鸡之力。光武若知，领其兵将，拜起元帅，怎生干休！"仲相曰："卿交寡人怎生？"八人奏曰："陛下试下九龙椅来，我王向檐底抬头看，须不是凡间长朝殿。"

仲相抬头，觑见红漆牌上，书着簸箕来大四个金字——"报冤之殿"。仲相低头寻思半晌，终不晓其意。仲相问："卿等，朕不知其意。"八人奏曰："陛下，这里不是阳间，乃是阴司。适来御园中看亡秦之书，毁骂始皇，怨天地之心。陛下道不得个随佛上生，随佛者下生。陛下看尧舜禹汤之民，即合与赏；桀纣之民，即合诛杀。我王不晓其意，无道之主有作孽之民，皆是天公之意。毁骂始皇，有怨天公之心。天公交俺宣陛下，在报冤殿中交我王阴司为君。断得阴间无私，交你做阳间天子；断得不是，贬在阴山背后，永不为人。"仲相言曰："教朕断甚公事？"八人奏曰："陛下可当传圣旨，自有呈词告状人。""依卿所奏。"传其圣旨，果有一人高叫："小臣负屈。"手执词状一纸。

仲相观之，见一人头顶金盔，身穿金锁甲、绛红袍、抹绿靴，血流其领，下污其袍，叫屈伸冤不止。帝接文状，于御案上展开看之，乃二百单五年事。"交朕怎生断？"拂于案下。告状人言："小人韩信，冤屈前汉高祖手内，淮阴人也。官带三齐王，有十大功劳，明修栈道，暗渡陈仓，逐项籍，乌江自刎。信创立汉朝天下，如此大功，高祖全然不想捧毂推轮言誓[15]，诈游云梦[16]，教吕太后赚信在未央宫[17]，钝剑而死。臣死冤枉，与臣做主着！"

仲相惊曰："怎生？"八人奏曰："陛下，这公事却早断不得，如何阳间做得天子？"言未绝，又听得一人高叫："小臣也冤屈！"觑见一人，披发红抹额，身穿细柳叶嵌青袍、抹绿靴，手执文状，叫屈声冤。帝问姓名。曰："姓彭名越，官授大梁王，汉高祖手内诸侯，共韩信同立汉。天下太平，也不用臣，赚将臣身斫为肉酱，与天下诸侯食之。以此小臣冤枉。"帝接其状。

又见一人高声叫屈，手执文状。帝见一人，带狻猊磕脑[18]、龙鳞嵌青战袍、抹绿靴。帝问姓名。布曰："臣是汉高祖之臣，姓英名布，官封九江王。臣共韩信、彭越，三人创立汉天下，一十二帝，二百余年，如此大功。太平也不用臣，高祖执谋背反俺三人，赚入宫中，害其性命，有此冤屈。陛下与臣等三人做主！"

帝大怒，问八人："汉高祖在何处？"八人奏曰："我王当传宣诏。"帝曰："依卿所奏。"八人传圣旨，宣汉高祖。不移时，宣至阶下，俯伏在地。帝问高祖："三人状告皆同。韩信、彭越、英布，立起汉朝天下，执谋三人造反，害其性命，是何道理？"高祖奏曰："云梦山有万千之景，游玩去来。吕后权国，三人并不知反与不反。乞宣太后，便见端的。"

宣至太后，殿下山呼毕，帝问太后："你权国，执谋三人造反，故杀功臣，尔当何罪？"太后看住高祖曰："陛下，尔为君，掌握山河社稷，子童奏陛下：'今日太平也，何不欢乐？'高祖圣旨言：'卿不知就里之事。霸王有喑鸣叱咤之声，三人逼到乌江自刎。三人如睡虎，若觉来，寡人奈何？寡人去游云梦，交子童权为皇帝，把三人赚入宫中，害其性命。'今陛下何不承认，推及贱妾？"帝问高祖："三人不反，故害性命,何不招伏?"吕后奏曰:"陛下,非是子童之言,更有照明。"帝曰:"照明者是谁?""姓蒯名彻,字文通。陛下宣至,便见端的。"

宣蒯文通至殿下,臣礼毕。帝曰:"三人是反是不反,尔为证见。"文通奏曰:"有诗为证。诗曰:

　　可惜淮阴侯,能分高祖忧。
　　三秦如席卷,燕赵一齐休。
　　夜偃沙囊水[19],昼斩盗臣头。
　　高祖无正定,吕后斩诸侯。"

各人取讫招伏,写表闻奏天公。天公即差金甲神人,赍擎天佛牒。玉皇敕道:"与仲相记,汉高祖负其功巨,却交三人分其汉朝天下:交韩信分中原为曹操,交彭越为蜀川刘备,交英布分江东长沙吴王为孙权,交汉高祖生许昌为献帝,吕后为伏皇后。交曹操占得天时,囚其献帝,杀伏皇后报仇。江东孙权占得地利,十山九水。蜀川刘备占得人和。刘备索取关、张之勇,却无谋略之人。交蒯通生济州,为琅琊郡,复姓诸葛,名亮,字孔明,道号卧龙先生,于南阳邓州卧龙冈上建庵居住。此处是君臣聚会之处,共立天下,往西川益州建都为皇帝,约五十余年。交仲相生在阳间,复姓司马,字仲达,三国并收,独霸天下。"天公断毕,话分两说。

[1] 南阳:包括今河南南阳与湖北襄阳一带。　邓州:今河南邓州市。
[2] 黄榜:皇帝的公告,因用黄纸书写,故名。
[3] 白襕角带:白襕,古代士人服装。　角带:以角为饰的腰带,宋时下级官吏及庶人服饰。
[4] 竹叶:酒名,即竹叶青,也泛指美酒。
[5] 琅琊:此处指安徽省滁州市西南的琅琊山,山东诸城亦有琅琊山。
[6] 项籍:项羽名籍。
[7] 刘三:刘邦。
[8] 厌地:忽地,忽然。
[9] 象简:即象牙笏板。古代品位较高的官员朝见君主时所执,供指画与记事。
[10] 六般物件:即下文所写六物,都是代表君主权威的装束及用品。
[11] 平帝:指汉平帝刘衎,即位时仅九岁。
[12] 子婴:汉宣帝玄孙,即位时年仅二岁。
[13] 二十八宿:二十八宿指辅佐光武中兴的邓禹、马成等被绘于南宫云台的二十八员大将。
[14] 紫微:即紫微垣,星官名,三垣之一。紫微常指天子的住所。
[15] 捧毂推轮:扶持车毂推车前进,是帝王任命将帅时的隆重礼遇。参见本书所选《武王伐纣平话》。
[16] 云梦:指云梦泽,亦代指包括洞庭湖在内的全部楚地。
[17] 吕太后:指吕雉。未央宫:汉高祖七年建的宫殿,建成后常为朝见大臣之处。故址在今陕西省西安市西北长安故城内西南隅。

［18］狻猊：兽名，即狮子。磕脑：古代男子裹头的巾。

［19］夜偃沙囊水：偃，推倒。楚汉战争时，韩信与楚将龙且战于潍水。韩信命人以沙囊堵潍水上流，待楚兵渡河时放水冲淹，大败楚军。

## 原文

话说一人，姓关名羽，字云长，乃平阳蒲州解良人也[1]，生得神眉凤目，虬髯，面如紫玉，身长九尺二寸，喜看《春秋》《左传》。观乱臣贼子传，便生怒恶。因本县官员贪财好贿，酷害黎民，将县令杀了，亡命逃遁，前往涿郡。

不因躲难身漂泊，怎遇分金重义知。

却说有一人，姓张名飞，字翼德，乃燕邦涿郡范阳[2]人也；生得豹头环眼，燕颔虎须，身长九尺余，声若巨钟。家豪大富。因在门首闲立，见关公街前过，生得状貌非俗，衣服蓝缕，非是本处人。纵步向前，见关公施礼。关公还礼。

飞问曰："君子何往？甚州人氏？"关公见飞问，观飞貌亦非凡，言曰："念某河东解州人氏，因本县官虐民不公，吾杀之。不敢乡中住，故来此处避难。"飞见关公话毕，乃大丈夫之志。遂邀关公于酒肆中。飞叫量酒，将二百钱酒来。主人应声而至。

关公见飞非草次之人，说话言谈，便气和酒尽。关公欲待还杯，乃身边无钱，有艰难之意。飞曰："岂有是理！"再叫主人将酒来。二人把盏相劝，言语相投，有如契旧[3]。正是：

龙虎相逢日，君臣庆会时。

说起一人，姓刘名备，字玄德，涿郡范阳县人氏，乃汉景帝十七代贤孙[4]，中山靖王刘胜之后[5]，生得龙准凤目[6]，禹背汤肩，身长七尺五寸，垂手过膝，语言喜怒不形于色，好结英豪，少孤，与母织席编履为生。舍东南角篱上，有一桑树，生高五丈余，进望见重重如小车盖，往来者皆怪此树非凡，必出贵人。玄德少时，与家中诸小儿戏于树下："吾为天子，此长朝殿也。"其叔父刘德然见玄德发此语，曰："汝勿语戏灭吾门。"德然父元起。起妻曰："他自一家，赶离门户。"元起曰："吾家中有此儿，非常人也，汝勿发此语！"年十五，母使行学，事故九江太守卢植处学业[7]。德公不甚乐读书，好犬马、美衣服，爱音乐。

当日，因贩履于市，卖讫，也来酒店中买酒吃。关、张二人见德公生得状貌非俗，有千般说不尽底福气。关公遂进酒于德公。公见二人状貌亦非凡，喜甚；也不推辞，接盏便饮。饮罢，张飞把盏，德公又接饮罢。飞邀德公同坐，三杯酒罢，三人同宿，昔交便气合。

有张飞言曰："此处不是咱坐处。二公不弃，就敝宅聊饮一杯。"二公见飞言，便随飞到宅中。后有一桃园，园内有一小亭。飞遂邀二公，亭上置酒，三人欢饮。饮间，三人各序年甲：德公最长，关公为次，飞最小。以此大者为兄，小者为弟。宰白马祭天,杀乌牛祭地。不求同日生,只愿同日死。三人同行同坐同眠,誓为兄弟。

有德公,见汉朝危如累卵,盗贼蜂起,黎庶荒荒,叹曰:"大丈夫生于世,当如此乎!"时时共议,欲救黎民于涂炭之中,解天子倒悬之急[8]。见奸臣窃命,贼子弄权,常有不平之心。

不争龙虎兴仁义,贼子谗臣睡里惊。

[1] 平阳:治所在今山西临汾。　蒲州:治所在今山西永济。　解良:地名,在今山西运城。

[2] 范阳:今河北涿州。

[3] 契旧:情意相投的老朋友。

[4] 汉景帝(前188—前141):刘启,汉文帝长子,公元前157—前141年在位。

[5] 中山靖王刘胜:汉景帝之子,汉武帝兄长。

[6] 准:鼻子。

[7] 卢植:字子干,汉末学于马融,专心治学,心无旁骛,得融激赏,海内知名。曾破张角领导的黄巾军。后忤董卓,隐居以终。

[8] 倒悬:比喻处境非常困苦危急。

至次日天晓,探事人告曰:"吕布将三万军,下虎牢关搦战[1]。"冀王问众官[2]:"谁与温侯决战[3]?"言未尽,有长沙太守孙坚[4],引军出马,与吕布对阵。交马都无三合,孙坚大败。吕布赶入大林。吕布发箭射孙坚,孙坚使金蝉蜕壳计。孙坚却将袍甲挂于树上走了。吕布将孙坚的头盔战袍,使健将杨奉上虎牢关,与太师董卓去。正行之次,路逢张飞,夺了头盔战袍。

至天明,张飞至袁绍大寨辕门下马,先见先主、关公。玄德言曰:"孙坚言咱们是猫狗之徒,饭囊衣架。"先主曰:"他为长沙太守,我是绿衣郎[5],岂能为他争气?"张飞笑而叫曰:"大丈夫死生不顾,图名于后!"先主、关公劝不住,张飞直至冀王帐前。张飞献头盔袍甲与冀王。太守孙坚、众官不语。声若巨钟:"前者太守言我皆为猫狗之徒,吕布下关,太守弃袍得脱!"孙坚闻之大怒,推张飞欲斩。诸侯皆起。有冀王袁绍、荆王刘表、谯郡曹操告曰:"吕布之势不可当,若斩张飞,谁破董卓?"孙坚不语。张飞自言曰:"吕布下关,我兄弟三人必斩家奴!"众官皆喜,张飞得脱。

第三日,吕布又搦战,众诸侯出寨,与吕布对阵。张飞出马持枪。张飞与吕布交战二十合,不分胜败。关公忿怒,纵马轮刀,二将战吕布。先主不忍,使双股剑,三骑战吕布,大败走,西北上虎牢关。

次日,吕布下关,叫曰:"大眼汉出马!"张飞大怒,出马,手持丈八神矛,睁双圆眼,直取吕布。二马相交,三十合,不分胜败。张飞平生好厮杀,撞着对手,又战三十合,杀吕布绷旗掩面[6]。张飞如神,吕布心怯,拨马上关,坚闭不出。吕布使四盗寇紧守其关。四人者,李傕、郭嗣、张御、楚酬四人。

却说董太师,洛阳邀驾,西入长安。帝坐万安殿,命太师设宴。至晚,帝亦带酒归后宫。董卓见四妃,以言相戏。有宰相王允,不忿之心,密言曰:"天下无主也。"

王允归宅下马,信步到后花园内小庭闷坐。独言献帝懦弱,董卓弄权,天下危矣。忽见一妇人烧香,自言不得归乡,故家长不能见面。焚香再拜。王允自言:"吾忧国事,此妇人因甚祷祝?"王允不免出庭问曰:"你为甚烧香?对我实说。"唬得貂蝉连忙跪下,不敢抵讳,实诉其由:"贱妾本姓任,小字貂蝉,家长是吕布[7],自临洮府相失[8],至今不曾见而,因此烧香。"丞相大喜:"安汉天下,此妇人也!"丞相归堂,叫貂蝉:"吾看你如亲女一般看待。"即将金珠缎疋与貂蝉,谢而去之。

后数日,丞相请太师董卓筵会。至天晚,太师带酒,见灯烛荧煌。王允令数十个美色妇人,内簇貂蝉,髻插碧玉短金钗,身穿缕金绛绡衣,那堪倾国倾城!董卓大惊,觑移时,自言:"吾室亦无此妇人!"王允教讴唱,太师大喜。王允曰:"关西临洮人也,姓任,小字貂蝉。"太师深顾恋,丞相许之。宴罢,太师亦起。

至来日天晓,宰相自思:我食君禄为相,今定计再安汉室。如我不成,我死者,图名也。即便请吕布赴会,筵宴至晚,丞相又使貂蝉上筵讴曲。吕布视之,自思:昔日丁建阳临洮作乱,吾妻貂蝉不知所在。今日在此!王允把盏言曰:"温侯面带忧容,不知何意?"吕布欠伸具说[9]。丞相大喜:"汉家天下有主也!"丞相再言:"不知是温侯之妻,天下喜事,不如夫妻团圆。"又言:"老汉亦亲女看待。选吉日良时,送貂蝉于太师府去,与温侯完聚。"吕布大喜,天晚告归。

都无五七日,使丫环侍女,驷马重重[10],送貂蝉于太师宅内。中平七年春三月三日,太师正默坐间,人报曰:"丞相王允,驷马重重,不知送甚人来?"太师急出,遂邀王允于正堂,自言:"莫非貂蝉么?"允曰:"然。"太师令人置酒。王允言曰:"今有小疾,不敢久停。"辞太师去。

当夜天晚,董卓与貂蝉饮酒。董卓是一酒色之徒。前后二日,吕布因自曲江回来,到宅前下马,有八健将皆散。当夜天晚,温侯听宅中有乐音嘹亮,遂问左右人为何。众人具说:"丞相一妇人,乃貂蝉也!"吕布大惊,行至廊下,无由得见。猛然见貂蝉推衣而出。吕布大怒:"逆贼在于何处?"貂蝉曰:"已醉矣。"吕布提剑入堂,见董卓鼻气如雷,卧如肉山,骂:"老贼无道!"一剑断其颈,鲜血涌流。刺董卓身死。

[1]虎牢关:见《武王伐纣平话》。 搦(nuò)战:挑战。
[2]冀王:袁绍。
[3]温侯:吕布被封为温侯。

［4］孙坚：三国时吴的奠基人，孙策、孙权的父亲。

［5］绿衣郎：着下等服色的人。

［6］绷（bēng）：缠缚；捆绑。

［7］家长：一家之主，这里指丈夫。

［8］临洮：治所在今甘肃临洮县。

［9］欠伸：打哈欠，伸懒腰，疲倦的样子。

［10］驷马：显贵者所乘四匹马驾的高车。

## 原文

却说曹操正坐间，有人报曰："今有袁绍军来搦战。"丞相大惊，火速点军；即便立智囊先生张辽为军师，夏侯惇为先锋，曹仁为大将，克日曹相起十万军前行[1]。

数日，与冀王军相对。曹操与颜良打话。颜良怒曰："曹贼休走！"纵马持枪，直取曹公。夏侯惇出马相交，约战三十合，夏侯惇大败。各收军，天晚下寨。

次日，颜良又搦战。夏侯惇再出马，又败。曹仁出马与颜良战，曹仁败。颜良就势掩杀，曹军痛折太半[2]。自午至暮，颜良回军归营，见冀王，具说得胜。袁绍大喜，赏军。却说曹相引败军回长安，请关公赴宴。曹操说颜良之威。筵宴未毕，有人报曰："颜良引军搦战。"操言曰："众军先行。"又曰："美髯公随后押粮草去[3]。"丞相亦行上马，与众军前接袁绍军。两阵相对。颜良出马搦战，夏侯惇亦出马。二人决战三十合，夏侯惇败归于本阵。

曹公叹曰："颜良英勇，如之奈何？"正闷中，有人报曰："有关公至。"曹公急接至厅，具说颜良之威。关公笑曰："此人小可！"

关公出寨，绰刀上马，于高处观颜良麾盖[4]，认的是颜良盖。见十万军围绕营寨，云长单马持刀奔寨，见颜良寨中，不做疑阻，一刀砍颜良头落地，用刀尖挑颜良头复出寨，却还本营，见曹公，骇然而惊，手抚云长之背，言曰："十万军中取颜良首级，如观手掌，将军英勇之绝也！"云长："关羽不强。兄弟百万军中取一颗人头，如观手掌。"曹公曰："张飞更强！"又有庙赞：

勇气凌云，实曰虎臣；

勇如一国，敌号万人。

蜀吴其翼，吴折麒麟。

惜乎英勇，前后绝伦！

却说袁绍，败军归营说关公杀了颜良。袁绍大怒，骂皇叔："你与关公通同作计，斩吾爱将颜良，损吾一臂！"令人推皇叔欲斩。文丑告曰："主公息怒，小人愿往与关公交战，报颜良之冤。"

文丑引军前行，与曹军对阵。文丑叫曰："胡汉出马！"关公不打话，便取文丑。交战都无十合，文丑败，拨马走。关公怒曰："焉能不战！"急追三十余里，至渡口,名曰官渡[5]。至近,关公轮刀,关公诛文丑,觑文丑便砍,连肩卸膊,分为两段。文丑落马死。曹相引众军杀袁绍军,十死七八。败军回见袁绍,具说关公杀了文丑。袁绍大惊:"去吾二臂!叵耐刘备故言关公不知所在,今损吾二将!"令人推转先主要斩。不防一人向前跪下,是恒山赵云[6],言曰:"其实关公不知刘备在此,若知先主此处,一径来投大王。弟兄三人曾对天发誓,不求同日生,只愿同日死。"又言:"小人保着刘备,相从到曹军阵;如关公见刘备,决然来投。"袁绍无语。"怕大王不委,当小人家属百口。"袁绍方许,且免先主之命。

赵云并先主,上马出寨前行。先主自思"若非赵云,我命不保。想兄弟云长官封寿亭侯,受汉家德政,亦无弟兄之心。今无去处。有荆州刘表,见为荆王,我若到,有安身处。不顾赵云,纵马加鞭,望西南上便走。

赵云急追告曰:"先主何往?"不语。赵云曰:"先主但言,云亦去。"赵云自思:先主非俗人之像,异日必贵,又兼是高祖十六代孙,我肯弃之?急追至近,赵云又问。先主见赵云追急,先主实诉其由,言曰:"今有云长,亦受汉禄,不想结义之心。今有荆王刘表,我今且于荆州居住。"云曰:"既先主居于荆州,云亦逐之。"先主曰:"你之家属见在冀王,亦为质当[7],争忍去之?"赵云曰:"玄德仁德之人,异日必贵。"二人往西南上去。

却说曹操,心中大喜:少有关公,十万军中单马刺颜良,官渡追文丑,世之英勇,我若得佐,觑天下易可也!曹操亦伸礼而待关公,三日一小宴,五日一大宴;上马金,下马银。又献美女十人,与关公为近侍。关公正不视之,与甘、糜二嫂,一宅分两院。关公每日于先主灵前,朝夕暮礼。

当日天晚,去二嫂宅内,见二嫂灵前烧香奠酒啼哭。关公笑曰:"二嫂休哭,哥哥只在里。"甘、糜曰:"叔叔醉也?"关公曰:"听得哥哥在冀王袁绍处见有。嫂嫂收拾行装,来日辞曹丞相,往袁绍处。"关公却归本宅。至来日,关公去辞曹丞相,至相府,门前挂着"酉"字牌[8]。关公却归本宅。至第二日再去,相府门前又挂着"酉"字牌。关公却归本宅。至第三日再去,相府门前又挂"酉"字牌。关公怒曰:"丞相故不放参[9]!"复还本宅,将累赐底金银,尽数封监;并印符文付与十个美人。又令人收拾军程鞍马,请二嫂上车,出长安,西北进发。

却说曹相怒曰:"想云长如此重用,终不肯守我,却于袁绍处去!"曹相闭门三日不开,先知关公欲往袁绍处寻觅皇叔;内有心腹人,都是曹公耳目。相府不开三四日。曹相共众官商议,有智囊先生张辽曰:"先使军兵于霸陵桥两势埋伏。如关公至,丞相执盏与关公送路;关公但下马,用九牛许褚将关公执之[10]。如不下马,丞相赠十样锦袍;关公必下马谢袍,九牛许褚可以执之。"曹操深喜。先于霸陵桥埋伏军兵。曹操、许褚、张辽都至霸陵桥上等候。

不移时,关公至。丞相执盏。关公曰:"丞相不罪,关羽不饮。"亦不下马。又将锦袍令许褚奉献,又不下马;关公用刀尖挑袍而去。关公曰:"谢袍,谢袍!"前后无数十人,唬曹公不敢下手。

云长押甘、糜二夫人车,前往冀王处;数日,前到冀王寨。门吏报曰:"今有关公,在于门首。"冀王惊曰:"害我两员大将,今来此!"冀王自思:关公却来此处,我若得关公,愁甚信都不稳?令人请关公入寨。

袁绍相见,礼毕,邀关公上帐。冀王劝酒,关公不饮酒:"家兄不见,在于何处?"冀王曰:"先主醉也。"

关公自思:此处无俺哥哥。公曰:"门外有二嫂,请来寨中饮酒,未为晚矣。"冀王大喜。关公出寨上马,急呼把门人至,一手揪发,一手拔剑,问曰:"先主有无?若不实说,便杀着你!"唬门人连声道无。又问何往。门人曰:"和赵云投荆州去也。"关公方免。

却说关公,与二嫂往南而进太行山,投荆州去。唯关公独自将领甘、糜二夫人过千山万水。

却说先主并赵云,引手下三千军,正南上行。蓦闻锣鼓响,见一伙强人。当先一人,茜红巾、熟铜甲、开山斧,高声叫曰:"留下买路钱者!"先主出马言曰:"是何名姓?"贼人见先主,连忙下马施礼,言:"玄德公别来无恙。是汉臣巩固,为董卓弄权,于此中为寇。"遂邀先主、赵云,并众军入山寨,牛酒管待。

正饮酒,一小校报曰:"有大王使命至。"巩固出与使命相见。使命曰:"今奉大王圣旨,为你三个月不来进奉钱物,本待将你头去,且免今番;若再不见奉,决不肯休。时开权免。"巩固还帐,见先主;先主问:"是那国来的使命?"巩固曰:"终前山中。则说小人独镇中原,近有一人引十匹马来,杀败小人。每月要进奉。在于山南一古城,自号'无姓大王'。古城内建一宫,名曰黄钟宫,立年号是快活年。使一条枪丈八神矛,万人难敌。"先主听说毕,暗想:"莫是张飞?"

赵云使一条枪名曰涯角枪,海角天涯无对。《三国志》除张飞,第一条枪。赵云要看无姓大王,并先主众人一发下山。离古城相近,赵云故将锣鼓喧天。

却说张飞在古城宫内,正坐间,小军报曰:"不知甚人,城外搦战。"张飞听得,大叫一声:"是谁?那个敢死的?"急令备马,火速披挂,掉枪上马,引部下数骑出城北门,望见先主军兵,便飞将来。

两阵相对。张飞曰:"甚人搦战?"赵云出马持枪。张飞大怒,使丈八钢矛,却取赵云。二马相交,两条枪来往如蟒,硬战三十合。张飞怒曰:"曾见使枪的这汉真个强!"又战三十合,赵云气力不加,败回马本阵里来。张飞怒曰:"正好厮杀,盍早败!"纵马持枪,赶赵云至阵前。

先主认的是张飞,叫曰:"兄弟张飞!"张飞视之,却是哥哥,滚鞍下马,纳头便拜,言:"哥哥,怎生来这里?"便上马相邀入城里做皇帝去来。众人一齐入城去。

张飞邀先主正厅坐,饮宴。张飞问:"二哥哥在于何处?"先主具说关公扶佐曹操,官封寿亭侯;杀袁绍两员将,"险送我性命,亦无桃园之恩。"张飞听毕,大怒:

"叵耐胡汉！尔言不求同日生，只愿同日死。尔今受曹操富贵！我若见你，定无干休！"再劝先主酒。

且休说先主在古城，却说关公至古城相近，使人报与张飞。张飞听的，大叫："叵耐胡汉，尔今有何面目！"急令备马披挂，并先主众人出。

张飞见关公，跃马持枪直取关公。关公言曰："兄弟张飞！"张飞不听，使枪刺关公。关公急忙架隔遮截。张飞见关公不厮杀，搦马曰："尔乃无信之人，忘却结义之心！"关公曰："兄弟不知。我今引二嫂并阿斗，一千里地，故来寻你兄弟、哥哥。你今何故杀我？"张飞曰："你受曹操富贵，故意埋藏来追先主。"二人语话，又见尘头映日，似雨遮天。至近，亦有旗号，上写"汉将蔡阳"。张飞回言："尔不顺曹操，今有汉将蔡阳，尔今引来，故意征伐。"关公视之，回马与蔡阳相对。

蔡阳传令众军排开阵势。蔡阳出马言曰："忘恩之人！我奉丞相钧旨[11]，故来追尔！"关公大怒曰："我非忘恩，今引家小来寻兄长。与曹相所立大功，亦报其恩。"又令人摇旗嗓鼓，蔡阳持枪欲取关公，关公纵马轮刀，鼓响一声，被关公一刀砍了蔡阳头。其军乱走。名曰"十鼓斩蔡阳"。

张飞见关公斩蔡阳，滚鞍下马，施礼向前，言曰："早来二哥不罪。兄弟道二哥顺了曹操，不想二哥贞烈之心。"纳头便拜。礼毕，遂邀关公入城。

关公见先主，礼毕，先主曰："兄弟坏了袁绍两将，我性命险些不保；若非赵子龙，岂能得脱？不想今日相见。"羽曰："不知哥哥在彼。"遂请二嫂并阿斗下车，弟兄三人相会。先主两手加额言[12]："若非天然聚会，怎想今日得大将赵云。赵云兵三千，通有五千军。"三人大喜，每日设宴，名曰古城聚义。

[1] 克日：严格限定日期。

[2] 太半：大半。

[3] 美髯公：关羽的美称。

[4] 麾盖：军旗与车盖。

[5] 官渡：在今河南中牟县东北。

[6] 恒山：即河北真定常山。

[7] 质当：人质。

[8] "酉"字牌：古代官府酉时不再办公而挂出的上写"酉"字的牌子。

[9] 放参：放人进衙门参谒。

[10] 九牛：形容力大。

[11] 钧旨：对帝王将相命令的敬称。

[12] 两手加额：表示庆幸的动作。

[原文]

先主、关、张三人与徐庶送路,离城十里酌别,不肯相舍;又送十里长亭酌别。先主犹有顾恋之心,问曰:"先生何日再回?"徐庶曰:"小生微末之人,何所念哉?今有二人,腹熟吕望之书[1],坐幄帐中,决胜千里之外,觑天下易可也[2]。"先主问谁人。徐庶曰:"南有卧龙,北有凤雏,凤雏者是庞统也,卧龙者诸葛也,见在南阳卧龙冈盖一茅庐,复姓诸葛,名亮,字孔明,行兵如神,动止有神鬼不解之机,可为军师。"先主听毕,大喜;与徐庶相别,却还新野[3]。

无数日,兄弟三人前往南阳卧龙冈去请诸葛。有诗曰:

一言可以扶家国,几句良言立大邦。
直北遥观金凤尾,向南宜视伏龙冈。

话说中平十三年[4],春三月,皇叔引三千军同二弟兄,直至南阳邓州武荡山卧龙冈庵前下马,等候庵中人出来。

却说诸葛先生,庵中按膝而坐,面如傅粉,唇似涂朱,年未三旬,每日看书。有道童告曰:"庵前有三千军,为首者言是新野太守汉皇叔刘备。"先生不语,叫道童附耳低言,说与道童。

道童出庵,对皇叔言:"俺师父从昨日去江下,有八俊饮会去也[5]。"皇叔不言,自思不得见此人。便令人磨得墨浓,于西墙上写诗一首。诗曰:

独跨青鸾何处游,多应仙子会瀛洲[6];
寻君不见空归去,野草闲花满地愁。

太守复回新野。至八月,玄德又赴茅庐谒诸葛,庵前下马,令人敲门。卧龙又使道童出言:"俺师父去游山玩水未回。"先主曰:"我思子房逃走圯桥[7],遇黄石公,三四番进履,得三卷天书。又思徐庶言伏龙胜他万倍,天下如臂使指。"皇叔带酒闷闷,又于西墙题诗一首。诗曰:

秋风初起处,云散暮天低;
雨露凋叶树,频频沙雁飞。
碧天惟一色,征棹又相催[8];
徒劳二十载,剑甲不离身。
独步新野郡,寒心尚未灰;
知者十余辈,谒见又空归。
我思与关张,桃园结义时;
故乡在万里,云梦隔千山。
志心无立托,伏望英雄攀;
卧龙不相会,区区却又还。

皇叔与众官上马,却还新野。张飞高叫言:"哥哥错矣!记得虎关并三出小沛,俺兄关公刺颜良,追文丑,斩蔡阳,袭车胄,当时也无先生来。我与一百斤大刀,却与那先生论么！"皇叔不答。

却说诸葛自言："我乃何人，使太守几回来谒？我观皇叔是帝王之像，两耳垂肩，手垂过膝，又看西墙上写诗，有志之辈。"先生日日常思，前复两遍，今正虑间，道童报曰："皇叔又来也。"诗曰：

世乱英雄百战余，孔明此处乐耕锄。
蜀王若不垂三顾，争得先生出旧庐？

话说先主，一年四季，三往茅庐谒卧龙，不得相见。诸葛本是一神仙，自小学业，时至中年，无书不览，达天地之机，神鬼难度之志；呼风唤雨，撒豆成兵[9]，挥剑成河。司马仲达曾道："来不可当，攻不可守，困不可围，未知是人也，神也，仙也？"今被徐庶举荐，先主志心不二，复至茅庐。先主并关、张二弟，引众军于庵前下马，亦不敢唤问。须臾，一道童至。先主问曰："师父有无？"道童曰："师父正看文书。"

先主并关、张直入道院，至茅庐前施礼。诸葛贪顾其书。张飞怒曰："我兄是汉朝十七代中山靖王刘胜之后，今折腰茅庵之前，故慢我兄！"云长镇威而喝之。诸葛举目视之，出庵相见。

礼毕，诸葛问曰："尊重何人也[10]？"玄德曰："念刘备是汉朝十七代玄孙，中山靖王刘胜之后，见新野太守。"诸葛听毕，邀皇叔入庵侍座。诸葛曰："非亮过，是道童不来回报。"先主曰："徐庶举师父善行，兵谋欺姜吕。今四季三往顾，邀师父出茅庐，愿为师长。"诸葛曰："皇叔灭贼曹操，复兴汉室？"玄德曰："然。"言："我闻赵高弄权[11]，董卓挟势；曹操奸雄，献帝懦弱。天下不久各霸者为主。刘备故来请先生出庵伐曹，但得一郡安身处可矣。"诸葛曰："自桓灵失政[12]，民不聊生，贼臣篡位在金门[13]，使贤人走于山野。呜呼，曹孟德驱兵百万，猛将千员，挟天子之势，诸侯无有不惧者。孙仲谋据于长沙山水之势，国富民骄，父兄三世之余业，其江可敌百万之军。惟有皇叔，兵不满万，将不满百；凭仁义，仗豪杰；皇叔欲兴天下，候日先借荆州为本，后图西川为利。荆楚者，北有大江，南有南蛮，东有吴会，西有巴蜀，又不闻饥民。刘璋为君懦弱，倘兴一鼓之师，指日而得。然后拜关拒益之众，东去剑关，取关西如平地拾芥，百姓何不箪食壶浆以迎[14]？"皇叔得孔明，如鱼得水，休言勇冠，莫说高强，天时、地利、人和，三国各拼一德，以立社稷。玄德遂拜诸葛为军师。诸葛出茅庐，年方二十九岁。

[1] 吕望：即姜尚（子牙），详见《武王伐纣平话》。
[2] 易可：容易得到。
[3] 新野：今河南新野县南。
[4] 中平：汉灵帝年号（184—189）。

[5]八俊：汉代的"八俊"有数种说法，这里当指汉末"江夏八俊"，即刘表、陈翔、范滂、孔昱、范康、檀敷、张俭、岑晊八人。

[6]瀛洲：古代神话中仙人居住的山，在海上。

[7]子房：张良字。后边几句话即著名的"圯（yí）桥进履"的故事。

[8]棹（zhào）：长的船桨。

[9]撒豆成兵：传说中撒布豆类即能变为军队的一种巫术。

[10]尊重：对对方的敬称。

[11]赵高弄权：赵高弄权事在秦代，此处并非实指。

[12]桓灵：东汉末的桓帝、灵帝。

[13]金门：即金马门，汉代宫门名，学士待诏之处。

[14]箪食壶浆句：老百姓用箪盛着饭，用壶盛着汤来欢迎他们爱戴的军队。

## 原文

孙权令人赴豫章城[1]，请太守周瑜。瑜不来。孙权问诸葛："周瑜不来，如何？"诸葛曰："闻有乔公二女，大乔、小乔。大乔嫁公子为妻；小乔与周瑜为妇，年幼，颜色甚盛。周瑜每日伴小乔作乐，怎肯来为帅？"权遂令鲁肃共军师奔豫章城。

却说周郎每日与小乔作乐。有人告曰："讨虏今委差一官人[2]，将一船金珠缎定，赐与太守。"小乔甚喜。周瑜言："夫人不会其意。"诸葛、鲁肃亲自来请。须臾，诸葛至。问："何人也？"诸葛自言："南阳武荡山卧龙冈，元名诸葛亮。"周瑜大惊，问："军师何意？"诸葛曰："曹操今有百万雄兵，屯于夏口[3]，欲吞吴、蜀。我主在困，故来求救。"周瑜不语。又见数个丫环侍女簇小乔过屏风而立。小乔言："诸葛，你主公陷于夏口，无计可救，远赴豫章，请周郎为元帅？"

却说诸葛身长九尺二寸，年始三旬，髯如乌鸦，指甲三寸，美若良夫。周瑜待诸葛酒毕，左右人进柑橘[4]，托一金瓯。诸葛推衣起，用左手捧一柑，右手拾其刀。鲁肃曰："武侯失尊重之礼。"周瑜笑曰："我闻诸葛出身低微，元是庄农，不惯。"遂自分其柑为三段。孔明将一段分作三片：一片大，一片次之，一片又次之。于银台内。

周瑜问："军师何意？"诸葛说："大者是曹相，次者是孙讨虏，又次者是我主孤穷刘备也。曹操兵势若山，无人可当；孙仲谋微拒些小。奈何主公兵微将寡，吴地求救，元帅托患。"周瑜不语。孔明振威而喝曰："今曹操动军，远收江吴，非为皇叔之过也。尔须知曹操，长安建铜雀宫，拘刷天下美色妇人[5]。今曹相取江吴，虏乔公二女，岂不辱元帅清名？"周瑜推衣而起，喝："夫人归后堂！我为大丈夫，岂受人辱！即见讨虏为帅，当杀曹公。"

周瑜上路，数日到。孙权众官推举周瑜挂印。筵会数日，讨虏送周瑜上路，起三十万军、百员名将，屯军在江南岸上，下寨柴桑渡十里[6]。

却说曹操知得周瑜为元帅，无五七日，曹公问言："江南岸上千只战船，上有麾盖，必是周瑜。"被曹操引十双战船，引蒯越、蔡瑁，江心打话[7]。南有周瑜，北有曹操，两家打话毕，周瑜船回，蒯越、蔡瑁后赶。周瑜却回。周瑜一只大船、十只小船出，每只船一千军，射住曹军。蒯越、蔡瑁令人数千放箭相射。

却说周瑜用帐幕船只，曹操一发箭，周瑜船射了左面，令扮棹人回船，却射右边。移时，箭满于船。周瑜回，约得数百万只箭。周瑜喜道："丞相，谢箭！"曹公听的大怒，传令："明日再战。依周瑜船只，却索将箭来！"

至日对阵，周瑜用炮石打船，曹公大败。军到寨，曹相曰："倘若在旱滩上赢了周瑜，水面上交战，不得便宜。"曹操生心，言："孙权有周瑜，刘备有诸葛；惟有吾一身！"与众官评议，可举一军师。

曹公将素车一辆，从者千人，引众官往江；见一仙长，抚琴而坐。曹相又思："西伯奚侯得太公，兴周八百余年。"曹操披乘而见，邀上车与对坐。曹相问："师父莫非江下八俊？"先生曰："然。"曹公大喜，入寨筵会数日。

曹相问曰："师父，今退周瑜事如何？"蒋干言曰："周瑜乃江南富春人也[8]，与某同乡。某见周瑜，着言说他，使不动兵。江北岸夏口，先斩刘备，然后驱兵南渡取吴，克日而得。"曹相大喜，看蒋干似太公、子房之人。次日，蒋干过江。

周瑜、鲁肃、诸葛三人共话间，有人报言："一先生来见元帅。"令人请蒋干入寨，众官接上帐坐定。周瑜言说："故人相别数年，今日相会。"言："出家儿不贪名利。周瑜今吴地为元帅，三十万雄兵、百员名将，屯兵柴桑渡口。""先生说两国非是！"一句禁得蒋干无言支对。

却说周瑜带酒问众官："曹相屯军夏口，百三十万；若迟疾，夏口必破。众官谁有计可退曹军？"内有黄盖出曰："元帅使三个官人，引五万军，暗过柴桑渡口，寻小路到夏口北六十里地屠险处，邀住曹公粮草；无一月，曹公必自杀。名曰断道绝粮计。"周瑜大怒："黄盖此计不中使！"鲁肃无计，众官不语。"黄盖谗言，即合处斩！"众官皆劝免死，打六十大棒。当夜，元帅带酒，众官皆散。

蒋干在帐中自言："早来周瑜拦吾不语。"有黄盖哀怨，至帐言："谢先生早来劝元帅免死之恩。"先生言曰："周瑜不堪为帅。"黄盖有言："今无直命而佐[9]。"蒋干见左右无人，说曹操之德。"谁能远信[10]，可当见曹公？"蒋干言曰："曹相拜我为师，来说周瑜；瑜拦住我不能言。尊重若肯投曹——"蒋干言曰："将军愁甚官不做，甚职不加？"黄盖又言："军师不知，前有蒯越、蔡瑁将书已投周瑜。"蒋干大惊，黄盖言："元帅书与小官。"蒋干要书看了，大惊："此事曹相争知？"抱书蒋干与曹操，斩讫一人，绝其后患。黄盖自写叛书。盖言："我投曹操，将五百粮草献与曹相。"二人说话到晚。次日，送蒋干到路。却说蒋干上船，天晚至曹公大寨。来日见曹相，具说其事。曹操看了黄盖降书，大喜。蒋干又言蒯越、蔡瑁投周瑜之事，将书呈曹公看了，大惊。

却说曹操百三十万军，船上如登平地。曹操大喜，言曰："吾闻黄盖之德，未得见其面；若来，吾必重用。"

于番复回至江南岸，见元帅周瑜，具说其事；又把曹操与黄盖书。周瑜言曰："大事已成也！"加官赐赏与于番。

元帅令近上官人众官看，周瑜曰："破曹操百万军在于一时。吾使一计，众合情，将至笔砚，手心里写；众人意同，此计当也；众意不同，当以参详。"众官曰："元帅言者当也。"于手心写毕，众人从了，喝兵退后；众官、元帅手内觑，皆为"火"字。无有不喜者。周瑜定睛觑军师，对军师言："此计者，为火光也。出在管仲安人略干兵法。"

惟军师手内偏写"风"字。诸葛曰："此元帅好计！至日发火，咱寨在东南，曹操寨在西北，至时倘若风势不顺，如何得操军败？"周瑜曰："军师今写'风'字如何？"军师再言："众官使火字，吾助其风。"周瑜曰："风雨者，天之阴阳造化，尔能起风？"军师又说："有天地三人而会祭风：第一个轩辕黄帝，拜风侯为师，降了蚩尤；又闻舜帝拜皋陶为师，使风困三苗。亮引收图文，至日助东南风一阵。"众官皆不喜。周瑜自思：吾施妙计，使曹兵片甲不回；诸葛侵了我功！众官闹。

门吏报曰："外有先生，言见诸葛相知。"众官出迎。却说诸葛见面，拜邀上阶，分尊卑而坐。是诸葛叔伯兄弟诸葛瑾。筵会到晚，众官皆散。

周瑜本帐内邀诸葛瑾侍坐，言曰："您知诸葛不仁？众官举火，他言祭风。"诸葛瑾对曰："我家卧龙，有不测之机。"周瑜笑："退了曹操，救了刘备，吾囚诸葛麾下！"言尽而去。

前后数日，说诸葛北靠江岸，筑土高台。后三日，却说黄盖多装粮草，外有三只船。当日，周瑜数十个官人，引水军都奔夏口城外。黄盖船至夏口，人告曹操："黄盖将粮草以赴其寨。"曹操笑而迎。

后说军师度量众军到夏口，诸葛上台，望见西北火起。却说诸葛披着黄衣，披头跣足[11]，左手提剑，叩牙作法，其风大发。

诗曰：

　　赤壁鏖兵自古雄，时人皆惩畏周公；
　　天知鼎足三分后，尽在区区黄盖忠。

却说武侯过江，到夏口。曹操船上高叫："吾死矣！"众军曰："皆是蒋干！"众官乱刀锉蒋干为万段。

曹操上船，慌速夺路，走出江口，见四面船上皆为火也。见数十只船，上有黄盖言曰："斩曹贼，使天下安若太山！"曹相百官，不通水战。众人发箭相射。

却说曹操，措手不及，四面火起，箭又相射。曹操欲走。北有周瑜，南有鲁肃，西有凌统、甘宁，东有张昭、吴危。四面言杀。史官曰：倘非曹公家有五帝之分，孟德不能脱！曹操得命，西北而走。至江岸，众人撮曹公上马。却说昏黄火发，次日斋时方出。曹操回顾，尚见夏口船上烟焰张天。本部军无一万。

曹相望西北而走。无五里，江岸有五千军，认得是常山赵云，拦住众官，一齐攻击，曹相撞阵过去。又打十里，又有二千军，当头者张飞拦住。却说众拼死夺路得脱。杀得曹操盔斜发乱，发甲搥胸，偃鞍吐血。

至晚，到一大林，曹军帐幕皆无，不能进发。后有众官，分三路军袭殿后[12]。曹相曰："前者两条路，一条正北，荆山大路，楚之地，名曰华容路。"曹相又思："前者军到当阳长坂，张飞二十人拦住，使吾军不能进；此处再有诸葛使人拦住，咱军困马乏，贼人所捉。"曹公寻华容路去行，无二十里，见五百校刀手，关将拦住。

曹相用美言告云长："看操，与寿亭侯有恩。"关公曰："军师严令。"曹公撞阵。却说话间，面生尘雾，使曹公得脱。关公赶数里，复回。

[1] 豫章：今江西南昌市。
[2] 讨虏：即孙权。曹操曾表孙权为讨虏将军，领会稽太守。
[3] 夏口：古地名，位于汉水下游入长江处，由于汉水自沔阳以下古称夏水，故名。夏口在江北，三国吴置夏口督屯于江南，北筑城于武汉市黄鹄山上，与夏口隔江相对。
[4] 柽（chéng）橘：即橙橘一类果品。
[5] 拘刷：全部收禁、收缴或扣留。
[6] 柴桑：治所在今江西九江市西南。
[7] 打话：对话，交谈。
[8] 富春：治所在今浙江富阳。
[9] 直命：直接的委命。
[10] 远信：（传达）远方的书信和消息。
[11] 跣（xiǎn）：光着脚，不穿鞋袜。
[12] 殿后：部队的最后。

《三国志平话》具有极其鲜明的艺术特色。从内容上看，虽然有些情节不如后来的演义故事完整，但也写得摇曳多姿。如赤壁之战就写了首尾相连的几个故事：智激周瑜、蒋干中计、黄盖诈降、火烧战船，这几个故事共同构成了这次战争的全方位的宏大场面，而又独立成章，各具特色。"草船借箭"的主人不是诸葛亮而是周瑜，华容道放走曹操的不是关羽而是一股"尘雾"，都和我们熟知的三国故事大为不同，读起来别有风味。

平话中的人物形象也极为鲜明。张飞的卤猛、关羽的神勇、孔明的智慧、周瑜的狭隘，各不相同，各有情致，人物性格又都能够在故事情节中表现出来，显得自然妥帖。

虽曰"平话",但这篇平话的语言并非"白话",它既吸收了民间白话俗语的特色,又不乏史传语言的精炼,对日后演义语言"文不甚深,言不甚俗"风格的形成,起到了奠基的作用。

本书所选司马仲相断狱一节,为后来演义故事所无,是民间文学"因果报应"观念的自然流露。平话也没有特别强烈的"拥刘反曹"的思想,作者更多地强调的是"曹操占天时,孙权占地利,刘备占人和"这种比较客观的天下三分的历史态势。

(焦中栋)

## 西游记平话(片段)

**题解**

《西游记平话》原书失传。今天能看到的平话本的《西游记》,只有三处相关的残文:一处为《永乐大典》第一万三千一百三十九卷送字韵梦字类所载"梦斩泾河龙"一段文字;再一处是古代朝鲜谚语教科书《朴通事谚解》中引述的"车迟国斗圣"等片段及七条注文;第三处为《销释真空宝卷》讲唐僧西天取经的一段韵语。此三处文字是否同出一书,值得进一步研究。《朴通事谚解》中的"车迟国斗圣"等文字,从语气看,系讲者转述,可能并非平话原文。因此,这里选编的"西游记平话",只取《永乐大典》一段,而将《朴通事谚解》中的"车迟国斗圣"等作为附录,供读者参考。

### 梦斩泾河龙

**题解**

《西游记》:长安城西南上,有一条河,唤作泾河。贞观十三年,河边有两个渔翁,一个唤张梢,一个唤李定。张梢与李定道:"长安西门里,有个卦铺,唤'神言山人'。我每日与那先生鲤鱼一尾,他便指教下网方位,依随着百下百着。"李定曰:"我来日也问先生则个。"这二人正说之间,怎想水里有个巡水夜叉,听得二人所言,"我报与龙王去"。龙王正唤做泾河龙,此时正在水晶宫正面而坐。忽然夜叉来到,言曰:"岸边有二人,却是渔翁,说西门里有一卖卦先生,能知河中之事。若依着他算,打尽河中水族。"龙王闻之大怒,扮作白衣秀士[1],入城中。见一道布额[2],写道:"神翁袁守成于斯讲命。"老龙见之,就对先生坐了,乃作百端磨问[3],难道先生[4],问何日下雨。先生曰:"来日辰时布云,午时升雷,未时下雨,申时雨足。"

老龙问:"下多少?"先生曰:"下三尺三寸四十八点。"龙笑道:"未必都由你说。"先生曰:"来日不下雨,到了时甘罚五十两银。"龙道:"好,如此来日却得厮见[5]。"辞退,直回水晶宫。须臾,一个黄巾力士言曰[6]:"玉帝圣旨道:你是八河都总泾河龙,教来日辰时布云,午时升雷,未时下雨,申时雨足。"力士随去。老龙言:"不想都应着先生谬说。到了时辰,少下些雨便是,向先生要了罚钱。"次日,申时布云,酉时降雨二尺。

第三日,老龙又变为秀士,入长安卦铺,向先生道:"你卦不灵,快把五十两银来。"先生曰:"我本算术无差,却被你改了天条,错下了雨也。你本非人,自是夜来降雨的龙。瞒得众人,瞒不得我。"老龙当时大怒,对先生变出真相,霎时间:

黄河摧两岸,华岳振三峰。
威雄惊万里,风雨喷长空。

那时走尽众人,唯有袁守成巍然不动。老龙欲向前伤先生,先生曰:"吾不惧死。你违了天条,刻减了甘雨,你命在须臾[7],剐龙台上难免一刀。"龙乃大惊悔过,复变为秀士,跪下告先生道:"果如此呵!却望先生明说与我因由。"守成曰:"来日你死,乃是当今唐丞相魏征来日午时断你。"龙曰:"先生救咱。"守成曰:"你若要不死,除非见得唐王,与魏丞相行说劝救时节,或可免灾。"老龙感谢,拜辞先生回也。

天色已晚,唐王宫中睡思半酣,神魂出殿,步月闲行。只见西南上有一片黑云落地,降下一个老龙,当前跪拜。唐王惊怖曰:"为何?"龙曰:"只因夜来错降芒雨[8],违了天条,臣该死也。我王是真龙,臣是假龙,真龙必可救假龙。"唐王曰:"吾怎救你?"龙曰:"臣罪正该丞相魏征来日午时断罪。"唐王曰:"事若干魏征[9],须救你无事。"龙拜谢去了。天子觉来,却是一梦。

次日设朝,宣尉迟敬德总管上殿,曰:"夜来朕得一梦,梦见泾河龙来告寡人道:因错行了雨,违了天条,该丞相魏征断罪。朕许救之。朕欲今日于后宫里宣丞相与朕下棋一日,须直到晚乃出,此龙必可免灾。"敬德曰:"所言是矣。"乃宣魏征至。帝曰:"召卿无事,朕欲与卿下棋一日。"唐王故迟延下着,将近午,忽然魏相闭目笼睛,寂然不动。至未时却醒。帝曰:"卿为何?"魏征曰:"臣暗风疾发[10],陛下恕臣不敬之罪。"又对帝下棋。

未至三着,听得长安市上百姓喧闹异常。帝问何为,近臣所奏:"千步廊南[11],十字街头,云端吊下一只龙头来,因此百姓喧闹。"帝问魏征曰:"怎生来?"魏征曰:"陛下不问,臣不敢言。泾河龙违天获罪,奉玉帝圣旨,令臣斩之。臣若不从,臣罪与龙无异矣。臣适来合眼一霎,斩了此龙。"正唤作"魏征梦斩泾河龙"。唐皇曰:"本欲救之,岂期有此。"遂罢棋。

[1]秀士：德行才艺出众的人。
[2]布额：布做的匾额。
[3]磨问：诘难盘问。
[4]难：问难。
[5]厮见：相见。
[6]黄巾力士：道教传说中在上界值勤的神将。
[7]须臾：片刻，短时间。
[8]芒雨：小雨。
[9]事若干魏征：事情如果和魏征相关。
[10]风疾：肢体麻痹一类的病。
[11]千步廊：长廊。长安宫城里有南北千步廊和东西千步廊。

## 附：《朴通事谚解》中转录的《西游记》

《西游记》云："昔释迦牟尼佛[1]，在西天灵山雷音寺[2]，撰成经、律、论三藏金经[3]，须送东土，解度群迷[4]。问诸菩萨往东土寻取经人来[5]。乃以西天去东土十万八千里之程，妖怪又多，诸众不敢轻诺。唯南海落迦山观世音菩萨[6]，腾云驾雾，往东土去。遥见长安京兆府一道瑞气冲天[7]，观世音化作老僧入城。此时唐太宗聚天下僧尼，设无遮大会[8]，因众僧举一高僧为坛主说法，即玄奘法师也。老僧见法师曰：'西天释迦造经三藏，以待取经之人。'法师曰：'既有程途，须有到时。西天虽远，我发大愿，当往取来。'老僧言讫，腾空而去。帝知观音化身，即敕法师往西天取经[9]。法师奉敕，六年东还。"

[1]释迦牟尼（约前563—前483）：佛教始祖。姓乔答摩，名悉达多。"释迦牟尼"是佛教徒对他的尊称，意即释迦族的圣人。
[2]灵山：印度佛教圣地灵鹫山的简称。　雷音寺：佛说法的寺院。佛教谓说法有如雷震，故有"雷音寺"之名。
[3]经、律、论三藏：三藏是佛教经典的总称。经，总说根本教义；律，记述戒规威仪；论，阐明经意。金经：指佛教经典。
[4]群迷：佛教用语，指迷失本性的众生。
[5]菩萨：佛教名词。原意为释迦牟尼修行而未成佛时的称号，后来泛指大乘思想的实行者。

[6]落迦山：也作"珞迦山"，即普陀山，是观音菩萨修行的道场。 观世音：佛教菩萨名。慈悲的化身，救苦救难之神。唐代避李世民讳，省称为"观音"，也称为"观自在"或"观音大士"。

[7]京兆府：汉代京畿地区的行政区域叫"京兆"，京兆府即代指京城。

[8]无遮大会：佛教举行的以布施为主要内容的法会，每五年一次。无遮，指宽容一切，解脱诸恶，不分贵贱、僧俗、智愚、善恶，一律平等看待。

[9]敕：皇帝下的命令，这里做动词用，意即命令法师往西天取经。

## 【原文】

《西游记》云："西域有花果山[1]，山下有水帘洞，洞前有铁板桥，桥下有万丈涧，涧边有万个小洞。洞里多猴，有老猴精，号'齐天大圣'。神通广大，入天宫仙桃园偷蟠桃，又偷老君灵丹药，又去王母宫偷王母绣仙衣一套，来设庆仙衣会。老君、王母具奏玉帝，传宣李天王引领天兵十万及诸神将，至花果山与大圣相战，失利，巡天十力鬼上告天王，举灌州灌江口神曰'小圣二郎'，可使拿获。天王遣太子木叉与大力鬼往请二郎神，领神兵围花果山。众猴出战，皆败，大圣被执当死。观音上请于玉帝，免死；令巨灵神押大圣前往下方去，乃于花果山石缝内纳身，下截画如来押字封着。使山神、土地镇守，饥食铁丸，渴饮铜汁。待我往东土寻取经之人，经过此山，观大圣肯随往西天，则此时可放。其后，唐太宗敕玄奘法师往西天取经，路经此山，见此猴精压在石缝，去其佛押出之。以为徒弟，赐法名吾空，改号为孙行者，与沙和尚及黑猪精朱八戒偕往。在路降妖去怪，救师脱难，皆是孙行者神通之力也。法师到西天受经三藏东还，法师证果栴檀佛如来[2]，孙行者证果大力王菩萨，朱八戒证果香华会上净坛使者[3]。"

## 【注释】

[1]西域：汉代以后对今玉门关以西的新疆及中亚细亚等地区的总称。

[2]证果：佛教用语，指佛教徒经过长期修行悟入妙道。 栴檀：梵文"栴檀那"的省称，意即檀香。

[3]香华：佛教用语。指供养于佛前的香和花。

## 【原文】

唐僧往西天取经去时节，到一个城子，唤做车迟国。那国王好善，恭敬佛法。国中有一个先生，唤伯眼，外名唤烧金子道人。（《西游记》云："有一个先生到车迟国，吹口气，以砖瓦皆化为金，惊动国王，拜为国师[1]，号伯眼大仙。"）见国王敬佛法，便使黑心，要灭佛教。但见和尚，拿着曳车解锯，起盖三清大殿[2]，如此定害三宝。一日，先生们做罗天大醮[3]，唐僧师徒二人，正到城里智海禅寺投宿，听的道人们祭星，孙行者师傅上说知，到罗天大醮坛场上藏身[4]，夺吃了祭星茶果，却把伯眼打了一铁棒。小先生到前面叫点灯，又打了一铁棒。伯眼道："这秃厮好没道理！"便焦燥起来，到国王前面告未毕，唐僧也引徒弟去到王所，王请唐僧上殿，见大仙打罢问讯[5]，先生也稽首回礼[6]。先生对唐僧道："咱两个冤仇不小可里。"三藏道："贫僧是东土人，不曾认的，你有何冤仇？"大仙睁开双眼道："你教徒弟，坏了我罗天大醮，更打了我两铁棒。这的不是大仇？咱两个对君王面前斗圣，那一个输了时，强的上拜为师傅。"唐僧道："那般着？"伯眼道："起头坐静[7]，第二柜中猜物，第三滚油洗澡，第四割头再接。"说罢，打一声钟响，各上禅床坐定，分毫不动，但动的便算输。大仙徒弟名鹿皮，拔下一根头发，变做狗蚤[8]，唐僧耳门后咬，要动禅，孙行者是个胡孙[9]，见那狗蚤，便拿下来磕死了。他却拔下一根毛衣，变做假行者，靠师傅立的。他走到金水河里，和将一块青泥来，大仙鼻凹里放了，变做青母蝎，脊背上咬一口，大仙叫一声，跳下床下来。王道："唐僧得胜了。"又叫两个宫娥，抬过一个红漆柜子来，前面放下，两个猜里面有甚么。皇后暗使一个宫娥，说与先生，柜中有一颗桃。孙行者变做个焦苗虫儿[10]，飞入柜中，把桃肉都吃了，只留下桃核出来，说与师傅。王说："今番着唐僧先猜。"三藏说："是一个桃核。"皇后大笑："猜不着了！"大仙说："是一颗桃。"着将军开柜看，却是桃核，先生又输了。鹿皮对大仙说："咱如今烧起油锅，入去洗澡。"鹿皮先脱下衣服，入锅里。王喝采的其间，孙行者念一声"唵"字[11]，山神、土地、神鬼都来了。行者教千里眼、顺风耳等两个鬼，油锅两边看着，先生待要出来，拿着肩膀彪在里面[12]。鹿皮热当不的，脚踏锅边待要出来，被鬼们当住出不来，就油里死了。王见多时不出时："莫不死了么？"教将军看。将军使金钩子，捞出个烂骨头的先生。孙行者说："我如今入去洗澡。"脱了衣裳，打一个跟斗，跳入油中。才待洗澡，却早不见了。王说："将军，你搭去，行者敢死了也。"将军用钩子搭去，行者变做五寸来大的胡孙，左边搭右边躲，右边搭左边去，百般搭不着。将军奏道："行者油煎的肉都没了。"唐僧见了啼哭。行者听了跳出来，叫："大王，有肥枣么[13]？与我洗头。"众人喝采，佛家赢了也。孙行者把他的头，先割下来，血沥沥的腔子立地[14]，头落在地上。行者用手把头提起，接在脖项上依旧了。伯眼大仙也割下头来，待要接，行者念"金头揭地[15]、银头揭地、波罗僧揭地"（《西游记》云："释迦牟尼佛在灵山雷音寺，演说三乘教法[16]，傍有侍奉阿难、伽舍诸菩萨、圣僧罗汉、八金刚、四揭地、十代明王、天仙地仙[17]。"观此，则"揭地"神名，然未详何神）之后，变做大黑狗，把先生的头拖将去。先生变做老虎赶，行者直拖的王前面彪了，不见了狗，也不见了虎，只落下一个虎头。国王道："元来是一个虎精。不是师傅，怎生拿出他本像？"说罢，越敬佛门。赐唐僧金钱三百贯，金体盂一个；赐行者金钱三百贯打发了。这孙行者正是了的，那伯眼大仙，那里想胡孙手里死了？古人道："杀人一万，自损三千。"

按《西游记》："西域花果山洞有猴精，号齐天大圣，神变无测，闹乱天官。玉帝命李天王领神兵往捕，相战失利。灌州灌江口立庙有神，曰小圣二郎，又号二郎贤圣。天王请二郎捕获大圣，即此庙额曰：'昭惠灵显真君之庙。'"

[1] 国师：帝王封赐道人的尊号。

[2] 三清：道教指玉清、上清、太清三清境，也指玉清境洞真教主元始天尊，上清境洞玄教主灵宝天尊，太清境洞神教主道德天尊，合称三清。

[3] 罗天大醮：道士为禳除灾祟而设的规模盛大的道场。

[4] 坛场：登坛做法的场所。

[5] 问讯：僧尼们向人合掌致敬。

[6] 稽首：道士举一手向人行礼。

[7] 坐静：静坐修持。

[8] 狗蚤：寄身在狗猫等动物身上的一种跳蚤，身体狭而扁，深褐色。

[9] 胡孙：也作"猢狲"，猕猴的一种。

[10] 焦苗虫儿：当即"鹪鹩虫儿"，鹪鹩是一种体型很小的鸟，鹪鹩虫儿指很小的虫子。

[11] 唵（ǎn）：佛教咒语的发声字（om），发声时为婀、乌、莽三字合成。

[12] 㞢：同"丢"。

[13] 肥枣：即"肥皂"。

[14] 腔子：胸腔。

[15] 揭地：也作"揭谛""揭帝"，佛教护法神之一种。

[16] 三乘：佛教用语。一般指小乘（声闻乘）、中乘（缘觉乘）和大乘（菩萨乘）。三者均为浅深不同的解脱之道。三乘也泛指佛法。

[17] 罗汉：指已断烦恼，超出三界轮回，应受人天供养的尊者。 金刚：指执金刚杵的佛的侍从力士。明王：指能用智力摧垮一切魔障的得道者。

《西游记》和《三国演义》《水浒传》等作品一样，都是经过世代累积才得以成书的。从《大唐西域记》到明代的神话小说《西游记》，经过了几百年的累积过程。平话本的《西游记》就是这个累积过程中的重要一环。从"梦斩泾河龙"一段来看，平话本的《西游记》应当已经具有相当高的艺术水平，和同时代的其他话本相比，无论其语言的成熟，还是故事的精彩、人物形象的鲜明，都属于一流的作品。

《朴通事谚解》中"车迟国斗圣"等文字，虽然不能肯定它为《西游记》的原文，但也应当与原文相差不远。从故事情节来看，它与其后明代《西游记》基本一致：情节的离奇有趣，风格的幽默诙谐，正是《西游记》的基本特征。

（焦中栋）

## 张生彩鸾灯传

**题解**

本篇选自《熊龙峰四种小说》。此书为明代书商熊龙峰刊行,包括《张生彩鸾灯传》《苏长公章台柳传》《冯伯玉风月相思小说》《孔淑芳双鱼扇坠传》四种话本小说。前两部为宋代作品,后两部为明代作品。其中,《张生彩鸾灯传》叙述了越州人张舜美在元宵节观灯,与少女刘素香相爱,遂私奔结为夫妻。之后,二人前往镇江投奔远亲,在路上被人群冲散走失。刘素香去尼姑庵出家,张舜美发奋读书,考中进士。三年后,张舜美与刘素香在尼姑庵偶然相遇,终于破镜重圆。明代冯梦龙《喻世明言》第二十三卷的《张舜美灯宵得丽女》即是依据这篇小说加以改编而成的。

**原文**

入话:
　　致和上国逢佳姝[1],思厚燕山遇故人[2]。
　　五夜华灯应自好,绮罗丛里竟怀春[3]。
话说东京汴梁[4],宋天子徽宗放灯买市[5],十分富盛。
且说在京一个贵官公子,姓张名生,年方十八,生得十分聪俊,未娶妻室。因元宵到乾明寺看灯[6],忽于殿上拾得一红绡帕子[7]。帕角系一个香囊[8],细看帕上,有诗一首云:
　　囊囊真香谁见窃[9],鲛绡滴血染成红[10]。
　　殷勤遗下轻绡意[11],好与才郎置袖中[12]。
生吟讽数次,诗尾后有细字一行云:"有情者拾得此帕,不可相忘;请待来年正月十五夜于相蓝后门一会[13],车前有鸳鸯灯是也[14]。"生叹赏久之,乃和其诗曰:
　　浓麝因同琼体纤[15],轻绡料比杏花红[16]。
　　虽然未近来春约[17],已胜襄王魂梦中[18]。
自此之后,生以时捱日,以日捱月,以月捱年,倏忽间乌飞电走[19],又换新正[20]。将近元宵,思赴去年之约。乃于十四日晚,候于相蓝后门。果见车一辆,灯挂双鸳鸯,呵卫甚众[21]。生惊喜无措,无因问答。乃诵诗一律[22],或先或后,近车吟咏,云:
　　何人遗下一红绡?暗遣吟怀意气饶[23]。
　　勒马住时金镫脱[24],挼身亲用宝灯挑[25]。
　　轻轻滴滴深深韵,慢慢寻寻紧紧瞧。
　　料想佳人初失去,几回纤手摸裙腰。

车中女子闻生吟讽，默念昔日遗香囊之事谐矣[26]，遂启帘窥生。见生容貌皎洁，仪度闲雅[27]，愈觉动情。遂令侍女金花者，通达情款[28]，生亦会意。须臾[29]，香车远去，已失所在。

次夜，生复伺于旧处[30]。俄有青盖旧车[31]，迤逦而来[32]，更无人从，车前挂只双鸳鸯灯，生睹车中非昨夜相遇之女，乃一尼耳[33]。车夫连称："送师归院去。"生迟疑间，见尼转手而招生，生潜随之[34]，至乾明寺。老尼迎门，谓曰："何归迟也？"尼入院，生随入小轩[35]，轩中已张灯列宴。尼乃去包丝则绿发堆云[36]，脱僧衣而红裳映月。生女联坐，老尼侍旁。酒行之后，女曰："愿见去年相约之媒。"生取，付女视之，女方笑曰："京华人物极多[37]，惟君得之，岂非天赐尔我姻缘耶[38]？"生曰："当时获之，亦曾奉和[39]。"因举其诗。女喜曰："真我夫也！"于是推生就枕，极尽欢娱。顷而鸡鸣四起，女谓生曰："妾处深闺，祝天求合[40]，得成夫妇，昨日浓欢，今朝离别，从此之后，无复再会。不若以死向君，无忘此情，妾亦感恩地下矣。"生曰："我非木石，岂肯独生！"女曰："君有此情，我之愿也。"遂解衣带共结，与生同悬于梁间。尼急止之曰："岂可轻生如是乎？你等要成夫妇，但恨无心耳[41]。"生女双双跪拜，求计于尼，尼曰："汝能远涉江湖，变更姓名于千里之外，可得尽终世之情也。"女与生俯首受计。女遂约生："今夜三鼓后，可于城北巨柳之下，我当将黄白之资[42]，从君之道。"生曰："果然否？"女曰："妾与君性命可捐[43]，何况馀事乎？"女乃告归。生亦收拾黄白之资一包，如约伺于城北柳下。仿佛夜分[44]，其女蹑步而来[45]，并携包裹。生女奔宿于通津邸中[46]。次早雇舟，自汴涉淮[47]，直至苏州平江，创第而居[48]。两情好合，谐老百年。正是：

　　意似鸳鸯飞比翼，情同鸾凤舞和鸣。

　　[1] 姝（shū）：美女。
　　[2] 思厚燕山遇故人：即《杨思温燕山逢故人》，为《喻世明言》第二十四卷，是一篇撼人心魂的悲剧作品。小说描写了南宋韩思厚的妻子郑意娘，被女真人掳去，尽节而死；韩思厚因为议和来到燕京，遇见了妻子的鬼魂，遂带她的骨殖南返。后来韩思厚又娶了别的妇人，负了意娘，受到意娘鬼魂的报复。
　　[3] 怀春：谓少女爱慕异性。
　　[4] 东京汴梁：今河南开封市，北宋的都城，也称汴京。因五代后梁以汴州为开封府，建为东都，称为东京，北宋亦沿称为东京。
　　[5] 宋天子徽宗：即赵佶（1082—1135），穷奢极欲，大兴土木，崇奉道教，自称教主道君皇帝。在京师搜刮江南奇花怪石，残酷剥削人民；又任用蔡京、童贯等奸臣，把持朝政，贪污腐化，滥增捐税，终于激起河北山东江南等地爆发了农民起义。宣和七年，金兵南下，他传位于太子赵桓（即宋钦宗），自称太上皇。靖康二年，徽宗和钦宗为金兵所俘，北宋灭亡。徽宗后来死于五国城，在位共二十六年。工书法绘画，书法称"瘦金体"，擅长花鸟画。　　放灯：旧时元宵节，燃点花灯，让人通夜观览，叫放灯。买市：引发起集市。买，招致，引起。

［6］元宵：农历正月十五日叫上元节。这天晚上叫"元宵"，亦称"元夜""元夕"。唐以来有观灯的风俗，所以又叫"灯节"。看灯：观赏灯节。

［7］红绡帕子：用红色薄绸做成的手帕。

［8］香囊：盛香料的小囊。佩于身或悬于帐以为饰物。

［9］谁见窃：被谁偷。

［10］鲛绡（jiāoxiāo）：传说中鲛人所织的绡。亦借指薄绢、轻纱。此处指手帕、丝巾。

［11］殷勤：情意深厚。

［12］才郎：有才学的郎君。

［13］相蓝：宋汴京（今河南省开封市）大相国寺的省称。蓝，梵语"僧伽蓝摩"的略称。意即僧院，后因以称佛寺。

［14］鸳鸯灯：谓一组两盏并悬的灯笼。

［15］浓麝（shè）因同琼体纤：形容女子身材苗条，而且散发出一股芳香。麝，一种鹿科动物，也叫香獐。雄性的腹部能分泌麝香，可做香料和药材。

［16］红绡料比杏花红：形容女子的面颊红得略逊于那块红绸手帕。

［17］未近：不到。来春约：明年春天约会的日子。

［18］襄王魂梦：传说楚襄王游高唐，梦见巫山神女"愿荐枕席"，"王因幸之"。神女化云化雨于阳台。见战国楚宋玉《高唐赋》序和《神女赋》序。后遂以"襄王梦"为男女欢合之典。

［19］倏忽：忽然。形容时间过得极快。乌飞电走：谓光阴流逝。乌，指日，传说日中有三足乌。

［20］新正：农历新年正月。这里指农历正月初一，元旦。

［21］呵卫：禁卫，护卫。

［22］一律：一首律诗。

［23］饶：多。

［24］金镫：铜制的马镫。

［25］挜（yǎ）身：弯下身子。

［26］谐：成。

［27］仪度：仪容风度。　闲雅：形容举止风度娴静文雅。闲，通"娴"。

［28］情款：交情，情意。

［29］须臾：一会儿。

［30］伺于旧处：在原来的地方等候。伺，等候。

［31］俄：不久。　青盖：青色的车盖。

［32］迤逦（yǐlǐ）：曲折延绵、缓缓而行的样子。

［33］尼：尼姑。　耳：语气词，罢了。

［34］潜随：暗暗跟随。

［35］轩：有窗的小屋。

［36］包丝：包裹头发的丝巾。　绿发：比喻女子黑而长的头发。

［37］京辇（niǎn）：指国都。

［38］尔我：你我。

［39］奉和：谓做诗词与别人相唱和。

[40] 祝天求合：向上天祈祷，以求得与自己的心上人结合。求合，求欢。

[41] 但：只是。 恨：遗憾。

[42] 将：携，带。 黄白之资：指黄金白银。

[43] 捐：抛弃。

[44] 仿佛：大约。 夜分：夜半。

[45] 蹑（niè）步：蹑手蹑脚地跟随。

[46] 奔宿：私奔同居。 通津：四通八达之渡口。 邸：客店，客栈。

[47] 自汴涉淮：从汴京出发，渡过淮河。

[48] 创第：建造住宅。此处指安家。

**原文**

今日为甚说这段话？却有个波俏的女娘子也因灯夜游玩[1]，撞着个狂荡的小秀才[2]，惹出一场奇奇怪怪的事来。未知久后成得夫妇也不？且听下回分解。正是：

　　灯初放夜人初会，梅正开时月正圆。

且道那女娘子遇着甚人？那人是越州人氏，姓张双名舜美。年方弱冠[3]，是一个轻俊标致的秀士，风流未遇的才人。偶因乡荐来杭[4]，不能中选，遂淹留邸舍中[5]，半年有余。正逢着上元佳节[6]，舜美不免关闭房门，游玩则个[7]。况杭州是个热闹去处，怎见得杭州好景？柳耆卿有首《望海潮》词[8]，单道杭州好处。词云：

　　东南形胜[9]，三吴都会[10]，钱塘自古繁华[11]。烟柳画桥，风帘翠幕，参差十万人家[12]。云树绕堤沙[13]；怒涛卷霜雪，天堑无涯[14]。市列珠玑，户盈罗绮，竞奢华[15]。　重湖叠巘清佳[16]，有三秋桂子[17]，十里荷花。弦管弄晴，菱歌泛夜[18]，嬉嬉钓叟莲娃[19]。千骑拥高牙[20]，乘醉听箫鼓[21]，吟赏烟霞[22]。异日图将好景[23]，归去凤池夸[24]。

舜美观看之际，勃然兴发[25]，遂占《如梦令》词以解怀[26]，云：

　　明月娟娟筛柳，春色融融如酒。今夕试华灯，约伴六桥闲走。回首，回首，楼上玉人知否？

且诵且行之次，遥见灯影中一个丫环，肩上斜挑一盏彩鸾灯，后面一女子冉冉而来[27]。那女子生得如何？

　　凤髻铺云，蛾眉扫月[28]。一面笑共春光斗艳[29]，双眸溜与秋水争明。檀口生风[30]，脆脆甜甜声远振；金莲印月[31]，弓弓小小步来轻[32]，纵使梳妆官样[33]，何如标格天成[34]。媚态多端[35]，如妒如慵[36]。娇滴滴异香数种，非兰非蕙[37]；软盈盈得他一些半点，令人万死千生。假饶心似铁[38]，相见意如糖。

正是：

　　桃源洞里登仙女[39]，兜率宫中稔色人[40]。

这舜美一见了那女子，沉醉顿醒，竦然整冠[41]，汤瓶样摇摆过来[42]，为甚的做如此模样?原来这调光的人[43],只在初见之时,就便使个手段[44],便见分晓。有几般讨探之法,说与郎君听着[45]。做子弟的牢记在心[46],勿忘了《调光经》!

[1]波俏:俊俏,漂亮。

[2]狂荡:轻狂放荡。

[3]弱冠:《礼记·曲礼上》:"二十曰弱冠。"弱,年少,体犹未壮。古代男子二十岁行加冠礼,故用以指男子二十岁左右的年龄。

[4]乡荐:唐宋时,由州县地方官推举赴京师应礼部试,叫"乡荐"。

[5]遂:于是。 淹留:停留,滞留。 邸舍:旅馆,店舍。

[6]上元佳节:农历正月十五日为上元节。

[7]则个:助词。表示祈使、解释等语气。

[8]柳耆(qí)卿:即柳永(约987?—1053?),原名三变,字耆卿,后改名为永,建州崇安(今属福建)人。精通音律,善于写词,是宋代著名的词人。

[9]形胜:地理位置重要、地形险要、山川美丽、物产富饶的地方。

[10]三吴:指吴郡、吴会、会稽(分别相当于今江苏苏州、浙江湖州、绍兴一带)。一说为吴郡、吴兴和丹阳(今南京)。泛指今江浙地区。 都会:大城市,区域性的政治、经济中心。

[11]钱塘:秦代置钱唐县,唐时因其名与国号相犯,遂加上"土"字旁,为钱塘。由于是杭州州治所在,故用以代指杭州。以上三句是说杭州是东南形胜之地,江浙一方重镇,自古以来就很繁华。

[12]参差:形容人家房屋高高低低、错落不齐。

[13]云树:远望去与云天相接的树林。 堤沙:指钱塘江的堤岸和沙滩。

[14]天堑(qiàn):天然形成的壕沟,指钱塘江。 无涯:没有边际。 涯:水的边际。

[15]市列珠玑,户盈罗绮(qǐ),竞奢华:集市上摆满了珍珠玉石,门户里充满了质地轻柔的丝绸,互相攀比豪华奢侈。此三句是形容杭州的繁华景象。

[16]重湖:指西湖。湖水被白堤截为里外两部分,故称重湖。 叠巘:指西湖周围重叠的山峦。 清佳:清秀美丽。

[17]三秋:夏历七月为孟秋,八月为仲秋,九月为季秋,合称"三秋"。此处泛指秋天。 桂子:即桂花。

[18]弦管弄晴,菱歌泛夜:"弦管",原作"羌管",指不论白天还是夜晚,湖面上都有人弹琴吹笛,放声歌唱,热闹非凡。弄,吹奏;菱歌,指泛舟在湖中采菱角的姑娘们的歌声。

[19]嬉嬉:戏耍笑乐的样子。 钓叟:钓鱼的老翁。 莲娃:采莲的姑娘。

[20]千骑:指扈从长官的仪仗人马。 高牙:将帅的牙旗。

[21]箫鼓:指民间祭祀活动中的音乐吹打声。

[22]吟赏:吟咏诗词。 烟霞:指山林景致。

[23]异日:将来,他日。 图:画。

[24]凤池:皇帝禁苑中的池沼,这里指朝廷。

[25]勃然:突然。 兴发:兴致大发。

[26]占：随口吟诗。

[27]冉冉：慢慢的样子。

[28]凤髻（jì）：古代的一种发型。　蛾眉：比喻美女的眉毛像蚕蛾触须那样又细又弯。

[29]共春光斗艳：与春光争相媲美。共，与、同。

[30]檀口：香艳的嘴唇。檀口生风：比喻说话。因说话时空气会流动，故称生风。

[31]金莲：旧时指妇女缠过的小脚。

[32]弓弓：足弓弯弯。因旧时妇女的脚缠得很小，像弓一样弯曲，故称。

[33]宫样：宫女的梳妆样式。

[34]标格：犹风范，风度。　天成：自然生成。

[35]媚态多端：形容千娇百媚的样子。

[36]如妒如慵（yōng）：形容妒忌慵懒的神态。

[37]兰、蕙：两种香草。即兰花和蕙兰。

[38]假饶：假，假使；饶，如果。

[39]桃源洞：在湖南省桃源县西南桃源山下，又名秦人洞、白马洞，相传是东晋陶渊明所记桃花源的遗址。后亦指男女幽会的仙境。

[40]兜率宫中稔（rěn）色人：天宫的仙女。兜率宫，梵语，犹言天宫；稔色，美色，美貌。

[41]竦（sǒng）然：恭敬的样子。竦，通"悚"。　整冠：整理衣冠。

[42]汤瓶：一种煮茶水用的瓶。用铁、瓷或金、银制成。汤瓶样，摇摇摆摆的样子。因这种瓶子底都不平，故放置时摇摇晃晃。

[43]调光：调情。谓勾引妇女。

[44]就便：随便，顺便。　手段：这里指调戏的行为。

[45]郎君：旧时女子称丈夫或情人。此处指听众。

[46]做子弟的：指年轻人。

**原文**

怎见《调光经》法：

冷笑佯言，装痴倚醉[1]。屈身下气，俯就承迎[2]。陪一面之虚情，做许多之假意[3]。先称他容貌无双，次答应殷勤第一。常时节将无做有，几回价送暖偷寒[4]。施恩于未会之前，设计在交关之际[5]。意密致令相见少[6]，情深番使寄书难[7]。少不得潘驴邓耍[8]，离不得雪月风花[9]。往往的匆忙多误事，遭遭为大胆却成非[10]。久玩狎乘机便稔[11]，初相见撞下方题[12]。得了时寻常看待，不得后老大嗟吁[13]。日日缠望梅止渴[14]，朝朝晃画饼充饥[15]。吞了钓，不愁你身子正[16]；纳降罢，且放个脚儿稀[17]。《调光经》于中蕴奥[18]，爱女论就里玄微[19]。决烈妇闻呼即肯[20]，相思病随手能医[21]。情当好极防更变，认不真时莫强为。锦香囊乃偷期之本[22]，绣罗帕乃暗约之书[23]。撒情的中心泛滥[24]，卖乖的外貌威仪[25]。才待相交，情便十分之切；未曾执手，泪先两道而垂。搂一会，抱一会，温存软款[26]；笑一回，耍一回，性格痴迷。点头会意，咳嗽知心。讪语时[27]，口要紧；刮涎处[28]，脸须皮[29]。以言词为说客[30]，凭色眼作梯媒[31]。小丫头易惑，歪老婆难期。紧提苍，慢调雏[32]，凡宜斟酌；济其危，怜他困，务尽扶持。入不觑，出不顾，预防物议[33]；擦不羞，诟不答，提防猜疑[34]。赴幽会，多酬使婢；递消息，厚赆鸿鱼[35]。露些子不传妙用[36]，令儿辈没世皈依[37]。见人时伴伴不睬[38]，没人处款款言词[39]。如何他风情惯熟[40]？这舜美是谑浪勤儿[41]。

真个是：

　　　　情多转面语，妒极定睛看[42]。

[1] 冷笑佯言，装痴倚醉：通过言语笑谈来讨好对方，假装痴情醉心于女子。

[2] 屈身下气，俯就承迎：低身下气，来迎合对方的喜好。

[3] 陪一面之虚情，做许多之假意：虚情假意地表示自己的爱意。

[4] 常时节将无做有，几回价送暖偷寒：经常没事找事，屡次问寒问暖。

[5] 交关：交通往来。意即双方有了真正的交往。

[6] 意密致令相见少：感情缠绵时减少见面次数。

[7] 情深番使寄书难：感情深厚时不再寄送书信。

[8] 潘驴邓耍：《水浒传》第二十四回"王婆贪贿说风情，郓哥不忿闹茶肆"中惯会"说风情"的王婆，总结了勾引女子的"潘、驴、邓、小、闲"的五字真经："第一件，潘安的貌；第二件，驴大的行货；第三件，要似邓通（邓通有皇帝赏赐的铜山，可以随意铸钱）般有钱；第四件，小，就要绵里针忍耐；第五件，要闲工夫。"

[9] 雪月风花：本指四时景色。这里比喻男女情事。

[10] 往往的匆忙多误事，遭遭为大胆却成非：意即这种事情不能着急，不能鲁莽，否则会弄巧成拙。

[11] 久玩狎乘机便稔：长时间嬉戏游玩，便可以加深感情。稔，成熟。

[12] 初相见撞下方题：刚刚相见就故意冲撞对方，找借口接近人家。

[13] 得了时寻常看待，不得后老大嗟吁：得到对方时就当作很平常的看待，得不到时就常常叹息。

[14] 望梅止渴：《世说新语·假谲》载：曹操带兵走到一个没有水喝的地方，口渴难行。曹操传令说："前面有许多梅树，梅子又甜又酸。"士兵听后流下口水，不再感到口渴了。后遂用"望梅止渴"比喻愿望无法实现，就用空想来安慰自己。

[15] 画饼充饥：画个饼来解除饥饿。比喻用空想来安慰自己。典故出自《三国志·魏书·卢毓传》："选举莫取有名，名如画地作饼，不可啖也。"

[16] 吞了钓，不愁你身子正：只要对方中了圈套，就不怕她一本正经。

[17] 纳降罢，且放个脚儿稀：只要对方真正动情了，就跟她来往少了。

[18] 《调光经》于中蕴奥：调戏女人的奥秘就蕴藏在这篇《调光经》中。

[19] 爱女论就里玄微：在这里有幽深微妙的如何讨女人爱的议论。

［20］决烈妇闻呼即肯：节烈刚贞的妇女一听到呼唤就心甘情愿地和他交往。

［21］相思病随手能医：为他害得苦苦相思的心病也很容易医治。

［22］锦香囊乃偷期之本：锦制的香囊是偷情的关键之物。偷期，暗中约会偷情。

［23］绣罗帕乃暗约之书：绣花的罗帕上题有暗中约会的诗。

［24］撇情的中心泛滥：这句说表面上看似无情，其实心潮起伏不已。撇，丢，抛弃。

［25］卖乖：卖弄聪明以显示乖巧。

［26］温存软款：温柔，殷勤。

［27］讪语：调笑，搭讪。

［28］刮涎：勾引，挑逗。

［29］脸须皮：脸皮须厚。

［30］说客：游说之士。善于用言语说动对方的人。

［31］色眼：挤眉弄眼，眉来眼去。　梯媒：从中牵线搭桥的人，即媒人。

［32］紧提苍，慢调雏：对于年龄大的女人要抓紧机会下手，对年幼的女孩要慢慢调戏引诱。

［33］入不觑（qù），出不顾，预防物议：从身边走过时也不多看一眼，以防引起他人议论是非。

［34］擦不羞，诟不答，提防猜疑：对别人的污辱诟骂不予理睬，以防别人猜疑。

［35］赴幽会，多酬使婢；递消息，厚赆（jìn）鸿鱼：意即赶赴约会要多多酬谢传递书信的婢女。赆：临别时赠送礼物。　鸿鱼：即鸿雁传书、鱼腹藏书的典故。此处代指送信的婢女。

［36］不传妙用：不肯轻易传授他人的妙计。

［37］儿辈：孩子们，后辈。没世：一生，一辈子。皈（guī）依：佛教语。原指佛教的入教仪式。表示对佛、法（教义）、僧三者归顺依附，故也称"三皈依"。后多指虔诚信奉佛教或参加其他宗教组织。谓身心归向、依托。

［38］佯佯：佯装，假装。不睬：不理睬。

［39］款款：真诚，诚恳。

［40］惯熟：熟练，熟悉。

［41］谑浪：戏谑浮浪。勤儿：犹言主儿，能手，惯家。

［42］情多转面语，妒极定睛看：多情地扭过脸说话，妒忌地目不转睛地看着对方。

**原文**

说那女娘子被舜美撩弄[1]，禁持不住[2]。眼也花了，心也乱了，腿也苏了，脚也麻了，痴呆了半响，四目相睃[3]面面有情。那女娘子走得紧，舜美也跟得紧；走得慢，也跟得慢，但不能交接一语。不觉又到众安桥，桥上做卖做买，东来西去的，挨挤不过。过得众安桥，失却了女子所在，只得闷闷而回。开了房门，风儿又吹，灯儿又暗，枕儿又寒，被儿又冷，怎生睡得？心里丢不下那个女娘子，思量再得与他一会也好[4]。你看，世间有这等的痴心汉子，实是好笑？正是：

半窗花影模糊月，一段春愁捉摸人。

舜美甫能够捱到天明[5]，起来梳裹了[6]，三餐已毕。只见街市上人，又早收拾看灯,舜美身心按捺不下[7],急忙关闭房门,径往夜来相遇之处[8]。立了一会,转了一会,寻了一会,靠了一会,呆了一会,只是等不见那女娘子来。遂调《如梦令》一词消遣,云:

> 燕赏良宵无寐,笑倚东风残醉。未审那人儿,今夜玩游何地?留意,留意,几度欲归又滞。

吟毕,又等了多时。正尔要回[9],忽见小环挑着彩鸾灯同那女娘子从人丛中挨将出来。那女子瞥见舜美,笑容可掬[10]。况舜美也约摸着有五六分上手,那女娘子径往盐桥,进广福庙中拈香,再拜已毕,转入后殿。舜美随于后,那女子偶尔回头,不觉失笑一声。舜美碍着老脸,陪笑起来,他两个挨挨擦擦,前前后后,不复顾忌,那女子回身,摔袖中遗下一个同心方胜儿[11]。舜美会意,俯而拾之,就于灯下,拆开一看,乃是一幅花笺纸[12]。不看万事全休,只因看了,直教一个秀才害了一二年鬼病相思,险些送了一条性命。你道花笺上写的甚么文字?原来也是个《如梦令》,词云:

> 邂逅相逢如故[13],引起春心追慕[14]。高挂彩鸾灯,正是儿庭户。挪步,挪步,千万来宵垂顾。

词后,复书云:"妾之敝居十官子巷中。明日父母兄嫂赶江干舅家灯会[15],十七日方归。只妾与侍儿小英在家,敢邀仙郎惠然枉驾[16],少慰鄙怀[17]。妾当焚香扫门,迎候翘望[18]。妾素香拜束[19]。"舜美看了多时,喜出望外。那女娘子已去。

及归,一夜无眠。次早,又是十五日。天晚,舜美乘便赴约,早至其处,不敢造次突入[20]。乃成《如梦令》一词,来往歌云:

> 漏滴铜龙声柝[21],风送金猊香别[22]。一见彩鸾灯,顿使狂心烦热。应说,应说,昨夜相逢时节。

女子听得歌声,掀帘而出,果是灯前相见可意人儿[23]。遂迎迓到于房中[24],吹灭银灯,解衣就枕。他两个正是旷夫怨女[25],相见如饿虎逢羊、苍蝇见血[26],那有功夫问名叙礼[27],且做一般半点儿事[28]。有首《南乡子》词,单题着交欢趣向[29],道是:

> 粉汗湿罗衫,为雨为云底事忙[30]。两只脚儿肩上搁,难当。攀蹙春山入醉乡。忒杀太颠狂,口口声声叫我郎。舌送丁香娇欲滴,初尝。非蜜非糖滋味长。

两个媾欢已罢[31],舜美躬身言曰:"仆乃途路之人,荷承垂盼[32],以凡遇仙[33],自思白面书生,愧无纤毫奉报娘子[34]。"那女子抚舜美背曰:"我因爱子胸中锦绣[35],非图你囊里金珠[36]。"舜美称谢不已。那女子忽然长叹,收泪而言曰:"今日已过,明日父母回家,不得复相聚矣。如之奈何?"两个沉吟半晌,计上心来。女娘子曰:"莫若你我私奔他所,免使两地永抱相思之苦,未知郎意何如?"舜美大喜曰:"我有远族[37],现在镇江五条街,开个招商客店,可往依焉[38]。"女子应允。

[1] 撩弄：挑逗。

[2] 禁持：把持、经受。

[3] 四目相睃：四目相对。睃，看。

[4] 思量：思念。

[5] 甫：才。

[6] 梳裹：梳妆打扮，并裹巾帻。

[7] 按捺：控制，强忍。

[8] 径往：直接去。

[9] 正尔：正要。

[10] 笑容可掬：脸上笑容好像能用双手捧取。形容脸上充满笑容。

[11] 同心方胜儿：两个连接在一起的菱形结。多以表示男女爱情。同心，即同心结；胜，原为女子头上菱形饰物，以金箔、丝绒或绢帛剪制而成。方胜儿，方形的彩胜。古代妇人饰物，以彩绸等为之，由两个斜方形部分迭合而成。

[12] 花笺（jiān）纸：精致华美的笺纸。

[13] 邂逅（xièhòu）：不期而遇。

[14] 春心：少女对男子的爱慕之心。追慕：特别喜欢。

[15] 江干：江边。　灯会：元宵节举行的群众观灯集会。会上悬挂许多各式各样的彩灯，灯火辉煌。有的灯会还有高跷、狮子、旱船、杂技表演等娱乐活动。

[16] 仙郎：借称俊美的青年男子。　惠然：《诗经·邶风·终风》："终风且霾，惠然肯来。"后多用作客人的来临表示欢迎之词。　枉驾：敬词。犹言屈驾，称人屈尊相访。驾，驾临，光临。

[17] 少慰鄙怀：稍微安慰我的情怀。

[18] 焚香扫门：表示恭敬期盼之意。焚香，烧香；扫门，洒扫门庭，表示迎宾诚意。迎候：先期出迎，等候到来。　翘望：仰首而望。形容盼望殷切。

[19] 拜柬：书信结尾表示恭敬的套语。

[20] 造次：轻率，莽撞。　突入：突然闯入。

[21] 漏：古代计时用的漏壶。　铜龙：铜制的龙形器物。此处为漏器的滴水龙头，亦借指漏壶。柝（tuò）：巡夜里打更用的梆子。这句的意思是铜壶滴漏的声音混和着梆子打更的声音。也即夜深更阑的时候。

[22] 金猊（ní）：香炉的一种。炉盖作狻（suān）猊（传说中的一种猛兽）形，空腹。焚香时，烟从兽口出。

[23] 可意人儿：如意的人。

[24] 迎迓（yà）：迎接。迓，迎接。

[25] 旷夫：无妻的成年男子。　怨女：旧指年长尚未婚嫁的女子。

[26] 饿虎逢羊、苍蝇见血：形容迫不及待的样子。

[27] 那：同"哪"。　功夫：时间。问名：旧时婚礼中六礼之一。男家具书托媒请问女子的名字和

出生的年月日。女家复书具告。　叙礼：谓以礼相见。

[28] 一般半点儿事：指男女交欢。

[29] 单：只。　题着：写着。　趣向：趣味。

[30] 为雨为云：比喻男女交欢。　底事：什么事。

[31] 媾（gòu）：男女交合。

[32] 荷承：承蒙。荷，承受。　垂盼：屈尊看重、见爱。

[33] 以凡遇仙：以一个凡人的身份遇到仙女。

[34] 纤毫：一点儿。

[35] 胸中锦绣：比喻满腹诗文。

[36] 囊里金珠：指金银珠宝。

[37] 远族：远亲。血统疏远的亲族。

[38] 依：依附，投靠。

**【原文】**

　　是夜，女子收拾了一帕子金珠[1]，也装做一个男儿打扮，与舜美携手迤逦而行。将及二鼓[2]，才方行到北关门下。说话因何三四里路，走了许多时光？只为那女子小小一双脚儿，只好在屧廊缓步[3]，芳径轻移；亭台绣阁之中，出没湘裙之下[4]。却又穿了一双大靴，教他跋长途，登远道，心中又慌，怎么能拖得动？且又城中人要出城，城外人要入城，两下不免撒手，前后随行。出得第二重门，被人一涌，各不相顾，那女子径出城门，从半塘洪去了。

　　舜美虑他是个妇女，身体柔弱，挨挤不出去，还在城里也不见得。急回身寻问把门军士，军士说道："适才有个少年秀士寻问同辈，回未半里多地。"舜美自思："一条路往钱塘门，一条路往师姑桥，一条路往褚家堂，三四条叉路，往那一路好？跨踌半响[5]，只得依旧路赶去，至十官子巷那女子家中，门已闭了，悄无人声。急急回至北关门，门又关了，整整寻了一夜。巴到天时，挨门而出。至新码头，见一伙人围得紧紧的，看一只绣鞋儿，舜美认得是女子脱下之鞋，不敢开声。众云："不知何人家女孩儿？为何事来，溺水而死，遗鞋在此？"舜美听罢，惊得浑身冷汗，复到城中探信，满城人喧嚷，皆说："十官巷内刘家女子被人拐去。"又说："投水死了，随处做公的缉访[6]。"这舜美自因受了一昼夜辛苦，不曾吃些饭食，况又痛伤那女子死于非命。回至店中，一卧不起，寒热交作，病势沉重将危。正是：

　　　　相思相见知何日？多病多愁损少年。

　　且不说舜美卧病在床，却说那女子自北关门失散了舜美，从二更直走到五更，方至新码头。自念："舜美好计[7]，必先走往镇江去了。"遂暗暗地脱下一只绣花鞋在地，那女娘惟恐家中有人追赶，故托此相示，以绝父母之念。那女娘子乘天未明，赁舟沿流而去[8]。数日之间，虽水火之事[9]，亦自谨慎。艄人亦不知其为女人也[10]。比至镇江，打发舟钱登岸，随路物色，访张舜美亲族，又忘其姓名居址。问来问去,看看日落山腰,又无宿处。偶至江亭,少憩之次[11],此时乃是正月二十二日。况是月出较迟,是夜夜色苍然,渔灯隐映,不能辨认咫尺[12]。那女子自思:"为他抛离乡井;父母兄弟,又无消息,不若从浣纱女游于江中[13]。"哭了多时:"只恨那人不知妾之死所。"不觉半夜光景,亭隙中射下月光来。遂移步凭栏。四顾澄江[14],渺茫千里[15]。正是:

　　　　一江流水三更月,两岸青山六代都[16]。

那女子呜呜咽咽,自言自语在那里说,不觉亭角暗中走出一个尼师,向前问曰:"人耶?鬼耶?何自苦如此?"女子听罢,答曰:"荷承垂问[17],敢不实告[18],妾乃浙江人也。因随良人之任[19],前往新丰[20]。却不思慢藏诲盗[21],艄子因瞰良人囊金妾貌,辄起不仁之心[22]。良人婢仆,皆被杀害,独留妾一身。艄子欲淫污妾,妾以死誓,奔而不能。次日艄子饮酒大醉,妾遂着先夫衣冠[23],脱身奔逃。不意延路抵此[24]。"那女子难以私奔告,假托此一段说话。尼师闻之,愀然曰[25]:"设使非昨日渡江归迟入亭,今日何能与娘子相遇?真是个大功果[26]。娘子肯从我否?"女子曰:"妾身回视家乡,千山万水。得蒙提挈[27],乃再生之赐。"尼师曰:"出家人以慈悲方便为本,此分内事[28],不必虑也。"女子拜谢,天明随至大慈庵。屏去俗衣[29],束发簪冠[30],独处一室。诸品经咒[31],目过辄能成诵[32]。旦夕参礼神佛[33],拜告白衣大士[34],并持大士经文,哀求再会。尼师见其贞顺[35],自谓得人[36],不在话下。

[1] 帕子:手帕。一帕子即一包。

[2] 二鼓:二更。旧时以鼓声来报更。

[3] 屟(xiè)廊:春秋时吴王宫中的廊名。相传以梓板铺地,让西施穿木屐走过时发出声响。这里即为屋廊。

[4] 湘裙:湘地丝织品制成的女裙。

[5] 踌躇:犹豫,迟疑不决,徘徊不进。这里有反复思量的意思。　半晌:半天。

[6] 做公的:谓衙门的差役。　缉访:搜寻查访。

[7] 好计:做好打算,计划好了。

[8] 赁舟:租船。

[9] 水火之事:大小便的代称。多见于早期白话小说。

[10] 艄人:船夫。

[11] 少憩:稍微休息一会儿。

[12] 咫尺:比喻距离很近。咫,八寸为一咫。

[13] 浣纱女:指西施。

[14] 澄江:清澄的江水。

[15] 渺茫:离得太远看不清楚。

［16］六代都：三国东吴、东晋、南朝宋、齐、梁、陈都曾以南京为都城，故称南京为六代都。

［17］垂问：俯问，下问。

［18］敢：岂敢。

［19］良人：指丈夫。　之任：赴任。之，往，去。

［20］新丰：此处为镇名。在今江苏省镇江市丹徒区，产名酒。诗文中用以泛指美酒产地。

［21］慢藏诲盗：见《周易·系辞上》，意为因保管疏忽而招致盗窃。

［22］辄：就。　不仁之心：害人之心。

［23］着：穿着。　先夫：对已故丈夫的称呼。因刘素香谎称自己的丈夫已被强盗杀害，故称先夫。

［24］延路抵此：走了漫长的道路才到达这里。延路，漫长的道路。

［25］愀（qiǎo）然：因忧愁而容色改变的样子。

［26］功果：犹功德。

［27］得蒙：得以蒙受。　提挈（qiè）：照顾、收留。

［28］分内事：应该做的事。

［29］屏去：退除，除却。这里是脱去的意思。　俗衣：世俗的衣服。

［30］束发簪（zān）冠：把头发束起来，并插簪于冠。这里是指刘素香出家做尼姑。

［31］诸品：各种，多种。　经咒：即宗教里的经文与咒文。

［32］目过辄能成诵：看一遍就能记诵下来。

［33］旦夕：早晚。　参礼：参拜。

［34］拜告：礼拜祷告。　白衣大士：即观音菩萨。

［35］贞顺：忠贞顺从。

［36］得人：用人得当。这里有收了一个好徒弟的意思。

# 原文

再说舜美在那店中，延医调治[1]，日渐平复[2]，家中父母令回去。瞬息又是上元灯夕[3]，舜美追思去年之事，仍去十官子巷中一看。可怜景物依然，只是少个人在目前。闷闷归房，因诵秦学士所作《生查子》[4]，词云：

　　去年元夜时，花市灯如昼。月上柳梢头，人约黄昏后。今年元夜时，
　月与灯依旧。不见去年人，泪湿春衫袖。

舜美无情无绪，洒泪而归。惭愧物是人非[5]，怅然绝望。誓终身而不娶，尽一世以孤眠。惟务温习经史，无复燕游花柳[6]。已而流光如箭[7]，又逢大比[8]。舜美得中首选解元[9]，赴鹿鸣宴罢[10]，驰书归报父母[11]，亲友贺者填门[12]。数日后，将带琴剑书箱[13]，上京应试。一路风行露宿[14]，舟次镇江江口[15]。将欲渡江，忽狂风大作，移身傍岸，少待风息。其风数日不止，只得停泊在彼。

且说那女子在大慈庵中，荏苒首尾三载[16]。是夜忽梦白衣大士报云[17]："尔夫明日来也[18]。"恍然惊觉[19]，汗流如雨。自思："平素未尝如此，真是奇怪！"不言与师。

再说舜美等了一日，又是一日，心中好生不快。遂散步独行，沿江闲看。行至一松竹林中，中有小庵，题曰"大慈之庵"。庵中极大，清雅可爱。趋身入内[20]，庵主出迎，拉至中堂供茶[21]，那女子天使其然[22]，向窗棂中一看[23]，吓得目睁口呆，宛如酒醒梦觉[24]。尼师忽入换茶，女子乃具道厥由[25]。尼师出问曰："相公莫非越州张秀才乎[26]？"舜美骇然曰[27]："不肖与师[28]，素昧平生[29]，何缘垂识[30]？"尼师又问曰："曾娶妻否？"舜美簌簌泪下[31]，乃应曰："曾有妻刘氏素香，因三载前元宵夜，观灯失去，未知存亡下落[32]。今生虽不才[33]，得中解元，便到京得进士[34]，终身亦誓不再娶也。"师遂呼女子出见，两个抱头恸哭多时[35]，收泪而言曰："不意今生再得相见。"悲喜交集，拜谢老尼。乃沐浴更衣[36]，诣大士前[37]，焚香百拜。次以白金百两，段绢二端[38]，奉师尼为寿[39]。两个相别，渡江到舟。二人缺月重圆[40]，断弦再续[41]，大喜不胜。

一路至京，连科进士[42]，除授福建兴化府莆田县尹[43]，谢恩回乡。路经镇江，二人复访大慈庵[44]，赠尼金一笏[45]。回至杭州，径报十官子巷刘家。其家不知何由。少然车马临门[46]，拜于庭下。父母兄嫂见之大惊，悲喜交集。父母道："因元宵失却我儿[47]，闻知投水身死，我们苦得死而复生，不意今日缺月重圆，又得相会。况得此佳婿，刘门幸也。"乃大排筵宴，作贺数日，令小英随去。

二人别了丈人丈母，到家见了父母。舜美告知前事，令妻出拜公姑。生父母大喜过望，作宴庆贺。不数日，同妻别父母，上任去讫。久后舜美得生二子，前程远大，不负了半世钟情。正所谓：

间别三年死复生，润州城下念多情。

今宵燃烛频频照，笑眼相看分外明。

话本说彻，权作散场[48]。

[1]延医调治：请医生调理治疗。延，请。

[2]平复：康复，恢复。

[3]瞬息：很快。

[4]秦学士：即秦观（1049—1100），字少游，又字太虚，号淮海居士，宋扬州高邮人，为苏轼的弟子，北宋著名词人。此处所引《生查子》实为欧阳修作品。

[5]物是人非：景物依旧，人事已非。

[6]燕游花柳：寻花问柳。比喻游冶放荡。

[7]流光如箭：比喻时光过得飞快。

[8]大比：周代每三年对乡吏进行考核，选择贤能，称大比。隋唐以后泛指科举考试。明清亦特指乡试。

[9]首选：科举时代以第一名登第的人。解（jiè）元：乡试考取第一名的人。

[10]鹿鸣宴：唐代乡举考试后，州县长官宴请得中举子的宴会，因为宴会上歌《诗经·小雅·鹿鸣》，

故名。

[11] 驰书：快马寄信。

[12] 填门：满门。

[13] 将带：携带。将，带。

[14] 风行路宿：形容旅途艰苦。

[15] 次：临时停靠。

[16] 荏苒（rěnrǎn）：时光渐渐过去。 首尾三载：连头带尾三年。

[17] 是夜：这晚。

[18] 尔夫：你丈夫。

[19] 恍然：忽然。 惊觉：惊醒。

[20] 趋身：躬身走向，表尊敬。

[21] 中堂：正中的厅堂。 供茶：奉上茶水。

[22] 天使其然：上天让他如此。

[23] 窗楞：窗格子。楞，同"棱"。

[24] 宛如：好像。

[25] 具道厥由：全部告诉了其中的因由。厥，其。

[26] 相公：旧时对读书人的敬称。后多指秀才。

[27] 骇然：吃惊的样子。

[28] 不肖：不成材。这里是对自己的谦称。

[29] 素昧平生：一向不相识。

[30] 何缘垂识：哪里有机会认识呢？缘，机会，缘分。

[31] 簌簌：纷纷落下的样子。

[32] 存亡下落：意即死活。

[33] 不才：没有才能。这是自谦之词。

[34] 进士：《礼记·王制》："大乐正论造士之秀者，以告于王而升诸司马，曰进士。"指可以进授爵禄之人。至隋大业中乃以进士为取士科目，唐宋因之。唐制，应举者谓之举进士，试毕放榜，合格者曰成进士，凡试于礼部，皆谓之进士。明清时，举人会试中式，殿试一甲三名，赐进士及第，二甲赐进士出身，三甲赐同进士出身，通称为进士。

[35] 恸哭：痛哭。

[36] 沐浴：洗澡。沐，洗头。浴，洗澡。

[37] 诣：到。

[38] 段绢：丝绸。段，同"缎"。 端：量词。布帛的长度单位。

[39] 奉：送给。 为寿：祝寿。

[40] 缺月重圆：比喻夫妻重圆。

[41] 断弦再续：本指丧妻再婚。此处比喻张生与妻子散失后重逢。

[42] 连科进士：接连考中进士。

[43] 除授：拜官授职。 县尹：一县的长官。

[44] 复访：再次拜访。

[45]笏：本义为朝会时所执的手板，有事则书于上，以备遗忘。这里是指铸金银为条板，形似笏。因称一枚为一笏。又五十两为一笏，相当于后世的一锭。

[46]少然：不久，不一会儿。

[47]失却我儿：丢失了我的女儿。

[48]话本说彻，权作散场：故事说完了，暂且散场吧。这是古代说话人在说完故事后对听众说的话，是古代话本小说中的套语。

  这篇小说叙述了一对青年男女的悲欢离合。故事的发生从元宵节观灯开始，两人一见钟情，经过一番试探，终于私自结合。但又引来更大的问题，那就是以后的日子怎么过？如果让父母知道，后果不堪设想；可如果就此打住，那会更加痛苦。因此，他们毅然决定私奔，不幸在途中又被来往的人群冲散了。从一见钟情到私自结合再到毅然私奔，女主人公刘素香的表现尤为大胆、主动，她为了自己的爱情，敢于冲破礼教的束缚，摆脱对家庭的依靠，在那个年代是需要特殊的勇气的。而男主人公张舜美也称得上是一个痴情种，走失心上人后，他对自己的粗心和鲁莽所造成的严重后果，感到非常愧疚和悔恨，觉得是自己害了刘素香，于是发誓终身不娶，忠于爱情，自赎罪过。这种品德也是难能可贵的。因此，这一爱情故事能够震撼人们的心灵，故而他们的日后重逢，更令人欣慰。另外，小说对人物心理活动的把握与描写也很细腻。比如二人被人群冲散后，刘素香寻思对方应该是往目的地去了，于是也就一直往前走；而张舜美却想对方小脚不惯走远路，又没出过门，肯定还在城里，于是返回去寻找。这样就导致二人定然走失了。使读者丝毫不觉得这是编造的事情，故为他们的命运感到担心。其他如刘素香偶遇老尼说出一段谎话，借以掩饰自己的身份，以及后来恰巧张舜美来到尼姑庵时，被刘素香一眼认出后的心理活动，也非常真实可信。这类心理描写在中国小说艺术发展史上是具有重要意义的。

（裴兴荣）

# 明清拟话本

## 王安石三难苏学士

**【题解】**

本篇选自《警世通言》第三卷。《警世通言》是明代通俗文学家冯梦龙编的"三言"中的第二种。"三言"即《喻世明言》《警世通言》《醒世恒言》三部短篇小说集,每部40篇,共120篇,其中所收的明代拟话本约有七八十篇,题材广泛,有对封建官僚丑恶的谴责和对正直官吏德行的赞扬,也有对友谊、爱情的歌颂和对背信弃义、负心行为的斥责,也有不少作品描写了市民的生活。前人评曰:"极摹人情世态之歧,备写悲欢离合之致"。"三言"是我国白话短篇小说发展史上由口头艺术发展为书面文学的一座丰碑。

本篇主要讲王安石和苏轼之间的三个小故事。王安石和苏轼都是真实的历史人物,但这三个小故事却是虚构的,目的是告诫人们要谦虚谨慎,不要狂妄自大,目中无人。

**【原文】**

　　海鳌曾欺井内蛙,大鹏张翅绕天涯[1]。
　　强中更有强中手,莫向人前满自夸。
　　这四句诗,奉劝世人虚己下人,勿得自满。古人说得好,道是:"满招损,谦受益。"俗谚又有"四不可尽"的话。哪四不可尽?势不可使尽,福不可享尽,便宜不可占尽,聪明不可用尽。你看如今有势力的,不做好事,往往任性使气,损人害人,如毒蛇猛兽,人不敢近。他见别人惧怕,没奈何他,意气扬扬,自以为得计。却不知八月潮头,也有平下来的时节。危滩急浪中,趁着这刻儿顺风,扯了满篷,望前只顾使去,好不畅快。不思去时容易,转时甚难。当时夏桀、商纣[2],贵为天子,不免窜身于南巢,悬头于太白[3]。那桀、纣有何罪过?也无非倚贵欺贱,恃强凌弱,总来不过是使势而已。假如桀、纣是个平民百姓,还造得许多恶业否?所以说"势不可使尽"。

　　怎么说福不可享尽?常言道:"惜衣有衣,惜食有食。"又道:"人无寿夭,禄尽则亡。"晋时石崇太尉,与皇亲王恺斗富[4]。以酒沃釜[5],以蜡代薪。锦步障大至五十里[6],坑厕间皆用绫罗供帐,香气袭人。跟随家僮,都穿火浣布衫[7],一衫价值千金。买一妾,费珍珠十斛[8]。后来死于赵王伦之手,身首异处。此乃享福太过之报。

[1]海鳖曾欺井内蛙,大鹏张翅绕天涯:这两句讲了《庄子》中的两则寓言故事。前一个故事说:浅井里的小青蛙,孤陋寡闻而又妄自尊大。东海里的大鳖向它描述了大海的情景,使得它深感惶惑不安。后一个故事说:在刺蓬蒿草间跳跃的小雀,根本无法理解展翅高飞九万里的大鹏的豪情壮志。

[2]夏桀:夏朝末代君王,暴虐荒淫。汤起兵伐桀,败之于鸣条,流死于南巢。商纣:商朝末代君王,残暴奢侈。周武王起兵攻纣,商纣王在首都朝歌,自焚而死。

[3]南巢:古地名。在今安徽巢县西南。因位于古代华夏族活动地区的南方,故名。此处指南方远国名。太白:山名,在陕西省。

[4]石崇(249—300):字季伦,西晋时渤海南皮(今河北南皮东北)人。初为修武令,累迁至侍中,永熙元年(290年)出为荆州刺史,以劫客商致财产无数。与贵戚王恺等人斗富,争为奢侈,以蜡为薪,作锦步障五十里。王恺虽得到晋武帝的支持,仍不能与其匹敌。八王之乱,他与齐王勾结,为赵王所杀。王恺:字君夫,西晋东海郯县(今山东郯城)人,司马昭妻弟,官至后军将军,性豪奢,曾与石崇等人斗富。

[5]釜:即锅。泛指炊具。

[6]锦步障:遮蔽风尘和视线的锦制屏障。

[7]火浣布:用石棉织成的布,能耐火。

[8]斛:古代的量器名。原来十斗为一斛,南宋末年改为五斗为一斛。

怎么说便宜不可占尽?假如做买卖的错了分文入己,满脸堆笑。却不想小经纪若折了分文,一家不得吃饱饭,我贪此些须小便宜,亦有何益。昔人有占便宜诗云:

　　我被盖你被,你毡盖我毡。
　　你若有钱我共使,我若无钱用你钱。
　　上山时你扶我脚,下山时我靠你肩。
　　我有子时做你婿,你有女时伴我眠。
　　你依此誓时,我死在你后;
　　我违此誓时,你死在我前。

若依得这诗时,人人都要如此,谁是呆子,肯束手相让!就是一时得利,暗中损福折寿,自己不知。所以佛家劝化世人,吃一分亏,受无量福[1]。有诗为证:

　　得便宜处欣欣乐,不遂心时闷闷忧。
　　不讨便宜不折本,也无欢乐也无愁。

说话的,这三句都是了。则那聪明二字,求之不得,如何说聪明不可用尽?见不尽者,天下之事。读不尽者,天下之书。参不尽者,天下之理。宁可懵懂而聪明[2],

不可聪明而懵懂。如今且说一个人,古来第一聪明的。他聪明了一世,懵懂在一时。留下花锦般一段话文,传与后生小子,恃才夸己的看样。那第一聪明的是谁?

吟诗作赋般般会,打诨猜谜件件精[3]。

不是仲尼重出世生[4],定知颜子再投生[5]。

[1] 无量福:佛家用语。教人们要行好习善,才能得到佛的无限恩惠。

[2] 懵懂(měngdǒng):糊涂。

[3] 打诨:戏曲演出中演员即兴说趣话逗乐。一般的取闹,说趣话哄笑也可称为"打诨"。

[4] 仲尼:孔子的字。孔子名丘,春秋时期鲁国人。我国古代伟大的思想家、教育家,儒家学派的创始人。

[5] 颜子:指孔子弟子颜回。《孟子·离娄下》:"颜子当乱世,居于陋巷,一箪食,一瓢饮;人不堪其忧,颜子不改其乐,孔子贤之。"后常以"颜子"借指安贫乐道、有德寿夭之士。

话说:宋神宗皇帝在位时[1],有一名儒[2],姓苏名轼,字子瞻,别号东坡,乃四川眉州眉山人氏。一举成名,官拜翰林学士[3]。此人天资高妙,过目成诵,出口成章。有李太白之风流[4],胜曹子建之敏捷[5],在宰相荆公王安石先生门下[6]。荆公甚重其才。东坡自恃聪明,颇多讥诮。荆公因作《字说》,一字解作一义。偶论东坡的"坡"字,从土从皮,谓坡乃土之皮。东坡笑道:"如相公所言,滑字乃水之骨也。"一日,荆公又论及鲵字[7],从鱼从儿,合是鱼子。四马曰驷,天虫为蚕,古人制字,定非无义。东坡拱手进言:"鸠字九鸟,可知有故?"荆公认以为真,欣然请教。东坡笑道:"《毛诗》云:'鸣鸠在桑,其子七兮。'连娘带爷,共是九个。"荆公默然,恶其轻薄,左迁为湖州刺史[8]。正是:

是非只为多开口,烦恼皆因巧弄唇。

[1] 宋神宗:即赵顼(1048—1085),1067年—1085年在位。熙宁二年(1069)用王安石主持变法,力谋改变"积贫积弱"的局面。

[2] 名儒:有名的读书人。

[3] 翰林学士:官名。唐玄宗开元初以张九龄、张说、陆坚等掌四方表疏批答、应和文章,号"翰林供奉",与集贤院学士分司起草诏书及应承皇帝的各种文字。德宗以后,翰林学士成为皇帝的亲近顾问兼秘书官,常值宿内廷,承命撰拟有关任免将相和册后立太子等事的文告,有"内相"之称。唐代后期,往往即以翰林学士升任宰相。北宋翰林学士仍掌制诰。

[4] 李太白:即李白,字太白,唐代大诗人。 风流:这里指文章才华。

[5] 曹子建:即曹植,字子建,曹操之子,汉末建安时期著名诗人。据传才思敏捷,能七步成诗。

[6] 荆公:宋代文学家、政治家王安石封"荆国公"。

［7］鲵（ní）：即娃娃鱼。

［8］左迁：贬官，降职。古人以右为尊，故称贬官、降职为左迁。　刺史：官名。宋制以朝臣充知州，虽仍有刺史一官，仅属虚衔，并不赴任，习惯上又与太守均用作知州的别称。

东坡在湖州做官，三年任满，朝京，作寓于大相国寺内[1]。想当时因得罪于荆公，自取其咎[2]。常言道："未去朝天子，先来谒相公[3]。"分付左右备脚色手本[4]，骑马投王丞相府来。离府一箭之地，东坡下马步行而前。见府门首许多听事官吏，纷纷站立。东坡举手问道："列位，老太师在堂上否？"守门官上前答道："老爷昼寝未醒。且请门房中少坐。"从人取交床在门房中[5]，东坡坐下，将门半掩。不多时，相府中有一少年人，年方弱冠，戴缠鬃大帽[6]，穿青绢直摆，攞手洋洋[7]，出来下阶。众官吏皆躬身揖让。此人从东向西而去。东坡命从人去问，相府中适才出来者何人？从人打听明白回复，是丞相老爷府中掌书房的，姓徐。东坡记得荆公书房中宠用的有个徐伦，三年前还未冠。今虽冠了，面貌依然。叫从人："既是徐掌家，与我赶上一步，快请他转来。"从人飞奔去了，赶上徐伦，不敢于背后呼唤，从傍边抢上前去，垂手侍立于街傍，道："小的是湖州府苏爷的长班。苏爷在门房中，请徐老爹相见，有句话说。"徐伦问："可是长胡子的苏爷？"从人道："正是。"东坡是个风流才子，见人一团和气，平昔与徐伦相爱，时常写扇送他。徐伦听说是苏学士，微微而笑，转身便回。从人先到门房，回复徐掌家到了。徐伦进门房来见苏爷，意思要跪下去。东坡用手搀住。这徐伦立身相府，掌内书房，外府州县首领官员到京参谒丞相，知会徐伦，俱有礼物，单帖通名[8]。今日见苏爷怎么就要下跪？因苏爷久在丞相门下往来，徐伦自小书房答应，职任烹茶，就如旧主人一般，一时大不起来。苏爷却全他的体面，用手搀住道："徐掌家，不要行此礼。"徐伦道："这门房中不是苏爷坐处，且请进府到东书房待茶。"

［1］作寓：投宿，住店。

［2］自取其咎：自己招致的过失。

［3］谒：通名刺进见。后泛指进见地位或辈分高的人。

［4］脚色：犹履历。宋时入仕，必具乡贯、户头、三代名衔、家口、年齿、出身履历，若注授转官，则又加举主有无过犯，谓之"脚色"。　手本：见上司、座师或贵官所用的名帖。

［5］交床：能折叠的椅子。

［6］鬃（zōng）：马颈上的长毛。

［7］攞（lì）手洋洋：双手挥摆、志满意得的样子。

［8］单帖：旧时场中所用不折叠的名帖。亦称"单红帖""单红刺"。　通名：通报姓名。

**原文**

这东书房，便是王丞相的外书房了。凡门生知友往来，都到此处。徐伦引苏爷到东书房，看了坐，命童儿烹好茶伺候。"禀苏爷，小的奉老爷遣差往太医院取药[1]，不得在此伏侍，怎么好？"东坡道："且请治事。"徐伦去后，东坡见四壁书橱关闭有锁，文几上只有笔砚，更无余物。东坡开砚匣，看了砚池，是一方绿色端砚[2]，甚有神采。砚上余墨未干。方欲掩盖，忽见砚匣下露出些纸角儿。东坡扶起砚匣，乃是一方素笺[3]，叠做两摺。取而观之，原来是两句未完的诗稿，认得荆公笔迹，题是《咏菊》。东坡笑道："士别三日，换眼相待。昔年我曾在京为官时，此老下笔数千言，不由思索。三年后也就不同了。正是江淹才尽[4]，两句诗不曾终韵。"念了一遍。"呀，原来连这两句诗都是乱道。"这两句诗怎么样写？"西风昨夜过园林，吹落黄花满地金。"东坡为何说这两句诗是乱道？一年四季，风各有名：春天为和风，夏天为薰风，秋天为金风，冬天为朔风。和、薰、金、朔四样风配着四时。这诗首句说西风，西方属金，金风乃秋令也。那金风一起，梧叶飘黄，群芳零落。第二句说："吹落黄花满地金。"黄花即菊花。此花开于深秋，其性属火，敢与秋霜鏖战[5]，最能耐久。随你老来焦干枯烂，并不落瓣。说个"吹落黄花满地金"，岂不是错了？兴之所发，不能自已。举笔舐墨，依韵续诗二句："秋花不比春花落，说与诗人仔细吟。"写便写了，东坡愧心复萌。"倘此老出书房相待，见了此诗，当面抢白，不象晚辈体面，欲待袖去以灭其迹，又恐荆公寻诗不见，带累徐伦。"思算不妥[6]，只得仍将诗稿折叠，压于砚匣之下，盖上砚匣，步出书房。到大门首，取脚色手本，付与守门官吏嘱付道："老太师出堂，通禀一声，说苏某在此伺候多时。因初到京中，文表不曾收拾。明日早朝赍过表章[7]，再来谒见。"说罢，骑马回下处去了。

**注释**

[1] 太医院：官署名。秦汉以后置太医令，掌医疗。主要为宫廷服务。

[2] 端砚：用广东高要端溪地方出产的石头制成的砚台，是砚台中的上品。

[3] 素笺：白色笺纸。多用以题写诗词或作名片等。

[4] 江淹才尽：南朝梁代江淹，少有文名，世称江郎。晚年诗文无佳句，时人谓之才尽。后来常用"江淹才尽"比喻才思衰退。

[5] 鏖(áo)战：激烈地战斗，苦战。比喻激烈地争胜。

[6] 思算：思量筹划。

[7] 赍(jī)：呈送。

**原文**

不多时，荆公出堂。守门官吏虽蒙苏爷嘱付，没有纸包相送，那个与他禀话。只将脚色手本和门簿缴纳[1]。荆公也只当常规，未及观看。心下记着菊花诗二句未完韵。恰好徐伦从太医院取药回来。荆公唤徐伦送置东书房,荆公也随后入来。坐定,揭起砚匣,取出诗稿一看,问徐伦道:"适才何人到此?"徐伦跪下,禀道:"湖州府苏爷伺候老爷,曾到。"荆公看其字迹,也认得是苏学士之笔。口中不语,心下踌躇:"苏轼这个小畜生,虽遭挫折,轻薄之性不改!不道自己学疏才浅,敢来讥诮老夫!明日早朝,奏过官里,将他削职为民。"又想道:"且住,他也不晓得黄州菊花落瓣,也怪他不得!"叫徐伦取湖广缺官册籍来看[2]。单看黄州府,余官俱在,只缺少个团练副使[3]。荆公暗记在心。命徐伦将诗稿贴于书房柱上。明日早朝,密奏天子,言苏轼才力不及,左迁黄州团练副使。天下官员到京上表章,升降勾除[4],各自安命。惟有东坡心中不服。心下明知荆公为改诗触犯,公报私仇。没奈何,也只得谢恩。朝房中才卸朝服,长班禀道:"丞相爷出朝。"东坡露堂一恭。荆公肩舆中举手道[5]:"午后老夫有一饭。"东坡领命。回下处修书,打发湖州跟官人役,兼本衙管家,往旧任接取家眷黄州相会。

[1] 门簿:来客登记簿,留名簿。
[2] 册籍:名册。也指记事记账的簿册。
[3] 团练副使:官名,宋代为武将兼衔,官阶高于刺史,低于防御使。
[4] 升降勾除:指升官、贬官、罢职、除名。
[5] 肩舆:亦作"肩舁",即轿子。

午牌过后,东坡素服角带[1],写下新任黄州团练副使脚色手本,乘马来见丞相领饭。门吏通报。荆公分付请进到大堂拜见。荆公待以师生之礼。手下点茶。荆公开言道:"子瞻左迁黄州,乃圣上主意,老夫爱莫能助。子瞻莫错怪老夫否?"东坡道:"晚学生自知才力不及,岂敢怨老太师!"荆公笑道:"子瞻大才,岂有不及!只是到黄州为官,闲暇无事,还要读书博学。"东坡目穷万卷,才压千人。今日劝他读书博学,还读什么样书!口中称谢道:"承老太师指教。"心下愈加不服。荆公为人至俭,肴不过四器,酒不过三杯,饭不过一箸。东坡告辞,荆公送下滴水檐前,携东坡手道:"老夫幼年灯窗十载,染成一症,老年举发。太医院看是痰火之症[2]。虽然服药,难以除根。必得阳羡茶[3],方可治。有荆溪进贡阳羡茶[4],圣上就赐与老夫。老夫问太医院官如何烹服。太医院官说:须用瞿塘中峡水。瞿塘在蜀,老夫几欲差人往取,未得其便,兼恐所差之人未必用心。子瞻桑梓之邦[5],倘尊眷往来之便,将瞿塘中峡水,挑一瓮寄与老夫,则老夫衰老之年,皆子瞻所延也。"东坡领命,回相国寺。次日辞朝出京,星夜奔黄州道上。黄州合府官员知东坡天下有名才子,又是翰林谪官,出郭远迎[6]。选良时吉日公堂上任。过月之后,家眷方到。

东坡在黄州与蜀客陈季常为友[7]。不过登山玩水,饮酒赋诗,军务民情,秋毫无涉。

[1] 素服:本色或白色的衣服。居丧或遭遇凶事时所穿。也指日常穿的便服。角带:以角为饰的腰带。宋时下级官吏及庶民服饰。

[2] 痰火之症:中医术语。体内痰浊与火邪互结或痰浊郁久化火的病理变化。多表现为喘息、咳嗽、怔忡、昏厥等。

[3] 阳羡茶:指宜兴出产的茶。 宜兴,在今江苏,秦汉时称阳羡。

[4] 荆溪:县名,因荆溪而得名。治所在今江苏宜兴。

[5] 桑梓之邦:《诗经·小雅·小弁》:"维桑与梓,必恭敬止。"谓家乡的桑树、梓树是父母种的,对它要有敬意。后因以"桑梓"代指故乡或父老乡亲。

[6] 郭:城墙。城指内城的墙,郭指外城的墙。谪(zhé)官:被降职的官员。

[7] 陈季常:陈慥,字季常,四川青神县人。豪士,常与东坡论兵及古今成败之道。

【原文】

光阴迅速,将及一载。时当重九之后,连日大风。一日风息,东坡兀坐书斋[1]。忽想:"定惠院长老曾送我黄菊数种,栽于后园,今日何不去赏玩一番?"足犹未动,恰好陈季常相访。东坡大喜,便拉陈慥同往后园看菊。到得菊花棚下,只见满地铺金,枝上全无一朵,唬得东坡目瞪口呆,半晌无语。陈慥问道:"子瞻见菊花落瓣,缘何如此惊诧?"东坡道:"季常有所不知。平常见此花只是焦干枯烂,并不落瓣。去岁在王荆公府中,见他《咏菊》诗二句,道:'西风昨夜过园林,吹落黄花满地金。'小弟只道此老错误了,续诗二句道:'秋花不比春花落,说与诗人仔细吟。'却不知黄州菊花果然落瓣!此老左迁小弟到黄州,原来使我看菊花也。"陈慥笑道:"古人说得好:广知世事休开口,纵会人前只点头。假若连头俱不点,一生无恼亦无愁。"东坡道:"小弟初然被谪,只道荆公恨我摘其短处,公报私仇。谁知他倒不错,我倒错了。真知灼见者,尚且有误,何况其他!吾辈切记,不可轻易说人笑人,正所谓'经一失长一智'耳。"东坡命家人取酒,与陈季常就落花之下,席地而坐。正饮酒间,门上报道:"本府马太爷拜访,将到。"东坡分付:"辞了他罢。"是日,两人对酌闲谈,至晚而散。

次日,东坡写了名帖,答拜马太守,马公出堂迎接。彼时没有迎宾馆,就在后堂分宾而坐。茶罢,东坡因叙出去年相府错题了菊花诗,得罪荆公之事。马太守微笑道:"学生初到此间,也不知黄州菊花落瓣。亲见一次,此时方信。可见老太师学问渊博,有包罗天地之抱负。学士大人,一时忽略,陷于不知,何不到京中太师门下赔罪一番,必然回嗔作喜。"东坡道:"学生也要去,恨无其由。"太守道:"将来有一事方便,只是不敢轻劳。"东坡问何事。太守道:"常规,冬至节必有贺表到京,例差地方官一员。学士大人若不嫌琐屑,假进表为由[2],到京也好。"东坡道:"承堂尊大人用情[3],学生愿往。"太守道:"这道表章,只得借重学士大笔。"东坡应允。

别了马太守回衙。想起荆公嘱付要取瞿塘中峡水的话来。初时心中不服,连这取水一节,置之度外。如今却要替他出力做这件事,以赎妄言之罪。但此事不可轻托他人。现今夫人有恙,思想家乡。既承贤守公美意,不若告假亲送家眷还乡,取得瞿塘中峡水,庶为两便[4]。黄州至眉州,一水之地,路正从瞿塘三峡过。那三峡?西陵峡,巫峡,归峡。西陵峡为上峡,巫峡为中峡,归峡为下峡。那西陵峡又唤做瞿塘峡,在夔州府城之东[5]。两崖对峙,中贯一江。滟滪堆当其口[6],乃三峡之门。所以总唤做瞿塘三峡。此三峡共长七百余里,两岸连山无阙,重峦叠嶂,隐天蔽日。风无南北,惟有上下。自黄州到眉州,总有四千余里之程,夔州适当其半。东坡心下计较:"若送家眷直到眉州,往回将及万里,把贺冬表又担误了[7]。我如今有个道理,叫做公私两尽。从陆路送家眷至夔州,却令家眷自回。我在夔州换船下峡,取了中峡之水,转回黄州,方往东京。可不是公私两尽。"算计已定,对夫人说知,收拾行李,辞别了马太守。衙门上悬一个告假的牌面。择了吉日,准备车马,唤集人夫,合家起程。一路无事,自不必说。

[1] 兀坐:独自端坐。
[2] 假:借。
[3] 堂尊大人:古代对品位较高官员的尊称。　用情:犹关心,费心。
[4] 庶:表示可能或希望。
[5] 夔州:即今重庆市奉节县。
[6] 滟滪堆:长江瞿塘峡口的险滩,在重庆市奉节县东。
[7] 担误:耽误。

　　才过夷陵州,早是高唐县。
　　驿卒报好音,夔州在前面。
东坡到了夔州,与夫人分手。嘱付得力管家,一路小心伏侍夫人回去。东坡讨个江船,自夔州开发,顺流而下。原来这滟滪堆,是江口一块孤石,亭亭独立,夏即浸没,冬即露出。因水满石没之时,舟人取途不定,故又名犹豫堆。俗谚云:
　　犹豫大如象,瞿塘不可上[1]。
　　犹豫大如马,瞿塘不可下。
东坡在重阳后起身,此时尚在秋后冬前。又其年是闰八月,迟了一个月的节气,所以水势还大。上水时,舟行甚迟。下水时却甚快。东坡来时正怕迟慢,所以舍舟从陆。回时乘着水势,一泻千里,好不顺溜。东坡看见那峭壁千寻,沸波一线,想要做一篇《三峡赋》,结构不就。因连日鞍马困倦,凭几构思,不觉睡去。不曾分付得水手打水。及至醒来问时,已是下峡,过了中峡了。东坡分付:"我要取中峡之水,快与我拨转船头。"水手禀道:"老爷,三峡相连,水如瀑布,船如箭发。若回船便是逆水。日行数里,用力甚难。"东坡沉吟半晌,问:"此地可以泊船,有居民否?"水手禀道:"上二峡悬崖峭壁,船不能停。到归峡,山水之势渐平,崖上不多路,就有市井街道。"东坡叫泊了船,分付苍头[2]:"你上崖去看有年长知事的居民,唤一个上来,不要声张惊动了他。"苍头领命。登崖不多时,带一个老人上船,口称居民叩头。东坡以美言抚慰:"我是过往客官,与你居民没有统属。要问你一句话。那瞿塘三峡,那一峡的水好?"老者道:"三峡相连,并无阻隔。上峡流于中峡,中峡流于下峡,昼夜不断。一般样水,难分好歹。"东坡暗想道:"荆公胶柱鼓瑟[3]。三峡相连,一般样水,何必定要中峡!"叫手下,给官价与百姓买个干净磁瓮,自己立于船头,看水手将下峡水满满的汲了一瓮,用柔皮纸封固[4],亲手金押[5],即刻开船。直至黄州拜了马太守。夜间草成贺冬表,送去府中。马太守读了表文[6],深赞苏君大才。赍表官就金了苏轼名讳[7],择了吉日,与东坡饯行[8]。

[1] 犹豫:此即滟滪堆。

[2] 苍头:也作"仓头"。古代用深蓝色布裹头的士兵。此处指奴仆。

[3] 胶柱鼓瑟:瑟上有柱张弦,用以调节声音。柱被粘住,音调就不能变换。比喻拘泥不知变通。

[4] 柔皮纸:佛教传说如来修菩萨行,曾剥皮为纸,拆骨为笔以书写经典。此处指用皮做的柔软的纸,厚而结实,不透油和水,供包装物品用。

[5] 金押:在文书上签名画押表示负责。

[6] 表文:指上面提到的《贺冬表》这篇文章。

[7] 金:同"签"。 名讳:名字。

[8] 饯行:设酒食为人送行。

**原文**

东坡赍了表文,带了一瓮蜀水,星夜来到东京。仍投大相国寺内。天色还早,命手下抬了水瓮,乘马到相府来见荆公。荆公正当闲坐,闻门上通报:"黄州团练使苏爷求见。"荆公笑道:"已经一载矣!"分付守门官:"缓着些出去,引他东书房相见。"守门官领命。荆公先到书房,见柱上所贴诗稿,经年尘埃迷目。亲手于鹊尾瓶中,取拂尘将尘拂去,俨然如旧。荆公端坐于书房。却说守门官延挨了半晌,方请苏爷。东坡听说东书房相见,想起改诗的去处,面上赧然[1]。勉强进府,到书房见了荆公下拜。荆公用手相扶道:"不在大堂相见。惟思远路风霜,休得过礼。"

命童儿看坐。东坡坐下，偷看诗稿，贴于对面。荆公用拂尘往左一指道："子瞻，可见光阴迅速，去岁作此诗，又经一载矣！"东坡起身拜伏于地，荆公用手扶住道："子瞻为何？"东坡道："晚学生甘罪了[2]！"荆公道："你见了黄州菊花落瓣么？"东坡道："是。"荆公道："目中未见此一种，也怪不得子瞻！"东坡道："晚学生才疏识浅，全仗老太师海涵。"茶罢，荆公问道："老夫烦足下带瞿塘中峡水[3]，可有么？"东坡道："见携府外[4]。"

[1] 赧（nǎn）然：惭愧脸红貌。
[2] 甘罪：犹服罪。甘心情愿地认错。
[3] 足下：代词。对对方的敬称。
[4] 见：同"现"。

荆公命堂候官两员，将水瓮抬进书房。荆公亲以衣袖拂拭，纸封打开。命童儿茶灶中煨火，用银铫汲水烹之[1]。先取白定碗一只[2]，投阳羡茶一撮于内。候汤如蟹眼[3]，急取起倾入，其茶色半晌方见。荆公问："此水何处取来？"东坡道："巫峡。"荆公道："是中峡了。"东坡道："正是。"荆公笑道："又来欺老夫了！此乃下峡之水，如何假名中峡？"东坡大惊，述土人之言："三峡相连，一般样水。晚学生误听了，实是取下峡之水！老太师何以辨之？"荆公道："读书人不可轻举妄动，须是细心察理。老夫若非亲到黄州，看过菊花，怎么诗中敢乱道黄花落瓣？这瞿塘水性，出于《水经补注》：上峡水性太急，下峡太缓，惟中峡缓急相半。太医院官乃明医，知老夫乃中脘变症[4]，故用中峡水引经。此水烹阳羡茶，上峡味浓，下峡味淡，中峡浓淡之间。今见茶色半晌方见，故知是下峡。"东坡离席谢罪。

荆公道："何罪之有！皆因子瞻过于聪明，以致疏略如此。老夫今日偶然无事，幸子瞻光顾。一向相处，尚不知子瞻学问真正如何？老夫不自揣量，要考子瞻一考。"东坡欣然答道："晚学生请题。"荆公道："且住！老夫若遽然考你[5]，只说老夫恃了一日之长。子瞻倒先考老夫一考，然后老夫请教。"东坡鞠躬道："晚学生怎么敢？"荆公道："子瞻既不肯考老夫，老夫却不好僭妄[6]。也罢，叫徐伦把书房中书橱尽数与我开了。左右二十四橱，书皆积满。但凭于左右橱内上中下三层取书一册，不拘前后，念上文一句，老夫答下句不来，就算老夫无学。"东坡暗想道："这老甚迂阔[7]！难道这些书都记在腹内？虽然如此，不好去考他。"答应道："这个晚学生不敢！"荆公道："咳！道不得个'恭敬不如从命'了！"东坡使乖，只拣尘灰多处——料久不看，也忘记了——任意抽书一本，未见签题，揭开居中，随口念一句道："如意君安乐否？"荆公接口道："'窃已唉之矣。'[8]可是？"东坡道："正是。"荆公取过书来,问道:"这句书怎么讲?"东坡不曾看得书上详细。暗想:"唐人讥则天后[9],曾称薛敖曹为如意君。或者差人问候,曾有此言。只是下文说,'窃已啖之矣',文理却接上面不来。"沉吟了一会,又想道:"不要惹这老头儿。千虚不如一实。"答应道:"晚学生不知。"荆公道:"这也不是什么秘书,如何就不晓得?这是一桩小故事。汉末灵帝时,长沙郡武冈山后有一狐穴,深入数丈。内有九尾狐狸二头。日久年深,皆能变化,时常化作美妇人,遇着男子往来,诱入穴中行乐。小不如意,分而食之。后有一人姓刘名玺,善于采战之术[10],入山采药,被二妖所掳。夜晚求欢,刘玺用抽添火候工夫,枕席之间,二狐快乐,称为如意君。大狐出山打食,则小狐看守。小狐出山,则大狐亦如之。日就月将,并无忌惮。酒后,露其本形。刘玺有恐怖之心,精力衰倦。一日,大狐出山打食,小狐在穴,求其云雨[11],不果其欲。小狐大怒,生啖刘玺于腹内。大狐回穴,心记刘生,问道:'如意君安乐否?'小狐答道:'窃已啖之矣。'二狐相争追逐,满山喊叫。樵人窃听,遂得其详,记于《汉末全书》。子瞻想未涉猎?"东坡道:"老太师学问渊深,非晚辈浅学可及!"

[1] 银铫(diào):银制的有环小锅。

[2] 白定碗:定窑出产的白瓷碗。

[3] 蟹眼:指水刚煮沸时冒的小气泡如同蟹的眼睛一般。

[4] 中脘(wǎn):穴位名,在胃的中部,属任脉经,在上脘下一寸,脐上四寸。居心蔽骨与脐之中央。腑病多治此穴。

[5] 遽(jù)然:突然。

[6] 僭(jiàn)妄:超越本分而狂妄自大。

[7] 迂阔:迂远而不切实际。

[8] 窃:私下。 啖(dàn):吃。

[9] 则天后:指武则天,山西文水人,唐高宗李治的皇后,后称帝,改国号为大周,是我国历史上唯一的女皇帝。

[10] 采战之术:采阴补阳的性技巧。

[11] 云雨:指男女交欢。

荆公微笑道:"这也算考过老夫了。老夫还席,也要考子瞻一考。子瞻休得吝教[1]!"东坡道:"求老太师命题平易。"荆公道:"考别件事,又道老夫作难。久闻子路善于作对,今年闰了个八月,正月立春,十二月又是立春,是个两头春。老夫就将此为题,出句求对,以观子瞻妙才。"命童儿取纸笔过来。荆公写出一对道:"一岁二春双八月,人间两度春秋。"东坡虽是妙才,这对出得跷蹊[2],一时寻对不出。羞颜可掬,面皮通红了。荆公问道:"子瞻从湖州至黄州,可从苏州润州经过么?"

东坡道："此是便道。"荆公道："苏州金阊门外，至于虎丘，这一带路，叫做山塘，约有七里之遥，其半路名为半塘。润州古名铁瓮城，临于大江，有金山，银山，玉山，这叫做三山。俱有佛殿僧房，想子瞻都曾游览？"东坡答应道："是。"荆公道："老夫再将苏润二州，各出一对，求子瞻对之。苏州对云：'七里山塘，行到半塘三里半。'润州对云：'铁瓮城西，金玉银山三宝地。'"东坡思想多时，不能成对，只得谢罪而出。荆公晓得东坡受了些腌臜[3]，终惜其才。明日奏过神宗天子，复了他翰林学士之职。

后人评这篇话道：以东坡天才，尚然三被荆公所屈。何况才不如东坡者！因作诗戒世云：

项托曾为孔子师[4]，荆公反把子瞻嗤[5]。
为人第一谦虚好，学问茫茫无尽期。

[1] 吝教：吝惜教诲。
[2] 跷蹊（qiāoqī）：亦作"蹊跷"，奇怪。
[3] 腌臜（ā'zā）：肮脏，不干净。这里含有受气、尴尬的意思。
[4] 项托：传说春秋时代鲁国有个神童叫项托，在他七岁的时候，孔子曾向他讨教过。敦煌藏书中有《孔子项托相问书》。
[5] 嗤：讥讽。

这篇小说巧妙地把虚构的故事情节与真实的历史人物串连在一起，在一定程度上增加了故事的真实感，有利于增强教育效果。小说虽然以历史上赫赫有名的大文豪为表现对象，但他们的生活并非远离大众，他们的文才也并非高深莫测，反倒是给人们留下了极为真实的印象。作品中通过一首小诗、两句对联和烹茶这些生活中的小事，就刻画出两位大文豪截然不同的性格：王安石的博学多才而善于教诲，苏轼的才华横溢而恃才自傲，使人们受到生动切实的教育，即为人应谦虚谨慎、戒骄戒躁，而不要露才扬己、狂妄自大。

（裴兴荣）

## 白娘子永镇雷峰塔

本篇选自《警世通言》第二十八卷。小说写的是南宋绍兴年间，南廊阁子库官员李仁内弟许宣做一药铺主管，一日祭祖回来，在雨中渡船上遇到一自称为白殿直之妹的妇人，因借伞还伞交往数次后，此女要与许宣结为夫妇，又叫丫鬟小青赠银五十两。殊不知此银为官府被盗之库银，被发现后，许宣被发配苏州，在苏州与白娘子相遇而结婚。后又因白娘子盗物累及许宣，再次发配至镇江。许白二人又在镇江相遇复合。但法海作梗，扣留许宣，使白娘子索夫不成。许宣得知白娘子为蛇妖后，惊恐万分，要法海收他做徒弟。许宣修炼成功，修塔镇住白娘子，留警世之言后坐化。

山外青山楼外楼，西湖歌舞几时休？

暖风薰得游人醉，直把杭州作汴州[1]。

话说西湖景致，山水鲜明。晋朝咸和年间[2]，山水大发，汹涌流入西门。忽然水内有牛一头见，浑身金色。后水退，其牛随行至北山，不知去向。哄动杭州市上之人，皆以为显化[3]。所以建立一寺，名曰金牛寺。西门，即今之涌金门，立一座庙，号金华将军。当时有一番僧[4]，法名浑寿罗[5]，到此武林郡云游[6]，玩其山景，道："灵鹫山前小峰一座，忽然不见，原来飞到此处。"当时人皆不信。僧言："我记得灵鹫山前峰岭[7]，唤做灵鹫岭，这山洞里有个白猿，看我呼出为验。"果然呼出白猿来。山前有一亭，今唤做冷泉亭。又有一座孤山[8]，生在西湖中。先曾有林和靖先生在此山隐居[9]。使人搬挑泥石，砌成一条走路，东接断桥，西接栖霞岭，因此唤作孤山路。又唐时有刺史白乐天[10]，筑一条路，南至翠屏山，北至栖霞岭，唤做白公堤[11]，不时被山水冲倒，不只一番，用官钱修理。后宋时，苏东坡来做太守[12]，因见有这两条路，被水冲坏，就买木石，起人夫，筑得坚固。六桥上朱红栏杆，堤上栽种桃柳，到春景融和，端的十分好景，堪描入画。后人因此只唤做苏公堤[13]。又孤山路畔，起造两条石桥，分开水势，东边唤做断桥[14]，西边唤做西宁桥[15]。真乃：

隐隐山藏三百寺，依稀云锁二高峰。

[1] 这首诗为宋人林升所作，题为《题临安邸》。

[2] 咸和：东晋成帝司马衍的年号（326—334）。

[3] 显化：神灵现身给人看。

[4] 番僧：西方来的和尚。

[5] 法名：出家为僧及在家皈依三宝者，师赐之名皆叫法名。

[6] 云游：僧道游历各方，行踪飘忽不定。

[7] 灵鹫山：在中印度揭陀国上茅城附近，佛祖如来曾讲《法华经》于此。

[8] 孤山：在杭州市西湖中，里湖与外湖之间孤峰独耸，不与诸山相连，故名孤山。秀丽清幽，为

湖山胜地。宋林逋曾隐居于此，植梅养鹤，今有林逋墓及梅径鹤冢等遗迹。

[9]林和靖：即林逋(967—1028)，字君复，北宋时钱塘人。隐居西湖孤山，二十年不入城市。工行书，喜为诗，一生不娶，以种梅养鹤自娱，因有"梅妻鹤子"之称。卒后谥和靖先生。有《林和靖先生诗》三卷。

[10]刺史：唐代州刺史是掌管一州政务的行政长官。白乐天：即白居易（772—846），字乐天，晚年号香山居士。唐代伟大的诗人。其先太原人，后迁居下邽（今陕西渭南）。在文学上积极倡导新乐府运动，主张继承《诗经》的"风雅比兴"传统和杜甫的现实主义创作精神，其诗多反映民情疾苦，揭露弊政，语言通俗易懂，相传连老妪也能明白。

[11]白公堤：原名"白沙堤"，在浙江杭州西湖中。西接孤山，东至断桥，长一公里，南为外西湖，北为后西湖。白居易曾任杭州刺史，写诗赞颂此堤风光，有"最爱湖东行不足，绿杨阴里白沙堤"之句，因而后人又称此堤为"白公堤"，也简称"白堤"。

[12]苏东坡：即苏轼（1037—1101），字子瞻，号东坡居士，北宋伟大的文学家，书画家，眉州眉山（今四川眉县）人。在文学史上苏轼与其父苏洵、弟苏辙并称"三苏"，且同为"唐宋八大家"之一。其词开豪放一派，对后世影响深远。太守：掌管一郡的行政长官。

[13]苏公堤：在浙江杭州西湖中。苏轼曾任杭州知州，兴修水利，疏浚西湖，堆泥筑堤，因此人称"苏公堤"，也简称"苏堤"。南起南屏山，北接岳庙，分西湖为内外两湖，其间有桥梁六座，桃柳夹岸，有"六桥烟柳"之称。"苏堤春晓"为西湖十景之一。

[14]断桥：西湖中断桥，本名宝祐桥，又名段家桥，自唐时呼为断桥，以孤山至此而断，故名。

[15]西宁桥：即西陵桥，在孤山西，古之西村唤渡处，又名西林、西泠、西村。

## 原文

说话的，只说西湖美景，仙人古迹。俺今日且说一个俊俏后生[1]，只因游玩西湖，遇着两个妇人，直惹得几处州城，闹动了花街柳巷[2]。有分教：才人把笔[3]，编成一本风流话本[4]。单说那子弟[5]，姓甚名谁？遇着甚般样的妇人？惹出甚般样事？

有诗为证：

　　清明时节雨纷纷，路上行人欲断魂。
　　借问酒家何处有，牧童遥指杏花村[6]。

话说宋高宗南渡[7]，绍兴年间[8]，杭州临安府过军桥黑珠巷内，有一个宦家，姓李名仁。见做南廊阁子库募事官[9]，又与邵太尉管钱粮[10]。家中妻子，有一个兄弟许宣，排行小乙。他爹曾开生药店。自幼父母双亡，却在表叔李将仕家生药铺做主管[11]，年方二十二岁。那生药店开在官巷口[12]。忽一日，许宣在铺内做买卖，只见一个和尚来到门首，打个问讯道[13]："贫僧是保叔塔寺内僧[14]，前日已送馒头并卷子在宅上。今清明节近，追修祖宗，望小乙官到寺烧香，勿误。"许宣道："小子准来。"和尚相别去了。许宣至晚归姐夫家去。原来许宣无有老小，只在姐姐家住。当晚与姐姐说："今日保叔塔和尚来请烧筵子，明日要荐祖宗[15]，走一遭了来。"次日早起买了纸马、蜡烛、经幡、钱垛一应等项[16]，吃了饭，换了新鞋袜衣服，把筵子钱马,使条袱子包了,径到官巷口李将仕家来[17]。李将仕见了,问许宣何处去? 许宣道:"我今日要去保叔塔烧筅子,追荐祖宗,乞叔叔容暇一日[18]。"李将仕道: "你去便回。"

[1] 俺:我。

[2] 花街柳巷:指歌楼妓院。

[3] 才人:宋代书会中编撰话本和杂剧的作家文人。

[4] 话本:说话人所用的底本。

[5] 子弟:这里是后生、年轻人的意思。

[6] 欲:将要。这首诗是唐代诗人杜牧的《清明》诗。

[7] 宋高宗:即赵构(1107—1187),字德基,宋徽宗第九子,初封为康王,1127年,宋徽宗、宋钦宗被金兵俘虏,史称"靖康事变",北宋灭亡。赵构先在南京(今河南商丘)即位,由于害怕金兵逼进,又走避东南,致使两河地区从此沦陷,后建都临安(今浙江杭州),史称南宋。他对金朝一意求和,宠信投降派秦桧,迫害抗战派岳飞、韩世忠等人,向金称臣,割地纳币,委曲求全,苟且偷生。在位三十五年,传位于宋孝宗,又做了二十五年的太上皇。

[8] 绍兴:南宋高宗赵构的年号,时间为1131—1162年。

[9] 南廊阁子库:宋代专门支付军需的左藏南库。　募事官:杂职小吏。

[10] 太尉:掌管军事的官名。秦代始设,为全国军政首脑。汉武帝时改称大司马。历代多沿置,但渐成加官,无实权。后成为对武官的尊称。宋朝政和(1111——1117)后为武阶之首。元代以后废止。

[11] 将仕:宋朝文职最低官阶(从九品)"将仕郎"的简称。一般富翁虽无官职,别人也尊称"将仕"。

[12] 官巷:宋朝杭州禁城左二厢所管坊巷,在御街西首一带,名寿安坊,官巷是其俗名。

[13] 问讯:问安。出家人向人合掌行礼叫问讯。

[14] 保叔塔:原名应天塔,又称宝石塔。在浙江杭州市西湖北岸宝石山上。传为五代时吴越王钱俶(chù)的宰相吴延爽所建。原为六面九级,宋咸平时重修,减为七级。后屡毁屡建,今塔为1933年照原样重建。

[15] 筅子:装迷信品如纸马冥锭的篓子。荐:进献祭品,以祭奠祖先或神灵求得庇佑。

[16] 纸马:旧俗祭祀时所用的神像纸,祭毕随即焚化。或谓旧时所绘神像,皆画马其上,以为神佛乘骑之用,故称纸马,又称甲马。　幡:挑起来直着挂的长条形旗子。经幡是印有佛陀教言和鸟兽图案的幡子。悬挂经幡有祈求福运隆昌、消灾免殃之意。　钱垜:指成串的纸钱。

[17] 径:直往,直接过去。

[18] 容暇:准假。

许宣离了铺中,入寿安坊,花市街,过井亭桥,往清河街后钱塘门[1],行石函桥过放生牌[2],径到保叔塔寺。寻见送馒头的和尚,忏悔过疏头[3],烧了筅子,到佛殿上看众僧念经。吃斋罢，别了和尚，离寺迤逦闲走[4]，过西宁桥、孤山路、四圣观[5]，来看林和靖坟，到六一泉闲走[6]。不期云生西北，雾锁东南，落下微微细雨，渐大起来。正是清明时节，少不得天公应时，催花雨下，那阵雨下得绵绵不绝。许宣见脚下湿，脱下了新鞋袜，走出四圣观来寻船，不见一只。正没摆布处[7]，只见一个老儿，摇着一只船过来。许宣暗喜，认时，正是张阿公。叫道："张阿公，搭我则个。"老儿听得叫，认时，原来是许小乙。将船摇近岸来，道："小乙官，着了雨，不知要何处上岸？"许宣道："涌金门上岸[8]。"这老儿扶许宣下船，离了岸，摇近丰乐楼来[9]。

[1] 钱塘门：杭州城西门之一。

[2] 石函桥：杭州倚郭城北桥道之一，钱塘尉司西水磨头曰石函桥，又呼石头桥。

[3] 疏头：一指旧时向鬼神祈福的祝文，亦指为敬神佛而向人募捐的册子，也指说明募捐原由的短文。此处指和尚道士诵经之前向神灵焚化的祝词。

[4] 迤逦（yǐlǐ）：曲折连绵，亦指一路曲折行去。

[5] 四圣观：四圣，一般指四位道教神，是紫微北极大帝麾下的"四圣"，分别为天蓬、天猷、翊圣和真武。这里指孤山上的四圣观，因李泌、白居易、林逋、苏轼四人曾到此游览而得名。

[6] 六一泉：在杭州市孤山西南麓。宋欧阳修晚号六一居士，曾与西湖僧惠勤友善。元祐四年苏轼再守杭州时，二人皆已死，忽有清泉出惠勤讲堂之后，为纪念欧阳修，遂命名为六一泉。

[7] 没摆布处：不知怎样好，没办法。摆布，处置。

[8] 涌金门：南宋行都临安（今杭州市）的西城门。

[9] 丰乐楼：在富乐坊北丰乐桥，南宋时杭州有名的酒楼。

【原文】

摇不上十数丈水面，只见岸上有人叫道："公公，搭船则个。"许宣看时，是一个妇人，头戴孝头髻，乌云畔插着些素钗梳，穿一领白绢衫儿[1]，下穿一条细麻布裙。这妇人肩下一个丫鬟，身上穿着青衣服，头上一双角髻，戴两条大红头须[2]，插着两件首饰，手中捧着一个包儿要搭船。那老张对小乙官道："'因风吹火[3]，用力不多'，一发搭了他去[4]。"许宣道："你便叫他下来。"老儿见说，将船傍了岸边，那妇人同丫鬟下船，见了许宣，起一点朱唇，露两行碎玉[5]，向前道一个万福。许宣慌忙起身答礼。那娘子和丫鬟舱中坐定了。娘子把秋波频转，瞧着许宣。许宣平生是个老实之人，见了此等如花似玉的美妇人，傍边又是个俊俏美女样的丫鬟，也不免动念。那妇人道："不敢动问官人，高姓尊讳[6]？"许宣答道："在下姓许名宣，排行第一。"妇人道："宅上何处？"许宣道："寒舍住在过军桥黑珠儿巷，生药铺内做买卖。"那娘子问了一回，许宣寻思道："我也问他一问。"起身道："不敢拜问娘子高姓？潭府何处[7]？"那妇人答道："奴家是白三班白殿直之妹[8]，嫁了张官人，不幸亡过了,见葬在这雷岭。为因清明节近,今日带了丫鬟,往坟上祭扫了方回。不想值雨,若不是搭得官人便船,实是狼狈。"又闲讲了一回,迤逦船摇近岸。只见那妇人道:"奴家一时心忙,不曾带得盘缠在身边,万望官人处借些船钱还了,并不有负。"许宣道:"娘子自便,不妨,些须船钱[9],不必计较。"还罢船钱。那雨越不住。许宣挽了上岸。那妇人道:"奴家只在箭桥双茶坊巷口。若不弃时,可到寒舍拜茶[10],纳还船钱。"许宣道:"小事何消挂怀。天色晚了,改日拜望。"说罢,妇人共丫鬟自去。

[1] 孝头髻、素钗梳、白绢衫儿:均为戴孝的服饰。

[2] 头须:此处指扎在发髻上类似穗子的装饰品。

[3] 因风吹火:比喻乘机行事,不费气力。

[4] 一发:一起。

[5] 碎玉:比喻小而洁白的牙齿。

[6] 尊讳:避称其名,以示尊重。

[7] 潭府:深宅大院。唐代文学家韩愈《符读书城南》诗有:"一为公与相,潭潭府中居。"潭潭,深邃的样子。后因以"潭府"尊称他人的居宅。

[8] 三班:宋代官制,以供奉官、左右班殿直为三班,后亦以东西供奉、左右侍禁及承旨借职为三班。殿直:皇帝的侍从官。五代时名殿前承旨,后晋改称殿直。宋熙宁以前指左右两班小使臣寄禄官。

[9] 些须:一丁点儿,很少。

[10] 拜茶:请人喝茶的敬词。

　　许宣入涌金门,从人家屋檐下到三桥街,见一个生药铺,正是李将仕兄弟的店。许宣走到铺前,正见小将仕在门前。小将仕道:"小乙哥,晚了,那里去?"许宣道:"便是去保叔塔烧箓子,着了雨,望借一把伞则个[1]。"将仕见说,叫道:"老陈把伞来,与小乙官去。"不多时,老陈将一把雨伞撑开道:"小乙官,这伞是清湖八字桥老实舒家做的八十四骨紫竹柄的好伞,不曾有一些儿破,将去休坏了!仔细,仔细!"许宣道:"不必分付[2]。"接了伞,谢了将仕,出羊坝头来到后市街巷口。只听得有人叫道:"小乙官人[3]。"许宣回头看时,只见沈公井巷口小茶坊屋檐下,立着一个妇人,认得正是搭船的白娘子。许宣道:"娘子如何在此[4]?"白娘子道:"便是雨不得住,鞋儿都踏湿了,教青青回家,取伞和脚下[5]。又见晚下来。望官人搭几步则个。"许宣和白娘子合伞到坝头道:"娘子到那里去?"白娘子道:"过桥投箭桥去。"许宣道:"小娘子,小人自往过军桥去,路又近了,不若娘子把伞将去,明日小人自来取。"白娘子道:"却是不当,感谢官人厚意!"许宣沿人家屋檐下冒雨回来。只见姐夫家当直王安,拿着钉靴雨伞来接不着,却好归来。到家内吃了饭。当夜思量那妇人，翻来覆去睡不着。梦中共日间见的一般，情意相浓，不想金鸡叫一声[6]，却是南柯一梦[7]。正是：

　　　　心猿意马驰千里[8]，浪蝶狂蜂闹五更[9]。

[1] 则个：助词，表示祈使、解释等语气。

[2] 分付：同"吩咐"，即嘱咐。

[3] 官人：宋朝对一般男子的尊称（多见于早期白话）。

[4] 娘子：一般指少女。亦为妇女的通称，也指妻子，有时又以称主妇。

[5] 脚下：钉鞋，宋人习用语。

[6] 金鸡：传说中的一种神鸡。《神异经·东荒经》："盖扶桑山有玉鸡，玉鸡鸣则金鸡鸣，金鸡鸣则石鸡鸣，石鸡鸣则天下之鸡悉鸣，潮水应之矣。"后为报晓雄鸡的美称。

[7] 南柯一梦：唐代李公佐的传奇小说《南柯太守传》，讲了一个故事：淳于棼在一棵大槐树下做了一个梦，梦中他到了槐安国。国王很赏识他，就把女儿嫁给他，招他为驸马，并且任他为南柯太守。因此显赫一时，享受了种种荣华富贵。后来与敌人作战失败，公主也病死了，于是被国王遣回。醒来后，发现槐树下有一个巨大的蚂蚁窝，才明白自己梦中所经历的就是这里。从此看破了世间的荣华富贵，只不过是过眼云烟。

[8] 心猿意马：比喻心神不定，如活动的猿、奔腾的马一样，难以控制。

[9] 浪蝶狂蜂：纵横飞舞的蝴蝶和蜜蜂。比喻寻欢作乐。

　　到得天明，起来梳洗罢，吃了饭，到铺中心忙意乱，做些买卖也没心想。到午时后，思量道："不说一谎，如何得这伞来还人？"当时许宣见老将仕坐在柜上，向将仕说道："姐夫叫许宣归早些，要送人情[1]，请暇半日。"将仕道："去了，明日早些来！"许宣唱个喏，径来箭桥双茶坊巷口，寻问白娘子家里。问了半日，没一个认得。正踌躇间[2]，只见白娘子家丫鬟青青，从东边走来。许宣道："姐姐，你家何处住？讨伞则个。"青青道："官人随我来。"许宣跟定青青，走不多路，道："只这里便是。"许宣看时，见一所楼房，门前两扇大门，中间四扇看街槅子眼[3]，当中挂顶细密朱红帘子，四下排着十二把黑漆交椅，挂四幅名人山水古画。对门乃是秀王府墙[4]。那丫头转入帘子内道："官人请入里面坐。"许宣随步入到里面，那青青低低悄悄叫道："娘子，许小乙官人在此。"白娘子里面应道："请官人进里面拜茶。"许宣心下迟疑。青青三回五次，催许宣进去。许宣转到里面，只见：四扇暗槅子窗，揭起青布幕，一个坐起[5]，桌上放一盆虎须菖蒲[6]，两边也挂四幅美人，中间挂一幅神像，桌上放一个古铜香炉花瓶。那小娘子向前深深的道一个万福[7]，道："夜来多蒙小乙官人应付周全[8]，识荆之初[9]，甚是感激不浅！"许宣道："些微何足挂齿。"白娘子道："少坐拜茶。"茶罢，又道："片时薄酒三杯[10]，表意而已。"许宣方欲推辞,青青已自把菜蔬果品流水排将出来[11]。许宣道:"感谢娘子置酒,不当厚扰。"饮至数杯,许宣起身道:"今日天色将晚,路远,小子告回。"娘子道:"官人的伞,舍亲昨夜转借去了[12],再饮几杯,着人取来。"许宣道:"日晚,小子要回。"娘子道:"再饮一杯。"许宣道:"饮馔好了[13],多感,多感!"白娘子道:"既是官人要回,这伞相烦明日来取则个。"许宣只得相辞了回家。

[1] 送人情:指送礼物。

[2] 踌躇:犹豫不决。

[3] 看街:在临街大门旁开几个窗洞,装上格子,可看街上景物,就叫"看街"。槅子:窗上的格子。

[4] 秀王府:秀王,即秀安僖王的简称,是宋孝宗赵昚(shèn)的生父。

[5] 坐起:日常休息谈话的隔间。这是吴地习语。

[6] 菖蒲:单子叶植物,天南星科,多年生水生草本,有香气。根状茎粗壮,叶狭长似剑,初夏开黄花,果实红色,遍布中国各地。民间常在端午节将菖蒲叶和艾结扎成束。全草可提取芳香油。根状茎供药用,是健胃剂。

[7] 万福:旧时妇女所行的敬礼。两手松松抱拳,在胸前右下侧上下略作移动,同时微微鞠躬,口中多说"万福"。

[8] 夜来:昨日。

[9] 识荆:初次相识的客气话。语出李白的诗句"生不愿封万户侯,但愿一识韩荆州"。

[10] 片时:片刻,一会儿。

[11] 流水:急忙,不断。

[12] 舍亲:对自己的亲属的谦称。

[13] 饮馔:饮食。

至次日,又来店中做些买卖。又推个事故,却来白娘子家取伞。娘子见来,又备三杯相款[1]。许宣道:"娘子还了小子的伞罢,不必多扰。"那娘子道:"既安排了,略饮一杯。"许宣只得坐下。那白娘子筛一杯酒,递与许宣,启樱桃口,露榴子牙,娇滴滴声音,带着满面春风,告道:"小官人在上,真人面前说不得假话。奴家亡了丈夫,想必和官人有宿世姻缘[2],一见便蒙错爱。正是你有心,我有意。烦小乙官人寻一个媒证,与你共成百年姻眷,不枉天生一对,却不是好。"许宣听那妇人说罢,自己寻思:"真个好一段姻缘。若取得这个浑家[3],也不枉了。我自十分肯了,只是一件不谐[4]:思量我日间李将仕家做主管,夜间在姐夫家安歇,虽有些少东西,只好办身上衣服,如何得钱来娶老小?"自沉吟不答。只见白娘子道:"官人何故不回言语?"许宣道:"多感过爱,实不相瞒,只为身边窘迫,不敢从命。"娘子道:"这个容易。我囊中自有馀财,不必挂念。"便叫青青道:"你去取一锭白银下来[5]。"只见青青手扶栏杆,脚踏胡梯[6],取下一个包儿来,递与白娘子。娘子道:"小乙官人,这东西将去使用[7],少欠时再来取[8]。"亲手递与许宣。许宣接得包儿,打开看时,却是五十两雪花银子。藏于袖中,起身告回。青青把伞来还了许宣,许宣接得相别,一径回家,把银子藏了。当夜无话。

[1] 三杯相款:指置酒宴招待。

[2] 宿世:前世,前生。

[3] 浑家:老婆。

[4] 不谐:不恰当,不妥当。

[5] 锭:古时金银货币重五两一块或十两一块的都叫做锭。也有重五十两一块的,称一号大银。

[6] 胡梯:扶梯,楼梯。

[7] 将去:拿去。

[8] 少欠:少,不足。

明日起来,离家到官巷口,把伞还了李将仕。许宣将些碎银子,买了一只肥好烧鹅、鲜鱼、精肉、嫩鸡、果品之类提回家来。又买了一樽酒,分付养娘丫鬟安排整下。那日却好姐夫李募事在家。饮馔俱已完备,来请姐夫和姐姐吃酒。李募事却见许宣请他,倒吃了一惊,道:"今日做甚么子坏钞[1]?日常不曾见酒盏儿面,今朝作怪[2]!"三人依次坐定饮酒。酒至数杯,李募事道:"尊舅[3],没事教你坏钞做甚么?"许宣道:"多谢姐夫,切莫笑话,轻微何足挂齿。感谢姐夫、姐姐管雇多时。一客不烦二主人,许宣如今年纪长成,恐虑后无人养育,不是了处。今有一头亲事在此说起,望姐夫姐姐与许宣主张,结果了一生终身也好[4]。"姐夫姐姐听得说罢,肚内暗自寻思道:"许宣日常一毛不拔,今日坏得些钱钞,便要我替他讨老小[5]?"夫妻二人,你我相看,只不回话。吃酒了,许宣自做买卖。过了三两日,许宣寻思道:"姐姐如何不说起?"忽一日,见姐姐问道:"曾向姐夫商量也不曾?"姐姐道:"不曾。"许宣道:"如何不曾商量?"姐姐道:"这个事不比别样的事,仓卒不得[6],又见姐夫这几日面色心焦,我怕他烦恼,不敢问他。"许宣道:"姐姐,你如何不上紧?这个有甚难处,你只怕我教姐夫出钱,故此不理。"许宣便起身到卧房中开箱,取出白娘子的银来,把与姐姐道[7]:"不必推故,只要姐夫做主。"姐姐道:"吾弟多时在叔叔家中做主管,积趱得这些私房[8]。可知道要娶老婆[9]!你且去,我安在此。"

[1] 坏钞:花费钱财,指请客、送礼、资助人等,是一种客气的说法。

[2] 作怪:十分奇怪。

［3］尊舅：对妻子的弟兄的尊称。

［4］终身：一生，一辈子。特指婚姻大事。

［5］老小：老人和小孩儿，泛指家属。这里指老婆，多见于早期白话小说中。

［6］仓卒：亦作"仓猝"。匆忙急迫。

［7］把与：递给。

［8］积趱：亦作"积攒"。指零星的积蓄、积聚。　私房：私下积蓄的银钱。

［9］可知道：难怪。

**原文**

却说李募事归来，姐姐道："丈夫，可知小舅要娶老婆，原来自趱得些私房，如今教我倒换些零碎使用，我们只得与他完就这亲事则个。"李募事听得说道："原来如此，得他积得些私房也好。拿来我看！"做妻的连忙将出银子递与丈夫。李募事接在手中，翻来覆去，看了上面錾的字号[1]，大叫一声："苦！不好了，全家是死！"那妻吃了一惊，问道："丈夫，有甚么利害之事？"李募事道："数日前邵太尉库内封记锁押俱不动[2]，又无地穴得入，平空不见了五十锭大银。见今着落临安府提捉贼人[3]，十分紧急，没有头路得获[4]，累害了多少人。出榜缉捕，写着字号、锭数，'有人捉获贼人、银子者，赏银五十两；知而不首[5]，及窝藏贼人者，除正犯外，全家发边远充军[6]。'这银子与榜上字号不差，正是邵太尉库内银子。即今捕捉十分紧急。正是'火到身边，顾不得亲眷，自可去拨。'明日事露，实难分说。不管他偷的借的，宁可苦他，不要累我。只得将银子出首，免了一家之害。"老婆见说了，合口不得，目睁口呆。

**注释**

［1］字号：用字作的符号。

［2］封记：封缄标记。　锁押：锁具签押。

［3］着落：命令。

［4］头路：头绪、路子。

［5］首：首告，告发别人。

［6］充军：入伍当兵。特指古代的一种刑法，把罪犯发配到边远地方去服役。

**原文**

当时拿了这锭银子，径到临安府出首。那大尹闻知这话[1]，一夜不睡。次日，火速差缉捕使臣何立[2]。何立带了伙伴，并一班眼明手快的公人[3]，径到官巷口李家生药店，提捉正贼许宣[4]。到得柜边，发声喊，把许宣一条绳子绑缚了，一声锣，一声鼓，解上临安府来[5]。正值韩大尹升厅，押过许宣当厅跪下，喝声"打"！许宣道："告相公[6]不必用刑，不知许宣有何罪？"大尹焦躁道："真赃正贼，有何理说，还说无罪？邵太尉府中不动封锁，不见了一号大银五十锭，见有李募事出首[7]，一定这四十九锭也在你处。想不动封皮，不见了银子，你也是个妖人！不要打……"喝教："拿些秽血来[8]！"许宣方知是这事，大叫道："不是妖人，待我分说[9]"大尹道："且住，你且说这银子从何而来？"许宣将借伞讨伞的上项事，一一细说一遍。大尹道："白娘子是甚么样人？见住何处？"许宣道："凭他说是白三班白殿直的亲妹子，如今见住箭桥边双茶坊巷口，秀王墙对黑楼子高坡儿内住。"那大尹随即便叫缉捕使臣何立，押领许宣，去双茶坊巷口捉拿本妇前来[10]。

[1] 大尹：对府县行政长官的称呼，即府尹，又称知府。这里指京都临安的行政长官。
[2] 缉捕使臣：宋代专管缉捕罪犯的低级武官。
[3] 公人：衙门里的差役。
[4] 正贼：主犯。
[5] 解（jiè）：押解犯人。
[6] 相（xiàng）公：宋时对文官的习称，并不专指宰相。
[7] 出首：告发。
[8] 秽血：按迷信的说法用秽血可以破妖术。
[9] 分说：分辩。
[10] 本妇：该妇。特指被认定有罪的女犯人。

何立等领了钧旨[1]，一阵做公的径到双茶坊巷口秀王府墙对黑楼子前看时：门前四扇看阶，中间两扇大门，门外避藉陛[2]，坡前却是垃圾，一条竹子横夹着。何立等见了这个模样，到都呆了！当时就叫捉了的邻人，上首是做花的丘大[3]，下首是做皮匠的孙公[4]。那孙公摆忙的吃他一惊[5]，小肠气发[6]，跌倒在地。众邻舍都走来道："这里不曾有甚么白娘子。这屋不五六年前有一个毛巡检，合家时病死了[7]。青天白日，常有鬼出来买东西，无人敢在里头住。几日前，有个疯子立在门前唱喏。"何立教众人解下横门竹竿，里面冷清清地，起一阵风，卷出一道腥气来。众人都吃了一惊，倒退几步。许宣看了，则声不得[8]，一似呆的。做公的数中[9]，有一个能胆大，排行第二，姓王，专好酒吃，都叫他做好酒王二。王二道："都跟我来。"发声喊，一齐哄将入去，看时板壁、坐起、桌凳都有。来到胡梯边，教王二前行，众人跟着，一齐上楼。楼上灰尘三寸厚。众人到房门前，推开房门一望，床上挂着一张帐子，箱笼都有，只见一个如花似玉穿着白的美貌娘子，坐在床上。众人看了，不敢向前。众人道："不知娘子是神是鬼？我等奉临安大尹钧旨，唤你去与许宣执证公事[10]。"那娘子端然不动。好酒王二道："众人都不敢向前，怎的是了？你可将一坛酒来，与我吃了，做我不着[11]，捉他去见大尹。"众人连忙叫两三个下去提一坛酒来与王二吃。王二开了坛口,将一坛酒吃尽了,道:"做我不着!"将那空坛望着帐子内打将去。不打万事皆休,才然打去,只听得一声响,却是青天里打一个霹雳,众人都惊倒了!起来看时,床上不见了那娘子,只见明晃晃一堆银子。众人向前看了道:"好了。"计数四十九锭。众人道:"我们将银子去见大尹也罢。"扛了银子,都到临安府。何立将前事禀覆了大尹。大尹道:"定是妖怪了。也罢,邻人无罪宁家[12]。"差人送五十锭银子与邵太尉处,开个缘由,一一禀覆过了。

[1] 钧旨:对上官命令的敬称。
[2] 避藉陛:指高的台阶。
[3] 上首:通常指左手一边。
[4] 下首:通常指右手的一边。
[5] 摆忙:突然,蓦地。
[6] 小肠气:即疝气。是一种小肠偏坠阴囊肿大的病。
[7] 巡检:官署名巡检司,官名巡检使,省称巡检。时病:瘟疫,传染病。
[8] 则声:做声、出声。
[9] 数中:其中,内中。
[10] 执证公事:对证公堂。
[11] 做我不着:本意是伤害不了我。这里是由我来担当,或拿我来牺牲的意思。这是宋元习语。
[12] 宁家:回家,使家庭安定。

许宣照"不应得为而为之事[1]",理重者决杖[2],免刺[3],配牢城营做工[4],满日疏放[5]。牢城营乃苏州府管下。李募事因出首许宣,心上不安,将邵太尉给赏的五十两银子尽数付与小舅作为盘费。李将仕与书二封,一封与押司范院长[6],一封与吉利桥下开客店的王主人。许宣痛哭一场,拜别姐夫姐姐,带上行枷,两个防送人押着[7],离了杭州到东新桥,下了航船。不一日,来到苏州。先把书去见了范院长并王主人。王主人与他官府上下使了钱[8],打发两个公人去苏州府,下了公文,交割了犯人[9],讨了回文,防送人自回。范院长、王主人保领许宣不入牢中,就在王主人门前楼上歇了。许宣心中愁闷,壁上题诗一首:

独上高楼望故乡,愁看斜日照纱窗;
平生自是真诚士,谁料相逢妖媚娘[10]!
白白不知归甚处[11]?青青那识在何方[12]?
抛离骨肉来苏地,思想家中寸断肠!

**注释**

[1] 不应得为而为之事：这是引用当时的法律条文，认为许宣做了不应该做的事。

[2] 决杖：指古代的杖刑。

[3] 免刺：免于在脸上刺金字。

[4] 牢城营：宋时囚禁流配罪犯之所。

[5] 疏放：释放。

[6] 押司：宋时办理文书、狱讼的地方胥吏，多由当地有产业人户中差选。　院长：宋代牢狱隶属于司理院或军巡院，因此把掌管刑狱的吏役称为院长。

[7] 防送人：指护送押解犯人的士卒。

[8] 上下：指官府中上上下下的差役衙吏。　使钱：指送钱，行贿。

[9] 交割：双方结清手续。这里指移交，交代。

[10] 妖媚娘：指多情漂亮、善于诱人的妖女。

[11] 白白：指白娘子。为了和下句的青青相对，故如此写。

[12] 青青：指小青。

**原文**

　　有话即长，无话即短。不觉光阴似箭，日月如梭，又在王主人家住了半年之上。忽遇九月下旬，那王主人正在门首闲立，看街上人来人往。只见远远一乘轿子，傍边一个丫鬟跟着，道："借问一声，此间不是王主人家么？"王主人连忙起身道："此间便是。你寻谁人？"丫鬟道："我寻临安府来的许小乙官人。"主人道："你等一等，我便叫了他出来。"这乘轿子便歇在门前。王主人便入去，叫道："小乙哥，有人寻你。"许宣听得，急走出来，同主人到门前看时，正是青青跟着，轿子里坐着白娘子。许宣见了，连声叫道："死冤家！自被你盗了官库银子，带累我吃了多少苦，有屈无伸，如今到此地位[1]，又赶来做甚么？可羞死人！"那白娘子道："小乙官人不要怪我，今番特来与你分辩这件事。我且到主人家里面与你说。"白娘子叫青青取了包裹下轿。许宣道："你是鬼怪，不许入来。"挡住了门不放他。那白娘子与主人深深道了个万福，道："奴家不相瞒，主人在上，我怎的是鬼怪？衣裳有缝，对日有影[2]。不幸先夫去世，教我如此被人欺负！做下的事，是先夫日前所为，非干我事。如今怕你怨畅我[3]，特地来分说明白了，我去也甘心。"主人道："且教娘子入来，坐了说。"那娘子道："我和你到里面，对主人家的妈妈说。"门前看的人，自都散了。

　　许宣入到里面对主人家并妈妈道："我为他偷了官银子事，如此如此，因此教我吃场官司。如今又赶到此，有何理说？"白娘子道："先夫留下银子，我好意把你，我也不知怎的来的？"许宣道："如何做公的捉你之时，门前都是垃圾，就帐子里一响不见了你？"白娘子道："我听得人说你为这银子捉了去，我怕你说出我来，捉我到官，妆幌子羞人不好看[4]。我无奈何只得走去华藏寺前姨娘家躲了。使人担垃圾堆在门前,把银子安在床上,央邻舍与我说谎。"许宣道:"你却走了去,教我吃官事[5]!"白娘子道:"我将银子安在床上,只指望要好,那里晓得有许多事情?我见你配在这里,我便带了些盘缠,搭船到这里寻你,如今分说都明白了,我去也。敢是我和你前生没有夫妻之分!"那王主人道:"娘子许多路来到这里,难道就去?且在此间住几日,却理会。"青青道:"既是主人家再三劝解,娘子且住两日,当初也曾许嫁小乙官人。"白娘子随口便道:"羞杀人!终不成奴家没人要[6]?只为分别是非而来。"王主人道:"既然当初许嫁小乙哥,却又回去;且留娘子在此。"打发了轿子,不在话下。

[1] 地位:程度,地步。

[2] 衣裳有缝,对日有影:古代迷信的说法,鬼怪衣裳无缝,对日无影。白娘子如此说是想表明她并非鬼怪。

[3] 怨畅:怨怅,埋怨。

[4] 妆幌子:出乖露丑。幌子,本是酒家门前所用的招揽顾客的招子,妆幌子有教人看的意思。所以俗称出丑为"妆幌子"。

[5] 吃官事:吃官司。

[6] 终不成:难道说。

过了数日,白娘子先自奉承好了主人的妈妈,那妈妈劝主人与许宣说合,选定十一月十一日成亲,共百年谐老。光阴一瞬,早到吉日良时。白娘子取出银两,央王主人办备喜筵,二人拜堂结亲。酒席散后,共入纱厨[1]。白娘子放出迷人声态,颠鸾倒凤[2],百媚千娇,喜得许宣如遇神仙,只恨相见之晚。正好欢娱,不觉金鸡三唱,东方渐白。正是:

　　欢娱嫌夜短,寂寞恨更长。

自此日为始,夫妻二人如鱼似水,终日在王主人家快乐,昏迷缠定。日往月来,又早半年光景。时临春气融和,花开如锦,车马往来,街坊热闹。许宣问主人家道:"今日如何人人出去闲游,如此喧嚷?"主人道:"今日是二月半,男子妇人,都去看卧佛。你也好去承天寺里闲走一遭。"许宣见说,道:"我和妻说一声,也去看一看。"许宣上楼来,和白娘子说:"今日二月半,男子妇人都去看卧佛,我也看一看就来。有人寻说话,回说不在家,不可出来见人。"白娘子道:"有甚好看,只在家中却不好?看他做甚么?"许宣道:"我去闲耍一遭就回,不妨。"许宣离了店内,有几个相识,同走到寺里看卧佛。绕廊下各处、殿上观看了一遭,方出寺来,见一个先生[3],穿着道袍,头戴逍遥巾[4],腰系黄丝绦[5],脚着熟麻鞋[6],坐在寺前卖药,散施符水[7]。许宣立定了看。那先生道:"贫道是终南山道士,到处云游,散施符水,救人病患灾厄,有事的向前来。"那先生在人丛中看见许宣头上一道黑气,必有妖怪缠他,叫道:"你近来有一妖怪缠你,其害非轻! 我与你二道灵符[8],救你性命。一道符,三更烧,一道符放在自头发内。"许宣接了符,纳头便拜[9],肚内道:"我也八九分疑惑那妇人是妖怪,真个是实。"谢了先生,径回店中。

　　至晚,白娘子与青青睡着了,许宣起来道:"料有三更了!"将一道符放在自头发内,正欲将一道符烧化,只见白娘子叹一口气道:"小乙哥和我许多时夫妻,尚兀自不把我亲热,却信别人言语,半夜三更,烧符来压镇我! 你且把符来烧看!"就夺过符来,一时烧化,全无动静。白娘子道:"却如何? 说我是妖怪!"许宣道:"不干我事。卧佛寺前一云游先生,知你是妖怪。"白娘子道:"明日同你去看他一看,如何模样的先生。"

　　次日,白娘子清早起来,梳妆罢,戴了钗环,穿上素净衣服,分付青青看管楼上。夫妻二人,来到卧佛寺前。只见一簇人,团团围着那先生,在那里散符水。只见白娘子睁一双妖眼,到先生面前,喝一声:"你好无礼! 出家人枉在我丈夫面前说我是一个妖怪,书符来捉我!"那先生回言:"我行的是五雷天心正法[10],凡有妖怪,吃了我的符,他即变出真形来。"那白娘子道:"众人在此,你且书符来我吃看。"那先生书一道符,递与白娘子。白娘子接过符来,便吞下去。众人都看,没些动静。众人道:"这等一个妇人,如何说是妖怪?"众人把那先生齐骂,那先生骂得口睁眼呆,半响无言,惶恐满面。白娘子道:"众位官人在此,他捉我不得。我自小学得个戏术,且把先生试来与众人看。"只见白娘子口内喃喃的,不知念些甚么。把那先生却似有人擒的一般,缩做一堆,悬空而起。众人看了齐吃一惊。许宣呆了。娘子道:"若不是众位面上,把这先生吊他一年。"白娘子喷口气,只见那先生依然放下,只恨爹娘少生两翼,飞也似走了。众人都散了,夫妻依旧回来。不在话下。日逐盘缠,都是白娘子将出来用度。正是:

　　　　夫唱妇随,朝欢暮乐。

　　[1]纱厨:纱帐。

　　[2]颠鸾倒凤:比喻男女交欢。

　　[3]先生:宋元时民间称道士为先生。

　　[4]逍遥巾:古代的一种头巾名。

　　[5]丝绦(tāo):丝编的带子。

　　[6]熟麻鞋:用麻编织的有耳绊可用带系在脚上的一种鞋,适合于行远路。云游僧道常穿。

　　[7]符水:巫师道士以符表焚化于水中,或直接向水画符诵咒。迷信者以为可以辟邪治病。

　　[8]灵符:道教中能用来驱鬼降妖的符。

　　[9]纳头:低头。

　　[10]五雷天心正法:道教方术。谓得雷公墨篆,依法行之,可致雷雨、祛疾苦、立功救人。因雷公

有兄弟五人，故以五雷称之。

**原文**

　　不觉光阴似箭，又是四月初八日，释迦佛生辰[1]。只见街市上人抬着柏亭浴佛，家家布施[2]。许宣对王主人道："此间与杭州一般。"只见邻舍边一个小的，叫作铁头，道："小乙官人，今日承天寺里做佛会，你去看一看。"许宣转身到里面，对白娘子说了。白娘子道："甚么好看，休去！"许宣道："去走一遭，散闷则个。"娘子道："你要去，身上衣服旧了不好看，我打扮你去。"叫青青取新鲜时样衣服来。许宣着得不长不短，一似象体裁的[3]：戴一顶黑漆头巾，脑后一双白玉环；穿一领青罗道袍，脚着一双皂靴，手中拿一把细巧百摺描金美人珊瑚坠上样春罗扇。打扮得上下齐整。那娘子分付一声，如莺声巧啭道："丈夫早早回来，切勿教奴记挂！"许宣叫了铁头相伴，径到承天寺来看佛会。人人喝采："好个官人！"只听得有人说道："昨夜周将仕典当库内，不见了四五千贯金珠细软物件。见今开单告官，挨查没捉人处。"许宣听得，不解其意，自同铁头在寺。其日烧香官人子弟男女人等，往往来来，十分热闹。

　　许宣道："娘子教我早回，去罢。"转身人丛中，不见了铁头，独自个走出寺门来。只见五六个人似公人打扮，腰里挂着牌儿。数中一个看了许宣，对众人道："此人身上穿的，手中拿的，好似那话儿[4]。"数中一个认得许宣的道："小乙官，扇子借我一看。"许宣不知是计，将扇递与公人。那公人道："你们看这扇子扇坠，与单上开的一般！"众人喝声："拿了！"就把许宣一索子绑了，好似：数只皂雕追紫燕，一群饿虎啖羊羔。许宣道："众人休要错了，我是无罪之人。"众公人道："是不是，且去府前周将仕家分解！他店中失去五千贯金珠细软，白玉绦环，细巧百摺扇，珊瑚坠子，你还说无罪？真赃正贼，有何分说！实是大胆汉子，把我们公人作等闲看成。见今头上、身上、脚上，都是他家物件，公然出外，全无忌惮！"许宣方才呆了，半晌不则声。许宣道："原来如此！不妨，不妨，自有人偷得。"众人道："你自去苏州府厅上分说。"

　　次日大尹升厅，押过许宣见了。大尹审问："盗了周将仕库内金珠宝物，在于何处？从实供来，免受刑法拷打。"许宣道："禀上相公做主，小人穿的衣服物件皆是妻子白娘子的，不知从何而来。望相公明镜详辨则个[5]！"大尹喝道："你妻子今在何处？"许宣道："见在吉利桥下王主人楼上。"大尹即差缉捕使臣袁子明押了许宣火速捉来。差人袁子明来到王主人店中，主人吃了一惊，连忙问道："做甚么？"许宣道："白娘子在楼上么？"主人道："你同铁头早去承天寺里，去不多时，白娘子对我说道：'丈夫去寺中闲耍，教我同青青照管楼上。此时不见回来，我与青青去寺前寻他去也，望乞主人替我照管。'出门去了，到晚不见回来。我只道与你去望亲戚，到今日不见回来。"众公人要王主人寻白娘子，前前后后，遍寻不见。袁子明将王主人捉了，见大尹回话。大尹道："白娘子在何处？"王主人细细禀覆了[6]，道："白娘子是妖怪。"大尹一一问了，道："且把许宣监了。"王主人使用了些钱，保出在外，伺候归结。

且说周将仕正在对门茶坊内闲坐，只见家人报道："金珠等物都有了，在库阁头空箱子内。"周将仕听得，慌忙回家看时，果然有了。只不见了头巾、绦环、扇子并扇坠[7]。周将仕道："明是屈了许宣，平白地害了一个人，不好。"暗地里到与该房说了，把许宣只问个小罪名。

[1] 释迦佛：即如来佛，佛教的创始人，佛家的始祖。　生辰：生日。
[2] 布施：施舍财物。
[3] 象体：量体。
[4] 那话儿：指周将仕典当库内的被盗物。
[5] 明镜详辨：明辨是非。
[6] 禀覆：回答。
[7] 绦环：系有丝绦的玉环，佩之以祈福。

【原文】

却说邵太尉使李募事到苏州干事，来王主人家歇。主人家把许宣来到这里，又吃官事，一一从头说了一遍。李募事寻思道："看自家面上亲眷，如何看做落[1]？"只得与他央人情，上下使钱。一日，大尹把许宣一一供招明白，都做在白娘子身上，只做"不合不出首妖怪等事"，杖一百，配三百六十里，押发镇江府牢城营做工。李募事道："镇江去便不妨。我有一个结拜的叔叔，姓李名克用，在针子桥下开生药店。我写一封书，你可去投托他。"许宣只得问姐夫借了些盘缠，拜谢了王主人并姐夫，就买酒饭与两个公人吃，收拾行李起程。王主人并姐夫送了一程，各自回去了。

且说许宣在路，饥餐渴饮，夜住晓行，不则一日，来到镇江。先寻李克用家，来到针子桥生药铺内，只见主管正在门前卖生药。老将仕从里面走出来，两个公人同许宣慌忙唱个喏道："小人是杭州李募事家中人，有书在此。"主管接了，递与老将仕。老将仕拆开看了道："你便是许宣？"许宣道："小人便是。"李克用教三人吃了饭，分付当直的[2]，同到府中，下了公文，使用了钱，保领回家。防送人讨了回文，自归苏州去了。许宣与当直一同到家中，拜谢了克用，参见了老安人[3]。克用见李募事书，说道："许宣原是生药店中主管。"因此留他在店中做买卖，夜间教他去五条巷卖豆腐的王公楼上歇。克用见许宣药店中十分精细，心中欢喜。

原来药铺中有两个主管，一个张主管，一个赵主管。赵主管一生老实本分，张主管一生克剥奸诈。倚着自老了，欺侮后辈。见又添了许宣，心中不悦，恐怕退了他；反生奸计，要嫉妒他。忽一日，李克用来店中闲看，问："新来的做买卖如何？"张主管听了，心中道："中我机谋了！"应道："好便好了，只有一件……"克用道："有甚么一件？"老张道："他大主买卖肯做，小主儿就打发去了，因此人说他不好。我几次劝他，不肯依我。"老员外说："这个容易，我自分付他便了，不怕他不依。"赵主管在傍听得此言，私对张主管说道："我们都要和气。许宣新来，我和你照管他才是。有不是宁可当面讲，如何背后去说他？他得知了，只道我们嫉妒。"老张道："你们后生家，晓得甚么！"天已晚了，各回下处。赵主管来许宣下处道："张主管在员外面前嫉妒你，你如今要愈加用心，大主小主儿买卖，一般样做。"许宣道："多承指教！我和你去闲酌一杯。"二人同到店中，左右坐下。酒保将要饭果碟摆下，二人吃了几杯。赵主管说："老员外最性直，受不得触[4]。你便依随他生性，耐心做买卖。"许宣道："多谢老兄厚爱，谢之不尽！"又饮了两杯，天色晚了。赵主管道："晚了路黑难行，改日再会。"许宣还了酒钱，各自散了。

  许宣觉道有杯酒醉了，恐怕冲撞了人，从屋檐下回去。正走之间，只见一家楼上推开窗，将熨斗播灰下来[5]，都倾在许宣头上。立住脚，便骂道："谁家泼男女，不生眼睛，好没道理！"只见一个妇人，慌忙走下来道："官人休要骂，是奴家不是，一时失误了，休怪！"许宣半醉，抬头一看，两眼相观，正是白娘子。许宣怒从心上起，恶向胆边生，无明火焰腾腾高起三千丈[6]，按纳不住，便骂道："你这贼贱妖精，连累得我好苦！吃了两场官事！"恨小非君子，无毒不丈夫。正是：

    踏破铁鞋无觅处，得来全不费工夫。

  许宣道："你如今又到这里，却不是妖怪？"赶将入去，把白娘子一把拿住道："你要官休、私休！"白娘子陪着笑面道："丈夫，'一夜夫妻百夜恩'，和你说来事长。你听我说：当初这衣服，都是我先夫留下的。我与你恩爱深重，教你穿在身上，恩将仇报，反成吴越[7]？"许宣道："那日我回来寻你，如何不见了！主人都说你同青青来寺前看我，因何又在此间？"白娘子道："我到寺前，听得说你被捉了去，教青青打听不着，只道你脱身走了。怕来捉我，教青青连忙讨了一只船，到建康府娘舅家去。昨日才到这里。我也道连累你两场官事，也有何面目见你！你怪我也无用了。情意相投，做了夫妻，如今好端端难道走开了？我与你情似泰山，恩同东海，暂同生死。可看日常夫妻之面，取我到下处，和你百年偕老，却不是好！"许宣被白娘子一骗，回嗔作喜，沉吟了半晌，被色迷了心胆，留连之意，不回下处，就在白娘子楼上歇了。次日，来上河五条巷王公楼家，对王公说："我的妻子同丫鬟从苏州来到这里。"一一说了，道："我如今搬回来一处过活。"王公道："此乃好事，如何用说？"当日把白娘子同青青搬来王公楼上。次日，点茶请邻舍。第三日，邻舍又与许宣接风。酒筵散了，邻舍各自回去，不在话下。第四日，许宣早起梳洗已罢，对白娘子说："我去拜谢东西邻舍,去做买卖去也。你同青青只在楼上照管,切勿出门!"分付已了,自到店中做买卖,早去晚回。

[1] 看做落:袖手旁观,见死不救。
[2] 当直:值班。这里指仆人。
[3] 安人:命妇封号。宋代朝奉郎以上官员的妻子封安人。
[4] 触:抵触。
[5] 熨斗:烫平衣物的金属器具。旧时构造形似斗,中烧木炭。　播灰:撒灰。
[6] 无明火:莫名的怒火。
[7] 吴越:春秋时的两个诸侯国。吴越两国时相攻伐,积怨殊深,因以比喻仇敌。

不觉光阴迅速,日月如梭,又过一月。忽一日,许宣与白娘子商量,去见主人李员外妈妈家眷。白娘子道:"你在他家做主管,去参见了他,也好日常走动。"到次日,雇了轿子,径进里面,请白娘子上了轿,叫王公挑了盒儿,丫鬟青青跟随,一齐来到李员外家。下了轿子,进到里面,请员外出来。李克用连忙来见,白娘子深深道个万福,拜了两拜,妈妈也拜了两拜,内眷都参见了。原来李克用年纪虽然高大,却专一好色。见了白娘子有倾国之姿,正是:

　　三魂不附体,七魄在他身。

那员外目不转睛,看白娘子。当时安排酒饭管待,妈妈对员外道:"好个伶俐的娘子!十分容貌,温柔和气,本分老成。"员外道:"便是杭州娘子生得俊俏。"饮酒罢了,白娘子相谢自回。李克用心中思想:"如何得这妇人共宿一宵?"眉头一簇,计上心来,道:"六月十三是我寿诞之日,不要慌,教这妇人着我一个道儿[1]。"

不觉乌飞兔走[2],才过端午,又是六月初间。那员外道:"妈妈,十三日是我寿诞,可做一个筵席,请亲眷朋友闲耍一日,也是一生的快乐。"当日亲眷邻友主管人等,都下了请帖。次日,家家户户都送烛面手帕物件来。十三日都来赴筵,吃了一日。次日是女眷们来贺寿,也有廿来个。且说白娘子也来,十分打扮,上着青织金衫儿,下穿大红纱裙,戴一头百巧珠翠金银首饰。带了青青,都到里面拜了生日,参见了老安人。东阁下排着筵席。原来李克用吃虱子留后腿的人[3],因见白娘子容貌,设此一计,大排筵席。各各传杯弄盏,酒至半酣,却起身脱衣净手[4]。李员外原来预先分付腹心养娘道:"若是白娘子登东[5],他要进去,你可另引他到后面僻净房内去[6]。"李员外设计已定,先自躲在后面。正是:

　　不劳钻穴逾墙事,稳做偷香窃玉人[7]。

只见白娘子真个要去净手,养娘便引他到后面一间僻净房内去。养娘自回。

那员外心中淫乱,捉身不住,不敢便走进去,却在门缝里张。不张万事皆休,则一张那员外大吃一惊,回身便走,来到后边,望后倒了。不知一命如何,先觉四肢不举!那员外眼中不见如花似玉体态,只见房中蟠着一条吊桶来粗大白蛇,两眼似灯盏,放出金光来。惊得半死,回身便走,一绊一跤。众养娘扶起看时,面青口白。主管慌忙用安魂定魄丹服了,方才醒来。老安人与众人都来看了道:"你为何大惊小怪做甚么?"李员外不说其事,说道:"我今日起得早了,连日又辛苦了些,头风病发晕倒了。"扶去房里睡了。众亲眷再入席饮了几杯,酒筵散罢,众人作谢回家。

[1] 道儿:圈套。着道儿,中计,宋人习语。
[2] 乌飞兔走:谓光阴流逝。乌,上古神话传说中有"日中有三足乌"的记载,后因以乌代指太阳;兔,相传月中有玉兔,后因以兔来指代月亮。
[3] 吃虱子留后腿:形容小气,吝啬。语出宋玉《小言赋》。
[4] 净手:便后需洗手,故称大小便为净手。一种委婉的说法。
[5] 登东:上厕所,解手。厕所俗称东厕,简称为东。
[6] 净房:也指厕所。
[7] 偷香窃玉:比喻男子与女人偷情私通。

白娘子回到家中思想,恐怕明日李员外在铺中对许宣说出本相来[1]。便生一条计,一头脱衣服,一头叹气。许宣道:"今日出去吃酒,因何回来叹气?"白娘子道:"丈夫,说不得!李员外原来假做生日,其心不善。因见我起身登东,他躲在里面,欲要奸骗我,扯裙扯裤,来调戏我。欲待叫起来,众人都在那里,怕妆幌子。被我一推倒地,他怕羞没意思,假说晕倒了。这惶恐那里出气[2]!"许宣道:"既不曾奸骗你,他是我主人家,出于无奈,只得忍了。这遭休去便了。"白娘子道:"你不与我做主,还要做人?"许宣道:"先前多承姐夫写书,教我投奔他家。亏他不阻,收留在家做主管。如今教我怎的好?"白娘子道:"男子汉!我被他这般欺负,你还去他家做主管?"许宣道:"你教我何处去安身?做何生理[3]?"白娘子道:"做人家主管,也是下贱之事。不如自开一个生药铺。"许宣道:"亏你说,只是那讨本钱[4]?"白娘子道:"你放心,这个容易。我明日把些银子,你先去赁了间房子[5],却又说话。"且说"今是古,古是今",各处有这等出热的[6]。间壁有一个人,姓蒋名和,一生出热好事。次日,许宣问白娘子讨了些银子,教蒋和去镇江渡口马头上[7],赁了一间房子,买下一付生药厨柜,陆续收买生药。十月前后,俱已完备,选日开张药店,不去做主管。那李员外也自知惶恐,不去叫他。

[1] 本相：原形。本来的形象。
[2] 惶恐：丢人，倒霉。
[3] 生理：犹言谋生。
[4] 讨：要。
[5] 赁（lìn）：租。
[6] 出热：热心肠，好管闲事。
[7] 马头：即码头。

## 原文

许宣自开店来，不匡买卖一日兴一日[1]，普得厚利[2]。正在门前卖生药，只见一个和尚将着一个募缘簿子道[3]："小僧是金山寺和尚，如今七月初七日是英烈龙王生日[4]，伏望官人到寺烧香[5]，布施些香钱[6]！"许宣道："不必写名，我有一块好降香[7]，舍与你拿去烧罢。"即便开柜取出递与和尚。和尚接了道："是日望官人来烧香！"打一个问讯去了。白娘子看见道："你这杀才，把这一块好香与那贼秃去换酒肉吃！"许宣道："我一片诚心舍与他，花费了也是他的罪过。"不觉又是七月初七日，许宣正开得店，只见街上闹热，人来人往。帮闲的蒋和道[8]："小乙官前日布施了香，今日何不去寺内闲走一遭？"许宣道："我收拾了，略待略待，和你同去。"蒋和道："小人当得相伴。"许宣连忙收拾了，进去对白娘子道："我去金山寺烧香，你可照管家里则个。"白娘子道："'无事不登三宝殿'，去做甚么？"许宣道："一者不曾认得金山寺，要去看一看；二者前日布施了，要去烧香。"白娘子道："你既要去，我也挡你不得，只要依我三件事。"许宣道："那三件？"白娘子道："一件，不要去方丈内去[9]；二件，不要与和尚说话；三件，去了就回。来得迟，我便来寻你也。"许宣道："这个何妨，都依得。"

[1] 不匡：不料，没想到。
[2] 普得：颇得。
[3] 募缘簿子：和尚、道士募化财物的册子。
[4] 龙王：神话传说中在水里统领水族的王，掌管兴云降雨。
[5] 伏望：表希望的敬词。多用于下对上。
[6] 布施：佛教称施舍给他人财物、体力和智慧以求积累功德直至解脱的修行方法。以财物与人称为"财布施"，说法度人是"法布施"，救人厄难是"无畏布施"。　香钱：布施给佛寺庙宇的香火钱。
[7] 降香：即降真香，其香烧之烟直上，传说能降神。
[8] 帮闲：俗称受人豢养的食客。
[9] 方丈：僧寺住持所住的房间。住持也称方丈。

当时换了新鲜衣服鞋袜，袖了香盒，同蒋和径到江边，搭了船，投金山寺来。先到龙王堂烧了香，绕寺闲走了一遍，同众人信步来到方丈门前。许宣猛省道："妻子分付我休要进方丈内去。"立住了脚，不进去。蒋和道："不妨事，他自在家中，回去只说不曾去便了。"说罢，走入去，看了一回，便出来。且说方丈当中座上，坐着一个有德行的和尚，眉清目秀，圆顶方袍，看了模样，的是真僧[1]。一见许宣走过，便叫侍者："快叫那后生进来。"侍者看了一回，人千人万，乱滚滚的，又不记得他，回说："不知他走那边去了？"和尚见说，持了禅杖，自出方丈来，前后寻不见。复身出寺来看，只见众人都在那里等风浪静了落船。那风浪越大了，道："去不得。"正看之间，只见江心里一只船飞也似来得快。许宣对蒋和道："这般大风浪，过不得渡，那只船如何到来得快？"正说之间，船已将近。看时，一个穿白的妇人，一个穿青的女子来到岸边，仔细一认，正是白娘子和青青两个。许宣这一惊非小。白娘子来到岸边，叫道："你如何不归？快来上船！"许宣却欲上船，只听得有人在背后喝道："业畜[2]！在此做甚么？"许宣回头看时，人说道："法海禅师来了！"禅师道："业畜，敢再来无礼，残害生灵！老僧为你特来。"白娘子见了和尚，摇开船，和青青把船一翻，两个都翻下水底去了。许宣回身看着和尚便拜："告尊师，救弟子一条草命！"禅师道："你如何遇着这妇人？"许宣把前项事情从头说了一遍。禅师听罢，道："这妇人正是妖怪，汝可速回杭州去。如再来缠汝，可到湖南净慈寺里来寻我。"有诗四句：

　　本是妖精变妇人，西湖岸上卖娇声。
　　汝因不识遭他计，有难湖南见老僧。

许宣拜谢了法海禅师，同蒋和下了渡船，过了江，上岸归家。白娘子同青青都不见了。方才信是妖精。到晚来，教蒋和相伴过夜，心中昏闷，一夜不睡。次日早起，叫蒋和看着家里，却来到针子桥李克用家，把前项事情告诉了一遍。李克用道："我生日之时，他登东，我撞将去，不期见了这妖怪，惊得我死去。我又不敢与你说这话。既然如此，你且搬来我这里住着，别作道理。"许宣作谢了李员外，依旧搬到他家。不觉住过两月有余。

忽一日立在门前，只见地方总甲分付排门人等[3]，俱要香花灯烛，迎接朝廷恩赦。原来是宋高宗策立孝宗，降赦通行天下，只除人命大事，其余小事，尽行赦放回家。许宣遇赦，欢喜不胜，吟诗一首，诗云：

　　感谢吾皇降赦文，网开三面许更新。
　　死时不作他邦鬼，生日还为旧土人。
　　不幸逢妖愁更甚，何期遇宥罪除根？
　　归家满把香焚起，拜谢乾坤再造恩。

许宣吟诗已毕，央李员外衙门上下打点使用了钱，见了大尹，给引还乡[4]。拜谢东邻西舍，李员外妈妈合家大小，二位主管，俱拜别了。央帮闲的蒋和买了些土物带回杭州[5]。

[1] 的是：确是。

[2] 业畜：作孽的畜生。骂人的话。

[3] 总甲：宋代户籍制度，居民二三十户编成一甲，轮推一人替官府办理催征，负责地方事务，叫总甲。排门：挨家逐户。

[4] 引：凭证。

[5] 土物：土特产。

来到家中，见了姐夫姐姐，拜了四拜。李募事见了许宣，焦躁道："你好生欺负人，我两遭写书教你投托人[1]，你在李员外家娶了老小，不直得寄封书来教我知道[2]？直恁的无仁无义[3]！"许宣说："我不曾娶妻小。"姐夫道："见今两日前，有一个妇人带着一个丫鬟，道是你的妻子。说你七月初七日去金山寺烧香，不见回来。那里不寻到？直到如今，打听得你回杭州，同丫鬟先到这里等你两日了。"教人叫出那妇人和丫鬟见了许宣。许宣看见，果是白娘子、青青。许宣见了，目睁口呆，吃了一惊。不在姐夫姐姐面前说这话本，只得任他埋怨了一场。李募事教许宣共白娘子去一间房内去安身。许宣见晚了，怕这白娘子，心中慌了。不敢向前，朝着娘子跪在地下道："不知你是何神何鬼？可饶我的性命！"白娘子道："小乙哥是何道理？我和你许多时夫妻，又不曾亏负你，如何说这等没力气的话？"许宣道："自从和你相识之后，带累我吃了两场官司。我到镇江府，你又来寻我。前日金山寺烧香，归得迟了，你和青青又直赶来。见了禅师，便跳下江里去了。我只道你死了，不想你又先到此，望乞可怜见，饶我则个！"白娘子圆睁怪眼道："小乙官，我也只是为好，谁想到成怨本[4]！我与你平生夫妇，共枕同衾，许多恩爱，如今却信别人闲言语，教我夫妻不睦。我如今实对你说，若听我言语喜喜欢欢，万事皆休；若生外心，教你满城皆为血水，人人手攀洪浪，脚踏浑波，皆死于非命。"惊得许宣战战兢兢[5]，半晌无言可答，不敢走近前去。青青劝道："官人，娘子爱你杭州人生得好，又喜你恩情深重。听我说，与娘子和睦了，休要疑虑。"

[1] 遭：次，回。

[2] 直得：懂得。

[3] 直恁：竟然如此。

[4] 怨本：怨恨的根源。语出《国语·周语下》："立于淫乱之国，而好尽言，以招人过，怨之本也。"
[5] 战战兢兢：浑身战栗的样子。

**原文**

　　许宣吃两个缠不过，叫道："却是苦耶！"只见姐姐在天井里乘凉，听得叫苦，连忙来到房前，只道他两个儿厮闹，拖了许宣出来。白娘子关上房门自睡。许宣把前因后事，一一对姐姐告诉了一遍。却好姐夫乘凉归房。姐姐道："他两口儿厮闹了，如今不知睡了也未，你且去张一张了来。"李募事走到房前看时，里头黑了，半亮不亮。将舌头舔破纸窗，不张万事皆休，一张时，见一条吊桶来大的蟒蛇，睡在床上，伸头在天窗内乘凉，鳞甲内放出白光来，照得房内如同白日。吃了一惊，回身便走。来到房中，不说其事。道："睡了，不见则声。"许宣躲在姐姐房中，不敢出头。姐夫也不问他。

　　过了一夜，次日，李募事叫许宣出去，到僻静处问道："你妻子从何娶来？实实的对我说，不要瞒我！自昨夜亲眼看见他是一条大白蛇，我怕你姐姐害怕，不说出来。"许宣把从头事，一一对姐夫说了一遍。李募事道："既是这等，白马庙前一个呼蛇戴先生，如法捉得蛇。我同你去接他。"二人取路来到白马庙前，只见戴先生正立在门口。二人道："先生拜揖。"先生道："有何见谕？"许宣道："家中有一条大蟒蛇，相烦一捉则个！"先生道："宅上何处？"许宣道："过军将桥黑珠儿巷内李募事家便是。"取出一两银子道："先生收了银子，待捉得蛇另又相谢。"先生收了道："二位先回，小子便来。"李募事与许宣自回。那先生装了一瓶雄黄药水[1]，一直来到黑珠儿巷内，问李募事家。人指道："前面那楼子内便是。"先生来到门前，揭起帘子，咳嗽一声，并无一个人出来。敲了半晌门，只见一个小娘子出来问道："寻谁家？"先生道："此是李募事家么？"小娘子道："便是。"先生道："说宅上有一条大蛇，却才二位官人来请小子捉蛇。"小娘子道："我家那有大蛇？你差了。"先生道："官人先与我一两银子，说捉了蛇后，有重谢。"白娘子道："没有，休信他们哄你。"先生道："如何作耍？"白娘子三回五次发落不去，焦躁起来，道："你真个会捉蛇？只怕你捉他不得！"戴先生道："我祖宗七八代呼蛇捉蛇，量道一条蛇有何难捉！"娘子道："你说捉得，只怕你见了要走！"先生道："不走，不走！如走，罚一锭白银。"娘子道："随我来。"到天井内，那娘子转个弯，走进去了。那先生手中提着瓶儿，立在空地上。不多时，只见刮起一阵冷风，风过处，只见一条吊桶来大的蟒蛇，速射将来。正是：

　　　　人无害虎心，虎有伤人意。

　　且说那戴先生吃了一惊，望后便倒，雄黄罐儿也打破了。那条大蛇张开血红大口，露出雪白齿，来咬先生。先生慌忙爬起来，只恨爹娘少生两脚，一口气跑过桥来，正撞着李募事与许宣。许宣道："如何？"那先生道："好教二位得知……"

把前项事从头说了一遍。取出那一两银子付还李募事道:"若不生这双脚,连性命都没了。二位自去照顾别人。"急急的去了。

许宣道:"姐夫,如今怎么处?"李募事道:"眼见实是妖怪了,如今赤山埠前张成家欠我一千贯钱。你去那里静处,讨一间房儿住下。那怪物不见了你,自然去了。"许宣无计可奈,只得应承。同姐夫到家时,静悄悄的没些动静。李募事写了书帖,和票子做一封,教许宣往赤山埠去。只见白娘子叫许宣到房中道:"你好大胆,又叫甚么捉蛇的来!你若和我好意,佛眼相看,若不好时,带累一城百姓受苦,都死于非命!"许宣听得,心寒胆战,不敢则声。将了票子,闷闷不已。来到赤山埠前,寻着了张成。随即袖中取票时,不见了。只叫得苦,慌忙转步,一路寻回来时,那里见?

正闷之间,来到净慈寺前,忽地里想起那金山寺长老法海禅师曾分付来:"倘若那妖怪再来杭州缠你,可来净慈寺内来寻我。"如今不寻,更待何时?急入寺中,问监寺道:"动问和尚,法海禅师曾来上刹也未[2]?"那和尚道:"不曾到来。"许宣听得说不在,越闷。折身便回来长桥堍下[3],自言自语道:"'时衰鬼弄人',我要性命何用?"看着一湖清水,却待要跳!正是:

阎王判你三更到,定不容人到四更。

许宣正欲跳水,只听得背后有人叫道:"男子汉何故轻生?死了一万口,只当五千双[4],有事何不问我!"许宣回头看时,正是法海禅师。背驮衣钵,手提禅杖,原来真个才到。也是不该命尽,再迟一碗饭时,性命也休了。许宣见了禅师,纳头便拜,道:"救弟子一命则个!"禅师道:"这业畜在何处?"许宣把上项事一一诉了。道:"如今又直到这里,求尊师救度一命。"禅师于袖中取出一个钵盂,递与许宣道:"你若到家,不可教妇人得知,悄悄地将此物劈头一罩,切勿手轻,紧紧的按住,不可心慌。你便回去。"

[1]雄黄:称"鸡冠石"。中药,有解毒、杀菌、杀虫等效用。
[2]刹:僧尼所在寺庙的敬辞。 也未:表疑问的语气词,意即"有没有"。
[3]桥堍(tù):桥两头靠近平地的地方。
[4]死了一万口,只当五千双:形容死得没有价值。

且说许宣拜谢了禅师,回家。只见白娘子正坐在那里,口内喃喃的骂道:"不知甚人挑拨我丈夫和我做冤家,打听出来,和他理会!"正是有心等了没心的。许宣张得他眼慢,背后悄悄的望白娘子头上一罩,用尽平生气力纳住,不见了女子之形,随着钵盂慢慢的按下,不敢手松,紧紧的按住。只听得钵盂内道:"和你数载夫妻,好没一些儿人情!略放一放!"许宣正没了结处,报道:"有一个和尚,说道:'要收妖怪。'"许宣听得,连忙教李募事请禅师进来。来到里面,许宣道:"救弟子则个!"不知禅师口里念的甚么,念毕,轻轻的揭起钵盂,只见白娘子缩做七八寸长,如傀儡人像,双眸紧闭,做一堆儿,伏在地下。禅师喝道:"是何业畜妖怪,怎敢缠人?可说备细!"白娘子答道:"禅师,我是一条大蟒蛇。因为风雨大作,来到西湖上安身,同青青一处。不想遇着许宣,春心荡漾,按纳不住,一时冒犯天条,却不曾杀生害命。望禅师慈悲则个!"禅师又问:"青青是何怪?"白娘子道:"青青是西湖内第三桥下潭内千年成气的青鱼。一时遇着,拖他为伴。他不曾得一日欢娱,并望禅师怜悯!"禅师道:"念你千年修炼,免你一死,可现本相!"白娘子不肯。禅师勃然大怒,口中念念有词,大喝道:"揭谛何在[1]?快与我擒青鱼怪来,和白蛇现形,听吾发落!"须臾[2],庭前起一阵狂风。风过处,只闻得豁剌一声响[3],半空中坠下一个青鱼,有一丈多长,向地拨剌的连跳几跳,缩做尺馀长一个小青鱼。看那白娘子时,也复了原形,变了三尺长一条白蛇,兀自昂头看着许宣。禅师将二物置于钵盂之内[4],扯下褊衫一幅[5],封了钵盂口,拿到雷峰寺前,将钵盂放在地下,令人搬砖运石,砌成一塔。后来许宣化缘,砌成了七层宝塔。千年万载,白蛇和青鱼不能出世。且说禅师押镇了,留偈四句[6]:

"西湖水干,江湖不起,
雷峰塔倒[7],白蛇出世。"

法海禅师言偈毕,又题诗八句以劝后人:

"奉劝世人休爱色!爱色之人被色迷。
心正自然邪不扰,身端怎有恶来欺?
但看许宣因爱色,带累官司惹是非。
不是老僧来救护,白蛇吞了不留些。"

法海禅师吟罢,各人自散。惟有许宣情愿出家,礼拜禅师为师,就雷峰塔披剃为僧。修行数年,一夕坐化去了[8]。众僧买龛烧化[9],造一座骨塔,千年不朽。临去世时,亦有诗四句,留以警世。诗曰:

"祖师度我出红尘[10],铁树开花始见春[11];
化化轮回重化化[12],生生转变再生生[13]。
欲知有色还无色[14],须识无形却有形[15];
色即是空空即色[16],空空色色要分明。"

[1]揭谛:亦作"揭帝"。佛教护法神之一。
[2]须臾:一会儿。
[3]豁剌:象声词。

[4] 钵盂：僧人的食器。亦指传法之器。

[5] 褊衫：一种僧尼服装。开脊接领，斜披在左肩上，类似袈裟。

[6] 偈（jì）：佛经中的颂词。多用三言、四言、五言、六言、七言以至多言为句，四句合为一偈。

[7] 雷峰塔：塔名。遗址在浙江杭州西湖南夕照山上。五代吴越王钱俶所建，1924年倾塌。

[8] 坐化：和尚盘腿端坐而死。

[9] 龛（kān）：僧徒的塔状盛尸器。

[10] 红尘：指繁华的社会。泛指人世间。

[11] 铁树开花：铁树多年才开花一次。形容事情极为稀少罕见；也比喻事情极为难办。

[12] 轮回：佛教语。谓众生各因其善恶业力，而在六道中轮回生死。六道：谓众生轮回的六个去处，即天道、人道、阿修罗道、畜生道、饿鬼道和地狱道。

[13] 生生：谓万物相生不绝，变化不已。

[14] 色：佛教语。指物质的形相、实体，与"空"相对。

[15] 无形：不露形迹。犹言不知不觉，不见形体。 有形：有形状的、感官能感觉到的。佛家的观念认为，有形无形，一切皆空。

[16] 色即是空空即色：佛教语。"色"与"空"谓物质的形相及其虚幻的本性。"色即是空"谓一切事物皆由因缘所生，虚幻不实。

　　许仙(即小说中的许宣)和白娘子的爱情故事最早的流传始于南宋，从宋人话本《西湖三塔记》到明代拟话本《白娘子永镇雷峰塔》，再到清初的传奇《雷峰塔》、地方戏《义妖传》、京剧《白蛇传》，以及当代电视连续剧《新白娘子传奇》等等，一直在不断地演变和流传着。故事情节越来越丰富，人物形象越来越生动，成为中国广大人民最喜爱的四大民间故事之一。许仙和白娘子之间的爱情之所以动人，正是由于一个修炼成人形的蛇妖对于爱情的执着和虔诚。一段段耳熟能详的故事情节，一次次细微的行动与言语，都给人们以强烈的震撼。小说中许宣的懦弱、动摇与薄情，白娘子的主动热情、聪明机智、执着善良，小青的仗义助人、嫉恶如仇，法海和尚的多管闲事、冷酷无情，都给人们留下了深刻的印象。小说中描写了人世间普通的爱情、亲情和友情。在人与妖之间，人们情感的天平倒向了多情善良的白娘子，而对许宣的忘恩负义、是非不分表现出痛恨和鄙薄，对法海和尚的多管闲事、棒打鸳鸯表现出极大的愤怒。通过这样一个凄婉动人的爱情故事，表达了人民对世间的种种美好情感的向往与追求。

　　1924年雷峰塔倒掉后，鲁迅即写了《论雷峰塔的倒掉》一文，指出吴越百姓均为白娘娘抱不平，怪法海多事。

（裴兴荣）

## 闹樊楼多情周胜仙

**题解**

本篇选自《醒世恒言》第十四卷。小说写了一个城市富商的女儿周胜仙,在春末夏初时节,一个人带着侍女、奶娘到金明池赏玩。到了范家茶馆,与范二郎一见钟情,但在众目睽睽之下,又情意难通。周胜仙巧妙地借喝糖水以传情,而范二郎也心领神会,如法炮制地表演一番。后来二人各自回家,都因思念对方而病倒在床。范家请来隔壁王婆看病,问清病由之后,王婆为两家说定亲事,二人的病情很快好转。但因周胜仙的父亲经商归来而加以干涉,阻止这门亲事,致使周胜仙气绝而亡,又引起一番波折。周胜仙安葬后,又引来朱真的盗墓行为。周胜仙死而复生,又被朱真骗奸,并带到家中霸占。后周胜仙乘朱真不在家设法逃脱,来到范家茶馆寻找范二郎,不想又被当作是鬼而失手打死,二郎被拘拿到官。而周胜仙却一直眷恋着范二郎,并没有责怪怨恨他,范二郎也为自己的鲁莽举动后悔不已。他们的恋情终于感动了五道将军,让二人在梦中欢会。最后,范二郎也因误认为鬼而失手打死人,事属怪异,被释放。

**原文**

太平时节日偏长,处处笙歌入醉乡。
闻说鸾舆且临幸[1],大家拭目待君王。

这四句诗乃咏御驾临幸之事。从来天子建都之处,人杰地灵[2],自然名山胜水,凑着赏心乐事。如唐朝,便有个曲江池[3];宋朝,便有个金明池[4],都有四时美景,倾城士女王孙[5],佳人才子,往来游玩。天子也不时驾临,与民同乐。如今且说那大宋徽宗朝年东京金明池边,有座酒楼,唤作樊楼[6]。这酒楼有个开酒肆的范大郎。兄弟范二郎,未曾有妻室。时值春末夏初,金明池游人赏玩作乐。那范二郎因去游赏,见佳人才子如蚁。行到了茶坊里来,看见一个女孩儿,方年二九[7],生得花容月貌。这范二郎立地多时,细看那女子,生得:

色色易迷难拆。隐深闺,藏柳陌。足步金莲[8],腰肢一捻[9]。嫩脸映桃红,香肌晕玉白。娇姿恨惹狂童,情态愁牵艳客[10]。芙蓉帐里作鸾凰[11],云雨此时何处觅[12]?

[1] 鸾舆：对皇帝车驾的美称。且：将要。临幸：皇帝驾到。

[2] 人杰地灵：人既杰出，地又灵秀。语出唐代诗人王勃的《滕王阁序》。

[3] 曲江池：唐代长安的著名胜地，故址在今陕西西安市东南曲江乡，池面广阔，池畔有紫云楼、芙蓉苑等名胜。

[4] 金明池：北宋首都汴京的著名胜地，在城西顺天门外。

[5] 士女王孙：指贵族家的子女。

[6] 樊楼：宋代汴京一座著名的酒楼，也叫"丰乐楼"。

[7] 方年二九：即年龄刚刚十八岁。

[8] 金莲：旧时以女人脚小为美，称缠过的小脚为"金莲"。

[9] 捻：细细的一把。

[10] 狂童、艳客：都是指寻花问柳、喜欢女色的人。

[11] 作鸾凤：做夫妻。

[12] 云雨：比喻男女交欢。

【原文】

　　原来情色都不由你。那女子在茶坊里，四目相视，俱各有情。这女孩儿心里暗暗地喜欢，自思道："若是我嫁得一个似这般子弟，可知好哩。今日当面挫过[1]，再来那里去讨？"正思量道："如何着个道理和他说话[2]？问他曾娶妻也不曾？"那跟来女子和奶子[3]，都不知许多事。你道好巧！只听得外面水盏响。女孩儿眉头一纵，计上心来，便叫："卖水的，倾一盏甜蜜蜜的糖水来[4]。"那人倾一盏糖水在铜盂儿里[5]，递与那女子。那女子接得在手，才上口一呷[6]，便把那个铜盂儿望空打一丢，便叫："好好！你却来暗算我！你道我是兀谁[7]？"那范二听得道："我且听那女子说。"那女孩儿道："我是曹门里周大郎的女儿；我的小名叫作胜仙小娘子，年一十八岁，不曾吃人暗算[8]。你今却来算我！我是不曾嫁的女孩儿。"这范二自思量道："这言语跷蹊[9]，分明是说与我听。"这卖水的道："告小娘子！小人怎敢暗算！"女孩儿道："如何不是暗算我？盏子里有条草[10]。"卖水的道："也不为利害[11]。"女孩儿道："你待算我喉咙，却恨我爹爹不在家里。我爹若在家，与你打官司。"奶子在旁边道："却也叵耐这厮[12]！"茶博士见里面闹吵，走入来道："卖水的，你去把那水好好挑出来。"对面范二郎道："他既暗递与我，我如何不回他？"随即也叫："卖水的，倾一盏甜蜜蜜糖水来。"卖水的便倾一盏糖水在手，递与范二郎。二郎接着盏子，吃一口水，也把盏子望空一丢，大叫起来道："好好！你这个人真个要暗算人！你道我是兀谁？我哥哥是樊楼开酒店的，唤作范大郎，我便唤作范二郎，年登一十九岁[13]，未曾吃人暗算。我射得好弩[14]，打得好弹，兼我不曾娶浑家[15]。"卖水的道："你不是疯[16]！是甚意思，说与我知道！指望我与你作媒？

180

你便告到官司,我是卖水,怎敢暗算人!"范二郎道:"你如何不暗算?我的盂儿里,也有一根草叶。"女孩儿听得,心里好欢喜。茶博士入来,推那卖水的出去。女孩儿起身来道:"俺们回去休[17]。"看着那卖水的道:"你敢随我去?"这子弟思量道:"这话分明是教我随他去。"只因这一去,惹出一场没头脑官司。正是:

言可省时休便说,步宜留处莫胡行。

[1] 挫过:同"错过"。

[2] 着个道理:找个办法,寻个机会。

[3] 奶子:奶娘,乳母。

[4] 倾:倒。

[5] 铜盂儿:铜缸子。

[6] 呷(xiā):小口地喝。

[7] 兀(wù)谁:谁。兀,助词,无实际意义。

[8] 吃:被。

[9] 跷蹊(qiāoqī):奇怪,可疑。

[10] 盏子:杯子,缸子。

[11] 不为利害:不算一件严重的事。

[12] 叵耐:不可耐,可恨。这厮:这家伙。

[13] 登:刚刚,到了。

[14] 弩(nǔ):本指一种装有机械设置的发箭的弓,这里代指箭。

[15] 浑家:妻子。

[16] 疯:神经病。

[17] 休:罢了,算了。

女孩儿约莫去得远了,范二郎也出茶坊,远远地望着女孩儿去。只见那女子转步,那范二郎好喜欢,直到女子住处。女孩儿入门去,又推起帘子出来望。范二郎心中越喜欢。女孩儿自入去了。范二郎在门前一似失心风的人[1],盘旋走来走去,直到晚方才归家。且说女孩儿自那日归家,点心也不吃,饭也不吃,觉得身体不快。做娘的慌问迎儿道:"小娘子不曾吃甚生冷[2]?"迎儿道:"告妈妈,不曾吃甚。"娘见女儿几日只在床上不起,走到床边问道:"我儿害甚的病?"女孩儿道:"我觉有些浑身痛,头疼,有一两声咳嗽。"周妈妈欲请医人来看女儿;争奈员外出去未归[3],又无男子汉在家,不敢去请。迎儿道:"隔一家有个王婆,何不请来看小娘子?他唤作王百会,与人收生[4],作针线,作媒人,又会与人看脉,知人病轻重,邻里家有些事都浼他[5]。"周妈妈便令迎儿去请得王婆来。

见了妈妈,妈妈说女儿从金明池走了一遍,回来就病倒的因由。王婆道:"妈妈不须说得,待老媳妇与小娘子看脉自知。"周妈妈道:"好好!"迎儿引将王婆进女儿房里。小娘子正睡哩,开眼叫声:"少礼。"王婆道:"稳便[6]!老媳妇与小娘子看脉则个[7]。"小娘子伸出手臂来,教王婆看了脉。道:"娘子害的是头疼浑身痛,觉得恹恹地恶心[8]?"小娘子道:"是也。"王婆道:"是否?"小娘子道:"又有两声咳嗽。"王婆不听得万事皆休,听了道:"这病跷蹊!如何出去走了一遭,回来却便害这般病!"王婆看着迎儿、奶子道:"你们且出去,我自向小娘子则个。"迎儿和奶子自出去。王婆对着女孩儿道:"老媳妇却理会得这病[9]。"女孩儿道:"婆婆,你如何理会得?"王婆道:"你的病唤作心病。"女孩儿道:"如何是心病?"王婆道:"小娘子,莫不见了甚么人,欢喜了,却害出这病来?是也不是?"女孩儿答道:"这却没有。"王婆道:"小娘子,实对我说。我与你作个道理[10],救了你性命。"那女孩儿听得说话投机,便说出上件事来:"那子弟唤作范二郎。"王婆听了道:"莫不是樊楼开酒店的范二郎?"那女孩儿道:"便是。"王婆道:"小娘子休要烦恼,别人时老身便不认得[11],若说范二郎,老身认得。他的哥哥嫂嫂,不可得的好人。范二郎好个伶俐子弟[12]。他哥哥见教我与他说亲[13]。小娘子,我教你嫁范二郎,你要也不要?"女孩儿笑道:"可知好哩。只怕我妈妈不肯。"王婆道:"小娘子放心,老身自有个道理,不须烦恼。"女孩儿道:"若是恁地时[14],重谢婆婆。"王婆出房来,叫妈妈道:"老媳妇知得小娘子病了。"妈妈道:"我儿害甚么病?"王婆道:"要老身说,且告三杯酒吃了却说[15]。"妈妈道:"迎儿,安排酒来请王婆。"妈妈一头请他吃酒,一头问婆婆:"我女儿害甚么病?"王婆把小娘子说的话一一说了一遍。妈妈道:"如今却是如何?"王婆道:"只得把小娘子嫁与范二郎。若还不肯嫁与他,这小娘子就难医。"妈妈道:"我大郎不在家,须使不得。"王婆道:"告妈妈,不若与娘子下了定[16],等大郎归后,却作亲[17]。且眼下救小娘子性命。"妈妈允了道:"好好,怎地作个道理?"王婆道:"老媳妇就去说,回来便有消息。"

[1]失心风:神经错乱,发病。

[2]生冷:指生冷的食物。

[3]争奈:怎奈。

[4]收生:接生。

[5]浼(měi):请,托。

[6]稳便:随便,自便。客套话。

[7]则个:语气词,放在语末表示祈使、解释等语气。

[8]恹恹(yān):生病无力的样子。

[9]理会:知道,懂得。

[10]作个道理:想个办法。

［11］老身：老太太的自称。

［12］伶俐子弟：聪明小伙子。

［13］见教：现教。

［14］恁（nèn）地：这样。

［15］告：要。

［16］下了定：下了定礼，意即订婚。

［17］却：再。 作亲：结婚。

**【原文】**

　　王婆离了周妈妈家，取路径到樊楼，来见范大郎，正在柜身里坐。王婆叫声万福[1]。大郎还了礼道："王婆婆，你来得正好。我却待使人来请你。"王婆道："不知大郎唤老媳妇作甚么？"大郎道："二郎前日出去归来，晚饭也不吃，道：'身体不快[2]。'我问他那里去来？他道：'我去看金明池。'直至今日不起，害在床上，饮食不进。我待来请你看脉。"范大娘子出来与王婆相见了，大娘子道："请婆婆看叔叔则个[3]。"王婆道："大郎，大娘子，不要人来，老身自问二郎，这病是甚的样起？"范大郎道："好好！婆婆自去看，我不陪了。"王婆走到二郎房里，见二郎睡在床上。叫声："二郎，老媳妇在这里。"范二郎闪开眼道："王婆婆，多时不见，我性命休也。"王婆婆："害甚病便休？"二郎道："觉头疼恶心，有一两声咳嗽。"王婆笑将起来。二郎道："我有病，你却笑我！"王婆道："我不笑别的，我得知你的病了。不害别病，你害曹门里周大郎女儿，是也不是？"二郎被王婆道着了，跳起来道："你如何得知？"王婆道："他家来教我说亲事。"范二郎不听得说万事皆休，听得说好喜欢。正是：

　　　　人逢喜信精神爽，话合心机意趣投。

　　当下同王婆厮赶着出来[4]，见哥哥嫂嫂。哥哥见兄弟出来，道："你害病却便出来？"二郎道："告哥哥，无事了也。"哥嫂好快活。王婆对范大郎道："曹门里周大郎家，特使我来说二郎亲事。"大郎欢喜。话休烦絮。两下说成了，下了定礼，都无别事。范二郎闲时不着家，从下了定，便不出门，与哥哥照管店里。且说那女孩儿闲时不作针线，从下了定，也肯作活。两个心安意乐，只等周大郎归来作亲。三月间下定，直等到十一月间，等得周大郎归家。邻里亲戚都来置酒洗尘[5]，不在话下。到次日，周妈妈与周大郎说知上件事。周大郎道："定了未？"妈妈道："定了也。"周大郎听说，双眼圆睁，看着妈妈骂道："打脊老贱人[6]！得谁言语，擅便说亲[7]！他高杀也只是个开酒店的[8]。我女儿怕没大户人家对亲，却许着他。你倒了志气，干出这等事，也不怕人笑话。"正恁的骂妈妈，只见迎儿叫："妈妈，且进来救小娘子。"妈妈道："作甚？"迎儿道："小娘子在屏风后，不知怎地气倒在地。"慌得妈妈一步一跌，走上前来，看那女孩儿。倒在地下：未知性命如何，先见四肢不举。

从来四肢百病，惟气最重。原来女孩儿在屏风后听得作爷的骂娘[9]，不肯教他嫁范二郎，一口气塞上来，气倒在地。妈妈慌忙来救，被周大郎牵住，不得他救。骂道："打脊贼娘！辱门败户的小贱人，死便教他死，救他则甚？"迎儿见妈妈被大郎牵住，自去向前，却被大郎一个漏风掌打在一壁厢[10]。即时气倒妈妈。迎儿向前救得妈妈苏醒，妈妈大哭起来。邻舍听得周妈妈哭，都走来看。张嫂，鲍嫂，毛嫂，刁嫂，挤上一屋子。原来周大郎平昔为人不近道理，这妈妈甚是和气，邻舍都喜他。周大郎看见多人，便道："家间私事，不必相劝。"邻舍见如此说，都归去了。妈妈看女儿时，四肢冰冷。妈妈抱着女儿哭。本是不死，因没人救，却死了。周妈妈骂周大郎："你直恁地毒害！想必你不舍得三五千贯房奁[11]，故意把我女儿坏了性命！"周大郎听得，大怒道："你道我'不舍得三五千贯房奁'，这等奚落我！"周大郎走将出去。周妈妈如何不烦恼。一个观音也似女儿，又伶俐，又好针线，诸般都好，如何教他不烦恼！离不得周大郎买具棺木，八个人抬来。周妈妈见棺材进门，哭得好苦！周大郎看着妈妈道："你道我割舍不得三五千贯房奁，你那女儿房里，但有的细软[12]，都搬在棺材里。"只就当时，叫仵作人等入了殓[13]，即时使人吩咐管坟园张一郎、兄弟二郎："你两个便与我砌坑子[14]。"吩咐了毕，话休絮烦，功德水陆也不作[15]，停留也不停留，只就来日便出丧。周妈妈教留几日，那里拗得过来。早出了丧，埋葬已了，各人自归。可怜三尺无情土，盖却多情年少人。

[1]万福：唐宋时妇女行礼，双手放在胸前右下侧拂一拂，口中说"万福"，表示祝福。后来就成为习用的妇女行礼的代名词。

[2]不快：不舒服，不痛快。

[3]叔叔：这里指小叔，是妻子对丈夫的兄弟的称呼。

[4]厮赶着：一起，结伴同行。

[5]洗尘：设酒摆宴欢迎远道而来的人。

[6]打脊：古时杖刑的一种，比打臀部的刑法更重。这里形容对方罪过严重。

[7]擅便：擅作主张，随便。

[8]高杀：同"高煞"。充其量，至高。

[9]作爷：当爹。

[10]漏风掌：伸开五指打的一种很重的嘴巴。一壁厢：一边。

[11]房奁（lián）：陪嫁。

[12]但：只要，凡。

[13]仵（wǔ）作：旧时官府里专门验尸的人。入殓（liàn）：装入棺材。

[14]砌坑子：这里指营造墓穴。

[15]功德水陆：指人死后请和尚念经，做水陆道场，以超度亡魂。功德，梵语佛教名词的意译，诵经、念佛、布施、供养都叫"功德"；水陆，即水陆道场，是和尚为超度亡魂所作的法事。

[原文]

话分两头。且说当日一个后生的,年三十馀岁,姓朱名真,是个暗行人[1],日常惯与仵作的做帮手,也会与人打坑子。那女孩儿入殓及砌坑,都用着他。这日葬了女儿回来,对着娘道:"一天好事投奔我[2]。我来日就富贵了[3]。"娘道:"我儿有甚好事?"那后生道:"好笑,今日曹门里周大郎女儿死了,夫妻两个争竞道:'女孩儿是爷气死了!'斗嚣气。约莫有三五千贯房奁,都安在棺材里。有恁的富贵,如何不去取之?"那作娘的道:"这个事却不是耍的事。又不是八棒十三的罪过[4],又兼你爷有样子[5]。二十年前时,你爷去掘一家坟园,揭开棺材盖,尸首觑着你爷笑起来[6]。你爷吃了那一惊,归来过得四五日,你爷便死了。孩儿,切不可去。不是耍的事!"朱真道:"娘,你不得劝我。"去床底下拖出一件物事来[7],把与娘看[8]。娘道:"休把出去罢!原先你爷曾把出去使得一番便休了。"朱真道:"各人命运不同。我今年算了几次命,都说我该发财,你不要阻挡我。"你道拖出的是甚物事?原来是一个皮袋,里面盛着些挑刀斧头,一个皮灯盏,和那盛油的罐儿,又有一领蓑衣。娘都看了,道:"这蓑衣要他作甚?"朱真道:"半夜使得着。"当日是十一月中旬,却恨雪下得大。那厮将蓑衣穿起,却又带一片,是十来条竹皮编成的一行,带在蓑衣后面。原来雪里有脚迹,走一步,后面竹片扒得平,不见脚迹。当晚约莫也是二更左侧[9],吩咐娘道:"我回来时,敲门响,你便开门。"虽则京城热闹,城外空阔去处,依然冷静。况且二更时分,雪又下得大,兀谁出来。

朱真离了家。回身看后面时,没有脚迹。迤逦到周大郎坟边[10],到萧墙矮处[11],把脚跨过去。你道好巧,原来管坟的养只狗子。那狗子见个生人跳过墙来,从草窠里爬出来便叫[12]。朱真日间备下一个油糕,里面藏了些药在内,见狗子来叫,便将油糕丢将去。那狗子见丢甚物过来,闻一闻见香便吃了。只叫得一声,狗子倒了。朱真却走近坟边[13]。那看坟的张二郎叫道:"哥哥,狗子叫得一声,便不叫了,却不作怪!莫不有甚作不是的在这里[14]?起去看一看。"哥哥道:"那作不是的来偷我甚么?"兄弟道:"却才狗子大叫一声便不叫了,莫不有贼?你不起去,我自起去看一看。"那兄弟爬起来,披了衣服,执着枪在手里,出门去看。朱真听得有人声,悄悄地把蓑衣解下,捉脚步走到一株杨柳树边[15]。那树好大,遮得正好。却把斗笠掩着身子和腰,蹲在地下[16],蓑衣也放在一边。望见里面开门,张二走出门外,好冷,叫声道:"畜生,做甚么叫?"那张二是睡梦里起来,被雪雹风吹,吃一惊,连忙把门关了。走入房去,叫:"哥哥,真个没人。"连忙脱了衣服,把被匹头兜了[17],道:"哥哥,好冷!"哥哥道:"我说没人!"约莫也是三更前后,两个说了半响,不听得则声了[18]。朱真道:"不将辛苦意[19],难近世间财。"抬起身来,再把斗笠戴了,着了蓑衣,捉脚步到坟边,把刀拨开雪地。俱是日间安排下脚手,下刀挑开石板下去,到侧边端正了,除下头上斗笠,脱了蓑衣,在一壁厢去皮袋里取两个长针,插在砖缝里，放上一个皮灯盏，竹筒里取出火种吹着了，油罐儿取油，点起那灯，把刀挑开命钉[20]，把那盖天板丢在一壁[21]，叫："小娘子莫怪，暂借你些个富贵[22]，却与你作功德。"道罢，去女孩儿头上便除头面[23]。有许多金珠首饰，尽皆取下了。只有女孩儿身上衣服，却难脱。那厮好会，去腰间解下手巾，去那女孩儿脖项上阁起[24]，一头系在自脖项上，将那女孩儿衣服脱得赤条条地，小衣也不着。那厮可霎叵耐处[25]，见那女孩儿白净身体，淫心顿起，按禁不住，奸了女孩儿。你道好怪！只见女孩儿睁开眼，双手把朱真抱住。怎地出豁[26]？正是：

　　曾观《前定录》[27]，万事不由人。

[1]暗行人：在黑夜里行事的人，这里指盗贼。

[2]一天好事：天大的好事。

[3]来日：明日。

[4]八棒十三的罪过：指很轻的罪。古时杖刑最轻的打十三下，笞刑最轻的打八下。按旧时的刑律，盗墓是重罪，应当处斩，所以说"不是八棒十三的罪过"。

[5]样子：例子。

[6]觑（qù）：看。

[7]物事：东西。

[8]把与：递给。

[9]二更左侧：二更左右。古时夜里以更鼓报时，二更约相当于晚上九到十一点钟的时间。

[10]迤逦（yǐlǐ）：曲折连绵。

[11]萧墙：围墙。

[12]草窠（kē）：草窝，草棚。

[13]却：便。

[14]作不是的：干坏事的。这里指小偷。

[15]捉脚步：轻手轻脚。

[16]蹭（cèng）：擦，挨着。

[17]兜：盖，裹。

[18]则声：出声。

[19]将：付出。

[20]命钉：钉棺材的钉子。

[21]盖天板：棺材盖子。

[22]富贵：财物。

[23]头面：首饰。

[24]脖项：脖子。阁起：系住，挂住。

[25]可霎：同"可煞"。叵耐：可恨。

[26]出豁：脱身。

[27]《前定录》：唐代钟辂著，是一本宣扬宿命论迷信思想的书。

**原文**

原来那女儿一心牵挂着范二郎，见爷的骂娘，斗毙气死了。死不多日，今番得了阳和之气，一灵儿又醒将转来[1]。朱真吃了一惊。见那女孩儿叫声："哥哥，你是兀谁？"朱真那厮好急智，便道："姐姐，我特来救你。"女孩儿抬起身来，便理会得了[2]。一来见身上衣服脱在一壁，二来见斧头刀仗在身边，如何不理会得。朱真欲待要杀了，却又舍不得。那女孩儿道："哥哥，你救我去见樊楼酒店范二郎，重重相谢你。"朱真心中自思，别人兀自坏钱取浑家[3]，不能得恁的一个好女儿。救将归去，却是兀谁得之。朱真道："且不要慌，我带你家去，教你见范二郎则个。"女孩儿道："若见得范二郎，我便随你去。"当下朱真把些衣服与女孩儿着了，收拾了金银珠翠物事衣服包了，把灯吹灭，倾那油入那油罐儿里，收了行头[4]，揭起斗笠，送那女子上来。朱真也爬上来，把石头来盖得没缝，又捧些雪铺上。却教女孩儿上脊背来，把蓑衣着了，一手挽着皮袋[5]，一手绾着金珠物事[6]，把头笠戴了，迤逦取路，到自家门前，把手去门上敲了两三下。那娘的知是儿子回来，放开了门。朱真进家中，娘的吃一惊道："我儿，如何尸首都驮回来？"朱真道："娘不要高声。"放下物件行头，将女孩儿入到自己卧房里面。朱真提起一把明晃晃的刀来，觑着女孩儿道："我有一件事和你商量。你若依得我时，我便将你去见范二郎。你若依不得我时，你见我这刀么？砍你作两段。"女孩儿慌道："告哥哥，不知教我依甚的事？"朱真道："第一，教你在房里不要则声；第二，不要出房门。依得我时，两三日内，说与范二郎。若不依我，杀了你。"女孩儿道："依得，依得。"朱真吩咐罢，出房去与娘说了一遍。话休絮烦。夜间离不得伴那厮睡。一日两日，不得女孩儿出房门。那女孩儿问道："你曾见范二郎么？"朱真道："见来。范二郎为你害在家里，等病好了，却来取你[7]。"自十一月二十日头，至次年正月十五日，不曾去看。当日晚，朱真对着娘道："我每年只听得鳌山好看[8]，不曾去看。今日去看则个。到五更前后，便归。"朱真吩咐了，自入城去看灯。

你道好巧！约莫也是更尽前后[9]，朱真的老娘在家，只听得叫"有火！"急开门看时，是隔四五家酒店里火起，慌杀娘的，急走入来收拾。女孩儿听得，自思道："这里不走[10]，更待何时！"走出门首[11]，叫婆婆来收拾。娘的不知是计，入房收拾。女孩儿从热闹里便走，却不认得路，见走过的人，问道："曹门里在那里？"人指道："前面便是。"迤逦入了门，又问人："樊楼酒店在那里？"人说道："只在前面。"女孩儿好慌。若还前面遇见朱真，也没许多话。女孩儿迤逦走到樊楼酒店，见酒博士在门前招呼。女孩儿深深地道个万福。酒博士还了喏道："小娘子没甚事？"女孩儿道："这里莫是樊楼？"酒博士道："这里便是。"女孩儿道："借问则个，范二郎在那里么？"酒博士思量道："你看二郎！直引得光景上门[12]。"酒博士道："在酒店里的便是。"女孩儿移身直到柜边,叫道:"二郎万福!"范郎不听得都休,听得叫,慌忙走下柜来,近前看时,吃了一惊,连声叫"灭,灭!"女孩儿道:"二哥,我是人,你道是鬼?"范二郎如何肯信,一头叫"灭,灭!"一只手扶着凳子。却恨凳子上有许多汤桶儿,慌忙用手提起一支汤桶儿来,觑着女子脸上丢将过去。你道好巧!却那女孩儿太阳上打着[13]。大叫一声,匹然倒地[14]。慌杀酒保,连忙走来看时,只见女孩儿倒在地下。性命如何?正是:

小园昨夜东风恶,吹折江梅就地横。

[1] 一灵儿:指人的生气、生命力。
[2] 理会:明白,懂得。
[3] 兀自:还。  坏钱:花钱,破费。
[4] 行头:行装,工具。
[5] 挽(wǎn):提着。
[6] 绾(wǎn)着:用包裹捆扎好提着。
[7] 取:同"娶"。
[8] 鳌(áo)山:指元宵节的灯会。灯会上有人将灯扎成鳌状,以供观赏,故称"鳌山"。
[9] 更尽:快天亮的时候。五更是夜里的最后一次更鼓,敲过五更天就亮了。
[10] 这里:此时,这样的机会。
[11] 门首:门口。
[12] 光景:风景,这里指漂亮的女子。
[13] 太阳:太阳穴。
[14] 匹然:突然。

原文

　　酒博士见那女孩儿时,血浸着死了。范二郎口里兀自叫"灭!灭!"范大郎见外头闹吵,急走出来看了,只听得兄弟叫"灭!灭!"大郎问兄弟:"如何作此事?"良久定醒[1]。问:"做甚打死他?"二郎道:"哥哥,他是鬼!曹门里贩海周大郎的女儿[2]。"大郎道:"他若是鬼,须没血出。如何计结[3]?"去酒店门前哄动有二三十人看,即时地方便人来捉范二郎。范大郎对众人道:"他是曹门里周大郎的女儿,十一月已自死了。我兄弟只道他是鬼,不想是人,打杀了他。我如今也不知他是人是鬼。你们要捉我兄弟去,容我请他爷来看尸则个。"众人道:"既是恁地,你快去请他来。"范大郎急奔到曹门里周大郎门前,见个奶子问道:"你是兀谁?"范大郎道:"樊楼酒店范大郎在这里,有些急事,说声则个。"奶子即时入去请。不多时,周大郎出来,相见罢。范大郎说了上件事,道:"敢烦认尸则个,生死不忘。"周大郎也说不肯信。范大郎闲时不是说谎的人[4]。周大郎同范大郎到酒店前看见,也呆了,道:"我女儿已死了,如何得再活?有这等事!"那地方不容范大郎分说,当夜将一行人拘锁,到次早解入南衙开封府[5]。包大尹看了解状[6],也理会不下。权将范二郎送狱司监候[7]。一面相尸[8],一面下文书行使臣房审实。作公的一面差人去坟上掘起看时,只有空棺材。问管坟的张一、张二,说道:"十一月间,雪下时,夜间听得狗子叫。次早开门看,只见狗子死在雪里,更不知别项因依[9]。"把文书呈大尹[10]。大尹焦躁,限三日要捉上件贼人。展个两三限[11],并无下落。好似:

　　金瓶落井全无信,铁杵磨针尚少功。

　　且说范二郎在狱司间想:"此事好怪!若说是人,他已死过了,见有入殓的件作及坟墓在彼可证。若说是鬼,打时有血,死后有尸,棺材又是空的。"展转寻思[12],委决不下[13]。又想道:"可惜好个花枝般的女儿!若是鬼,倒也罢了。若不是鬼,可不枉害了他性命!"夜里翻来覆去,想一会,疑一会,转睡不着。直想到茶坊里初会时光景,便道:"我那日好不着迷哩!四目相视,急切不能上手[14]。不论是鬼不是鬼,我且慢慢里商量,直恁性急,坏了他性命,好不罪过!如今陷于缧绁[15],这事又不得明白,如何是了!悔之无及!"转悔转想,转想转悔。捱了两个更次,不觉睡去。梦见女子胜仙,浓妆而至。范二郎大惊道:"小娘子原来不死。"小娘子道:"打得偏些,虽然闷倒,不曾伤命。奴两遍死去,都只为官人。今日知道官人在此,特特相寻,与官人了其心愿。休得见拒。"亦是冥数当然[16]。范二郎忘其所以,就和他云雨起来。枕席之间,欢情无限。事毕,珍重而别。醒来方知是梦。越添了许多想悔。次夜亦复如此。到第三夜,又来,比前愈加眷恋,临去告诉道:"奴阳寿未绝,今被五道将军收用[17]。奴一心只忆着官人,泣诉其情,蒙五道将军可怜,给假三日,如今限期满了,若再迟延,必遭呵斥。奴从此与官人永别。官人之事,奴已拜从五道将军。但耐心[18],一月之后,必然无事。"范二郎自觉伤感,啼哭起来。醒了,记起梦中之言,似信不信。

　　刚刚一月三十个日头,只见狱卒奉大尹钧旨[19],取出范二郎赴狱司勘问。原来开封府有一个常卖董贵[20],当日绾着一个篮儿,出城门外去。只见一个婆子在门前叫常卖,把着一件物事递与董贵。是甚的?是一朵珠子结成的栀子花。那一夜朱真归家,失下这朵珠花。婆婆私下捡得在手,不理会得值几钱,要卖一两贯钱作私房。董贵道:"要几钱?"婆子道:"胡乱[21]。"董贵道:"还你两贯。"婆子道:"好。"董贵还了钱,径将来使臣房里,见了观察[22],说道恁地[23]。即时观察把这朵栀子花径来曹门里,教周大郎、周妈妈看,认得是女儿临死带去的,即时差人捉婆子。婆子说:"儿子朱真不在。"当时搜捉朱真不见,却在桑家瓦里看耍[24],被作公的捉了[25],解上开封府。包大尹送狱司勘问上件事情。朱真抵赖不得,一一招伏。当案薛孔目初拟朱真劫坟当斩[26];范二郎免死,刺配牢城营[27]。未曾呈案。其夜梦见一神如五道将军之状,怒责薛孔目曰:"范二郎有何罪过,拟他刺配[28]!快与他出脱了[29]。"薛孔目醒来,大惊,改拟范二郎打鬼,与人命不同,事属怪异,宜径行释放[30]。包大尹看了，都依拟。

范二郎欢天喜地回家。后来娶妻，不忘周胜仙之情，岁时到五道将军庙中烧纸祭奠[31]。

有诗为证：

　　　　情郎情女等情痴，只为情奇事亦奇。
　　　　若把无情有情比，无情翻似得便宜。

[1]定醒：清醒过来。

[2]贩海：从事海外贸易。

[3]计结：了结。

[4]闲时：平时。

[5]南衙：古时候中书、门下、尚书三省设在皇宫南面，称为"南衙"，这里泛指官府。

[6]解状：押解犯人的文书。

[7]权：姑且。狱司：管理监狱的机关。　监候：临时羁押，等候审判。

[8]相尸：验看尸体。

[9]因依：因由，缘故。

[10]大尹：即府尹。

[11]展个两三限：两三次放宽时限。古时官府下令公差完成某项任务，规定一定时限，到时不能完成的要给以杖责，称为"限"或"比限"。展，放宽，延长。

[12]展转：反反复复。

[13]委决：决定，确定。

[14]急切：一时。

[15]缧绁（léixiè）：本指捆绑犯人的绳索，后用以代指监狱。

[16]冥数：阴间的命运。　当然：应当这样，注定如此。

[17]五道将军：道教传说中掌管人间生死的神。

[18]但：只要。

[19]钧旨：对上级命令的美称。

[20]常卖：小商贩。

[21]胡乱：随便。

[22]观察：即观察使的简称。官名。唐于诸道置观察使，位次于节度使。中叶以后，多以节度使兼领其职。无节度使之州，亦特设观察使，管辖一道或数州，并兼领刺史之职。

[23]恁地：如此，这样。

[24]桑家瓦：宋元时代汴京城里著名的娱乐场所。瓦，又称瓦子或瓦舍，是表演各种技艺的娱乐场所。看耍：观看各种戏耍。

[25]作公的：指当差的，差人。

[26]当案：负责受理这一案件。　初拟：最初的决定。　当斩：应当斩首。

［27］牢城营：被判充军的犯人集中从事劳役的地方。
［28］刺配：在犯人脸上刺字后充军。
［29］出脱：免罪释放。
［30］宜：应当。 径行：直接。
［31］岁时：祭祀的时节。

  正如小说末尾的两句诗"情郎情女等情痴，只为情奇事亦奇"所说的那样，这个爱情故事通过离奇曲折的情节，塑造了一个大胆、热情、执着追求爱情的"情痴"形象。周胜仙是一个城市富商的女儿，她所受的礼教约束相对要少些，敢于大胆地表达自己的爱情，而且表达的方式又是巧妙而奇特、含蓄而明朗，既不让旁观者看出，又能让意中人领会。小说通过这个特殊的环境，又从现实出发，成功地表现了女主人公大胆、开朗、热情、聪慧的思想性格。虽然故事的演进并不算复杂，但构思却细密精巧、曲折多变、饶有情致。小说通过周胜仙生而得病、病而致死、死而复生、生而又死、死不忘情的情节，表现了她对爱情顽强执着的追求，可谓惊天地、泣鬼神，给人留下深刻的印象。小说对封建礼教和家长制进行了激烈的批判，歌颂了舍生忘死的爱情，反映了市民阶层的生活理想。小说运用喜剧的手法来写悲剧，表现出一种喜剧的色调和艺术风格。

（裴兴荣）

## 一文钱小隙造奇冤

  本篇选自《醒世恒言》，是明代通俗小说家冯梦龙所编选的"三言"中的第三种。故事分为前后两部分。前半部分讲的是市民之间的恩怨：市民杨氏因儿子与人耍钱而输掉一文钱，就责骂对方的孩子，惹恼了那孩子的母亲——一个有名的泼妇绰板婆，凶悍暴戾的绰板婆当街叫骂，并揭露出杨氏与人有私情，引起杨氏的丈夫对杨氏的责骂逼迫，导致杨氏羞愧自杀。而街坊邻居因怕受到牵连而移尸别处，又引出了故事的后半部分：地主朱常是个奸诈的恶霸，是个"专喜和人打官司的主儿"，他正跟另一个地主赵完争夺一块田产，在途中偶然看到被抛弃的杨氏的尸体，陡起歹心，想借此来讹诈朱常，于是故意制造了一场斗殴，企图在混战中抛出女尸，诬赖赵家打人致死。谁知赵完父子更为凶狠，为对付朱常的讹诈，竟然用残酷卑鄙的手段打死两个无辜的老人，反过来诬陷朱常。朱常弄巧成拙，害人不成，反被人害。而赵完最后也因罪行败露，被依法处决。因为两家地主争田，使尽奸谋，互相倾轧，结果导致了十二人死亡。再加上前面自杀的杨氏，共有十三人因为这小小的一文钱而导致死亡。作者写这个故事意在劝告人们不要贪恋钱财，不要争闲气，揭露了金钱有罪恶的一面。这种观点虽有一定的道理，却没有揭示出悲剧发生的社会根源，但在一定程度上也反映了当时社会的黑暗与人心的险恶，具有深刻的教育意义。

【原文】

　　　　世上何人会此言[1]，休将名利挂心田[2]。
　　　　等闲倒尽十分酒，遇兴高歌一百篇。
　　　　物外烟霞为伴侣[3]，壶中日月任婵娟[4]。
　　　　他时功满归何处？直驾云车入洞天[5]。

　　这八句诗，乃回道人所作。那道人是谁？姓吕，名嵒，号洞宾，岳州河东人氏。大唐咸通中应进士举[6]，游长安酒肆，遇正阳子钟离先生[7]，点破了黄粱梦[8]，知宦途不足恋，遂求度世之术。钟离先生恐他立志未坚，十遍试过，知其可度。欲授以黄白秘方[9]，使之点石成金，济世利物，然后三千功满，八百行圆[10]。洞宾问道："所点之金，后来还有变异否？"钟离先生答道："直待三千年后，还归本质。"洞宾愀然不乐道[11]："虽然遂我一时之愿，可惜误了三千年后遇金之人。弟子不愿受此方也。"钟离先生呵呵大笑道："汝有此好心，三千八百尽在于此。吾向蒙苦竹真君盼咐道[12]：'汝游人间，若遇两口的，便是你的弟子。'遍游天下，从没见有两口之人，今汝姓吕，即其人也。"遂传以分合阴阳之妙。洞宾修炼丹成，发誓必须度尽天下众生，方可上升。从此混迹尘途[13]，自称为回道人。回字也是二口，暗藏着吕字。

　　尝游长沙，手持小小磁罐乞钱，向市上大言："我有长生不死之方，有人肯施钱满罐，便以方授之。"市人不信，争以钱投罐，罐终不满。众皆骇然。忽有一僧人推一车子钱从市东来，戏对道人说："我这车子钱共有千贯[14]，你罐里能容之否？"道人笑道："连车子也推得进，何况钱乎？"那僧不以为然，想着："这罐子有多少大嘴，能容得车儿？明明是说谎。"道人见其沉吟，便道："只怕你不肯布施，若道个肯字，不愁这车子不进我罐儿里去。"此时众人聚观者极多，一个个肉眼凡夫，谁人肯信，都去撺掇那僧人[15]。那僧人也道必无此事，便道："看你本事，我有何不肯？"道人便将罐子侧着，将罐口向着车儿，尚离三步之远，对僧人道："你敢道三声'肯'么？"僧人连叫三声："肯，肯，肯。"每叫一声"肯"，那车子便近一步。到第三个"肯"字，那车儿却像罐内有人扯拽一般，一溜子滚入罐内去了。众人一个眼花，不见了车儿，发声齐喊道："奇怪！奇怪！"都来张那罐口，只见里面黑洞洞地。那僧人就有不悦之意，问道："你那道人是神仙，还是幻术？"道人口占八句道：

　　非神亦非仙，非术亦非幻。
　　天地有终穷，桑田经几变[16]。
　　此身非吾有，财又何足恋。
　　苟不从吾游[17]，骑鲸腾汗漫[18]。

那僧人疑心是个妖术，欲同众人执之送官。道人道："你莫非懊悔，不舍得这车子钱财么？我今还你就是。"遂索纸笔，写一道符，投入罐内，喝声："出，出！"众人千百只眼睛，看着罐口，并无动静。道人说道："这罐子贪财，不肯送将出来，待贫道自去讨来还你。"说声未了，耸身望罐口一跳，如落在万丈深潭，影儿也不见了。那僧人连呼："道人出来！道人快出来！"罐里并不则声[19]。僧人大怒，提起罐儿，向地下一掷，其罐打得粉碎，也不见道人，也不见车儿，连先前众人布施的散钱并不见一个，正不知那里去了？只见有字纸一幅，取来看时，题得有诗四句道：

　　寻真要识真[20]，见真浑未悟[21]。
　　一笑再相逢，驱车东平路。

众人正在传观，只见字迹渐灭，须臾之间[22]，连这幅白纸也不见了。众人才信是神仙，一哄而散。只有那僧人失脱了一车子钱财，意气沮丧，忽想着诗中"一笑再相逢，驱车东平路"之语，急急忙忙行到东平路上，认得自家的钱车，那钱物依然分毫不动。那道人立于车旁，举手笑道："相待久矣！钱车可自收去。"又叹道："出家之人，尚且惜钱如此，更有何人不爱钱者？普天下无一人可度，可怜哉！可痛哉！"言毕腾云而去。那僧人惊呆了半晌，去看那车轮上，每边各有一个口字，二口成吕，乃知吕洞宾也。懊悔无及。正是：

　　天上神仙容易遇，世间难得舍财人。

［1］会：理解，懂得。

［2］心田：佛教语，即心。

［3］物外烟霞为伴侣：是说神仙超然世外，遨游天地之间，以烟霞为伴。物外，世外。

［4］壶中日月任婵娟：据说古时有个神仙每天睡在一个壶里，壶中另有一个天地，并有日月照临，如人间世界一般美好。后遂称仙境为壶中日月。婵娟，美好。

［5］云车：神仙以云为车。　　洞天：洞中别有天地之意。道家有仙人所居之处有王屋山等十大洞天、泰山等三十六洞天之说。

［6］咸通：唐懿（yì）宗李漼（cuǐ）的年号（860—874）。

［7］钟离先生：传说中的八仙之一，复姓钟离，单名权，俗称汉钟离，据说为吕洞宾之师。

［8］黄粱梦：唐传奇《枕中记》写了这么一个故事，卢生在邯郸客店中，遇见道士吕翁，吕翁给他一个瓷枕，卢生就枕入睡，梦中历尽荣华富贵，一觉醒来，店主炊黄粱未熟。后人因比喻人生富贵如黄粱

一梦。元代有人根据这篇小说编成杂剧,改变故事内容为钟离权借梦境点醒吕洞宾,后度吕洞宾成仙。此处所说应是元杂剧的内容。

[9] 黄白秘方:道家炼丹化为金银的法术。黄指金,白指银。

[10] 三千功满,八百行圆:指修身行善都做到了很好的程度。功,指道家修炼之功;行,指善行;三千、八百,指修行的次数之多。

[11] 愀(qiǎo)然:因不高兴而容色改变的样子。

[12] 向蒙:向来蒙受。 苦竹真君:道教传说中的一位真人。

[13] 混迹尘途:置身于人间世界。因吕洞宾是神仙,今下到人间,故云混迹。尘途,尘世,人世。

[14] 贯:本指穿钱的绳子。古代铜钱中间有孔,每一千钱穿成五串为一贯,所以贯又是钱的数量单位。

[15] 撺掇:怂恿。

[16] 桑田经几变:古代传说,大海曾变成农田,农田又变成大海,比喻世事变化很大,亦有时间长久的意思。

[17] 苟:如果。

[18] 骑鲸腾汗漫:古时有仙人骑鲸遨游的传说。骑鲸,指成仙得道;汗漫,原指水势漫无边际,这里指天空。

[19] 则声:作声,出声。

[20] 真:真人,仙人。道家称得道的人为真人。

[21] 浑:完全。

[22] 须臾:片刻,一会儿。

## 原文

方才说吕洞宾的故事,因为那僧人舍不得这一车子钱,把个活神仙,当面挫过。有人论:这一车子钱,岂是小事,也怪那僧人不得。世上还有一文钱也舍不得的。依在下看来,舍得一车子钱,就从那舍得一文钱这一念推广上去。舍不得一文钱,就从那舍不得一车钱子这一念算计入来。不要把钱多钱少,看做两样。如今听在下说这一文钱小小的故事。列位看官们,各宜警醒,惩忿窒欲[1],且休望超凡入道,也是保身保家的正理。诗云:

不争闲气不贪钱,舍得钱时结得缘。
除却钱财烦恼少,无烦无恼即神仙。

话说江西饶州府浮梁县,有景德镇,是个马头去处[2]。镇上百姓,都以烧造磁器为业,四方商贾,都来载往苏杭各处贩卖,尽有利息。就中单表一人,叫做邱乙大,是窑户家一个做手。浑家杨氏[3],善能描画。乙大做就磁胚[4],就是浑家描画花草人物,两口俱不吃空[5]。住在一个冷巷里[6],尽可度日有余。那杨氏年三十六岁,貌颇不丑,也肯与人活动[7]。只为老公利害,只好背地里偶一为之,却不敢明当做事。所生一子,名唤邱长儿,年十四岁,资性愚鲁,尚未会做活,只在家中走跳。忽一日杨氏患肚疼,思想椒汤吃,把一文钱教长儿到市上买椒。长儿拿了一文钱,才走出门，刚刚遇着东间壁一般做磁胚刘三旺的儿子，叫做再旺，也走出门来。那再旺年十三岁，比长儿到乖巧，平日喜的是撅钱耍子[8]——怎的样撅钱？也有八个六个，撅出或字或背[9]，一色的谓之浑成。也有七个五个，撅去一背一字间花儿去的，谓之背间——再旺和长儿，闲常有钱时，多曾在巷口一个空阶头上耍过来。这一日巷中相遇，同走到当初耍钱去处，再旺又要和长儿耍子，长儿道："我今日没有钱在身边。"再旺道："你往哪里去？"长儿道："娘肚疼，叫我买椒泡汤吃。"再旺道："你买椒，一定有钱。"长儿道："只有得一文钱。"再旺道："一文钱也好耍，我也把一文与你赌个背字，两背的便都赢去，两字便输，一字一背不算。"长儿道："这文钱是要买椒的，倘或输与你了，把什么去买？"再旺道："不妨事，你若赢了是造化，若输了时，我借与你，下次还我就是。"长儿一时不老成[10]，就把这文钱撅在地上。再旺在兜里也摸出一个钱丢下地来。长儿的钱是个背，再旺的是个字。撅钱也有先后常规，该是背的先撅。长儿拣起两文钱，摊在第二手指上，把大拇指掐住，曲一曲腰，叫声："背。"撅将下去，果然两背。长儿赢了。收起一文，留一文在地。再旺又在兜肚里摸出一文钱来，连地下这文钱拣起，一般样，摊在第二手指上，把大拇指掐住，曲一曲腰，叫声："背。"撅将下去，却是两个字，又是再旺输了。长儿把两个钱都收起，和自己这一文钱，共是三个。长儿赢得顺溜，动了赌兴，问再旺道："还有钱么？"再旺道："钱尽有，只怕你没造化赢得[11]。"当下伸手在兜肚里摸出十来个净钱[12]，捻在手里，啧啧夸道[13]："好钱！好钱！"问长儿："还敢撅么？"又丢下一文来。长儿又撅了两背，第四次再旺撅，又是两字。一连撅了十来次，都是长儿赢了，共得了十二文。分明是掘藏一般[14]。喜得长儿笑容满面，拿了钱便走。再旺那肯放他，上前拦住，道："你赢了我许多钱，走哪里去？"长儿道："娘肚疼，等椒汤吃，我去去，闲时再来。"再旺道："我还有钱在腰里，你赢得时，我送你。"长儿只是要去，再旺发起喉急来[15]，便道："你若不肯撅时，还了我的钱便罢。你把一文钱来骗了我许多钱，如何就去？"长儿道："我是撅得有采[16]，须不是白夺你的[17]。"

再旺索性把兜肚里钱，尽数取出，约莫有二三十文，做一堆儿堆在地下道："待我输尽了这些钱，便放你走。"长儿是个小厮家，眼孔浅，见了这钱，不觉贪心又起；况且再旺抵死缠住[18]，只得又撅。谁知风无常顺，兵无常胜。这番采头又轮到再旺了。照前撅了一二十次，虽则中间互有胜负，却是再旺赢得多。到结末来，这十二文钱，依旧被他复去。长儿刚刚原剩得一文钱。自古道：得以气胜[19]。初番长儿撅赢了一两文，胆就壮了，偶然有些采头，就连赢数次。到第二番又撅时，不是他心中所愿，况且着了个贪心，手下就有些矜持[20]。到一连撅输了几文，去了个舍不得一个，又添了个吝字，气便索然。怎当再旺一股愤气，又且稍长胆壮，自然赢了。大凡人富的好过，贫的好过，只有先贫后富的，最是难过。据长儿一文钱起手时，赢得一二文也是够了，一连得了十二文钱，一拳头捻不住，就该住手回家。

可笑长儿把这钱不看做倘来之物[21]，反认作自己东西，重复输去，好不气闷，痴心还想再像初次赢将转来。"就是输了，他原许下借我的，有何不可？"这一交，合该长儿撅了，忍不住按定心坎，再复一撅，又是二字，心里着忙，就去抢那钱，手去迟些，先被再旺抢到手中，都装入兜肚里去了。长儿道："我只有一文钱，要买椒的，你原说过赢时借我，怎的都收去了？"再旺怪长儿先前赢了他十二文钱就要走，今番正好出气。君子报仇，直待三年；小人报仇，只在眼前。怎么还肯把这文钱借他？把长儿双手挡开，故意的一跳一舞，跑入巷去了。急得长儿且哭且叫，也回身进巷扯住再旺要钱，两个扭做一堆厮打。

孙庞斗智谁为胜，楚汉争锋那个强[22]？

[1] 惩忿窒欲：克制自己的愤怒，遏止自己的欲望。

[2] 马头：同"码头"。

[3] 浑家：妻子，老婆。

[4] 磁胚：未经火烧过的瓷器坯胎。胚，同"坯"。

[5] 吃空：指好吃懒做的意思。

[6] 冷巷：偏僻冷清的胡同。

[7] 与人活动：指与别人发生不正当的男女关系。

[8] 撅钱耍子：一种近似于赌博的娱乐活动，掷一枚铜钱，看是正面还是背面向上，来定输赢。

[9] 或字或背：旧时铜钱有文字的一面叫字儿，没文字而有图案的一面叫背儿，或面儿。意即有时是正面向上，有时是背面向上。

[10] 老成：阅历多，办事稳重。

[11] 造化：运气。

[12] 兜肚：束腰的布带，前面作成夹层，可以放置钱物，也叫缠带。

[13] 啧啧：叹词。表示赞叹、叹息、惊异等。

[14] 掘藏：挖掘到地下埋藏的财物。

[15] 喉急：着急。

[16] 采：彩头。赌赛中获胜所得的财物叫彩头。

[17] 须：可是，却。

[18] 抵死：拼死。

[19] 得以气胜：意思是想有所得先要气势压倒对方。

[20] 矜持：拘谨，束手束脚，放不开的意思。

[21] 倘来之物：指无意中得到的东西。

[22] 孙庞斗智：战国时孙膑和庞涓本来是好朋友，但庞涓嫉妒孙膑的才能，设计陷害孙膑，引起二人相互争斗。后来，庞涓战败被杀。 楚汉争锋：指秦末的项羽和刘邦为争夺天下而进行的战争。

却说杨氏，专等椒来泡汤吃，望了多时，不见长儿回来，觉得肚疼定了，走出门来张看，只见长儿和再旺扭住厮打，骂道："小杀才！教你买椒不买，倒在此寻闹，还不撒开。"两个小厮听得骂，都放了手。再旺就闪在一边。杨氏问长儿："买的椒在哪里？"长儿含着眼泪回道："那买椒的一文钱，被再旺夺去了。"再旺道："他与我撇钱，输与我的。"杨氏只该骂自己儿子，不该撇钱，不该怪别人。况且一文钱，所值几何，既输了去，只索罢休。单因杨氏一时不明，惹出一场大祸，辗转的害了多少人的性命。正是：

　　事不三思终有悔，人能百忍自无忧[1]。

　　杨氏因等候长儿不来，一肚子恶气，正没出豁[2]，听说赢了他儿子的一文钱，便骂道："天杀的野贼种！要钱时，何不教你娘趁汉去[3]？来骗我家小厮撇钱！"口里一头骂，一头便扯再旺来打。恰正抓住了兜肚，凿下两个栗暴[4]。那小厮打急了，把身子来一挣，却挣断了兜肚带子，落下地来。索郎一声响，兜肚子里面的钱，撒了一地。杨氏道："只还我那一文便了。"长儿得了娘的口气，就势抢了一把钱，奔进自屋里去。再旺就叫起屈来。杨氏赶进屋里，喝教长儿还了他钱。长儿被娘逼不过，把钱对着街上一撒。再旺一头哭，一头骂，一头捡钱。捡起时，少了六七文钱，情知是长儿藏下，拦着门只顾骂。杨氏道："也不见这天杀的野贼种，怎地撒泼！"把大门关上，走进去了。再旺敲了一回门，又骂了一回，哭到自屋里去。母亲孙大娘正在灶下烧火，问其缘故。再旺哭诉道："长儿抢了我的钱，他的娘不说他不是，他骂娘养汉，野杂的种，要钱时何不教你娘养汉。"孙大娘不听时，万事全休，一听了这句不入耳的言语，不觉：

　　怒从心上起，恶向胆边生。

　　原来孙大娘最痛儿子，极是护短[5]，又兼性暴，能言快语，是个揽事的女都头[6]。若相骂起来，一连骂十来日，也不口干，有名叫做绰板婆[7]。他与邱家只隔得三四个间壁居住，也晓得杨氏平日有些不三不四的毛病，只为从无口面，不好发挥出来。一闻再旺之语，太阳里爆出火来，立在街头，骂道："狗泼妇，狗淫妇！自己瞒着老公趁汉子，我不管你罢了，倒来谤别人。老娘人便看不像，却替老公争气。前门不进师姑，后门不进和尚[8]，拳头上立得人起，臂膊上走得马过[9]，不像你那狗淫妇，人硬货不硬，表壮里不壮[10]，作成老公带了绿帽儿[11]，羞也不羞！还亏你老着脸在街坊上骂人。便臊贱时，也不恁般般做作！我家小厮年幼，连头带脑，也还不够与你补空，你休得缠他！臊发时还去寻那旧汉子[12]，是多寻几遭，多养了几个野贼种，大起来好做贼。"一声泼妇，一声淫妇，骂一个路绝人稀。杨氏怕老公，不敢揽事，又没处出气，只得骂长儿道："都是你那小天杀的，不学好，引这长舌妇开口。"提起木柴，把长儿劈头就打，打得长儿头破血淋，嚎啕大哭。

邱乙大正从窑上回来,听得孙大娘叫骂,侧耳多时,一句句都听在肚里,想道:"是那家婆娘不秀气[13]?替老公妆幌子[14],惹得绰板婆叫骂。"及至回家,见长儿啼哭,问起缘由,倒是自家家里招揽的是非。邱乙大是个硬汉,怕人耻笑,声也不喷[15],气忿忿地坐下。远远的听得骂声不绝,直到黄昏后,方才住口。

邱乙大吃了几碗酒,等到夜深人静,叫老婆来盘问道:"你这贱人瞒着我做的好事!趁的许多汉子,姓甚名谁?好好招将出来,我自去寻他说话[16]。"那婆娘原是怕老公的,听得这句话,分明似半空中响一个霹雳,战兢兢还敢开口?邱乙大道:"泼贱妇,你有本事偷汉子,如何没本事说出来?若要不知,除非莫为。瞒得老公,瞒不得邻里,今日教我如何做人?你快快说来,也得我心下明白。"杨氏道:"没有这事,教我说谁来?"邱乙大道:"真个没有?"杨氏道:"没有。"邱乙大道:"既是没有时,他们如何说你,你如何凭他说,不则一声?显是心虚口软,应他不得。若是真个没有,是他们诈说你时,你今夜吊死在他门上,方表你清白,也出脱了我的丑名。明日我好与他讲话。"那婆娘怎肯走动,流下泪来,被邱乙大三两个巴掌,拟出大门[17]。把一条麻索丢与他,叫道:"快死快死!不死便是恋汉子了。"说罢,关上门儿进来。长儿要来开门,被乙大一顿栗暴,打得哭了一场睡去了。乙大有了几分酒意,也自睡去。单剩杨氏在门外好苦,上天无路,入地无门。千不是,万不是,只是自家不是,除却死,别无良策。自悲自怨了多时,恐怕天明,慌慌张张的取了麻索,去认那刘三旺的门首。也是将死的人,失魂颠智[18],刘家本在东间壁第三家,却错走到西边去,走过了五六家,到第七家。见门面与刘家相像,忙忙的把几块乱砖衬脚,搭上麻索于檐下,系颈自尽。可怜伶俐妇人,只为一文钱斗气,丧了性命。正是:

  地下新添恶死鬼,人间不见画花人。

却说西邻第七家,是个打铁的匠人门首。这匠人诨名叫做白铁,每夜四更,便起来打铁。偶然开了大门撒溺[19],忽然一阵冷风,吹得毛骨竦然,定睛看时,吃了一惊。不是傀儡场中鲍老[20],竟像秋千架上佳人。檐下挂着一件物事[21],不知是那里来的?好不怕人!犹恐是眼花,转身进屋,点个火来一照,原来是新缢的妇人,咽喉气断,眼见得救不活了。欲待不去照管他,到天明被做公的看见,却不是一场飞来横祸,辨不清的官司。思量一计:"将他移在别处,与我便无干了。"担着惊恐,上前去解这麻索。那白铁本来有些蛮力,轻轻的便取下挂来,背出正街,心慌意急,不暇致详[22],向一家门里撒下。头也不回,竟自归家,兀自连打几个寒噤,铁也不敢打了,复上床去睡卧,不在话下。

  [1]百忍:遇事多忍。唐代郓州张公艺九世同堂,共居一处,高宗问他是怎么融洽相处的,他只在纸上写了一百多个"忍"字。

〔2〕没出豁：没处发泄。

〔3〕趁汉：偷汉子，意思是妇女与丈夫之外的男子发生不正当的关系。

〔4〕栗暴：弯曲手指戳打小孩的额头，即俗称的"弹脑瓜嘣"。也写作"栗爆"。

〔5〕护短：偏袒自己的孩子。

〔6〕揽事：惹事，管闲事。 都头：军职名。都将的别称。唐末田令孜募神策新军为五十四都，诸都以都将率领，亦称都头。五代沿之。宋时禁军有都头、副都头，位次指挥使。旧时也称衙役、捕快头目为都头。后来泛指头领、头脑。女都头即指女首领。这里指极不贤惠的女人。

〔7〕绰板婆：指善于骂街的女人。绰板，即拍板。乐器名。用来打拍子。

〔8〕前门不进师姑，后门不进和尚：自己家中不与尼姑、和尚来往，意思是说自己没有不正当的男女关系。古时对尼姑、和尚有偏见，因他们长期禁欲，容易发生出轨行为。

〔9〕拳头上立得人起，臂膊上走得马过：比喻自己光明正大，行事端正，没有见不得人的事，也经得起别人的议论。

〔10〕人硬货不硬，表壮里不壮：是说容貌虽美而品德恶，表面虽好而本质坏。

〔11〕绿帽儿：俗称妻子有外遇的丈夫为"戴绿帽儿""戴绿头巾"。

〔12〕臊（sāo）发：发情。这里是骂人的话。

〔13〕秀气：文雅。

〔14〕妆幌子：出乖露丑。

〔15〕声也不啧（zé）：不出声，不吭气。

〔16〕说话：说说。这里是算账的意思。

〔17〕扨（sǒng）：推。

〔18〕失魂颠智：神智昏乱。

〔19〕撒溺：撒尿。

〔20〕傀儡（kuǐlěi）场：即傀儡戏场，也称"勾栏""瓦舍"。宋元时期的娱乐场所，表演各种各样的技艺，供人们娱乐，统称百戏。 鲍老：宋代百戏中的一个脚色。扮成假面披发、口吐烟火的鬼神模样，也叫"抱锣"。

〔21〕物事：物品、东西。

〔22〕不暇：没有时间。 致详：详细审察。

## 原文

且说邱乙大，黑早起来开门，打听老婆消息，走到刘三旺门前，并无动静，直走到巷口，也没些踪影，又回来坐地寻思："莫不是这贱妇逃走他方去了？"又想："他出门稀少，又是黑暗里，如何行动？"又想道："他若不死时，麻索必然还在。"再到门前去看时，地下不见麻绳："定是死了刘家门首，被他知觉，藏过了尸首，与我白赖。"又想："刘三旺昨晚不回，只有那绰板婆和那小厮在家，那有力量搬运？"又想道："虫蚁也有几只脚儿，岂有人无帮助？且等他开门出来，看他什么光景[1]，见貌辨色[2]，可知就里[3]。"等到刘家开门，再旺出来，把钱去市心里买馍馍点心，并不见有一些惊慌之意。邱乙大心中委决不下[4]，又到街前街后闲荡，打探一回，并无影响。回来看见长儿还睡在床上打齁,不觉怒起,掀开被,向腿上四五下,打得这小厮睡梦里直跳起来。邱乙大道:"娘也被刘家逼死了,你不去讨命,还只管睡!"这句话,分明邱乙大教长儿去惹事,看风色。长儿听说娘死了,便哭起来,忙忙的穿了衣服,带着哭,一径直赶到刘三旺门首去,骂道:"狗娼根狗淫妇!还我娘来?"那绰板婆孙大娘,见长儿骂上门,如何耐得,急赶出来,骂道:"千人射的野贼种,敢上门欺负老娘么?"便揪着长儿头发,却待要打,见邱乙大过来,就放了手。这小厮满街乱跳乱舞,带哭带骂讨娘。邱乙大耐不住,也骂起来。那绰板婆怎肯相让,旁边钻出个再旺来相帮,两下干骂一场,邻里劝开。邱乙大教长儿看守家里,自去街上央人写了状词,赶到浮梁县告刘三旺和妻孙氏人命事情。大尹准了状词,差了拘拿原被告,和邻里干证,到官审问[5]。原来绰板婆孙氏平昔口嘴不好,极是要冲撞人,邻里都不欢喜,因此说话中间,未免偏向邱乙大几分,把相骂的事情,增添得重大了,隐隐的将这人命,射实在绰板婆身上[6]。这大尹见众人说话相同,信以为实。错认刘三旺将尸藏匿在家,希图脱罪。差人搜检,连地也翻了转来,只是搜寻不出,故此难以定罪。且不用刑,将绰板婆拘禁,差人押刘三旺寻访杨氏下落,邱乙大讨保在外[7]。这场官司好难结哩!有分教:

绰板婆消停口舌,磁器匠耽误生涯。

这事且搁过不提。再说白铁将那尸首,却撇在一个开酒店的人家门首。那店主人王公,年纪六十余岁,有个妈妈,靠着卖酒过日。是夜睡至五更,只听得叩门之声,醒时又不听得。刚刚合眼,却又闻得砰砰声叩响。心中惊异,披衣而起,即唤小二起来,开门观看。只见街头上,不横不直,挡着这件物事。王公还道是个醉汉,对小二道:"你仔细看一看,还是远方人,是近处人?若是左近邻里,可叩他家起来,扶了去。"小二依言,俯身下去认看,因背了星光,看不仔细。见颈边拖着麻绳,却认做是条马鞭,便道:"不是近边人,想是个马夫。"王公道:"你怎么晓得他是个马夫?"小二道:"见他身边有根马鞭,故此知得。"王公道:"既不是近处人,由他罢!"小二欺心,要拿他的鞭子,伸手去拾时,却拿不起,只道压了身底下,尽力一扯,那尸首直竖起来,把小二吓了一跳,叫道:"阿呀!"连忙放手。那尸扑的倒下去了。连王公也吃一惊,问道:"这怎么说?"小二道:"只道是根鞭儿,要拿他的,不想却是缢死的人,颈下扣的绳子。"王公听说,惊得魂飞天外,魄散九霄,叫道:"这没头官司,叫我如何吃得起?若到了官,如何洗得清?"便与小二商议。小二道:"不打紧,只教他离了我这里,就没事了。"王公道:"说得有理,还是拿到那里去好?"小二道:"撇他在河里罢[8]。"当下二人动手,直抬到河下。远远望见岸上有人,打着灯笼走来,恐怕被他撞见,不管三七二十一,撇在河边,奔回家去了,不在话下。

且说岸上打灯笼来的是谁?那人乃是本镇一个大户叫做朱常,为人奸诡百出,变诈多端,是个好打官司的主儿。因与一个隔县姓赵的人家争田。这一早要到田头去割稻,同着十来个家人,拿了许多扁挑、索子、镰刀,正来下船。那提灯的在前,走下岸来,只见一人横倒在河边,也认做是个醉汉,便道:"这该死的贪这样脓血[9]!若再一个翻身,却不滚在河里,送了性命。"内中一个家人,叫做卜才,是朱常手下第一出尖的帮手,他只道醉汉身边有些钱钞,就蹲倒身,伸手去摸他腰下,却冰一般冷,缩手不迭[10],便道:"原来死的了!"朱常听说是死人,心下顿生不良之念。忙叫:"不要慌。拿灯来照看,是老的?是少的?"众人在灯下仔细打灯认,却是个缢死的妇人。朱常道:"你们把他颈里绳解去拿掉了,扛下艄里去藏好。"众人道:"老爹,这妇人正不知是甚人谋死的?我们如何倒去招揽是非?"朱常道:"你莫管他,我自有用处。"众人只得依他,解去麻绳,叫起看船的,扛上船,藏在艄里[11],将平基盖好[12]。朱常道:"卜才,你回去,媳妇子叫五六个来。"卜才道:"这二三十亩稻,够什么砍,要这许多人去做甚?"朱常道:"你只管叫来,我自有用处。"卜才不知是意见[13],即便提了灯回去。不一时叫到,坐了一船,解缆开船。两人荡桨,离了镇上。众人问道:"老爹载这东西去有甚用处?"朱常道:"如今去割稻,赵家定来拦阻,少不得有一场相打,到告状结杀。如今天赐这东西与我,岂不省了打官司,还有许多妙处。"众人道:"老爹怎见省了打官司?又有何妙处?"朱常道:"有了这尸首时,只消如此如此,这般这般,却不省了打官司,你们也有些财采。他若不见机[14],弄到当官[15],定然我们占个上风。可不好么!"众人都喜道:"果然妙计!小人们怎省得?"正是:

算定机谋夸自己,排成巧计害他人。

[1] 光景:这里指脸色表情。

[2] 见貌辨色:观颜察色。

[3] 就里:内情。

[4] 委决不下:实在拿不定主意。委,确实。

[5] 干证:诉讼双方的有关证人。

[6] 射实:坐实,断定。

[7] 讨保在外:由人出面作保,当事人可以不被拘押,在家候审。在外,在监狱外。

[8] 撇:抛,扔。

[9] 脓血:指酒。因为误以为躺在水边的是个醉汉,故意说的俏皮话挖苦他。

[10] 不迭:不及。

[11] 艄里:后舱,船尾。

[12] 平基:船舱上的盖板。

[13] 意见:这里是诡计的意思。

[14] 若不见机:如果不能事前预知事物的变化。

[15] 当官:吃官司。

## 原文

这些人都是愚野村夫,晓得什么利害? 听见家主说得都有财采,竟像瓮中取鳖,手到拿来的事,乐极了,巴不得赵家的人,这时便到河边来厮闹便好:银子既有得到手,官司又可以赢得,竟像生了翼翅的一般,顷刻就飞到了。此时天色渐明,朱常教把船歇在空阔无人居住之处,离田头尚有一箭之路。众人都上了岸,寻出一条一股好一股断的烂草绳,将船缆在一颗草根上,只留一个人在船上看守,众男女都下田割稻。朱常远远的立在岸上打探消耗[1]。原来这地方叫做鲤鱼桥,离景德镇只有十里多远,再过去里许,又唤做太白村,乃是江南徽州府婺源县所管。因是两省交界之处,人人错壤而居。与朱常争田这人名唤赵完,也是个大富之家,原是浮梁县人户,却住在婺源县地方。两县俱置得有田产。那争的田,只得三十余亩,乃赵完族兄赵宁的。先把来抵借了朱常银子,却又卖与赵完,恐怕出丑,就揽来佃种[2],两边影射了三四年[3]。不想近日身死,故此两家相争。这稻子还是赵宁所种。

说话的,这田在赵完屋脚跟头,如何不先砍了,却留与朱常来割? 看官有所不知,那赵完也是强横之徒,看得自己大了,道这田是明中正契买族兄的[4],又在他的左近;朱常又是隔省人户,料必不敢来割稻,所以放心托胆。那知朱常又是个专在虎头上做窠[5],要吃不怕死的魍魉[6],竟来放对[7],只在田中砍稻。早有人报知赵完。赵完道:"这厮真是吃了大虫的心[8],豹子的胆,敢来我这里撩拨[9]! 想是来送死么!"儿子赵寿道:"爹,自古道:来者不惧,惧者不来。也莫轻觑了他[10]!"赵完问报人道:"他们共有多少人在此?"答道:"十来个男子,六七个妇人。"赵完道:"既如此,也教妇人去。男对男,女对女,都拿的来,敲断他的孤拐子[11],连船都拔他上岸,那时方见我的手段。"即便唤起二十多人,十来个妇人,一个个粗脚大手,裸臂揎拳[12],如疾风骤雨而来。赵完父子随后来看。

且说众人远远的望着田中,便喊道:"偷稻的贼不要走!"朱常家人、媳妇,看见赵家有人来了,连忙住手,望河边便跑。到得岸旁,朱常连叫快脱衣服。众人一齐卸下,堆做一处,叫一个妇人看守,覆身转来,叫道:"你来你来,若打输与你,不为好汉。"赵完家有个雇工人,叫做田牛儿,自恃有些气力,抢先飞奔向前。朱家人见他势头来得勇猛,两边一闪,让他冲将过来,才让他冲进时,男子妇人,一裹转来围住。田牛儿叫声:"来的好!"提起升箩般拳头[13],拣着个精壮村夫,赶上一拳打去,只望先打倒了一个硬的,其余便如摧枯拉朽了[14]。谁知那人却也来得,拳到面上时,将身子打一偏,那拳便打个空,反被众人围将拢来,将田牛儿围住,险些儿动不得。急起左拳来打,手尚未起,又被一人接住,两边扯开。田牛儿便施展不得。朱家人也不打他,推的推,扯的扯,倒像八抬八绰一般,脚不点地竟拿上船。那烂草绳系在草根上,有甚筋骨,初踏上船就断了。艄上人已预先将篙拦住,众人将田牛儿纳在舱中乱打。赵家后边的人,见田牛儿捉上船去,蜂拥赶上船抢人。朱家妇女,都四散走开,放他上去。说时迟,那时快,拦篙的人一等赵家男子妇人上齐船时,急掉转篙,望岸上用力一点,那船如箭一般,向河心中直荡开去。人众船轻,三四幌便翻将转来。两家男女四十多人,尽都落水。这些妇人各自挣扎上岸,男子就在水中相打,纵横搅乱,激得水溅起来,恰如骤雨相似。把岸上看的人眼都耀花了,只叫"莫打,有话上岸来说"。正打之间,卜才就人乱中,把那缢死妇人尸首,直扨过去,便喊起来道:"地方救护,赵家打死我家人了!"朱常同那六七个妇人,在岸边接应。一齐喊叫,其声震天动地。赵家的妇人,正绞挤湿衣,听得打死了人,带水而逃。水里的人,一个个吓得胆战心惊,正不知是那个打死的,巴不能攞脱逃走[15],被朱家人乘势追打,吃了老大的亏,挣上了岸,落荒逃奔。此时只恨父母少生了两只脚儿。朱家人欲要追赶,朱常止住道:"如今不是相打的事了,且把尸首收拾起来,抬放他家屋里了,再处。"众人把尸首拖到岸上,卜才认做妻子,假意啼啼哭哭。朱常又教捞起船上篙桨之类,寄顿佃户人家;又对看的人道:"列位地方邻里,都是亲眼看见,活打死的,须不是诬陷赵完,倘到官司时,少不得要相烦做个证见,但求实说罢了。"这几句是朱常引人来兜揽处和的话[16]。此时内中若有个有力量的,出来担当,不教朱常把尸首抬去赵家说和,这事也不见得后来害许多人的性命。只因赵完父子,平日是个难说话的,恐怕说而不听,反是一场没趣。况又不晓得朱常心中是甚样个意儿?故此并无一人招揽[17]。朱常见无人招架,教众人穿起衣服,把尸首用芦席卷了,将绳索络好,四人扛着,望赵完家来。看的人随后跟来,观看两家怎地结局?

　　铜盆撞了铁扫帚,恶人自有恶人磨[18]。

　　且说赵完父子随后赶来,远望着自家人追赶朱家的人,心中欢喜。渐渐至近,只见妇女家人,浑身似水,都像落汤鸡一般,四散奔走。赵完惊讶道:"我家人多,如何反被他们打下水去?"正说着,只见众人赶到,乱嚷道:"阿爹不好了!快回去罢。"赵完道:"你们怎地恁般没用?都被打得这模样!"众人道:"打是小事,只是他家死了人却怎处?"赵完听见死了个人,吓得就酥了半边,两只脚就像钉了,半步也行不动。赵寿与田牛儿,两边挟着胳膊而行,扶至家中坐下,半响方才开言:"如何就打死了人?"众人把相打翻船的事,细说一遍。又道:"我们也没有打妇人,不知怎地死了?想是淹死的。"赵完心中没有主意,只叫:"这事怎好?"那时合家老幼,都丛在一堆,人人心中惊慌。正说之间,人进来报:"朱家把尸首抬来了。"赵完又吃这一吓,恰像打坐的禅和子[19],急得身色一毫不动。

　　自古道:物极则反,人急计生。赵寿忽地转起一念,便道:"爹莫慌,我自有对付他的计较在此[20]。"便对众人道:"你们多向外边闪过,让他们进来之后,听我鸣锣为号,留几个紧守门口,其余都赶进来拿人,莫教走了一个。解到官司,见许多人白日抢劫,这人命自然从轻。"众人得了言语,一齐转身。赵完恐又打坏了人,吩咐:"只要拿人,不许打人。"众人应允,一阵风出去。赵寿只留了一个心腹义孙赵一郎道："你且在此。"又把妇女妻小打发进去，吩咐："不要出来。"赵完对儿子道："虽然告他白日打抢，总是人命为重，只怕抵挡不过。"赵寿走到耳根前，低低道："如今只消如此这般。"赵完听了大喜，不觉身子就健旺起来[21]，乃道："事不宜迟，快些停当！"赵寿先把各处门户闭好，然后寻了一把斧头，一个棒槌，两扇板门，都已完备，方教赵一郎到厨下叫出一个老儿来。那老儿名唤丁文，约有六十多岁，原是赵完的表兄，因有了个懒黄病[22]，吃得做不得，却又无男无女，揸在赵完家烧火，博口饭吃[23]。当下那老儿不知头脑[24]，走近前问道："兄弟有甚话？"赵完还未答应，赵寿闪过来，提起棒槌，看正太阳[25]，便是一下。那老儿只叫得声阿呀，翻身跌倒。赵寿赶上，又复一下，登时了帐[26]。当下赵寿动手时，以为无人看见，不想田牛儿的娘田婆，就住在赵完宅后，听见打死了人，恐是儿子打的，心中着急，要寻来问个仔细，从后边走出，正撞着赵寿行凶，吓得蹲倒在地，便立不起身，口中念声："阿弥陀佛！青天白日，怎做这事！"赵完听得，回头看了一看，把眼向儿子一颠，赵寿会意，急赶近前，照顶门一棒槌打倒，脑浆鲜血一齐喷出，还怕不死，又向肋上三四脚，眼见得不能够活了。只因这一文钱上起，又送了两条性命。正是：

　　耐心终有益，任意是生灾。

　　且说赵一郎起初唤丁老儿时，不道赵寿怀此恶念，蓦见他行凶，惊得只缩到一壁角边去。丁老儿刚刚完事，接脚又撞个田婆来凑成一对，他恐怕这第三棒槌轮到头上，心下着忙，欲待要走，这脚上却像被千百斤石头压住，那里移得动分毫。正在慌张，只见赵完叫道："一郎快来帮一帮。"赵一郎听见叫他相帮，方才放下肚肠，挣扎得动，向前帮赵寿拖这两个尸首，放在遮堂背后，寻两扇板门压好，将遮堂都起浮了窠臼[27]。又吩咐赵一郎道："你切不可泄漏，待事平了，把家私分一股与你受用。"赵一郎道："小人靠阿爹洪福过日的，怎敢泄漏？"刚刚停当，外面人声鼎沸，朱家人已到了。赵完三人退入侧边一间屋里，掩上门儿张看。

　　且说朱常引家人媳妇，扛着尸首赶到赵家，一路打将进去。直到堂中，见四面门户紧闭，并无一个人影。朱常教："把尸首居中停下，打到里边去拿赵完这老忘八出来，锁在死尸脚上。"众人一齐动手，乒乒乓乓将遮堂乱打，那遮堂已是离了窠臼的，不消几下，一扇扇都倒下去，尸首上又压了一层。众人只顶向前，那知下面有物。赵寿见打下遮堂，把锣筛起。外边人听见，发声喊，抢将入来。朱常听得筛锣，只道有人来抢尸首，急掣身出来[28]，众人已至堂中，两下你揪我扯，搅做一团，滚做一块。里边赵完三人大喊："田牛儿！你母亲都被打死了，不要放走了人。"田牛儿听见，急奔来问："我母亲如何却在这里？"赵完道："他刚同丁老官走来问我，遮堂打下，压死在内。我急走得快，方逃得性命。若迟一步儿，这时也不知怎地了！"田牛儿与赵一郎将遮堂搬开，露出两个尸首。田牛儿看娘头时，已打开脑浆，鲜血满地，放声大哭。朱常听见，只道还是假的，急抽身一望，果然有两个尸首，着了忙，往外就跑。这些家人媳妇，见家主走了，各要摆脱逃走，一路揪扭打将出来。那知门口有人把住,一个也走不脱,都被拿住。赵完只叫:"莫打坏了人。"故此朱常等不十分吃亏。赵寿取出链子绳索,男子妇女锁做一堂。田牛儿痛哭了一回,心中忿怒,跳起身来。"我把朱常这老忘八,照依母亲打死罢了。"赵完拦住道:"不可不可!如今自有官法究治[29],打死他做甚?"教众人扯过一边。此时已哄动远近村坊,地方邻里,无有不到赵家观看。赵完留到后边,备起酒席款待,要众人具个"白昼劫杀"公呈[30]。那众人都是赵完的亲戚佃户,俱应承了。赵完即央人写了状词,邻里写了公呈,同往婺源县击鼓喊冤。正是:

　　　　强中更遇强中手,恶人须服恶人磨。

[1] 消耗:消息。

[2] 佃(diàn)种:租种。

[3] 影射:蒙骗。

[4] 明中正契:界线分明,契约确凿。

[5] 虎头上做窠(kē):比喻专门找茬儿。做窠,做窝。

[6] 魍魉(wǎngliǎng):传说山中的精怪。

[7] 放对:犹作对。指比武时摆开架势对打。

[8] 大虫:老虎。古时鸟、兽、虫、鱼都称为"虫"。

[9] 撩拨:招惹,招引。

[10] 轻觑(qù):轻视,小瞧。

[11] 孤拐子:脚踝骨。

[12] 裸臂揎拳:捋起袖子,挥舞拳头。形容准备打架的样子。

[13] 升箩:能容纳一升的笸箩。

[14] 摧枯拉朽:摧折枯朽的草木,形容极易摧毁。

[15] 攦(lì)脱:摆脱。

[16] 兜揽处和:主动来揽事,为两家调解,私下了结。

[17] 招揽:招揽是非。

[18] 铜盆撞了铁扫帚,恶人自有恶人磨:硬物碰到硬物,比喻强人遇上强人,互不相让。

[19] 禅和子:和尚。

[20] 计较:计谋。

[21] 健旺:精神振作。

[22] 懒黄病:因病原体是钩虫,也叫钩虫病。临床表现轻者可无症状,一般则以贫血为主。患者表现为面色苍白,皮肤毛发干燥稀疏,精神萎靡,淡漠,懒动。

[23] 博:挣。

[24] 不知头脑:不了解情况。头脑,头绪。

[25] 太阳:太阳穴。

[26] 登时了帐:顿时死了。了帐,死亡、结果。

[27] 遮堂：室内用以隔断房间的板壁，类似屏风。 寡曰：类似门曰，以承遮堂。
[28] 掣（chè）身：抽身。
[29] 究治：追究处治。
[30] 公呈：众人具名的呈文。呈，下报上为"呈"。这里指诉状。

[原文]

却说那婺源县大尹，姓李名正，字国材，山东历城县人。乃进士出身，为官直正廉明，雪冤辨奸。又且一清如水，分文不取。当下闻得击鼓喊冤，即便升堂，传集衙役皂快，喝教带进赵完一干人跪在丹墀下[1]。大尹问道："你们有甚冤枉？从实说来。"赵完手持状词，口中只说："老爷救命。"大尹叫手下人拿上状词看了，见是人命重事。大尹又问邻佑道："你们是什么人？"邻里道："小人俱是赵完左右邻居，目击朱常在赵完家行凶，不得不来报明。"将呈子递上。大尹看了，就叫打轿，带领仵作一应衙役[2]，往赵家检验。赵家已自摆设公案[3]，迎接大尹。到了，坐定，叫仵作将三个死尸致命伤处，从实检验报来。仵作先将丁老儿、田氏看过，禀道："这两个俱是打伤脑壳。"又将朱常的死妇遍身看过，禀道："此妇遍身并无伤处，惟有颈下一条血痕，看来不是打死，竟是勒死的。"大尹道："可俱是实？"仵作禀道："小人怎敢混报[4]？"大尹心下疑惑："既是两下相殴，为何此妇身上毫无伤处？"遂唤朱常问道："此妇是你什么人？"朱常禀道："是小人家人卜才的妻子。"大尹便唤卜才问道："你的妻子可是昨日登时打死了？"卜才道："是。"大尹问了详细，自走下来把三个尸首逐一亲验，仵作人所报不差，暗称奇怪。分付把棺木盖上封好，带到县里听审。大尹在轿上，一路思想，心下明白。回县坐下，发众犯都跪在仪门外[5]。单唤朱常上去，道："朱常，你不但打死赵家二命，连这妇人，也是你谋死的！须从实招来。"朱常道："这是家人卜才的妻子余氏，实被赵完打下水死的，地方上人，都是见的，如何反是小人谋死？爷爷若不信，只向卜才便见明白。"大尹喝道："胡说！这卜才乃你一路之人，我岂不晓得！敢在我面前支吾[6]！夹起来。"众皂隶一齐答应，上前把朱常鞋袜去了，套上夹棍，便喊起来。那朱常本是富足之人，虽然好打官司，从不曾受此痛苦，只得一一吐实："这尸首是浮梁江口不知何人撇下的。"大尹录了口词，叫跪在丹墀下。又唤卜才进来，问道："死的妇人果是你妻子么？"卜才道："正是小人妻子。"大尹道："既是你妻子，如何把他谋死了，诈害赵完？"卜才道："爷爷，昨日赵完打下水身死，地方上人，都看见的。"大尹把惊堂在桌上一连七八拍[7]，大喝道："你这该死的奴才！这是谁家的妇人，你冒认做妻子，诈害别人！你家主已招称，是你把他弄死。你若巧辩，快夹起来。"卜才见大尹像道士打灵牌一般，把气拍一片声乱拍乱喊，将魂魄都惊落了。又听见家主已招，只得禀道："这都是家主教小人认作妻子，并不干小人之事。"大尹道："你一一从实细说。"卜才将下船遇见尸首，定计诈赵完前后事细说一遍，与朱常无二。大尹已知是实,又问道:"这妇人虽不是你打死,也不该冒认为妻,诈害平人[8]。那丁文、田婆却是你与家主打死的,这须没得说。"卜才道:"爷爷,其实不曾打死,就夹死小人,也不招的。"大尹也教跪在丹墀。又唤赵完并地方来问,都执朱常扛尸到家,乘势打死。大尹因朱常造谋诈害赵完事实,连这人命也疑心是真,又把朱常夹起来。朱常熬刑不起,只得屈招。大尹将朱常、卜才各打四十,拟成斩罪,下在死囚牢里。其余十人,各打二十板,三个充军[9],七个徒罪[10],亦各下监。六个妇人,都是杖罪[11],发回原籍。其田断归赵完,代赵宁还原借朱常银两。又行文关会浮梁县查究妇人尸首来历[12]。

那朱常初念[13],只要把那尸首做个媒儿,赵完怕打人命官司,必定央人兜收私处,这三十多亩田,不消说起归他,还要扎诈一注大钱[14],故此用这一片心机。谁知激变赵寿做出没天理事来对付他,反中了他计。当下来到牢里,不胜懊悔,想道:"这早若不遇这尸首,也不见得到这地位!"正是:

> 早知更有强中手,却悔当初枉用心。

朱常料到:"此处定难翻案。"叫儿子分付道:"我想三个尸棺,必是钉稀板薄,交了春气,自然腐烂。你今先去会了该房,捺住关会文书[15]。回去教妇女们,莫要泄漏这缢死尸首消息。一面向本省上司去告准,捱至来年四五月间,然后催关去审,那时烂没缢死绳痕,好与他白赖。一事虚了,事事皆虚,不愁这死罪不脱。"朱太依了父亲,前去行事,不在话下。

[1] 丹墀(chí):这里指县衙前的石阶。
[2] 仵(wǔ)作:旧时官府里专管验尸的人。
[3] 公案:官府审案用的桌子。
[4] 混报:胡说,瞎说。
[5] 仪门:明清时代官署的第二重正门。
[6] 支吾:一作"枝梧"。狡辩,抵赖。
[7] 惊堂:即"惊堂木"。古时官府审案时用来击打桌面以惊吓犯人的木块。
[8] 平人:平民百姓,普通人,一般人。也指无罪之人、良民。
[9] 充军:入伍当兵。古时把犯人发配到边远地方去服役的一种刑罚。
[10] 徒罪:徒刑之罪。古时把犯人流放到偏远地区的一种刑罚。泛指罪罚。
[11] 杖罪:古时用棍棒打犯人的一种刑罚。
[12] 行文:发布公文。关会:关照,告知。
[13] 初念:当初思谋。
[14] 扎诈:敲诈,讹诈。
[15] 捺(nà)住:按住,压住。

## [原文]

却说景德镇卖酒王公家小二因相帮撇了尸首,指望王公些东西,过了两三日,却不见说起。小二在口内野唱[1],王公也不在其意。又过了几日,小二不见动静,心中焦躁,忍耐不住,当面明明说道:"阿公,前夜那话儿,亏我把去出脱了还好;若没我时,到天明地方报知官司,差人出来相验,饶你硬挣,不使酒钱,也使茶钱。就拌上十来担涎吐,只怕还不得了结哩!如今省了你许多钱钞,怎么竟不说起谢我?"大凡小人度量极窄,眼孔最浅:偶然替人做件事儿,侥幸得效,便道泼天大功劳了[2],就来挟持那人,竟想厚报;稍不如意,便要就翻转脸来了。所以人家用错了人,反受其荼毒[3]。如小二不过一时用得些气力,便想要王公的银子。那王公若是个知事的,不拘多寡与他些也就罢了;谁知王公又是舍不得一文钱的悭吝老儿[4],说着要他的钱,恰像割他身上的肉,就面红颈赤起来了。当下王公见小二要他银子,便发怒道:"你这人忒没理!吃黑饭,护漆柱[5]。吃了我家的饭,得了我的工钱,便是这些小事,略走得几步,如何就要我钱?"小二见他发怒,也就嚷道:"啊呀!就不把我,也是小事,何消得喉急?用得我着,方吃得你的饭,赚得你的钱,须不是白把我用的。还有一句话,得了你工钱,只做得生活,原不曾说替你拽死尸的。"王婆便走过来道:"你这蛮子,真个怠懒[6]!自古道:茄子也让三分老。怎么一个老人家,全没些尊卑,一般样与他争嚷。"小二道:"阿婆,我出了力,不把银子与我,反发喉急,怎不要嚷?"王公道:"什么!是我谋死的?要诈我钱!"小二道:"虽不是你谋死,便是擅自移尸,也须有个罪名。"王公道:"你到去首了我来[7]。"小二道:"要我首也不难,只怕你当不起这大门户。"王公赶上前道:"你去首,我不怕。"望外劈颈就揪。那小二不曾提防,捉脚不定[8],翻筋斗直跌出门外,磕碎脑后,鲜血直淌。小二跌毒了[9],骂道:"这老忘八!亏了我,反打么!"就地下拾起一块砖来,望王公掷去,谁知数合当然,这砖不歪不斜,正中王公太阳,一交跌倒,再不则声。王婆急上前扶时,只见口开眼定,气绝身亡。跌脚叫苦,便哭起天来。只因这一文钱上,又断送了一条性命。总为惜财丧命,方知财命相连。

小二见王公死了,爬起来就跑。王婆喊叫邻里,赶上拿转,锁在王公脚下,问王婆:"因甚事起?"王婆一头哭,一头将前情说出,又道:"烦列位与老身作主则个。"众人道:"这厮原来恁地可恶!先教他吃些痛苦,然后解官。"三四个邻佑上前来,一顿拳头脚尖,打得半死,方才住手。教王婆关闭门户,同到县中告状。此时纷纷传说,远近人都来观看。

且说邱乙大正访问妻子尸首不着,官司难结,心思气闷。这一日闻得小二打王公的根由:"怎道这妇女尸首,莫不就是我的妻子么?"急走来问,见王婆锁门要去告状。邱乙大上前问了个详细,计算日子,正是他妻子出门这日,便道:"怪道我家妻子尸首,当朝就不见踪影,原来是他们丢掉了。到如今有了实据,绰板婆却自赖不得的了。"即忙赶到县前看来,只见王婆叫喊到县堂上。县主知是杀人大案,立刻出签拿了小二[10]。不问众人，先教王婆问了备细。小二料到罪责难脱了，不待用夹，一一招承。打了三十，问成死罪，下在狱中。邱乙大算计妻子被刘三旺谋死，正是此日，这尸首一定是他撇下的。证见已确，要求审结。此时婺源县知会文书未到，大尹因没有尸首，终无实据。原发落出去寻觅。再说小二，初时已被邻里打伤，那顿板子，又十分利害。到了狱中，没有使用，又且一顿拳头，三日之间，血崩身死[11]。为这一文钱起，又送一条性命。

　　见因贪白镪[12]，番自丧黄泉[13]。

　　且说邱乙大从县中回家，正打白铁门首经过，只听得里边叫天叫地的啼哭。原来白铁自那夜担着惊恐，出脱这尸首，冒了风寒，回家上得床，就发起寒热，病了十来日，方才断命。所以老婆啼哭。眼见为这一文钱，又送一条性命。

　　化为阴府惊心鬼，失却阳间打铁人。

　　邱乙大闻知白铁已死，叹口气道："恁般一个好汉！有得几日，却又了账，可见世人真是没根的！"走到家中看时，止有这个小厮，鬼一般缩在半边，要口热水，也不能够。看了那样光景，方懊悔前日逼勒老婆，做了这件拙事。如今又弄得不尴不尬[14]，心下烦恼，连生意也不去做，终日东寻西觅，并无尸首下落。

　　看看捱过残年，又早五月中旬。那时朱常儿子朱太已在按院告准状词[15]，批在浮梁县审问，行文到婺源县关提人犯尸棺。起初朱太还不上紧，到了五月间，料得尸首已是腐烂，大大送个东道与婺源县该房[16]，起文关解[17]。那赵完父子因婺源县已经问结，自道没事，毫无畏惧，抱卷赴理。两县解子领了一干人犯，三具尸棺，道至浮梁县当堂投递。大尹将人犯羁禁，尸棺发置官坛候检，打发婺源回文，自不必说。不则一日，大尹吊出众犯，前去相验。那朱太合衙门通买嘱了，要胜赵完。大尹到尸场坐下，赵完将浮梁县案卷呈上。大尹看了，对朱常道："你借尸索诈，打死二命，事已问结，如何又告？"朱常禀道："爷爷，赵完打余氏落水身死，众目共见；却买嘱了地邻仵作，妄报是缢死的。那丁文、田婆，自己情慌，谋害抵饰，硬诬小人打死。且不要论别件，但据小人主仆力量有限，赵家是何等势力，却容小人打死二命？况死的俱是七十多岁，难道恁地利害，只拣垂死之人来打？爷爷推详这上，就见明白。"大尹道："既如此，你当时就不该招承了。"朱常道："他那衙门情熟，用极刑拷逼，若不屈招，性命已不到今日了。"赵完也禀道："朱常当日倚仗假尸，逢着的便打，合家躲避；那丁文、田婆年老奔走不及，故此遭他毒手。假尸缢死绳痕，是婺源县太爷亲验过的，岂是仵作妄报。如今日久腐烂，巧言诳骗爷爷，希图漏网反陷。但求细看招卷，曲直立见。"大尹道："这也难凭你说。"即教开棺检验。天下有这等作怪的事，只道尸首经了许久，料已腐烂尽了，谁知都一毫不变，宛然如生。那杨氏颈下这条绳痕，转觉显明，倒教仵作人没理会[18]。你道为何？他已得了朱常的钱财，若尸首烂坏了，好从中作弊，要出脱朱常，反坐赵完[19]。如今伤痕见在，若虚报了，恐大尹还要亲验。实报了，如何得朱常银子。正在踌躇，大尹早已瞧破，就走下来亲验。那仵作人被大尹监定，不敢隐匿，一一实报。朱常在旁暗暗叫苦。

大尹将所报伤处，将卷对看，分毫不差，对朱常道："你所犯已实，怎么又往上司诳告？"朱常又苦苦分诉。大尹怒道："还要强辩！夹起来！快说这缢死妇人是那里来的？"朱常受刑不过，只得招出："本日早起，在某处河沿边遇见，不知是何人撇下。"那大尹极有记性，忽趋想起[20]："去年邱乙大告称，不见了妻子尸首；后来卖酒王婆告小二打死王公，也称是日抬尸首，撇在河沿上去了，至今尸首没有下落，莫不就是这么？"暗记在心。当下将朱常、卜才都责三十，照旧死罪下狱，其余家人问徒招保[21]。赵完等发落宁家[22]，不提。

且说大尹回到县中，吊出邱乙大状词，并王小二那宗案卷查对，果然日子相同，撇尸地处一般，更无疑惑。即着原差，唤到邱乙大、刘三旺一干证人等，监中吊出绰板婆孙氏，齐到尸场认看。此时正是五月天道，监中瘟疫大作，那孙氏刚刚病好，还行走不动，刘三旺与再旺扶挟而行。到了尸场上，仵作揭开棺盖，那邱乙大认得老婆尸首，放声号恸，连连叫道："正是小人妻子。"干证邻里也道："正是杨氏。"大尹细细鞫问致死情由[23]，邱乙大咬定："刘三旺夫妻登门打骂，受辱不过，以致缢死。"刘三旺、孙氏，又苦苦折辩[24]。地邻俱称是孙氏起衅，与刘三旺无干。大尹喝教将孙氏拶起[25]。那孙氏是新病好的人，身子虚弱，又走行这番，劳碌过度，又费唇费舌折辩，渐渐神色改变。经着拶子，疼痛难忍，一口气收不来，翻身跌倒，呜呼哀哉！只因这一文钱上起，又送一条性命。正是：

地狱又添长舌鬼，阳间少了绰板声。

大尹看见，即令放拶。刘三旺向前叫喊，喊破喉咙，也唤不转。再旺在旁哀哀啼哭，十分凄惨。大尹心中不忍，向邱乙大道："你妻子与孙氏角口而死，原非刘三旺拳手相打。今孙氏亦亡，足以抵偿。今后两家和好，尸首各自领归埋葬，不许再告；违者，定行重治。"众人叩首依命，各领尸首埋葬，不在话下。

且说朱常、卜才下到狱中，想起枉费许多银两，反受一场刑杖，心中气恼，染起病来，却又沾着瘟气，二病夹攻，不够数日，双双而死。只因这一文钱上起，又送两条性命。未诈他人，先损自己。

说话的，我且问你：朱常生心害人，尚然得个丧身亡家之报；那赵完父子活活打死无辜两人，又诬陷了两条性命，他却漏网安享[26]，可见天理原有报不到之处。看官，你可晓得古老有句言语么？是那几句？古语道：善有善报，恶有恶报；不是不报，时辰未到。那天公算善报，个个记得明白。古往今来，曾放过那个？这赵完父子漏网受用，一来他的顽福未尽，二来时候不到，三来小子只有一张口，没有两副舌，说了那边，便难顾这边，少不得逐节还你一个报应。

[1] 野唱：旁敲侧击的乱叫嚷，指闲言闲语。
[2] 泼天：犹满天。形容极大、极多。
[3] 荼（tú）毒：残害，毒害。荼，苦菜；毒，蝥虫。
[4] 悭（qiān）吝：小气，吝啬。
[5] 吃黑饭，护漆柱：比喻人不明白事理，黑心肠。
[6] 㤉懒：也作"㤉赖"。调皮，刁顽。
[7] 首：出首告官。
[8] 捉脚不定：立脚不稳。
[9] 跌毒了：跌重了。
[10] 出签：发文下令的意思。签，令牌。
[11] 血崩：伤口迸裂。
[12] 白镪（qiǎng）：白银。
[13] 番：同"反"。 黄泉：地下的泉水。指人死后埋葬的地方，这里指死。
[14] 不尴（gān）不尬（gà）：不上不下，难堪。
[15] 按院：官名，指按察使，主管一省的刑狱和官吏考核。
[16] 东道：指请客的事儿，这里指贿赂。
[17] 起文：撰文，撰稿。指向上级呈报文件。 关解：通知解送。
[18] 没理会：没法应付。
[19] 反坐：诬告别人的人被审明判了罪，称为"反坐"。
[20] 趋想：回想。
[21] 问徒招保：判处徒刑，找人出面作保，犯人可以回家待命。
[22] 发落：判决。 宁家：犯人无罪被官府释放，令其回家安分过活。
[23] 鞫（jū）问：审讯。鞫，通"鞠"。
[24] 折辩：对证，辩白。
[25] 拶（zǎn）起：一种酷刑，行刑时用绳子联结五根小木棍，套入犯人的手指间，用力收紧。
[26] 漏网安享：逃脱处罚，安然享受。

闲话休提。且说赵完父子又胜了朱常，回到家中，亲戚邻里齐来作贺。吃了好几日酒。又过数日，闻得朱常、卜才，俱已死了，一发喜之不胜。田牛儿念着母亲暴露，领归埋葬不提。时光迅速，不觉又过年余。原来赵完年纪虽老，还爱风月，身边有个偏房，名唤爱大儿。那爱大儿生得四五分颜色，乔乔画画[1]，正在得趣之时。那老儿虽然风骚，到底老人家，只好虚应故事，怎能够满其所欲？看见义孙赵一郎，身材雄壮，人物乖巧，尚无妻室，倒有心看上了。常常走到厨房下，捱肩擦背，调嘴弄舌[2]。你想世上能有几个坐怀不乱的鲁男子[3]，妇人家反去勾搭，他可有不肯之理。两下眉来眼去,不一日,成就了那事。彼此俱在少年,犹如一对饿虎,那有个饱期,捉空就闪到赵一郎房中[4],偷一手儿。那赵一郎又有些本领,弄得这婆娘体酥骨软,魄散魂销,恨不时刻并做一块。约莫串了半年有余[5],一日,爱大儿对赵一郎说道:"我与你虽然快活了这几多时,终是碍人耳目,心忙意急,不能够十分尽兴。不如悄地逃往远处,做个长久夫妻。"赵一郎道:"小娘子若真肯向我,就在这里,也可做得长久夫妻。"爱大儿道:"你便是心上人了,有甚假意?只是怎地在此就做的夫妻!"赵一郎道:"昔年丁老官与田婆,都是老爹与大官人自己打死诈赖朱家的[6],当时教我相帮他扛抬,曾许事完之日,分一份家私与我。那个棒棍,还是我藏好。一向多承小娘相爱,故不说起。你今既有此心,我与老爹说,不要了那一份家,寻个所在住下,然后再央人说,要你为配,不怕他不肯。他若舍不得,那时你悄地竟自走了出来,他可敢道个不字么?设或不达时务,便报与田牛儿,同去告官,教他性命也自难保。"爱大儿闻言,不胜欢喜,道:"事不宜迟,作速理会。"说罢,闪出房去。次日赵一郎探赵完独自个在堂中闲坐,上前说道:"向日老爹许过事平之后,分一份家私与我。如今朱家了账已久,要求老爹分一股儿,自去营运,与我度日。"赵完答道:"我晓得了。"再过一日,赵一郎转入后边,遇着爱大儿,递个信儿道:"方才与老爹说了,娘子留心察听,看可像肯的。"爱大儿点头会意,各自开去不提。

且说赵完叫赵寿到一个厢房中去,将门掩上,低低把赵一郎说话,学与儿子,又道:"我一时含糊应了他,如今还是怎地计较?"赵寿道:"我原是哄他的甜话,怎么真个就做这指望?"老赵道:"当初不合许出了,今若不与他些,这点念头,如何肯息?"赵寿沉吟了一回,又生起歹念,乃道:"若引惯了他[7],做了个月月红,倒是无了无休的诈端[8]。想起这事,止有他一个晓得,不如一发除了根,永无挂虑。"那老儿若是个有仁心的,劝儿子休了这念,胡乱与他些小东西,或者免得后来之祸,也未可知。千不合,万不合,却说道:"我也有这念头,但没有个计策。"赵寿道:"有甚难处,明日去买些砒霜[9],下在酒中,到晚灌他一醉,怕道不就完事。外边人都晓得平日将他厚待的,决不疑惑。"赵完欢喜,以为得计。他父子商议,只道神鬼不知;那晓得却被爱大儿瞧见,料然必说此事,悄悄走来覆在壁上窥听。虽则听着几句,不甚明白,恐怕出来撞着,急闪入去。欲要报与赵一郎,因听得不甚真切,不好轻事重报。心生一计。到晚间,把那老儿多劝上几杯酒,吃得醉熏熏。到了床上,爱大儿反抱定了那老儿撒娇撒痴,淫声浪说。那老儿迷魂了,乘着酒兴,未免做些没正经事体。方在酣美之时,爱大儿道:"有句话儿要说,恐气坏了你,不好开口。若不说,又气不过。"这老儿正玩得气喘呼呼,借那句话头,就停住了,说道:"是那个冲撞了你?如此着恼!"爱大儿道:"叵耐一郎这厮,今早把风话撩拨我[10],我要扯他来见你,倒说:'老爹和大官人,性命都还在我手里,料道也不敢难为我。'不知有甚缘故,说这般满话。倘在外人面前,也如此说,必疑我家做甚不公不法勾当,可不坏了名声?那样没上下的人,怎生设个计策摆布死了,也省了后患。"那老儿道:"原来这厮怎般无礼!不打紧,明晚就见功效了。"爱大儿道:"明晚怎地就见功效?"那老儿也是合当命尽,将要药死的话,一五一十说出。

那婆娘得了实言,次早闪来报知赵一郎。赵一郎闻言,吃那惊不小,想道:"这样反面无情的狠人!倒要害我性命,如何饶得他过?"摸了棒槌,锁上房门,急来寻着田牛儿,把前事说与。田牛儿怒气冲天,便要赶去厮闹。赵一郎止住道:"若先嚷破了,反被他做了准备。不如竟到官司,与他理论。"田牛儿道:"也说得是。还到那一县去?"赵一郎道:"当初先在婺源县告起,这大尹还在,原到他县里去。"那太白村离县只有四十余里,二人拽开脚步[11],直跑至县中。恰好大尹早堂未退,二人一齐喊叫。大尹唤人,当厅跪下,却没有状词,只是口诉。先是田牛儿哭禀一番,次后赵一郎将赵寿打死丁文、田婆,诬陷朱常、卜才情由细诉,将行凶棒槌呈上。大尹看时,血痕虽干,鲜明如昨。乃道:"既有此情,当时为何不首?"赵一郎道:"是时因念主仆情分,不忍出首。如今恐小人泄漏,昨日父子计议,要在今晚将毒药鸩害小人[12],故不得不来投生。"大尹道:"他父子私议,怎地你就晓得?"赵一郎急遽间,不觉吐出实话,说道:"亏主人偏房爱大儿报知,方才晓得。"大尹道:"你主人偏房,如何肯来报信?想必与你有奸么?"赵一郎被问破心事,脸色俱变,强词抵赖。大尹道:"事已显然,不必强辩。"即差人押二人去拿赵完父子并爱大儿前来赴审。到得太白村,天已昏黑,田牛儿留回家歇宿,不提。

且说赵寿早起就去买下砒霜,却不见了赵一郎,问家中上下,都不知道。父子虽然有些疑惑,那个虑到爱大儿泄漏。次日清晨,差人已至,一索捆翻,拿到县中。赵完见爱大儿也拿了,还错认做赵一郎调戏他不从,因此牵连在内。直至赵一郎说出,报他谋害情由,方知向来有奸,懊悔失言。两下辩论一番,不肯招承。怎当严刑煅炼[13],疼痛难熬,只得一一实招。只因他害了四命,情理可恨,赵完父子,各打六十,依律处斩。赵一郎奸骗主妾,背恩反噬[14];爱大儿通同奸夫,谋害亲夫,男女二人,各责四十,杂犯死罪,齐下狱中。田牛儿释放回家。一面备文,申报上司,提解见证。不一日,申奏刑部,详勘号札[15],四人俱拟依秋后处决。只因这一文钱,又断送了四条性命。虽然是冤各有头,债各有主,若不为这一文钱争闹,杨氏如何得死?没有杨氏尸首,连朱常这诈害一事,也就做不成了。总为这一文钱,却断送了十三条性命。这段话叫做《一文钱小隙造奇冤》。奉劝世人,舍财忍气为上。

有诗为证:

相争只为一文钱,小隙谁知奇祸连!
劝汝舍财兼忍气,一生无祸得安然。

[1]乔乔画面:指乔装打扮。有装模作样、故弄姿态的意思。

〔2〕捱肩擦背：这里指故意身体摩擦，表示爱意。　调嘴弄舌：耍嘴皮子，搬弄是非。这里指调情。

〔3〕坐怀不乱：传说春秋时期，鲁国有个人叫柳下惠，夜宿郭门，有一个无处投宿的女子来寄宿，天气很冷，柳下惠怕这位女子冻死，把她抱在怀中，一夜无非礼的行为。后世遂用以称品德高尚、坚守礼仪的男子。鲁男子：传说古代鲁国一个男子独处一室，邻居的一个妇女也独处一室，一天晚上，暴风雨把妇女的房子淋坏了，妇女找鲁男子寄居，鲁男子闭门不纳。也是表明一个在男女关系上坚守礼仪的人。这里把两个故事混为一谈了。

〔4〕捉空：趁空，抽空，寻找时机。

〔5〕串：这里指男女勾搭，私通。

〔6〕诈赖：以诈术诬枉他人。

〔7〕引惯：引诱，惯坏。

〔8〕诈端：讹诈的事由和借口。

〔9〕砒霜：一种剧毒的中药，生者名砒黄，俗称黄信。炼制后称"砒霜"。

〔10〕风话：指男女间戏谑挑逗的话。　撩拨：挑逗。

〔11〕拽开：放开，迈开。

〔12〕鸩（zhèn）害：用鸩鸟的羽毛浸泡过的酒来毒杀人。据说鸩鸟的羽毛有剧毒，能致人很快死亡。

〔13〕煅炼：拷打。

〔14〕背恩反噬（shì）：忘恩负义，反咬一口。噬，咬。

〔15〕详勘：仔细调查勘问。　号札：犯人的案卷。

一文钱酿成十三条人命的惨祸，的确是一个奇闻。作者抓住这则奇闻，精心敷衍，巧妙安排，使之成为一篇思想深刻、艺术精致的小说。作品中许多事件的发生虽属巧合，却又使人觉得可信。人物形象的塑造也十分生动传神，如泼妇的骂街、邻居的畏祸、地主的奸猾、恶霸的凶狠、官吏的昏庸等无不刻画入微、活灵活现。故事虽然头绪纷繁、错综复杂、波澜层生、变化莫测，但作者的叙述却是有条不紊、层次清楚、首尾衔接、滴水不漏，人人都有结果，事事皆有交待，全篇结构完整而严密。一文钱既是矛盾引发的焦点，又是整个故事的发展线索，既加强了各个人物和事件的连结，又推动了故事情节的发展，显示出作者构思的巧妙和叙事的娴熟，的确是一篇具有吸引力的、精致的小说。

(裴兴荣)

## 神偷寄兴一枝梅　侠盗惯行三昧戏

本篇小说选自《二刻拍案惊奇》卷三十九。

《二刻拍案惊奇》是明代凌濛初所作话本小说集,与《初刻拍案惊奇》合称"二拍"。《初刻拍案传奇》创作于天启七年(1627),于崇祯元年由尚友堂刊行,凡四十卷。凌濛初于崇祯五年写成《二刻拍案惊奇》,体例依从《拍案惊奇》,亦四十卷,卷题为自相对偶二句,首有睡乡居士《二刻拍案惊奇序》和空观主人《二刻拍案惊奇小引》,书中亦有眉批和行侧批近千条。《二刻拍案惊奇》仍由尚友堂刊行。然崇祯五年尚友堂原刊本已佚,现仅有尚友堂部分原版的重印本。日本内阁文库藏本为目前所知的最佳版本,四十卷中有三十六卷为尚友堂原版的重印,其卷二十三《大姊魂游完宿愿,小姨病起续前缘》一篇系从《拍案惊奇》移补进来,卷四十《宋公明闹元宵杂剧》并非小说。这样,《二刻拍案惊奇》实存话本小说三十八篇。

凌濛初,字玄房,号初成,别号即空观主人。乌程(今浙江吴兴)人。生于万历八年(1580)。崇祯七年五十五岁时,才以优贡授上海县丞、署海防事。崇祯十七年(1644)在房村被李自成农民起义军一部围困,拒绝投降,呕血而死。

诗曰:
　　剧贼从来有贼智,其间妙巧亦无穷。
　　若能收作公家用,何必疆场不立功?
自古说孟尝君养食客三千[1],鸡鸣狗盗的多收拾在门下。后来被秦王拘留,无计得脱。秦王有个爱姬传语道:"闻得孟尝君有领狐白裘,价值千金。若将来送了我,我替他讨个人情,放他归去。"孟尝君当时只有一领狐白裘,已送上秦王收藏内库,那得再有?其时狗盗的便献计道:"臣善狗偷,往内库去偷将出来便是。"你道何为狗偷?乃是此人善做狗嗥[2]。就假做了狗,爬墙越壁,快捷如飞,果然把狐白裘偷了出来,送与秦宫爱姬,才得善言放脱,连夜行到函谷关[3]。孟尝君恐怕秦王有悔,后面追来,急要出关。当得关上直等鸡鸣才开。孟尝君着了急,那时食客道:"臣善鸡鸣,此时正用得着。"就曳起声音[4],学作鸡啼起来,果然与真无二,啼得两三声,四下群鸡皆啼,关吏听得,把关开了,孟尝君才得脱去。孟尝君平时养了许多客,今脱秦难,却得此两小人之力,可见天下寸长尺技,俱有用处。而今世上只重着科目[5],非此出身,纵有奢遮的[6],一概不用。所以有奇巧智谋之人,没处设施,多赶去做了为非作歹的勾当。若是善用人材的收拾将来,随宜酌用,未必不得他气力,且省得他流在盗贼里头去了。

[1] 孟尝君：姓田，名文，号孟尝君，战国时齐国贵族，曾为齐相，封于薛（今山东省滕州市南），以好客养士著称。

[2] 嗥（háo）：野兽吼叫。

[3] 函谷关：关名。一为秦关，在河南灵宝市南，是秦的东关。二为汉关，在今河南新安县东北。

[4] 曳起：拖长。

[5] 科目：指唐朝以来分科选拔官吏的名目。这里指科考。

[6] 奢遮：犹言了不起，出色。

【原文】

且如宋朝临安有个剧盗[1]，叫做"我来也"，不知姓甚名谁，但是他到人家偷盗了物事，一些踪影不露出来，只是临行时壁上写着"我来也"三个大字。第二日人家看见了字，方才简点家中，晓得失了贼。若无此字，竟是神不知鬼不觉的，煞好手段[2]！临安中受他蒿恼不过[3]，纷纷告状。府尹责着缉捕使臣[4]，严行挨查，要获着真正写"我来也"三字的贼人。却是没个姓名，知是张三李四？拿着那个才肯认帐？使臣人等受那比较不过[5]，只得用心体访。元来随你巧贼[6]，须瞒不过公人。占风望气[7]，定然知道的。只因拿得甚紧，毕竟不知怎的缉着了他的真身，解到临安府里来。府尹升堂，使臣禀说缉着了真正"我来也"，虽不晓得姓名，却正是写这三字的。府尹道："何以见得？"使臣道："小人们体访甚真，一些不差。"那个人道："小人是良民，并不是甚么我来也。公人们比较不过，拿小人来冒充的。"使臣道："的是真正的[8]，贼口听他不得！"府尹只是疑心。使臣们禀道："小人们费了多少心机，才访得着。若被他花言巧语脱了出去，后来小人们再没处拿了。"府尹欲待要放，见使臣们如此说，又怕是真的，万一放去了，难以寻他，再不好比较缉捕的了，只得权发下监中收监。

[1] 剧盗：大盗。

[2] 煞：确是，极是。

[3] 蒿恼：骚扰，麻烦。

[4] 缉捕使臣：宋代专管缉捕罪犯的低级武官。

[5] 比较：官府命差役限期完成差事，到期查验。如到期未能完成，即加杖责，称比较。

[6] 元来：即原来，当初，本来。

[7] 占风望气：察看风向云气，这里指寻访盗贼的蛛丝马迹。

[8] 的是：确是。

那人一到监中，便好言对狱卒道："进监的旧例，该有使费[1]，我身边之物，尽被做公的搜去。我有一主银两[2]，在岳庙里神座破砖之下[3]，送与哥哥做拜见钱。哥哥只做去烧香取了来。"狱卒似信不信，免不得跑去一看，果然得了一包东西，约有二十余两。狱卒大喜，遂把那人好好看待，渐加亲密。一日，那人又对狱卒道："小人承蒙哥哥盛情，十分看待得好。小人无可报效，还有一主东西，在某处桥垛之下，哥哥去取了，也见小人一点敬意。"狱卒道："这个所在，是往来之所，人眼极多，如何取得？"那人道："哥哥将个筐篮盛着衣服，到那河里去洗，摸来放在篮中，就把衣服盖好，却不拿将来了？"狱卒依言，如法取了来，没人知觉。简简物事，约有百金之外。狱卒一发喜谢不尽，爱厚那人，如同骨肉。晚间买酒请他。酒中那人对狱卒道："今夜三更，我要到家里去看一看，五更即来，哥哥可放我出去一遭。"狱卒思量道："我受了他许多东西，他要出去，做难不得。万一不来了怎么处？"那人见狱卒迟疑，便道："哥哥不必疑心，小人被做公的冒认做'我来也'送在此间，既无真名，又无实迹，须问不得小人的罪。小人少不得辨出去，一世也不私逃的。但请哥哥放心，只消两个更次，小人仍旧在此了。"狱卒见他说得有理，想道："一个不曾问罪的犯人，就是失了，没甚大事。他现与了我许多银两，拼得与他使用些，好歹糊涂得过，况他未必不来的。"就依允放了他。那人不由狱门，竟在屋檐上跳了去。屋瓦无声，早已不见。

到得天未大明，狱卒宿酒未醒，尚在朦胧，那人已从屋檐跳下。摇起狱卒道："来了，来了。"狱卒惊醒，看了一看道："有这等信人！"那人道："小人怎敢不来，有累哥哥？多谢哥哥放了我去，已有小小谢意，留在哥哥家里，哥哥快去收拾了来。小人就要别了哥哥，当官出监去了。"狱卒不解其意，急回到家中。家中妻子说："有件事，正要你回来得知。昨夜更鼓尽时，不知梁上甚么响，忽地掉下一个包来。解开看时，尽是金银器物，敢是天赐我们的？"狱卒情知是那人的缘故，急摇手道："不要露声！快收拾好了，慢慢受用。"狱卒急转到监中，又谢了那人。须臾府尹升堂，放告牌出。只见纷纷来告盗情事，共有六七纸。多是昨夜失了盗，墙壁上俱写得有"我来也"三字，恳求着落缉捕。府尹道："我元疑心前日监的，未必是真'我来也'，果然另有这个人在那里，那监的岂不冤枉？"即叫狱卒分付快把前日监的那人放了。另行责着缉捕使臣，定要访个真正"我来也"解官，立限比较。岂知真的却在眼前放去了？只有狱卒心里明白，伏他神机妙用，受过重贿，再也不敢说破。

[1]使费：花费，开支。泛指使用钱。这里指用钱财打点、贿赂。

[2]一主银两：一笔钱财。

[3]岳庙：五岳之神的庙宇，特指东岳庙，也指岳飞庙。

## 原文

看官，你道如此贼人智巧，可不是有用得着他的去处么？这是旧话，不必说。只是我朝嘉靖年间[1]，苏州有个神偷懒龙，事迹颇多。虽是个贼，煞是有义气，兼带着戏耍，说来有许多好笑好听处。有诗为证：

谁道偷无道？神偷事每奇。
更看多慷慨，不是俗偷儿。

话说苏州亚字城东玄妙观前第一巷有一个人[2]，不晓得他的姓名。后来他自号懒龙，人只称呼他是懒龙。其母村居，偶然走路遇着天雨，走到一所枯庙中避着，却是草鞋三郎庙。其母坐久，雨尚不住，昏昏睡去。梦见神道与他交感，归来有妊[3]。满了十月，生下这个懒龙来。懒龙生得身材小巧，胆气壮猛，心机灵变，度量慷慨。且说他的身体行径：

柔若无骨，轻若御风。大则登屋跳梁，小则扪墙摸壁。随机应变，看景生情。摄口则为鸡犬狸鼠之声；拍手则作箫鼓弦索之弄。饮啄有方[4]，律吕相应[5]。无弗酷肖，可使乱真。出没如鬼神，去来如风雨。果然天下无双手，真是人间第一偷。

懒龙不但伎俩巧妙，又有几件希奇本事、诧异性格。自小就会着了靴在壁上走，又会说十三省乡谈[6]，夜间可以连宵不睡，日间可以连睡几日，不茶不饭，象陈抟一般[7]。有时放置一吃，酒数斗、饭数升，不觳一饱[8]。有时不吃起来，便动几日不饿。鞋底中用稻草灰做衬，走步绝无声响。与人相扑，掉臂往来，倏忽如风。想来《剑侠传》中白猿公[9]，《水浒传》中鼓上蚤，其矫捷不过如此。

自古道：性之所近。懒龙既有这一番吓嗻[10]，便自藏埋不住，好与少年无赖的人往来，习成偷儿行径。一时偷儿中高手有：芦茄茄（骨瘦如青芦枝，探丸白打最胜）、刺毛鹰（见人辄隐伏，形如蚕蚕[11]，能宿梁壁上）、白搭膊（以素练为腰缠，角上挂大铁钩，以钩向上抛掷，遇罥挂便攀缘腰缠上升；欲下亦借钩力，梯其腰缠，翩然而落）。这数个，多是吴中高手，见了懒龙手段，尽皆心伏，自以为不及。懒龙原没甚家缘家计，今一发弃了，到处为家，人都不晓得他歇在那一个所在。白日行都市中，或闪入人家，但见其影，不见其形。暗夜便窃入大户朱门寻宿处：玳瑁梁间[12]，鸳鸯楼下，绣屏之内，画阁之中，缩做刺猬一团，没一处不是他睡场。得便就做他一手。因是终日会睡，变幻不测如龙，所以人叫他懒龙。所到之处，但得了手，就画一枝梅花在壁上，在黑处将粉写白字，在粉墙将煤写黑字，再不空过，所以人又叫他做"一枝梅"。

## 注释

[1] 嘉靖：明世宗朱厚熜（cōng）的年号，1522—1566年。

[2] 玄妙观：道教著名的道观。在今江苏省苏州市内。晋武帝咸宁二年（276）建，原名真庆道院，唐开元二年（714）改名开元宫，宋大中祥符（1008—1016）时更名天庆观，元贞元年（1295）改为今名，清代曾因避圣祖（玄烨）讳，改名圆妙观。旧观范围很大，现存较大的建筑主要是山门和三清殿。三清殿重建于南宋淳熙六年（1179），殿重檐九脊顶，下有高台，檐口有雄健美丽的斗拱，前有宽敞的月台，气势宏伟，为国内古老的道观殿堂建筑之一。

[3] 妊：身孕。

[4] 饮啄：饮水啄食。语本《庄子·养生主》："泽雉十步一啄，百步一饮，不蕲畜乎樊中。"成玄英疏："饮啄自在，放旷逍遥，岂欲入樊笼而求服养！譬养生之人，萧然嘉遁，唯适情于林籁，岂企羡于荣华！"引申为吃喝，生活。

[5] 律吕：古代校正乐律的器具。共有十二个，从低音到高音依次奇数为"律"，偶数为"吕"，总称"六律六吕"，简称"律吕"。后也泛指音律或乐律。

[6] 十三省乡谈：明初袭元制，除两个直隶省外，境内分设十三个行中书省。乡谈：指方言。十三省乡谈，即指全国各地方言。

[7] 陈抟（tuán）：五代宋初道士。字图南，自号扶摇子，亳州真源（今河南鹿邑东）人。生于唐末。后唐长兴中，举进士不第，隐居武当山，服气辟谷，后移居华山。宋太宗赐号希夷先生。相传他活了一百多岁，善睡，常百日不起，世称"隐于睡"。著有《无极图》（刻于华山石壁）和《先天图》。认为万物一体。只有超绝万有的"一大理法"存在。其学说经后人推演，成为宋代理学的组成部分。

[8] 不彀（gòu）：不够。

[9]《剑侠传》：明王世贞撰，共四卷，三十三篇。"白猿公"为《老人化猿》篇中有灵性的白猿。

[10] 哳嚌（chēzhē）：了不起，本事出众。

[11] 虿虰（chàifàn）：指虫子。虿，蝎子一类的毒虫。虰，即蚱蜢、蝗虫一类的虫子。

[12] 玳瑁（dàimào）梁：玳瑁是龟类爬行动物，其背甲可作装饰品。玳瑁梁是以玳瑁装饰的屋梁，指富贵人家。

## 原文

嘉靖初年，洞庭两山出蛟，太湖边山崖崩塌，露出一古冢朱漆棺。宝物无数，尽被人盗去无遗。有人传说到城，懒龙偶同亲友泛湖，因到其处。看见藤蔓缠棺，已被斩断。开发棺中，惟枯骸一具，冢旁有断碑模糊。懒龙道是古来王公之墓，不觉恻然[1]，就与他掩蔽了。即时出些银两，雇本处土人聚土埋藏好了，把酒浇奠。奠毕将行，懒龙见草中一物碍脚，俯首取起，乃是古铜镜一面，急藏袜中，不与人见。及到城中，将往僻处，刷净泥滓，细看那镜，小小只有四五寸，面上精光闪烁，背上鼻钮四傍，隐起穹奇饕餮鱼龙波浪之形[2]，满身青绿，尽蚀朱砂水银之色。试敲一下，其声泠然。晓得是件宝贝，将来佩带身边。到得晚间，将来一照，暗处皆明，雪白如昼。懒龙得了此镜，出入不离，夜行更不用火，一发添了一助。别人怕黑时节,他竟同日里行走,偷法愈便。却是懒龙虽是偷儿行径,却有几件好处:不肯淫人家妇女,不入良善与患难之家,与人说了话,再不失信。亦且仗义疏财,偷来东西随手撒与贫穷负极之人。最要薅恼那悭吝财主、无义富人[3],逢场作戏,做出笑话。因此到所在,人多倚草附木,成行逐队来皈依他[4],义声赫然。懒龙笑道:"吾无父母妻子可养,借这些世间余财聊救贫人。正所谓'损有馀补不足',天道当然[5],非关吾的好义也。"

## 注释

[1] 恻然:哀怜、悲伤的样子。

[2] 穷奇:古代传说中的恶兽名,形状像牛,食人。 饕餮(tāotiè):古代传说中的恶兽名,性贪食。古代钟鼎彝器上多刻其头部形状作为装饰,并以辟邪。

[3] 薅(hāo)恼:骚扰。 悭吝(qiānlìn):亦作"悭恪"。吝啬。

[4] 皈依:佛教语。原指佛教的入教仪式。表示对佛、法(教义)、僧三者归顺依附,故也称三皈依。后多指虔诚信奉佛教或参加其他宗教组织。此词身心归向、依托。

[5]《老子》第七十七章:"天之道,损有馀而补不足;人之道则不然,损不足以奉有馀。"

## 原文

一日,有人传说一个大商下千金在织人周甲家,懒龙要去取他的。酒后错认了所在,误入了一个人家。其家乃是个贫人,房内止有一张大几。四下一看,别无长物。既已进了房中,一时不好出去,只得伏在几下。看见贫家夫妻对食,盘餐萧瑟。夫满面愁容,对妻道:"欠了客债要紧,别无头脑可还[1],我不如死了罢!"妻子道:"怎便寻死?不如把我卖了,还好将钱营生。"说罢,夫妻泪如雨下。懒龙忽然跳将出来,夫妻慌怕。懒龙道:"你两个不必怕我,我乃懒龙也。偶听人言,来寻一个商客,错走至此。今见你每生计可怜,我当送二百金与你,助你经营,快不可别寻道路,如此苦楚!"夫妻素闻其名,拜道:"若得义士如此厚恩,吾夫妻死里得生了!"懒龙出了门去,一个更次,门内铿然一响[2]。夫妻走起来看时,果然一个布囊,有银二百两在内,乃是懒龙是夜取得商人之物。夫妻喜跃非常[3],写个懒龙牌位,奉事终身。

有一贫儿,少时与懒龙游狎[4],后来消乏。与懒龙途中相遇,身上褴褛[5],自觉羞惭,引扇掩面而过。懒龙掣住其衣[6],问道:"你不是某舍么[7]?"贫儿局蹐道[8]:"惶恐,惶恐。"懒龙道:"你一贫至此,明日当同你入一大家,取些来付你,勿得妄言!"贫儿晓得懒龙手段,又是不哄人的。明日傍晚来寻懒龙。懒龙与他共至一所,乃是士夫家池馆。但见:暮鸦缭乱,碧树蒙笼。万籁凄清,四隅寂静。懒龙分付贫儿止住在外,自己竦身攀树,逾垣而入[9],许久不出。贫儿屏气吞声,蹲踞墙外。又被群犬嘈吠,赶来咋啮[10],贫儿绕墙走避。微听得墙内水响,倏有一物如没水鸬鹚，从林影中堕地。仔细看看，却是懒龙，浑身沾湿，状甚狼狈。对贫儿道："吾为你几乎送了性命。里面黄金无数，可以斗量。我已取到了手，因为外边犬吠得紧，惊醒里面的人，追将出来。只得丢弃道旁，轻身走脱，此乃子之命也。"贫儿道："老龙平日手到拿来，今日如此，是我命薄！"叹息不胜。懒龙道："不必烦恼！改日别作道理。"贫儿怏怏而去[11]。

[1]别无头脑：没有办法。

[2]铿（kēng）：象声词。

[3]喜跃：欢欣踊跃。

[4]游狎：交往亲密。

[5]褴褛（lánlǚ）：形容衣服破烂。

[6]掣（chè）住：牵住。

[7]某舍：犹如说某位少爷。舍，即"舍人"，对富家子弟的尊称。这里有讽刺意。

[8]局蹐（júji）：形容行动小心戒备的样子。局，曲身，弯腰；蹐，小步行走。这里意为惶恐、尴尬。

[9]竦身：同"耸身"，纵身向上跳。竦，通"耸"。逾垣：亦作"踰坦"，翻越墙头。

[10]咋啮：啃咬。

[11]怏怏：闷闷不乐。

过了一个多月，懒龙路上又遇着他，哀告道："我穷得不耐烦了，今日去卜问一卦，遇着上上大吉，财爻发动[1]。先生说当有一场飞来富贵，是别人作成的。我想不是老龙，还那里指望？"懒龙笑道："吾几乎忘了。前日那家金银一箱，已到手了。若竟把来与你，恐那家发觉，你蔽不过，做出事来。所以权放在那家水池内，再看动静。今已个月期程，不见声息，想那家不思量追访了。可以取之无碍，晚间当再去走遭。"贫儿等到薄暮[2]，来约懒龙同往。懒龙一到彼处，但见：度柳穿花，捷若飞鸟。驰波溅沫，矫似游龙[3]。须臾之间，背负一箱而出。急到僻处开看，将着身带宝镜一照，里头尽是金银。懒龙分文不取，也不问多少，尽数与了贫儿。分付道："这些财物，可够你一世了，好好将去用度。不要学我懒龙混帐半生，不做人家[4]。"贫儿感激谢教，将着做本钱，后来竟成富家。懒龙所行之事，每多如此。

说话的，懒龙固然手段高强，难道只这等游行无碍，再没有失手时节？看官听说，他也有遇着不巧，受了窘迫，却会得逢急智生，脱身溜撒[5]。曾有一日走到人家，见衣橱开着，急向里头藏身，要取橱中衣服。不匡这家子临上床时[6]，将衣厨关好，上了大锁，竟把懒龙锁在橱内了。懒龙出来不得，心生一计，把橱内衣饰紧缠在身，又另包下一大包，俱挨着橱门，口里就做鼠咬衣裳之声。主人听得，叫起老妪来道："为何把老鼠关在橱内了？可不咬坏了衣服？快开了橱赶了出来！"老妪取火开橱，才开得门，那挨着门一包儿，先滚了下地。说时迟，那时快，懒龙就这包滚下来头里，一同滚将出来，就势扑灭了老妪手中之火。老妪吃惊，大叫一声。懒龙恐怕人起难脱，急取了那个包，随将老妪要处一拨，扑的跌倒在地，望外便走。房中有人走起，地上踏着老妪，只说是贼，拳脚乱下。老妪喊叫连天，房外人听得房里嚷乱，尽奔将来，点起火一照，见是自家人厮打，方喊得住，懒龙不知已去过几时了。

[1] 财爻：财运。

[2] 薄暮：傍晚，太阳快落山的时候。

[3] 度柳穿花，捷若飞鸟。驰波溅沫，娇似游龙：这几句形容身手敏捷。

[4] 做人家：吴语，意为省吃俭用。

[5] 溜撒：偷偷逃走。

[6] 不匡：不料，没想到。

【原文】

有一织纺人家，客人将银子定下绸罗若干。其家夫妻收银箱内，放在床里边。夫妻同寝在床，夜夜小心谨守。懒龙知道，要取他的，闪进房去，一脚踏了床沿，挽手进床内掇那箱子。妇人惊醒，觉得床沿上有物，暗中一摸，晓得是只人脚。急用手抱住不放，忙叫丈夫道："快起来，吾捉住贼脚在这里了！"懒龙即将其夫之脚，用手抱住一掐。其夫负痛忙喊道："是我的脚，是我的脚。"妇人认是错拿了夫脚，即时把手放开。懒龙便掇了箱子如飞出房。夫妻两人还争个不清，妻道："分明拿的是贼脚，你却教放了。"夫道："现今我脚掐得生疼，那里是贼脚？"妻道："你脚在里床，我拿的在外床，况且吾不曾掐着。"夫道："这等，是贼掐我的脚，你只不要放那只脚便是。"妻道："我听你喊将起来，慌忙之中认是错了，不觉把手放松，他便抽得去了，着了他贼见识，定是不好了。"摸摸里床，箱子果是不见。夫妻两个我道你错，你道我差，互相埋怨不了。

懒龙又走在一个买衣服的铺里，寻着他衣库。正要拣好的卷他[1]，黑暗难认，却把身边宝镜来照。又道是隔墙须有耳，门外岂无人？谁想隔邻人家，有人在楼上做房。楼窗看见间壁衣库亮光一闪，如闪电一般，情知有些尴尬，忙敲楼窗向铺里叫道："隔壁仔细，家中敢有小人了？"铺中人惊起，口喊："捉贼！"懒龙听得在先，看见庭中有一只大酱缸，上盖篷箪[2]，懒龙慌忙揭起，蹲在缸中，仍复反手盖好。那家人提着灯各处一照，不见影响，寻到后边去了。懒龙在缸里想道："方才只有缸内不曾开看，今后头寻不见，此番必来。我不如往看过的所在躲去。"又思身上衣已染酱，淋漓开来，掩不得踪迹。便把衣服卸在缸内，赤身脱出来。把脚踪印些酱迹在地下，一路到门，把门开了，自己翻身进来，仍入衣库中藏着。那家人后头寻了一转，又将火到前边来。果然把酱缸盖揭开看时，却有一套衣服在内，认得不是家里的，多道这分明是贼的衣裳了。又见地下脚迹，自缸边直到门边，门已洞开。尽管道："贼见我们寻，慌躲在酱缸里面。我们后边去寻时，他却脱下衣服逃走了。可惜看得迟了些个，不然此时已被我们拿住。"店主人家道："赶得他去也罢了，关好了门歇息罢。"一家尽道贼去无事，又历碌了一会[3]，放倒了头，大家酣睡。讵知贼还在家里[4]？懒龙安然住在锦绣丛中，把上好衣服绕身系束得紧峭，把一领青旧衣外面盖着。又把细软好物，装在一条布被里面打做个包儿。弄了大半夜，寂寂负了从屋檐上跳出[5]，这家子没一人知觉。

　　跳到街上正走时，天尚黎明，有三四一起早行的人，前来撞着。见懒龙独自一个负着重囊，侵早行走[6]。疑他来路不正气，遮住道："你是甚么人？在那里来？说个明白，方放你走。"懒龙口不答应，伸手在肘后摸出一包，团圞如球，抛在地下就走。那几个人多来抢看，见上面牢卷密扎，道他必是好物，争先来解。解了一层又有一层，就象剥笋壳一般。且是层层捆得紧，剥了一尺多，里头还不尽。剩有拳头大一块，疑道："不知裹着甚么？"众人不肯住手，还要夺来解看。那先前解下的多是敝衣破絮，零零落落，堆得满地。正在闹嚷之际，只见一伙人赶来道："你们偷了我家铺里衣服，在此分赃么？"不由分说，拿起器械蛮打将来。众人呼喝不住，见不是头，各跑散了。中间拿住一个老头儿，天色黯黑之中，也不来认面庞，一步一棍，直打到铺里。老头儿口里乱叫乱喊道："不要打，不要打，你们错了。"众人多是兴头上，人住马不住，那里听他？

　　看看天色大明，店主人仔细一看，乃是自家亲家翁，在乡里住的。连忙喝住众人，已此打得头虚面肿。店主人忙陪不是，置酒请罪。因说失贼之事，老头儿方诉出来道："适才同两三个乡里人作伴到此，天未明亮，因见一人背驮一大囊行走[7]，正拦住盘问，不匡他丢下一件包裹，多来夺看，他乘闹走了。谁想一层一层多是破衣败絮，我们被他哄了，不拿得他。却被这里人不分皂白，混打这番，把同伴人惊散。便宜那贼骨头，又不知走了多少路了。"众人听见这话，大家惊悔。邻里闻知某家捉贼，错打了亲家公，传为笑话。元来那个球，就是懒龙在衣橱里把闲工结成，带在身边，防人尾追，把此抛下做缓兵之计的。这多是他临危急智脱身巧妙之处，有诗为证：

　　　　巧技承蜩与弄丸[8]，当前卖弄许多般。
　　　　虽然贼态何堪述，也要临时猝智难[9]。

[1]卷：打包。

[2]篷䈇（gān）：即"篷竿"，竹编盖具。

[3]历碌：忙乱。

[4] 讵（jù）知：哪里知道。讵，副词，哪里。

[5] 寂寂：谓毫无声息，悄悄地。

[6] 侵早：天刚亮，拂晓。

[7] 囊（náng）：口袋，布袋。

[8] 承蜩：用长竿粘取蝉。《庄子·达生》记一驼背人取蝉就像拾物一样容易。　弄丸：抛接丸铃，是一种杂技。《庄子·徐无鬼》记楚国勇士熊宜僚善弄玩丸铃，传说常八个在空中，一个在手。这两个故事均用来比喻技巧高超。

[9] 猝智：急中生智。

**原文**

懒龙神偷之名，四处布闻[1]。卫中巡捕张指挥访知，叫巡军拿去。指挥见了问道："你是个贼的头儿么？"懒龙道："小人不曾做贼，怎说是贼的头儿？小人不曾有一毫赃私犯在公庭[2]，亦不曾见有窃盗贼伙扳及小人[3]，小人只为有些小智巧，与亲戚朋友作耍之事，间或有之。爷爷不要见罪小人，或者有时用得小人着，水里火里，小人不辞。"指挥见他身材小巧，语言爽快，想道无赃无证，难以罪他。又见说肯出力，思量这样人有用处，便没有难为的意思。正说话间，有个閤门陆小闲将一只红嘴绿鹦哥来献与指挥。指挥教把锁镫挂在檐下[4]，笑对懒龙道："闻你手段通神，你虽说戏耍无赃，偷人的必也不少。今且权恕你罪，我只要看你手段。你今晚若能偷得我这鹦哥去，明日送来还我，凡事不计较你了。"懒龙道："这个不难，容小人出去，明早送来。"懒龙叩头而出。指挥当下分付两个守夜军人，小心看守架上鹦哥，倘有疏失，重加责治。两个军人听命，守宿在檐下，一步不敢走离。虽是眼皮压将下来，只得勉强支持。一阵盹睡，闻声惊醒，甚是苦楚。

夜已五鼓，懒龙走在指挥书房屋脊上，挖开椽子，溜将下来。只见衣架上有一件沉香色潞绸披风[5]，几上有一顶华阳巾，壁上挂一盏小行灯，上写着"苏州卫堂"四字。懒龙心思有计，登时把衣巾来穿戴了，袖中拿出火种，吹起烛煤[6]，点了行灯，提在手里，装着老张指挥声音步履，仪容气度，无一不像。走到中堂壁门边，把门割然开了[7]。远远放住行灯，踱出廊檐下来。此时月色蒙茏[8]，天光昏惨，两个军人大盹小盹，方在困倦之际。懒龙轻轻剔他一下道："天色渐明，不必守了，出去罢。"一头说，一头伸手去提了鹦哥锁镫，望中门里面摇摆了进去。两个军人闭眉刷眼[9]，正不耐烦，听得发放，犹如九重天上的赦书来了[10]，那里还管甚么好歹？一道烟去了。

须臾天明，张指挥走将出来，鹦哥不见在檐下。急唤军人问他，两个多不在了。忙叫拿来，军人还是残梦未醒。指挥喝道："叫你们看守鹦哥，鹦哥在那里？你们倒在外边来！"军人道："五更时，恩主亲自出来取了鹦哥进去，发放小人们归去的，怎么反向小人要鹦哥？"指挥道："胡说！我何曾出来？你们见鬼了。"军人道："分明是恩主亲自出来,我们两个人同在那里,难道一齐眼花了不成?"指挥情知尴尬[11],走到书房,仰见屋椽有孔道,想必在这里着手去了。正持疑间,外报懒龙将鹦哥送到。指挥含笑出来,问他何由偷得出去,懒龙把昨夜着衣戴巾、假装主人取进鹦哥之事,说了一遍。指挥惊喜,大加亲幸。懒龙也时常有些小孝顺,指挥一发心腹相托,懒龙一发安然无事了。普天下巡捕官偏会养贼,从来如此。有诗为证:

猫鼠何当一处眠?总因有味要垂涎。
由来捕盗皆为盗,贼党安能不炽然?

[1] 布闻:传布。
[2] 赃私:盗窃的财物和隐秘的行径。
[3] 扳及:涉及,牵连。
[4] 锁镫:形状如马镫的架鸟锁具,上有挂钩。
[5] 披风:斗篷。
[6] 烛煤:一种用煤粉制成的蜡烛,可用来照明。
[7] 劐(huō)然:以刀裂物声。此处形容疾速,突然。
[8] 蒙龙:同"朦胧"。
[9] 闭眉刷眼:瞌睡打盹的样子。
[10] 九重天:古人认为天有九层,因泛言天为"九重天"。这里指帝王或朝廷。
[11] 尴尬:这里意为异常,可疑。

虽如此说,懒龙果然与人作戏的事体多。曾有一个博徒在赌场得了采,背负千钱回家,路上撞见懒龙。博徒指着钱戏懒龙道:"我今夜把此钱放在枕头底下,你若取得去,明日我输东道[1]。若取不去,你请我吃东道。"懒龙笑道:"使得,使得。"博徒归家中对妻子说:"今日得了采,把钱藏在枕下了。"妻子心里欢喜,杀一只鸡烫酒共吃。鸡吃不完,还剩下一半,收拾在厨中,上床同睡。又说了与懒龙打赌赛之事。夫妻相戒,大家醒觉些个。岂知懒龙此时已在窗下,一一听得。见他夫妇惺忪[2],难以下手,心生一计。便走去灶下,拾根麻骨放在口中,嚼得毕剥有声[3],竟似猫儿吃鸡之状。妇人惊起道:"还有老大半只鸡,明日好吃一餐,不要被这亡人抱了去。"连忙走下床来,去开厨来看。懒龙闪入天井中,将一块石抛下井里"洞"的一声响。博徒听得惊道:"不要为这点小小口腹,失脚落在井中了,不是要处。"急出门来看时,懒龙已隐身入房,在枕下挖钱去了。夫妇两人黑暗里叫唤相应,方知无事,挽手归房。到得床里,只见枕头移开,摸那钱时,早已不见。夫妻互相怨怅道:"清清白白,两个人又不曾睡着,却被他当面作弄了去,也倒好笑。"到得天明,懒龙将钱来还了,来索东道。博徒大笑,就勒下几百放在袖里,与懒龙前到酒店中，买酒请他。两个饮酒中间，细说昨日光景，拍掌大笑。

酒家翁听见，来问其故，与他说了。酒家翁道："一向闻知手段高强，果然如此。"指着桌上锡酒壶道："今夜若能取得此壶去，我明日也输一个东道。"懒龙笑道："这也不难。"酒家翁道："我不许你毁门坏户，只在此桌上，凭你如何取去。"懒龙道："使得，使得。"起身相别而去。酒家翁到晚分付牢关门户，自家把灯四处照了，料道进来不得。想道："我停灯在桌上了，拼得坐着守定这壶，看他那里下手？"酒家翁果然坐到夜分，绝无影响。意思有些不耐烦了，倦急起来，瞌睡到了。起初还着实勉强，支撑不过，就斜靠在桌上睡去，不觉大鼾。懒龙早已在门外听得，就悄悄的扒上屋脊，揭开屋瓦，将一猪脬紧扎在细竹管上[4]。竹管是打通中节的，徐徐放下，插入酒壶口中。酒店里的壶，多是肚宽颈窄的。懒龙在上边把一口气从竹管里吹出去，那猪脬在壶内涨将开来，已满壶中。懒龙就掐住竹管上眼，便把酒壶提将起来。仍旧盖好屋瓦，不动分毫。酒家翁一觉醒来，桌上灯还未灭，酒壶已失。急起四下看时，窗户安然，毫无漏处，竟不知甚么神通摄得去了。

又一日，与二三少年同立在北潼子门酒家。河下船中有个福建公子，令从人将衣被在船头上晒曝，锦绣璨烂，观者无不啧啧。内中有一条被，乃是西洋异锦，更为奇特。众人见他如此炫耀，戏道："我们用甚法取了他的，以博一笑才好？"尽推懒龙道："此时懒龙不逞技俩，更待何时？"懒龙笑道："今夜让我弄了他来，明日大家送还他，要他赏钱，同诸公取醉。"懒龙说罢，先到混堂把身上洗得洁净[5]，再来到船边看相动静。守到更点二声，公子与众客尽带酣意，潦倒模糊。打一个混同铺[6]，吹灭了灯，一齐藉地而寝。懒龙俟忽闪烁，已杂入众客铺内，挨入被中。说着闽中乡谈，故意在被中挨来挤去。众客睡不象意，口里和罗埋怨。懒龙也作闽音说睡话，趁着挨挤杂闹中，扯了那条异锦被，卷作一束。就作睡起要泻溺的声音，公然拽开舱门，走出泻溺[7]，径跳上岸去了，船中诸人一些不觉。及到天明，船中不见锦被，满舱闹嚷。公子甚是叹惜，与众客商量，要告官又不直得，要住了又不舍得。只得许下赏钱一千，招人追寻踪迹。懒龙同了昨日一干人下船中，对公子道："船上所失锦被，我们已见在一个所在，公子发出赏钱，与我们弟兄买酒吃，包管寻来奉还。"公子立教取出千钱来放着，待被到手即发。懒龙道："可叫管家随我们去取。"公子分付亲随家人同了一伙人走到徽州当内，认得锦被，正是元物。亲随便问道："这是我船上东西，为何在此？"当内道："早间一人拿此被来当。我们看见此锦，不是这里出的，有些疑心，不肯当钱与他。那个人道：'你每若放不下时，我去寻个熟人来，保着秤银子去就是。'我们说这个使得。那人一去竟不来了。我元道必是来历不明的，既是尊舟之物，拿去便了。等那个人来取时，小当还要捉住了他，送到船上来。"众人将了锦被去还了公子，就说当中说话。公子道："我们客边的人，但得元物不失罢了，还要寻那贼人怎的？"就将出千钱，送与懒龙等一伙报事的人。众人收受，俱到酒店里破除了[8]。元来当里去的人，也是懒龙央出来，

把锦被卸脱在那里,好来请赏的。如此作戏之事,不一而足。正是:

　　胪传能发冢[9],穿窬何足薄[10]?

　　若托大儒言,是名善戏谑。

## 注释

[1] 输东道:认输请客。

[2] 惺惚(còng):形容警觉。

[3] 毕剥:象声词。形容敲击、爆裂等声音。

[4] 猪脬(pāo):猪的膀胱。

[5] 混堂:即澡堂、浴室,也叫"香水行"。明郎瑛《七修类稿》卷上:"吴俗,甃(读zhòu,用砖砌)大石为池……一人专执爨(读cuàn,意为灶或炊),池水相吞,遂成佛汤,名曰混堂,榜其门则曰香水。"

[6] 混同铺:也叫通铺,多人睡在一起的大床铺。

[7] 浔溺:小便。

[8] 破除:这里是花费的意思。

[9] 胪(lú)传能发冢:语出《庄子·外物》:"儒以诗礼发冢,大儒胪传曰:'东方作矣,事之何若?'"这是庄子不满儒家的话,认为儒家口头提倡诗礼仁义,而实际行为却干着掘坟取财的事。胪传,对下传告。

[10] 穿窬(yú):穿壁逾墙,指偷盗行为。窬,通"逾"。　薄:鄙薄。

## 原文

　　懒龙固然好戏,若是他心中不快意的,就连真带耍,必要扰他。有一伙小偷置酒邀懒龙游虎丘[1]。船经山塘,暂停米店门口河下。穿出店中买柴沽酒,米店中人嫌他停泊在此,出入搅扰[2],厉声推逐,不许系缆。众偷不平争嚷。懒龙丢个眼色道:"此间不容借走,我们移船下去些,别寻好上岸处罢了,何必动气?"遂教把船放开,众人还忿忿。懒龙道:"不须角口,今夜我自有处置他所在。"众人请问,懒龙道:"你们去寻一只站船来,今夜留一樽酒、一个榼及暖酒家火、薪炭之类[3],多安放船中。我要归途一路赏月色到天明。你们明日便知,眼下不要说破。"是夜虎丘席罢,众人散去。懒龙约他明日早会。止留得一个善饮的为伴,一个会行船的持篙,下在站船中回来。经过米店河头,店中已扃闭得严密[4]。其时河中赏月归舟欢唱过往的甚多。米店里头人安心熟睡。懒龙把船贴米店板门住下。日间看在眼里,有米一囤在店角落中,正临水次近板之处。懒龙袖出小刀,看板上有节处一挖,那块木节圆圆的落了出来[5],板上老大一孔。懒龙腰间摸出竹管一个,两头削如藕披[6],将一头在板孔中插入米囤,略摆一摆,只见囤内米簌簌的从管里泻将下来,就如注水一般。懒龙一边对月举杯,酣呼跳笑,与泻米之声相杂,来往船上多不知觉。那家子在里面睡的,一发梦想不到了。看看斗转参横[7],管中没得泻下,想来囤中已空,看那船舱也满了。便叫解开船缆,慢慢的放了船去,到一僻处,众偷皆来。懒龙说与缘故,尽皆抚掌大笑。懒龙拱手道:"聊奉列位众分,以答昨夜盛情。"竟自一无所取。那米店直到开囤，才知其中已空，再不晓得是几时失去，怎么样失了的。

[1] 虎丘：山名。在江苏苏州市西北阊门外，一名海涌山。相传春秋时吴王阖闾葬于此，三日有虎踞其上，故名。泉石幽胜，上有塔，登眺则全城在目，为苏州之名胜。

[2] 搅扰：打搅，干扰，碍事的意思。

[3] 榼（kē）：古代的贮酒器，可提挈。

[4] 扃（jiōng）闭：关闭。

[5] 囫囵：完整，整个儿。

[6] 藕披：藕节斜切处。

[7] 斗转参横：北斗转向，参星横斜。表示天色将明。

苏州新兴百柱帽[1]，少年浮浪的无不戴着装幌[2]。南园侧东道堂白云房一起道士，多私下置一顶，以备出去游耍，好装俗家。一日夏月天气，商量游虎丘，已叫下酒船。有个纱王三，乃是王织纱第三个儿子，平日与众道士相好，常合伴打平火[3]。众道士嫌他惯讨便宜，且又使酒难堪，这番务要瞒着了他。不想纱王三已知此事，恨那道士不来约他，却寻懒龙商量，要怎生败他游兴。懒龙应允，即闪到白云房将众道常戴板巾尽取了来[4]。纱王三道："何不取了他新帽，要他板巾何用？"懒龙道："若他失去了新帽，明日不来游山了，有何趣味？你不要管，看我明日消遣他[5]。"纱王三终是不解其意，只得由他。明日，一伙道士轻衫短帽，装束做少年子弟[6]，登舟放浪。懒龙青衣相随下船，蹲坐舵楼。众道只道是船上人，船家又道是跟的侍者，各不相疑。开得船时，众道解衣脱帽，纵酒欢呼。懒龙看个空处，将几顶新帽卷在袖里，腰头摸出昨日所取几顶板巾，放在其处。行到斟酌桥边，拢船近岸，懒龙已望岸上跳将去了。一伙道士正要着衣帽登岸潇洒，寻帽不见，但有常戴的纱罗板巾，压摺整齐[7]，安放做一堆在那里。众道大嚷道"怪哉！怪哉！我们的帽子多在那里去了？"船家道："你们自收拾，怎么问我？船不漏针，料没失处。"众道又各寻了一遍，不见踪影，问船家道："方才你船上有个穿青的瘦小汉子，走上岸去，叫来问他一声，敢是他见在那里？"船家道："我船上那有这人？是跟随你们下来的。"众道嚷道："我们几曾有人跟来？这是你串同了白日撞偷了我帽子去了[8]。我们帽子几两一顶结的，决不与你干休！"扭住船家不放。船家不伏，大声嚷乱。岸上聚起无数人来，蜂拥争看。

人丛中走出一个少年子弟，扑的跳下船来道："为甚么喧闹？"众道与船家各各告诉一番。众道认得那人，道是决帮他的。不匡那人正色起来，反责众道道："列位多是羽流[9]，自然只戴板巾上船。今板巾多在，那里再有甚么百柱帽？分明是诬诈船家了。"看的人听见，才晓得是一伙道士，板巾见在，反要诈船上赔帽子，发起喊来，就有那地方游手好闲几个揽事的光棍来出尖[10]，伸拳掳手道："果是贼道无理，我们打他一顿，拿来送官。"那人在船里摇手指住道："不要动手！不要动手！等他们去了罢。"那人忙跳上岸。众道怕惹出是非来，叫快开了船。一来没了帽子，二来被人看破，装幌不得了，不好登山，快快而回。枉费了一番东道，落得扫兴。你道跳下船来这人是谁？正是纱王三。懒龙把板巾换了帽子，知会了他，趁扰攘之际[11]，特来证实道士本相，扫他这一场。道士回去，还缠住船家不歇。纱王三叫人将几顶帽子送将来还他，上复道："以后做东道要洒浪那帽子时[12]，千万通知一声。"众道才晓得是纱王三耍他，又曾闻懒龙之名，晓得纱王三平日与他来往，多是懒龙的做作了。

[1] 百柱帽：一种皱褶很多的帽子。
[2] 装幌：亦称"装潢子""装样子"。作幌子以招人，比喻张扬、招摇、出风头，以显示自己的意思。
[3] 打平火：平均出钱聚餐。
[4] 板巾：道士戴的帽子。俗称"瓦楞帽"。
[5] 消遣：捉弄，戏耍。
[6] 装束：装扮。
[7] 压摺：叠放。
[8] 白日撞：吴方言，指白天借故混入人家行窃的小偷。
[9] 羽流：指道士，道人。
[10] 出尖：带头，出面。吴方言，称出面袒护某方某事。
[11] 扰攘：忙乱，混乱。
[12] 洒浪：卖弄，出风头。

其时邻境无锡有个知县，贪婪异常，秽声狼藉[1]。有人来对懒龙道："无锡县官衙中金宝山积，无非是不义之财。何不去取他些来，分惠贫人也好？"懒龙听在肚里，即往无锡地方，晚间潜入官舍中，观看动静。那衙里果然富贵，但见：

　　连箱锦绮，累架珍奇。元宝不用纸包，叠成行列；器皿半非陶就，摆满金银。大象口中牙，蠢婢将来揭火[2]；犀牛头上角，小儿拿去盛汤。不知夏楚追呼[3]，拆了人家几多骨肉；更兼苞苴混滥[4]，卷了地方到处皮毛。费尽心要传家里子孙，腆着面且认民之父母。

懒龙看不尽许多奢华，想道："重门深锁，外边梆铃之声不绝，难以多取。"看见一个小匣，十分沉重，料必是精金白银，溜在身边。心里想道："官府衙中之物，省得明日胡猜乱猜，屈了无干的人。"摸出笔来，在他箱架边墙上，画着一枝梅花，然后轻轻的从屋檐下望衙后出去了。

过了两三日，知县简点宦囊[5]，不见一个专放金子的小匣儿，约有二百余两金子在内，价值一千多两银子。各处寻看，只见旁边画着一枝梅，墨迹尚新。知县吃惊道："这分明不是我衙里人了，卧房中谁人来得，却又从容画梅为记？此不是个寻常之盗。必要查他出来。"遂唤取一班眼明手快的应捕，进衙来看贼迹。众应捕见了壁上之画，吃惊道："覆官人[6]，这贼小的们晓得了，却是拿不得的。此乃苏州城中神偷，名曰懒龙。身到之处，必写一枝梅在失主家为认号。其人非比等闲手段，出有入无，更兼义气过人，死党极多。寻他要紧，怕生出别事来。失去金银还是小事，不如放舍罢了，不可轻易惹他。"知县大怒道："你看这班奴才，既晓得了这人名字，岂有拿不得的？你们专惯与贼通同，故意把这等话党庇他[7]，多打一顿大板才好！今要你们拿贼，且寄下在那里。十日之内，不拿来见我，多是一个死！"应捕不敢回答。知县即唤书房写下捕盗批文，差下捕头两人，又写下关子[8]，关会长、吴二县[9]，必要拿那懒龙到官。

应捕无奈，只得到苏州来走一遭。正进阊门，看见懒龙立在门口，应捕把他肩胛拍一拍道："老龙，你取了我家官人东西罢了，卖弄甚么手段画着梅花？今立限与我们，必要拿你到官，却是如何？"懒龙不慌不忙道："不劳二位费心，且到店中坐坐细讲。"懒龙拉了两个应捕一同到店里来，占副座头吃酒。懒龙道："我与两位商量，你家县主果然要得我紧，怎么好累得两位？只要从容一日，待我送个信与他，等他自然收了牌票，不敢问两位要我，何如？"应捕道："这个虽好，只是你取得他的忒多了。他说多是金子，怎么肯住手？我们不同得你去，必要为你受亏了。"懒龙道："就是要我去，我的金子也没有了。"应捕道："在那里了？"懒龙道："当下就与两位分了。"应捕道："老龙不要取笑！这样话当官不是耍处。"懒龙道："我平时不曾说诳语，原不取笑。两位到宅上去一看便见。"扯着两个人耳朵说道："只在家里瓦沟中去寻就有。"应捕晓得他手段，忖道："万一当官这样说起来，真个有赃在我家里，岂不反受他累？"遂商量道："我们不敢要老龙去了，而今老龙待怎么分付？"懒龙道："两位请先到家，我当随至。包管知县官人不敢提起，决不相累就罢了。"腰间摸出一包金子，约有二两重，送与两人道："权当盘费。"从来说公人见钱，如苍蝇见血，两个应捕看见赤艳艳的黄金，怎不动火？笑欣欣接受了，就想此金子未必不就是本县之物，一发不敢要他同去了。两下别过。

懒龙连夜起身，早到无锡，晚来已闪入县令衙中。县官有大、小孺人[10]，这晚在大孺人房中宿歇。小孺人独自在帐中，懒龙揭起帐来，伸手进去一摸，摸着顶上青丝髻，真如盘龙一般。懒龙将剪子轻轻剪下，再去寻着印箱，将来撬开，把一盘发髻塞在箱内，仍与他关好了。又在壁上画下一枝梅。别样不动分毫，轻身脱走。次日，小孺人起来，忽然头发纷披，觉得异样。将手一摸，顶髻俱无，大叫起来。合衙惊怪，多跑将来问缘故。小孺人哭道："谁人使捉揞[11]，把我的头发剪去了？"忙报知县来看。知县见帐里坐着一个头陀,不知那里作怪起?想着平日绿云委地[12],好不可爱!今却如此模样,心里又痛又惊道:"前番金子失去,尚在严捉未到,今番又有歹人进衙了。别件犹可,县印要紧。"亟取印箱来看,看见封皮完好,锁钥俱在。随即开来看时,印章在上格不动,心里略放宽些。又见有头发缠绕,掇起上格,底下一堆发髻,散在箱里。再简点别件,不动分毫。又见壁上画着一枝梅,连前凑做一对了。知县吓得目睁口呆,道:"元来又是前番这人,见我追得急了,他弄这神通出来报信与我。剪去头发,分明说可以割得头去;放在印箱里,分明说可以盗得印去。这贼直如此利害!前日应捕们劝我不要惹他,元来果是这等。若不住手,必遭大害。金子是小事,拼得再做几个富户不着,便好补填了,不要追究的是。"连忙掣签去唤前日差往苏州下关文的应捕来销牌。两个应捕自那日与懒龙别后,来到家中。依他说话,各自家里屋瓦中寻,果然各有一包金子。上写着日月封记,正是前日县间失贼的日子。不知懒龙几时送来藏下的。应捕老大心惊,噙着指头道:"早是不拿他来见官,他一口招出搜了赃去,浑身口洗不清。只是而今怎生回得官人的话?"叫了伙计,正自商量踌躇,忽见县里差签来到[13]。只道是拿违限的,心里慌张,谁知却是来叫销牌的[14]!应捕问其缘故,来差把衙中之事一一说了,道:"官人此时好不惊怕,还敢拿人?"应捕方知懒龙果不失信,已到这里弄了神通了,委实好手段!

[1]秽声狼藉:名声败坏。

[2]揭火:拨火。

[3]夏(jiǎ)楚:指楸板和荆杖。夏,通"槚",一种树木。楚,荆木。古代学校两种体罚越礼犯规者的用具。后亦泛指体罚学童的工具。或泛指用棍棒等进行体罚,多用于对未成年者。 追呼:追赶呼喊。常谓吏胥到门号叫催租,逼服徭役。

[4]苞苴(bāojū):包装鱼肉等用的草袋。指馈赠的礼物,又指贿赂。 混滥:混乱。

[5]简点:检查,料理。 宦囊:指做官所得的财物。

[6]覆:回答。

[7]党庇:结党庇护。

[8]关子:这里指关照文书。

[9]长、吴二县:明代苏州管辖长洲县和吴县。

[10]孺人:古代贵族、官员的母亲、妻子的封号。此处指县官的妻子。

[11]捉掐:亦作"捉狭"。吴方言,阴恶、刻薄、捉弄人。

[12]绿云委地:比喻女子黑而长的头发。

[13]差签:同"差遣",衙役。

[14]销牌:交差。

## 原文

嘉靖末年，吴江一个知县治行贪秽，心术狡狠。忽差心腹公人，赍了聘礼到苏城求访懒龙[1]，要他到县相见。懒龙应聘而来，见了知县禀道："不知相公呼唤小人那厢使用？"知县道："一向闻得你名，有一机密事要你做去。"懒龙道："小人是市井无赖，既蒙相公青目[2]，要干何事，小人水火不避。"知县屏退左右，密与懒龙商量道："叵耐巡按御史到我县中[3]，只管来寻我的不是。我要你去察院衙里偷了他印信出来[4]，处置他不得做官了，方快我心！你成了事，我与你百金之赏。"懒龙道："管取手到拿来，不负台旨[5]。"果然去了半夜，把一颗察院印信弄将出来，双手递与知县。知县大喜道："果然妙手，虽红线盗金盒[6]，不过如此神通罢了。"急取百金赏了懒龙，分付他快些出境，不要留在地方。懒龙道："我谢相公厚赐，只是相公要此印怎么？"知县笑道："此印已在我手，料他奈何我不得了。"懒龙道："小人蒙相公厚德，有句忠言要说。"知县道："怎么？"懒龙道："小人躲在察院梁上半夜，偷看巡按爷烛下批详文书，运笔如飞，处置极当。这人敏捷聪察[7]，瞒他不过的。相公明日不如竟将印信送还，只说是夜巡所获，贼已逃去。御史爷纵然不能无疑，却是又感又怕，自然不敢与相公异同了。"县令道："还了他的，却不依旧让他行事去？岂有此理！你自走你的路，不要管我！"懒龙不敢再言，潜踪去了。

却说明日察院在私衙中开印来用，只剩得空匣。叫内班人等遍处寻觅，不见踪迹。察院心里道："再没处去，那个知县晓得我有些不像意他，此间是他地方，奸细必多，叫人来设法过了，我自有处。"分付众人不得把这事泄漏出去，仍把印匣封锁如常，推说有病，不开门坐堂。一应文移，权发巡捕官收贮。一连几日，知县晓得这是他心病发了，暗暗笑着，却不得不去问安。察院见传报知县来到，即开小门请进。直请到内衙床前，欢然谈笑。说着民风土俗、钱粮政务，无一不剖胆倾心，津津不已。一茶未了，又是一茶。知县见察院如此肝膈相待[8]，反觉局蹐，不晓是甚么缘故。正絮话间，忽报厨房发火，内班门皂、厨役纷纷赶进，只叫"烧将来了！爷爷快走！"察院变色，急走起来，手取封好的印匣亲付与知县道："烦贤令与我护持了出去，收在县库，就拨人夫快来救火。"知县慌忙失错，又不好推得，只得抱了空匣出来。此时地方水夫俱集，把火救灭，只烧得厨房两间，公廨无事[9]。察院分付把门关了。这个计较，乃是失印之后察院预先分付下的。知县回去思量道："他把这空匣交在我手，若仍旧如此送还，他开来不见印信，我这干系须推不去。"展转无计，只得润开封皮，把前日所偷之印仍放匣中，封锁如旧。明日升堂，抱匣送还。察院就留住知县，当堂开验印信，印了许多前日未发放的公文。就于是日发牌起马，离却吴江。却把此话告诉了巡抚都堂。两个会同把这知县不法之事，参奏一本，论了他去[10]。知县临去时，对衙门人道"懒龙这人是有见识的，我悔不用其言，以至于此。"正是：

> 枉使心机，自作之孽，
> 无梁不成，反输一帖。

懒龙名既流传太广，未免别处贼情也有疑猜着他的，时时有些株连着身上。适遇苏州府库失去元宝十来锭，做公的私自议论道："这失去得没影响，莫非是懒龙？"懒龙却其实不曾偷，见人错疑了他，反要打听明白此事。他心疑是库吏知情，夜藏府中公廨黑处，走到库吏房中静听。忽听库吏对其妻道："吾取了库银，外人多疑心懒龙，我落得造化了。却是懒龙怎肯应承？我明日把他一生做贼的事迹，纂成一本送与府主，不怕不拿他来做顶缸[11]。"懒龙听见，心里思量道："不好，不好。本是与我无干，今库吏自盗，他要卸罪，官面前暗栽着我。官吏一心，我又不是没一点墨迹的，怎辨得明白？不如逃去了为上着，免受无端的拷打。"连夜起身，竟走南京。诈妆了双盲的，在街上卖卦。苏州府太仓夷亭有个张小舍，是个有名极会识贼的魁首。偶到南京街上撞见了，道："这盲子来得蹊跷！"仔细一相，认得是懒龙诈妆的，一把扯住，引他到僻静处道："你偷了库中元宝，官府正追捕，你却遁来这里妆此模样躲闪么？你怎生瞒得我这双眼过？"懒龙挽了小舍的手道："你是晓得我的，该替我分剖这件事，怎么也如此说？那库里银子是库吏自盗了。我曾听得他夫妻二人床中私语，甚是的确。他商量要推在我身上，暗在官府处下手。我恐怕官府信他说话，故逃亡至此。你若到官府处把此事首明，不但得了府中赏钱，亦且辨明了我事，我自当有薄意孝敬你。今不要在此处破我的道路！"

小舍原受府委要访这事的，今得此的信，遂放了懒龙，走回苏州出首。果然在库吏处，一追便见，与懒龙并无干涉。张小舍首盗得实，受了官赏。过了几时，又到南京。撞见懒龙，仍妆着盲子在街上行走。小舍故意撞他一肩道："你苏州事已明，前日说的话怎么忘了？"懒龙道："我不曾忘，你到家里灰堆中去看，便晓得我的薄意了。"小舍欣然道："老龙自来不掉谎的。"别了回去，到得家里，便到灰中一寻。果然一包金银同着白晃晃一把快刀，埋在灰里。小舍伸舌道："这个狠贼！他怕我只管缠他，故虽把东西谢我，却又把刀来吓我。不知几时放下的，真是神手段！我而今也不敢再惹他了。"

懒龙自小舍第二番遇见，回他苏州事明，晓得无碍了。恐怕终久有人算他，此后收拾起手段，再不试用。实实卖卜度日，栖迟长干寺中数年，竟得善终。虽然做了一世剧贼，并不曾犯官刑、刺臂字[12]。到今苏州人还说他狡狯耍笑事体不尽。似这等人，也算做穿窬小人中大侠了。反比那面是背非、临财苟得、见利忘义一班峨冠博带的不同[13]。况兼这番神技，若用去偷营劫寨，为间作谍，那里不干些事业？可惜太平之世，守文之时，只好小用伎俩，供人话柄而已。正是：

> 世上于今半是君，犹然说得未均匀。
> 懒龙事迹从头看，岂必穿窬是小人！

## 注释

[1] 赍(jī)：带。

[2] 青目：犹青眼、青睐，对人重视尊敬。眼睛平视则见黑眼珠，上视则见白眼珠，此谓之"青白眼"。语出《世说新语·简傲》"嵇康与吕安善"，刘孝标注引《晋百官名》："嵇喜字公穆，历扬州刺史，康兄也。阮籍遭丧，往吊之。籍能为青白眼，见凡俗之士，以白眼对之。及喜往，籍不哭，见其白眼，喜不怿而退。康闻之，乃赍酒挟琴而造之，遂相与善。"后因以"青白眼"表示对人的尊敬和轻视两种截然不同的态度。

[3] 叵耐：也作"叵奈"，不可忍耐。

[4] 察院：明代官职名。巡按察院的简称。明于各省置巡按御史一人，专以察吏安民。因为巡按全衔为"巡按监察御史"，故称为"巡按察院"，简称"察院"。

[5] 台旨：宋代以后称太守以下官员的意旨为台旨。

[6] 红线盗金盒：小说中的唐代女侠名叫红线，原系潞州节度使薛嵩的青衣，后掌笺表，号内记室。时魏博节度使田承嗣将并潞州。嵩日夜忧闷，计无所出。红线乃夜到魏郡，入田寝所，盗床头金盒归，以示儆戒。嵩复遗书承嗣，以金盒还之。承嗣遣使谢罪，愿结姻亲。红线也辞去，不知所终。见唐袁郊《甘泽谣·红线》。

[7] 聪察：明察。

[8] 肝膈相待：犹如肝胆相照。比喻以真心相见。

[9] 公廨(xiè)：官署。

[10] 论：依罪论处。

[11] 顶缸：比喻代人承担责任。

[12] 刺臂字：古代一种黥刑，在犯者臂部刺字。

[13] 峨冠博带：高高的帽子和宽大的衣带，古时士大夫的装束。

## 原文

在中国封建社会文化构成中，大侠与流氓、盗匪常常紧密结合在一起，有时又相互转化。当"侠"的身影出没在文学作品的"江湖"中时，"侠"似乎安分了不少，而时人对"侠"更是赞不绝口。其实，"侠"从诞生之日起就不可避免地具有两面性：当其恪守替天行道、济困扶危、行仁仗义的侠义价值原则时，可以称作"侠"；而当其不恪守这一价值观时，实际就是武装的流氓甚至盗匪，流氓或强盗正是侠之末流。侠与盗的这种"变脸"，在侠文学中也极为常见。本篇小说中的懒龙是有原则的"侠盗"，懒龙的处事原则是："不肯淫人家妇女，不入良善与患难之家，许了人说话，再不失信。亦且仗义疏财，偷来东西随手散与贫穷负极之人。"如此作为，果然义声赫然，所到之处，"人多倚草附木，成行逐队来皈依他"。细心推究可知："偷"是他博得侠名的阶梯，"名至实归"之时，自然可以不为名声所累，想出手时就出手,劫富济贫,仗义疏财。懒龙身处专制社会的最底层,体味世间百态,百般权术尽收眼底,自然可以无师自通,其高超偷技与聪慧心智相辅而行,手到擒来,不在话下。懒龙是"侠盗",并不惹人讨厌和憎恨。因为他并不祸害普通百姓,相反有时还帮助弱小者。因此,他反而让人觉得有些喜爱和敬佩。

(裴兴荣)

## 生报华萼恩　死谢徐海义

**题解**

本篇选自《型世言》。作者署名为梦觉道人、西湖浪子,是一部明末刊刻的拟话本小说集。此书长期以来极为罕见,直到二十世纪九十年代,才在韩国发现了《型世言》这一海外孤本。书中取材范围主要集中于明代的野史笔记和社会传闻,可使后人从中了解当时风俗人情及各种社会现象。在改编创作时,作者在本事的基础上大胆想象,着意发挥,显示出较强的创造能力。本书在创作主旨和艺术经验上都承袭了"三言""二拍"的传统,是明代白话短篇小说中成就较高的一种。因此,在话本小说中又有"三言""二拍""一型"之称。

作者陆人龙,字君翼,别号平原孤愤生,明代小说家,钱塘(今浙江杭州)人,约生活于万历至明末,曾撰写长篇小说《辽海丹忠录》。

**原文**

　　鹿台黯黯烟初灭[1],又见骊山血[2]。馆娃歌舞更何如[3]?唯有旧时明月满平芜[4]。笑是金莲消国步,玉树迷烟雾。潼关烽火彻甘泉[5],由来倾国遗恨在婵娟[6]。右《虞美人》[7]。

这词单道女人遗祸。但有一班,是无意害人国家的,君王自惑她颜色,荒弃政事,致丧国家。如夏桀的妹喜[8],商纣的妲己[9],周幽王褒姒[10],齐东昏侯潘玉儿[11],陈后主张丽华[12],唐明皇杨玉环[13]。有有意害人国家,似当日的西施。但昔贤又有诗道:

　　谋臣自古系安危,贱妾何能作祸基?
　　但愿君臣诛宰嚭[14],不愁宫里有西施[15]。

却终是怨君王不是。我试论之,古人又有诗道昭君[16]:

　　汉恩自浅胡自深,人生乐在相知心。

当日西施锦帆遨游、蹀廊闲步、采香幽径、斗鸡山坡[17],清歌妙舞馆娃宫中,醉月吟风姑苏台畔,不可说恩不深,不可说不知心。怎衽席吴宫,肝胆越国[18],复随范蠡遨游五湖？回首故园麋鹿，想念向日欢娱，能不愧心？世又说范蠡沉她在五湖。沉她极是，是为越去这祸种，为吴杀这薄情妇人，不是女中奇侠。

[1]鹿台：古台名。别称南单之台。殷纣王贮藏珠玉钱帛的地方。周武王讨伐商纣王，纣王兵败，登鹿台自焚而死。故址在今河南省汤阴县朝歌镇南。　黯黯：光线昏暗，颜色发黑。

[2]骊山：在陕西省临潼县东南。相传周幽王为犬戎所逐，死于骊山脚下。因山形似骊马，呈纯青色而得名。主峰海拔1302米，属秦岭支脉。奇峰突兀，松柏苍翠。有烽火台、华清池、秦始皇陵等名胜古迹。

[3]馆娃：古代吴宫名。馆娃故宫，春秋时吴王夫差为西施建造。在今江苏省苏州市西南灵岩山上，灵岩寺即其旧址。吴人呼美女为娃，馆娃宫为美女所居之宫。后借指西施。

[4]平芜：草木丛生的平旷原野。

[5]潼关：关隘名。古称桃林塞。东汉时设潼关，故址在今陕西省潼关县东南，处陕西、山西、河南三省要冲，素称险要。　甘泉：甘泉宫，又名云阳宫，秦始皇二十七年建甘泉前殿，汉武帝建元中增广，又兴建了通天、高光、迎风诸殿。故址在今陕西省淳化县西北甘泉山上。

[6]倾国：《汉书·孝武李夫人传》载李廷年歌曰："北方有佳人，绝世而独立，一顾倾人城，再顾倾人国。"后以"倾国""倾城"或"倾城倾国"形容女子极为美丽。这里代指美女。　婵娟：指美貌女子。

[7]《虞美人》：词牌名。原为唐代教坊曲名，后用为词牌。双调，五十六字或五十八字。上下阕均两仄声韵转两平声韵。后来也作曲牌名。

[8]夏桀（jié）：夏朝末代君王，名履癸，暴虐荒淫。汤起兵伐桀，败之于鸣条，流死于南巢。　妺（mò）喜：夏桀最宠爱的妃子。有施氏女，有施氏原为喜姓。相传有施氏为夏桀所败，因进妺喜于桀，受到宠爱。商汤灭夏，桀和妺喜一起南奔至南巢而死。

[9]商纣：即帝辛，商朝末代君王。曾征服东夷，损耗大量人力物力，又杀死九侯（亦称鬼侯）、鄂侯、比干、梅伯等，囚禁周文王、箕子。沉迷酒色，重征赋税，暴虐荒淫。后周武王会合西南各族向商进攻，在牧野大战中，纣王兵败自焚。　妲己：商纣王最宠爱的妃子。姓己名妲，有苏氏女。周武王灭商时被杀。

[10]周幽王：姓姬，名宫涅，西周最后的国王，宣王之子。公元前781—前771年在位。任用虢石父执政，剥削严重，再加上地震与旱灾，使人民流离失所。又进攻六济之戎，大败。因宠爱褒姒，立褒姒之子伯服为太子，废掉申后和太子宜臼。后来申侯联合曾、犬戎等攻周，他被杀于骊山下，西周灭亡。褒姒（sì）：周幽王最宠爱的妃子。姓姒，褒国（故址在今陕西省勉县东）人，故称褒姒。周幽王三年，褒国将她进献给周，为幽王所宠，继而被立为后，其子伯服被立为太子。后来申侯联合曾、犬戎等攻打周幽王，她也被俘。

[11]齐东昏侯：即萧宝卷（483—501），字智藏，齐明帝次子，南朝齐代皇帝，公元499年—501年在位，凶暴嗜杀，横征暴敛无度，建仙华、神仙、玉寿等殿，刻画装饰，穷极奢丽。又凿金为莲花布于地上，令所宠爱的妃子潘玉儿行其上，曰："此步步生莲花也。"后萧衍起兵襄阳，进围建康（今南京市），他被所属将领杀死。和帝立，追废为东昏侯。　潘玉儿：即齐东昏侯最宠爱的妃子，小名玉儿，得宠后被封为贵妃。

[12]陈后主：即陈叔宝（553—604），字元秀，小字黄奴，吴兴长城（今浙江长兴）人。南朝陈宣帝之子，为陈朝的末代皇帝。公元582年—589年在位，即位后不理朝政，曾起临春、结绮、望仙三阁，

日与妃嫔佞臣宴饮赋诗行乐，奢侈荒淫。隋开皇八年，贺若弼、韩擒虎等讨伐陈，次年兵入建业，后主与张、孔二妃匿入景阳宫井中，引出，执至长安，后病死洛阳。曾作《玉树后庭花》等艳体诗。明人辑有《陈后主集》。　张丽华（？—589）：南朝陈后主的宠妃，以美色见宠。后主荒淫厚敛，国力衰微，隋兵入陈，与后主自投入宫内景阳井中，为隋军搜出，被杀。

　　[13]唐明皇：即唐玄宗李隆基。公元710年与太平公主合谋发动政变，杀韦后，拥其父睿宗即位，被立为太子。公元712年即位，次年改元开元。前期任用姚崇、宋璟等为相，革除武周后期的弊政，政治稳定，经济繁荣，仓储丰实。"丝绸之路"畅通，亚洲各国访唐使者络绎不绝，史称"开元盛世"。后期任用李林甫、杨国忠等，政治腐败，奢侈荒淫。京师和中原地区武备空虚，西北和北方各镇节度使拥兵自重。安史之乱爆发后，逃往四川。太子李亨（肃宗）于灵武即位，他被尊为太上皇。后回长安，抑郁而死。因谥号为至道大圣大明孝皇帝，故称"唐明皇"。　杨玉环：即"杨太真"。唐玄宗宠妃。小字玉环，蒲州永乐（今山西芮城西南）人。晓音律，善歌舞。原为玄宗子寿王李瑁的妃子。后为女道士，号太真。公元744年入宫，得玄宗宠爱，封为贵妃，从此日益显贵。堂兄杨国忠逐渐操纵朝政，政事败坏。公元755年安禄山以诛杨国忠为名，发动叛乱。次年，随玄宗逃蜀，至马嵬驿（今陕西兴平西）时，军士哗变，在杀死杨国忠后要求唐玄宗将她缢死。杨贵妃被迫自缢而死。后人在诗歌、小说、戏曲中演为故事。

　　[14]宰嚭（pǐ）：即太宰嚭。本名伯嚭，系春秋时楚伯州犁之孙。楚诛伯州犁，伯嚭奔吴，吴以为大夫，后任太宰，故称太宰嚭。

　　[15]西施：又称"西子"。姓施。春秋末年越国美女，被越王勾践献给吴王夫差，成为吴王最宠爱的妃子。传说吴亡后，与范蠡入五湖而去。

　　[16]昭君：汉南郡秭归（今属湖北省）人，名嫱，字昭君，晋避司马昭讳，改称为明君，后人又称明妃。元帝时被选入宫。竟宁元年（前33），匈奴呼韩邪单于入朝，求美人为阏氏，以结和亲，她自请嫁匈奴。入匈奴后，被称为宁胡阏氏，生一男。呼韩邪死，其前阏氏子代立，成帝又命她从胡俗，复为后单于的阏氏，生二女，卒葬于匈奴。为汉、匈友好相处和文化交流做出了贡献。现内蒙古呼和浩特市南有昭君墓，世称青冢。她的故事成为后来诗词、戏曲、小说、说唱等的流行题材。

　　[17]锦帆遨游：相传吴王夫差建造锦帆装饰的船只，与西施等美人一起乘船嬉游。　蹀（dié）廊闲步：相传吴王夫差建一长廊，令西施等宫女嫔妃穿着木底鞋行走，以听鞋底踏出的声音。　采香幽径：相传吴王夫差在灵岩山上种香草，使美人泛舟于山下的小溪中以采香草。　斗鸡山坡：相传吴王夫差在山坡上建亭台，以供宫女斗鸡之娱。以上几句是说吴王夫差为西施的美貌所迷惑，整日寻欢作乐，沉迷于声色歌舞之中，荒淫奢侈，终致亡国。

　　[18]衽（rèn）席吴宫，肝胆越国：指西施虽然身在吴王宫中，可心却忠于越国。

## 原文

　　独有我朝王翠翘，她便是个义侠女子。这翠翘是山东临淄县人，父亲叫做王邦兴，母亲邢氏。她父亲是个吏员，三考满听选[1]，是杂职行头[2]，除授了个浙江宁波府象山县广积仓大使[3]。此时叫名翘儿，已十五岁了。

　　眉欺新月鬓欺云[4]，一段娇痴自轶群[5]。
　　柳絮填词疑谢女[6]，云和斜抱压湘君[7]。

　　随父到任不及一年，不料仓中失火，延烧了仓粮。上司坐仓官吏员斗级赔偿。

可怜王邦兴尽任上所得,赔偿不来。日久不完,上司批行监比[8]。此时身边并无财物,夫妻两个慌做一团。倒是翘儿道:"看这光景,监追不出,父亲必竟死在狱中。父亲死,必竟连累妻女。是死,则三个死。如今除告减之外[9],所少不及百担,不若将奴卖与人家,一来得完钱粮[10],免父亲监比;二来若有多馀,父亲、母亲还可将来盘缠回乡,使女儿死在此处,也得瞑目。"老两口也还不肯。延挨几日[11],果然县中要将王邦兴监比。再三哀求得放,便央一个惯做媒的徐妈妈来寻亲。只见这妈妈道:"王老爹,不是我冲突你说,如今老爹要将小姐与人,但是近来人,用了三五十两娶个亲,便思量赔嫁。如今赔是不望的[12],还怕老爹仓中首尾不清[13],日后贻累[14],哪个肯来?只除老爹肯与人做小[15],这便不消赔嫁[16],还可多得几两银子。"王邦兴道:"我为钱粮,将她丢在异乡已是不忍的;若说作小,女人有几人不妒忌的?若使拈酸吃醋[17],甚至争闹打骂,叫她四顾无亲,这苦怎了?"不肯应声。媒婆自去了。

[1] 三考:古代官史考绩之制,指经三次考核决定升降赏罚。 听选:明清对已授职而等候选用者之称。此处指候任用。

[2] 杂职:古代品官以外的办事人员。 行(háng)头:古代军队一行之长。此处指杂职人员的首领。

[3] 除授:拜官授职。 广积仓大使:指专门负责替官府征收粮食的官员。

[4] 眉欺新月鬓欺云:形容眉毛比新月好看,双鬓比云彩还漂亮。

[5] 轶群:超群。

[6] 谢女:指谢道韫,东晋著名的女诗人。谢安的侄女,王凝之的妻子。幼年即聪慧,有才辩,尝在家中赏雪,谢安曰:"何所似也?"安侄谢朗曰:"撒盐空中差可拟。"谢道韫曰:"未若柳絮因风起。"谢安大悦。世称"咏絮才"。"柳絮填词疑谢女",是说王翠翘像谢道韫一样聪慧有才。

[7] 云和:山名。古取此山之材以制作琴瑟。后来又作琴瑟琵琶等弦乐器的统称。 湘君:一说为帝尧之二女,帝舜之二妃,因死于长江与湘水之间,俗称湘君。善鼓瑟。"云和斜抱压湘君",是说王翠翘像湘君一样善于弹奏琴瑟琵琶等乐器。

[8] 监比:投进监狱,逼他补上亏空。比,追缴。

[9] 告减:请求减免。告,请求。

[10] 完:交纳。

[11] 延挨:拖延。

[12] 不望:不指望。

[13] 首尾不清:指账务没有交割清楚。

[14] 贻(yí)累:连累,牵累。

[15] 做小:做妾,做小老婆。

[16] 不消:不用。

[17] 拈酸吃醋:嫉妒,吃醋。

那诓挨了两限不完[1]，县中竟将王邦兴监下。这番只得又寻这媒婆，道情愿做小。那妈妈便为他寻出一个人来。这人姓张名大德，号望桥。祖父原是个财主，在乡村广放私债。每年冬底春初将米借人，糙米一石[2]，蚕罢还熟米一石。四月放蚕账，熟米一石，冬天还银一两，还要五分钱起利。借银九折五分钱，来借的写他田地房产，到田地房产盘完了，又写他本身。每年纳帮银，不还，便锁在家中吊打。打死了，原为本身只作义男[3]，不偿命。但虽是大户，还怕徭役，生下张大德到十五六岁，便与纳了个吏[4]。在象山又谋管了库。他为人最啬吝，假好风月，极是惧内[5]。讨下一个本县舟山钱仰峰女儿，生得：

> 面皮靛样，抹上粉犹是乌青；嘴唇铁般，涂尽脂还同深紫。稀稀疏疏，两边蝉翼鬓半黑半黄[6]；歪歪踹踹，双只牵蒲脚不男不女[7]。圆睁星眼，扫帚星天半高悬[8]；倒竖柳眉，水杨柳堤边斜挂。更有一腔如斗胆，再饶一片破锣声。人人尽道鸠盘荼[9]，个个皆称鬼子母[10]。

他在家里，把这丈夫轻则抓捋嚷骂[11]，重便踢打拳槌；在房中服侍的，便丑是她十分，还说与丈夫偷情，防闲打闹；在家里走动，便大似她十岁，还说与丈夫勾搭，絮聒动喃[12]。弄得个丈夫在家安身不得，只得借在县服役，躲离了她。有个不怕事库书赵仰楼道："张老官，似你这等青年，怎挨这寂寞？何不去小娘家一走[13]？"张望桥道："小娘儿须比不得浑家，没情。"赵书手道："似你这独坐，没人服事相陪，不若讨了个两头大罢[14]！"张望桥只是摇头。后边想起浑家又丑又恶，难以近身，这边娶妾，家中未便得知，就也起了一个娶小的心，却好凑着。起初只要十来两省事些的，后来相见了王翘儿是个十分绝色[15]，便肯多出些。又为徐婆撮合，赵书手撺哄[16]，道："他不过要完仓粮，为他出个浮收[17]，再找几两银子与他盘缠，极是相应。"张望桥便也慨然。王邦兴还有未完谷八十石，作财礼钱三十二两，又将库内银挪出八两找他，便择日来娶。翘儿临别时，母子痛哭。翘儿嘱咐叫她早早还乡，不要流落别所，不要以她为念。王邦兴已自去了。

这边翘儿过门，喜是做人温顺勤俭，与张望桥极其和睦，内外支持，无个不喜，故此家中人不时往来。一则怕大娘子生性急懒，恐惹口面[18]，不敢去；二则因她待人有恩，越发不肯说，且是安逸。争奈张望桥是个乡下小官，不大晓世务，当日接管，被上首哄弄[19]，把些借与人作账还有不足，众人招起，要他出结。后边县官又有挪应[20]，因坏官去，不曾抵还。其余衙门工食[21]，九当十预先支去，虽有领状[22]，县官未曾札放[23]；铺户料价[24]，八当十预先领去，也有领状，没有札库[25]；还有两廊吏书挪借，差人承追抵价未完，恐怕追比[26]，债出虚收。况且管库时是个好缺，与人争夺，官已贴肉摁[27]，还要外边讨个分上，遮饰耳目。兼之两边家伙，一旦接管官来，逐封兑过，缺了一千八百余两，说他监守自盗[28]，将来打了三十板。

再三诉出许多情由,那官道:"这也是作弊侵刻[29],我不管你。"将来监下。重复央分上,准他一月完赃[30],免申上司。

[1] 诓挨:哄骗。这里有应付的意思。　两限:两次放宽期限。
[2] 糙(cāo)米:脱壳而未舂的米。　石:古代的容量单位,一石是十斗。
[3] 义男:卖身的男佣人。
[4] 纳:捐。
[5] 惧内:怕老婆。
[6] 蝉翼鬓:指头发梳得薄如蝉的双翅一般。
[7] 牵蒲脚:形容脚长得大。
[8] 扫帚星:彗星的俗称。前人迷信彗星出现为不祥之兆,因用作骂人的话。
[9] 鸠盘荼(tú):佛教中吸人精气的恶鬼。
[10] 鬼子母:佛教中称好吃小儿的恶神。
[11] 抓捋(lǔ)嚷骂:拉扯叫骂。
[12] 絮聒(guō)动喃:絮絮叨叨个没完没了。
[13] 小娘家:指妓女。
[14] 两头大:原谓不分妻妾,引申为和妻子处于同等地位的妾。
[15] 绝色:非常漂亮。绝,极。
[16] 撺哄:教唆哄骗,挑动。
[17] 浮收:额外征收。
[18] 口面:口角,争吵。
[19] 上首:上头,指上司。
[20] 挪应:挪用公款。
[21] 工食:指工资。
[22] 领状:旧时向官府领取钱物时出具的字据。
[23] 札放:指正式发文。
[24] 铺户:店家,店铺。
[25] 札库:库存的底账。
[26] 追比:地方官严逼限期交税、交差或交代问题,过期以杖责、监禁等方式继续追逼。
[27] 贴肉:比喻最亲近。　摁(èn):按下。"贴肉摁",把好的差使给了自己的亲近之人。
[28] 监守自盗:盗窃自己所看管的财物。
[29] 作弊:用欺骗的手法去做违背制度或规定的事情。　侵刻:侵害,剥夺。
[30] 完赃:把赃款如数交回。

可怜张望桥不曾吃苦惯的,这一番监并,竟死在监内。又提妻子到县。那钱氏是个泼妇,一到县中,得知娶王翘儿一节,先来打闹一场,将衣饰尽行抢去。到官,道:"原是丈夫将来娶妾并挪借与人,不关妇人事。"将些怕事来还银的,却抹下银子鳖在腰边[1],把些不肯还银冷租账、借欠开出[2]。又开王翘儿身价一百两。县官怜她妇人,又要完局[3],为他追比。王翘儿官卖,竟落了娼家。正是:

红颜命薄如鹈翼[4],一任东风上下飘。

可怜翘儿一到门户人家,就逼她见客[5]。起初羞得不奈烦,渐渐也闪了脸[6],陪茶陪酒,终是初出行货[7],不会捉客[8],又有癖性[9]。见些文人,她也还与他说些趣话,相得时,也做首诗儿。若是那些蠢东西,只会得酾酒行房,舍了这三、五钱银子,吃酒时搂抱,要歌要唱,摸手摸脚,夜间颠倒腾挪[10],不得安息,不免撒些娇痴,倚懒撒懒待他[11]。那在行的不取厌,取厌的不在行,便使性,或出些言语,另到别家撒漫[12]。那鸨儿见了,好不将她难为,不时打骂。

似这样年余,恰一个姓华名萼,字棣卿,是象山一个财主,为人仗义疏财,乡里都推尊他,虽人在中年,却也耽些风月。偶然来嫖她,说起,怜她是好人家儿女,便应承借她一百两赎身。因鸨儿不肯,又为他做了个百两会[13],加了鸨儿八十两才得放手。为她寻了一所僻静房儿,置办家伙[14]。这次翘儿方得自做主张,改号翠翘。除华棣卿是她恩人,其馀客商俗子尽皆谢绝。但只与些文墨之士联诗社,弹棋鼓琴,放浪山水。或时与些风流子弟清歌短唱,吹箫拍板,嘲弄风月[15]。积年馀,她虽不起钱,人自肯厚赠她,先赔还了人上会银,次华棣卿银。日用存留,见文人苦寒、豪俊落魄的,就周给他[16]。此时浙东地方,哪一个不晓得王翠翘。

[1] 鳖(biē):同"别",夹住,将银子收入囊中。

[2] 不肯还银冷租账、借欠开出:把他人所亏欠的债务,写此清单呈交官府。

[3] 完局:完事。

[4] 红颜命薄如鹈(tí)翼:漂亮的女子的命运不好,福气薄得就同是鹈鹕的翅膀一般。鹈鹕,水鸟名。

[5] 见客:接待嫖客。

[6] 闪了脸:指脸皮变厚,不再害羞了。

[7] 行(háng)货:本指加工不精细的器具、服装等商品。这里指刚刚沦落风尘,不懂风情的妓女。

[8] 捉客:指没有经验,不懂得吸引嫖客。

[9] 癖性:爱干净的毛病。

[10] 颠倒腾挪:指男女交欢。

[11] 倚懒撒懒:冷淡。

[12] 撒漫:任意用钱,挥霍。

[13] 百两会:指以一百两银钱为最低限度起会,由众人自愿交钱汇集一起,各人轮流收用。

[14] 家伙:指家具、设施。

[15] 嘲弄风月:指吟诗作赋。

[16] 周给(jǐ):接济。

## [原文]

到了嘉靖三十三年[1],海贼作乱[2]。王五峰这起寇掠宁、绍地方：

楼舡十万海西头,剑戟横空雪浪浮。
一夜烽生庐舍尽[3],几番战血士民愁。
横戈浪奏平夷曲[4],借著谁舒灭敌筹[5]。
满眼凄其数行泪[6],一时寄向越江流。

一路来,官吏婴城固守[7];百姓望风奔逃,抛家弃业,挈女抱儿[8]。若一遇着男妇老弱的都杀了,男子强壮的着他引路,女妇年少的将来奸宿,不从的也便将来砍杀。也不知污了多少名门妇女,也不知害了多少贞节妇女。此时真是各不相顾之时。

翠翘想起："我在此风尘实非了局[9],如今幸得无人拘管,身边颇有资蓄,不若收拾走回山东,寻觅父母,就在那边适一个人[10],也是结果。"便雇了一个人,备下行李,前往山东。

沿途闻得浙西南直都有倭寇[11]。逡巡进发[12],离了省城,叫船。将到崇德,不期海贼陈东、徐海又率领倭子杀到嘉、湖地面,城中恐有奸细,不肯收留逃难百姓。北兵参将宗礼领兵杀贼,前三次俱大胜,后边被他伏兵桥下突出,杀了。倭势愈大。翠翘只得随逃难百姓再走邻县。路上风声鹤唳[13]。才到东,又道东边倭子来了,急奔到西;方到西,又道倭子在这厢杀人,又奔到东,惊得走投没路。行路强壮的凌虐老弱,男子欺弄妇人,恐吓抢夺,无所不至。及到撞了倭子[14],一个个走动不得,要杀要缚,只得凭他。

翠翘已是失了挑行李的人,没及奈何,且随人奔到桐乡。不期徐海正围阮副使在桐乡,一彪兵撞出,早已把王翠翘拿了。

梦中故国三千里,目下风波顷刻时。
一入雕笼难自脱,两行清泪落如丝。

此时翠翘年方才二十岁,虽是布服乱头,却也不减妖艳。解在徐海面前时,又夹着几个村姑,越显得她好了。这徐海号明山,绰号"徐和尚"。他在人丛中见了翠翘,道："我营中也有十馀个子女,不似这女子标致。"便留入营中。先前在身边得宠的妇女,都叫来叩头。问她,知她是王翠翘,吩咐都称她做王夫人。

已将飘泊似虚舟,谁料相逢意气投。
虎豹寨中鸳凤侣[15],阿奴老亦解风流[16]。

初时翠翘尚在疑惧之际,到后来见徐和尚输情输意[17],便也用心笼络他。今日显出一件手段来,明日显出一件手段来,吹箫唱曲,吟诗鼓琴,把个徐和尚弄得又敬又爱,魂不着体。凡掳得珍奇服玩,俱拣上等的与王夫人;凡是王夫人开口,没有不依的。不唯女侍们尊重了王夫人,连这干头目们[18],哪个不晓得王夫人!

她又在军中劝他少行杀戮，凡是被掳掠的，多得释放。又日把歌酒欢乐他，使他把军事懈怠[19]。故此虽围了阮副使，也不十分急攻。只是他与陈东两相犄角[20]，声势极大。总制胡梅林要发兵来救[21]，此时王五峰又在海上，参将俞大猷等兵又不能轻移；若不救，恐失了桐乡或坏了阮副使，朝廷罪责。只得差人招抚，缓他攻击，便差下一个旗牌[22]。这旗牌便是华萼。他因倭子到象山时，纠合乡兵驱逐得去，县间申他的功次，取在督府听用，做了食粮旗牌。领了这差，甚是不喜，但总制军令，只得带了两三个军伴来见陈东、徐海。一路来，好凄凉光景也：

村村断火，户户无人。颓垣败壁，经几多瓦砾之场；委骨横尸[23]，何处是桑麻之地[24]？凄凄切切，时听怪禽声；寂寂寥寥，哪存鸡犬影？

正打着马儿慢慢走，忽然破屋中突出一队倭兵，华旗牌忙叫："我是总制爷差来见你大王的。"早已揪翻马下。有一个道："依也其奴瞎咀郎[25]！"各倭便将华旗牌与军伴一齐捆了，解到中军来。却是徐明山部下巡哨倭兵。过了几个营盘，是个大营。只见密密匝匝的排上数万髡头跣足倭兵[26]，纷纷纭纭的列了许多器械[27]。头目先行禀报，道："拿得一个南朝差官[28]。"此时徐明山正与王翠翘在帐中弹着琵琶吃酒，已自半酣了，瞪着眼道："拿去砍了！"翠翘道："既是官，不可轻易坏他[29]。"明山道："抓进来！"外边应了一声，却有带刀的倭奴约五七十个，押着华旗牌到帐前跪下。那旗牌偷眼一看。但见：

左首坐着个雄纠纠倭将，绣甲锦袍多猛勇；右首坐着个娇倩美女，翠翘金凤绝妖娆。左首的怒生铁面，一似虎豹离山；右首的酒映红腮，一似芙蕖出水[30]。左首的腰横秋水[31]，常怀一片杀人心；右首的斜拥银筝，每带几分倾国态。蒹葭玉树[32]，穹庐中老上醉明妃[33]；丹凤乌鸦[34]，锦帐内虞姬陪项羽[35]。

那左首的雷也似问一声道："你什么官，敢到俺军前缉听[36]？"华旗牌听了，准准的挣了半日，出得一声道："旗牌是总制胡爷差来招大王的。"那左首的笑了笑道："我徐明山不属大明，不属日本，是个海外天子，生杀自由。我来就招，受你这干鸟官气么？"旗牌道："胡爷钧语[37]，道'两边兵争，不免杀戮无辜。不若归降，胡爷保奏，与大王一个大官'。"左边的又笑道："我想那严嵩弄权[38]，只论钱财，管甚功罪！连你那胡总制还保不得自己，怎保得我？可叫他快快退去，让我浙江。如若迟延，先打破桐乡，杀了阮鹗，随即踏平杭州，活拿胡宗宪。"旗牌道："启大王，胜负难料，还是归降。"只见左边的道："唗！怎见胜负难料？先砍这厮！"众倭兵忙将华旗牌簇下[39]。喜得右首坐的道："且莫砍！"众倭便停了手。他便对左首的道："降不降自在你，何必杀他来使，以激恼他？"左首的听了道："且饶这厮。"华旗牌得了命，就细看那救他的人，不惟声音厮熟，却也面貌甚善。那右边的又道："与他酒饭压惊。"华旗牌出得帐，便悄悄问饶他这人，通事道："这是王夫人，是你那边名妓。"华旗牌才悟是王翠翘："我当日赎她身子，她今日救我性命。"

# 注释

[1] 嘉靖：明世宗朱厚熜（cōng）的年号，嘉靖三十三年为1554年。

[2] 海贼作乱：指倭寇侵略。

[3] 一夜烽生庐舍尽：战火一夜之间就把百姓的房屋烧光了。

[4] 平夷曲：击退倭寇的凯歌。

[5] 筹：谋划，计谋。

[6] 凄其：凄凉悲伤的样子。

[7] 婴城：环城。 固守：坚守。

[8] 掣（chè）女抱儿：拉着女儿，抱着儿子。掣，拖，拉。

[9] 了局：结束，了结。这里是解决办法、长久之计的意思。

[10] 适：嫁。

[11] 倭寇：14—16世纪劫掠我国沿海地区的日本海盗。在日本国内混战中失败的武士，流为浪人，到海上走私、抢劫。16世纪中叶时最为猖獗，江、浙、闽受害最大。沿海人民奋起抗倭，明将谭纶、戚继光、俞大猷等征战多年，至16世纪60年代中才平定倭患。

[12] 逡巡（qūnxún）：迟疑不敢向前的样子。

[13] 风声鹤唳（lì）：形容惊慌疑惧。唳，鸣叫。典出《晋书·谢玄传》：前秦苻坚领兵进攻东晋，大败而逃，溃兵听到风声和鹤叫，都疑心是追兵。

[14] 倭子：指倭寇。

[15] 虎豹寨：指军营。 鸳鸯侣：情侣。

[16] 风流：男女之情事。

[17] 输情输意：指献殷勤，表示爱意。

[18] 干：伙，群。

[19] 懈怠：松懈懒散。

[20] 犄角：犄牛的双角。这里指两军驻扎的位置就像犄牛的双角一样遥相呼应。

[21] 总制：官名，即总督。明武宗自称"总督军务"，臣下避之，乃改总督为总制。明世宗嘉靖十九年避"制"字，又改总制为总督。

[22] 旗牌：写有"令"字的旗和牌。这里是旗牌官的简称。即担任传递号令等职的军吏。

[23] 委骨横尸：形容尸骨横七竖八，到处堆积的样子。

[24] 桑麻：桑树和麻。植桑饲蚕取茧和植麻取其纤维，同为古代农业解决衣着的最重要的经济活动。泛指农作物或农事。"桑麻之地"，指和平安定的农村。

[25] 侬也其奴瞎咀郎：这是日语的音译，汉语意即"不要杀"。

[26] 髡（kūn）头：剃去头发。 跣（xiǎn）足：赤脚，光着脚。

[27] 纷纷纭纭：多而杂乱的样子。 器械：工具。亦泛指用具。这里指武器。

[28] 差官：朝廷临时派遣的官员或听候高官差遣的小官吏。

[29] 坏：伤害。

[30] 芙蕖（qú）：即芙蓉，荷花。

[31] 腰横秋水：腰间佩戴着宝剑。秋水，秋天的水波。这里比喻宝剑。因剑刃闪闪发光，就像水面

一样明亮。

[32] 蒹葭（jiānjiā）玉树：南朝宋刘义庆《世说新语·容止》，"魏明帝使后弟毛曾与夏侯玄共坐，时人谓'蒹葭依玉树'。"蒹葭，即芦苇，指毛曾；玉树，指夏侯玄。谓两个品貌极不相称的人在一起。后以"蒹葭玉树"表示地位低的人仰攀、依附地位高贵的人。亦常用作谦辞。

[33] 穹庐：古代游牧民族居住的毡帐。 老上醉明妃：指年老丑陋的呼韩邪单于与年轻漂亮的王昭君饮酒作乐。

[34] 丹凤乌鸦：丹凤，指金凤。这里两者对举，故意突出它们之间的差别。

[35] 锦帐：锦制的帷帐。亦泛指华美的帷帐。 虞姬陪项羽：楚王项羽在垓下被汉军包围数重，四面楚歌。项王乃慷慨悲歌，"力拔山兮气盖世，时不利兮骓不逝。骓不逝兮可奈何，虞兮虞兮奈若何！"歌数阕，美人虞姬和之。见《史记·项羽本纪》。

[36] 缉听：寻访打听。

[37] 钧语：对将相的命令的敬称。

[38] 严嵩（1480—1567）：字惟中，江西分宜人，明代权臣。嘉靖时，因善迎合皇帝的意旨，排挤首辅夏言，1542年入阁，两年后任首辅。前后专国政二十馀年，以子世蕃和赵文华为爪牙。先后杀害夏言、曾铣、杨继盛等文武官员。到晚年其子世蕃被处死，他也被革职，家产抄没。

[39] 簇下：簇拥而下。

## 原文

这夜，王夫人乘徐明山酒醒，对他说："我想你如今深入重地，后援已绝。若一蹉跌[1]，便欲归无路。自古没有个做贼得了的。他来招你，也是一个机括[2]。他款你[3]，你也款他，使他不防备你，便可趁势入海，得以自由。不然，桐乡既攻打不下，各处兵马又来，四面合围，真是胜负难料。"明山道："夫人言之有理，但我杀戮官民，屠掠城池，罪恶深重。纵使投降中国[4]，恐不容我，且再计议。"

次早，王夫人撑掇赏他二十两银子[5]，还他鞍马、军伴[6]，道："拜上胡爷，这事情重大，待我与陈大王计议。"华旗牌得了命，星夜来见胡总制，备说前事。胡总制因想："徐海既听王夫人言语，不杀华荨，是在军中做得主的了。不若贿她做了内应，或者也得力。"又差华旗牌赍了手书、礼物[7]，又取绝大珍珠、赤金首饰、彩妆洒线衣服兼送王夫人。

此时徐明山因王夫人朝夕劝谕，已有归降之意。这番得胡总制书，便与王翠翘开读道：

> 君雄才伟略，当取侯封如寄。奈何拥众异域，使人名之曰"贼"乎？良可痛也！倘能自拔来归[8]，必有重委[9]。曒日在上[10]，断无负心[11]，君其裁之[12]！

两人看罢，明山遂对王夫人道："我日前资给全靠掳掠[13]，如今一归降，便不得如此，把甚养活？又或者与我一官，把我调远，离了曲部[14]，就便为他所制了！"王夫人道："这何难？我们问他讨了舟山屯扎[15]，部下已自不离；又要他开互市[16]，将日本货物与南人交易，也可获利。况在海中，进退终自由我。"明山道："这等，夫人便作一书答他。"翠翘便援笔写：

　　海以华人，乃为倭用，屡逆颜行，死罪，死罪！倘恩台曲赐湔除[17]，许以洗涤[18]，假以空衔[19]，屯牧舟山[20]，便当率其部伍[21]，藩辅东海[22]，永为不侵不叛之臣，以伸衔环吐珠之报[23]。

又细对华旗牌说了，叫他来回报，方才投降。

这边正如此往来，那边陈东便也心疑，怕他与南人合图谋害，也着人来请净。胡总制都应了。自轻骑到桐乡受降，约定了日期。只见陈东过营来见徐明山计议道："若进城投降，恐有不测。莫若在城下一见，且先期去，出他不意。"计议已定。王翠翘对徐明山道："督府方以诚相招[24]，断不杀害。况闻他又着人招抚王五峰，若杀了降人，是阴绝五峰来路了。正当轻裘缓带[25]，以示不疑。"

至日，陈东来约，同到桐乡城，俱着介胄[26]。明山也便依他。在于城下，报至城中。胡总制便与阮副使并一班文武坐在城楼上。徐海、陈东都在城下叩头。胡总制道："既归降，当贷汝死[27]；还与汝一官，率部曲在海上为国家戮力[28]。勿有二心！"两个又叩了头，带领部曲各归寨中。胡总制与各官道："看这二酋桀鹜[29]，部下尚多，若不提备他，他或有异志，反为腹心之患。若提备他，不惟兵力不足，反又起他叛端。弃小信成大功[30]，势须剪除方可。"回至公署，定下一策：诈做陈东一封降书，说："前日不解甲、不入城、不从日期都是徐海主意。如今他虽降，犹怀反侧[31]。乞发兵攻之，我为内应。"叫华旗牌拿这封书与明山看，道："督府不肯信他谗言，只是各官动疑，可速辨明。且严为防御，恐他袭你。"

明山见信大骂道："这事都是你主张，缘何要卖我立功？"便要提兵与他厮杀。王翠翘道："且莫轻举！俗言'先下手为强'，如今可说胡爷有人在营，请他议事，因而拿下。不惟免祸，还是大功。"明山听了，便着人去请陈东，预先埋伏人等他。果是陈东不知就里，带了麻叶等一百多人来。进得营，明山一个暗号，尽皆拿下，解入城中。陈东部下比及得知来救，已不及了。从此日来报仇厮杀，互有胜负。王翠翘道："君屠毒中国罪恶极多，但今日归降，又为国擒了陈东，功罪可以相准[32]。不若再恳督府，离此去数十里有沈家庄，四围俱是水港，可以自守，乞移兵此处。仍再与督府合兵，尽杀陈东馀党。如此则功愈高，尽可自赎。然后并散部曲，与你为临淄一布衣。何苦拥兵日受惊恐？"去求督府，慨然应允。移往沈家庄。又约日共击陈东馀党，也杀个几尽。只是督府恐明山不死，祸终不息，先差人赍酒米犒赏他部下，内中暗置慢药[33]。又赏他许多布帛饮食，道陈东馀党尚有，叫他用心防守。这边暗传令箭，乘他疏虞[34]，竟差兵船放火攻杀。这夜，明山正在熟寝[35]，听得四下炮响。火光烛天，只说陈东馀党，便披了衣，携了翠翘欲走南营。无奈四围兵已杀至，左膊中了一枪。明山情急，便向河中一跳。翠翘见了，也待同溺，只听得道："不许杀害王夫人！"又道："收得王夫人有重赏！"早为兵士扶住，不得跳水。

次日进见督府，叩头请死。督府笑道："亡吴伯越[36]，皆卿之功。方将与卿为五湖之游以偿子，幸勿怖也！"因索其衣装还之，令华旗牌驿送武林。

王翠翘常怏怏，以不得同明山死为恨。华旗牌请见，曰："予向日蒙君惠，业有以报。今督府行且赏君功，亦惟妾故。"拒不纳。因常自曰："予尝劝明山降，且劝之执陈东，谓可免东南之兵祸。予与明山亦可藉手保全首领，悠游太平。今至此，督府负予，予负明山哉！"尽弃弦管，不复为艳妆。

[1] 蹉跌（cuōdiē）：失足跌倒。这里指战败。
[2] 机括：亦作"机栝"。弩上发矢的机件。比喻治事的权柄或事物的关键。这里是转机、机会的意思。
[3] 款：交好。
[4] 中国：这里指明朝。
[5] 撺掇（cuānduo）：怂恿，劝诱别人做某事。
[6] 军伴：指士兵，随从。
[7] 赍（jī）：以礼物赠人。 手书：亲笔书信。
[8] 自拔：自己带着部下来归顺，也即主动投降的意思。拔，拔寨。把军营撤除。
[9] 重委：委以重任。
[10] 暾（jiáo）日：白日，明亮的太阳。
[11] 断无：肯定不会。
[12] 君其裁之：您自己决定吧。裁，决定。
[13] 资给：物资的供给。
[14] 曲部：当作"部曲"，军队的编制单位。
[15] 屯扎：驻守，驻扎。
[16] 互市：同外国和同周边各民族进行贸易，互通有无。
[17] 倘：如果。 恩台：对官员的尊称。 曲赐：格外开恩。 湔（jiān）除：洗刷。
[18] 许以：允许，答应。 洗涤：冲荡，清洗。引申为除去罪过、改恶从善。
[19] 空衔：虚衔，没有实权的职位。
[20] 屯牧：驻守。
[21] 部伍：即部曲行伍，泛指军队。
[22] 藩辅：捍卫，辅佐。
[23] 衔环：古代小说中记载，东汉杨宝救了一只黄雀，一天夜里有一黄衣童子以白环四枚相报，谓当使其子孙洁白，位登三事（古官名），有如此环。后杨宝的子孙后代果然显贵。后来就以"衔环"喻报恩。吐珠：据《淮南子·览冥训》"隋侯之珠"汉高诱注，隋侯见大蛇伤断，用药敷治，后蛇衔宝珠来报。后因以"吐珠"喻报恩。
[24] 方：正。
[25] 轻装缓带：意即不穿戴盔甲，不携带武器。
[26] 着（zhuó）：穿着。介胄（zhòu）：即甲胄、盔甲。

[27] 贷：宽免，饶恕。

[28] 戮（lù）力：齐心合力。

[29] 酋：本意为部落的首领。这里指盗贼的首领。 桀骜（jiéào）：性情凶悍倔强，傲慢不顺从。

[30] 弃小信成大功：故弃小的信义来成就大的功业。

[31] 反侧：心怀二意，反复无常。

[32] 相准：相抵消。

[33] 慢药：药性发作缓慢的毒药。

[34] 疏虞：疏忽，不提防。

[35] 熟寝：熟睡。

[36] 亡吴伯越：春秋时期吴国和越国争霸，越国派西施使美人计，终于迷惑了吴王夫差，最终实现了灭亡吴国，称霸当世的目的。伯，通"霸"。

**【原文】**

不半月，胡总制到杭，大宴将士。差人召翠翘，翠翘辞病。再召才到，憔悴之容可掬。这时三司官外，文人有徐文长[1]、沈嘉则[2]，武人彭宣慰九霄[3]。总制看各官对翠翘道："此则种蠡[4]，卿真西施也！"坐毕，大张鼓乐。翠翘悒郁不解[5]。半酣，总制叫翠翘到面前道："满堂宴笑，卿何向隅？全两浙生灵，卿功大矣！"因命文士作诗称其功。

徐文长即席赋诗曰：

仗钺为孙武[6]，安攘役女戎[7]。

管弦消介胄[8]，杯酒殪枭雄[9]。

歌奏平夷凯[10]，钗悬却敌弓。

当今青史上[11]，勇不数当熊[12]。

沈嘉则诗：

灰飞烟灭冷荒湾，伯越平湖一笑间[13]，

为问和戎汉公主[14]，阿谁生入玉门关？

胡梅林令翠翘诵之，曰："卿素以文名，何不和之？"翠翘亦援笔曰：

数载飘摇瀚海萍，不堪回盼泪痕零。

舞沉玉鉴腰无力[15]，笑倚银灯酒半醒。

凯奏已看欢士庶，故巢何处问郊坰[16]？

无心为觅平吴赏[17]，愿洗尘情理贝经[18]。

督府酣甚。因数令行酒，曰："卿才如此，故宜明山醉心。然失一明山矣，老奴不堪赎乎？"因遽拥之坐，逼之歌三诗。三司起避，席上哄乱。彭宣慰亦少年豪隽[19]，瞩目翠翘[20]，魂不自禁，亦起进诗曰：

转战城阴灭狡枭[21]，解鞍孤馆气犹骄[22]。

功成何必铭钟鼎[23]，愿向元戎借翠翘[24]。

督府已酩酊[25]，翠翘与诸官亦相继谢出[26]。次早，督府酒醒，殊悔昨之轻率[27]。因阅彭宣慰诗，曰："奴亦热中乎？吾何惜一姬，不收其死力。"因九霄入谢酒，且辞归。令取之。翠翘闻之不悦。

　　九霄则舣舟钱塘江岸[28]，以舆来迎。翠翘曰："姑少待[29]。"因市酒肴[30]，召徐文长、沈嘉则诸君。曰："翠翘幸脱鲸鲵巨波[31]，将作蛮夷之鬼[32]，故与诸君子诀[33]。"因相与轰饮，席半，自起行酒，曰："此会不可复得矣，妾当歌以为诸君侑觞[34]。"自弄琵琶，亢声歌曰：

　　　　妾本临淄良家子，娇痴少长深闺里。
　　　　红颜直将芙蕖叹，的的星眸傲秋水[35]。
　　　　十三短咏弄柔翰[36]，珠玑落纸何珊珊。
　　　　洞箫夜响纤月冷，朱弦晓奏秋风寒。
　　　　自矜应贮黄金屋[37]，不羡石家珠十斛[38]。
　　　　命轻逐父宦江南，一身飘泊如转舳。
　　　　倚门惭负妖冶姿，泪落青衫声漱漱。
　　　　雕笼幸得逃鹦鹉，轻轷远指青齐土。
　　　　干戈一夕满江关，执缚竟自羁囚伍。
　　　　龙潭倏成鸳鸯巢，海滨寄迹同浮泡。
　　　　从胡蔡琰岂所乐[39]，靡风且作孤生茅。
　　　　生灵涂炭良可恻，弢弓拟使烽烟熄。
　　　　封侯不比金日䃅[40]，诛降竟折双飞翼。
　　　　北望乡关那得归，征帆又向越江飞。
　　　　瘴雨蛮烟香骨碎，不堪愁绝减腰围。
　　　　依依旧恨萦难扫，五湖羞逐鸱夷老。
　　　　他时相忆不相亲，今日相逢且倾倒。
　　　　夜阑星影落清波，游魂应绕蓬莱岛。

歌竟欹歔[41]，众皆不怿[42]，罢酒。翠翘起，更丽服，登舆，呼一樽自随，抵舟，漏已下。

　　彭宣慰见其朱裳翠袖，珠络金缨，修眉淡拂，江上远山，凤眼斜流，波心澄碧；玉颜与皎月相映，真天上人；神狂欲死，遽起迎之，欲进合卺之觞[43]。翠翘曰："待我奠明山，次与君饮。"因取所随酒洒于江，悲歌曰：

　　　　星陨前营折羽旄，歌些江山一投醪[44]。
　　　　英魂岂逐狂澜逝，应作长风万里涛。

又：

　　　　红树苍山江上秋，孤蓬片月不胜愁。
　　　　鎩翎未许同遐举[45]，且向长江此日游。

歌竟,大呼曰:"明山,明山,我负尔!我负尔!失尔得此,何以生为!"因奋身投于江。

红颜冉冉信波流,义气蓬然薄斗牛[46]。
清夜寒江湛明月,冰心一片恰相俦。

彭宣慰急呼捞救,人已不知流在何处,大为惊悼,呈文督府,解维而去[47]。正是:

孤蓬只有鸳鸯梦,短渚谁寻鸾凤群。

督府阅申文,不觉泪下,道:"吾杀之,吾杀之。"命中军沿江打捞其尸。尸随潮而上,得于曹娥渡[48],面色如生。申报督府,曰:"娥死孝,翘死义,气固相应也。命葬于曹娥祠右。为文以祭之,曰:

嗟乎!翠翘,尔固天壤一奇女子也。冰玉为姿,则奇于色;云霞为藻,则奇于文;而调弦弄管,则奇于技。虽然,犹未奇也,奇莫奇于柔豺虎于衽席[49]。苏东南半壁之生灵[50],竖九重安攘之大烈[51],息郡国之转输[52],免羽檄之征扰[53]。奇功未酬,竟逐逝波不返耶?以寸舌屈敌,不必如夷光之蛊惑[54];以一死殉恩,不必如夷光之再逐鸱夷[55]。尔更奇于忠,奇于义,尔之声誉,即决海不能写其芳也。顾予之功,维尔之功,尔之死,实予之死。予能无怃然欤?聊荐尔觞,以将予忱,尔其享之[56]!

时徐文长有诗吊之曰:

弹铗江皋一放歌[57],哭君清泪惹衣罗。
功成走狗自宜死[58],谊重攀髯定不磨。
香韵远留江渚芷,冰心时映晚来波。
西风落日曹娥渡,应听珊珊动玉珂[59]。

沈嘉则有诗曰:

羞把明珰汉渚渚,却随片月落寒潮。
波沉红袖翻桃浪,魂返蓬山泣柳腰。
马鬣常新青草色,凤台难觅旧丰标。
穹碑未许曹瞒识[60],聊把新词续大招[61]。

又过月馀,华旗牌以功升把总[62]。渡曹娥江,梦中恍有召,疑为督府,及至,琼楼玉宇,瑶阶金殿,环以甲士。至门,二黄衣立于外,更二女官导之。金钿翠裳,容色绝世。引之登阶,见一殿入云,玳瑁作梁,珊瑚为栋,八窗玲珑,嵌以异宝,一帘半垂,缀双明珠。外列女官,皆介胄,执戈戟;殿内列女史,皆袍带,抱文牍。卷帘中坐一人,如妃主,侧绕以霓裳羽衣女流数十人;或捧剑印,或执如意,或秉拂尘,皆艳绝,真牡丹傲然,名花四环,俱可倾国。俄殿上传旨,曰:"旗牌识予耶?予以不负明山,自湛罗刹巨涛,上帝悯予烈,且嘉予有生全两浙功德,特授予忠烈仙媛,佐天妃主东海诸洋。胡公诛降,复致予死,上帝已夺其禄,命毙于狱,尔其识之[63]。"语讫[64],命送回。

梦觉身在蓬窗,寒江正潮,纤月方坠,正夜漏五鼓。因忆所梦,盖王翠翘仅以上帝封翠翘事泄于人。后胡卒以糜费军资被劾下狱死,言卒验云。

[1] 徐文长:即徐渭,初字文清,改字文长,明代文学家、书画家,山阴(今浙江绍兴)人。

[2] 沈嘉则:明代画家,鄞(今浙江宁波)人。

[3] 彭九霄:曾任明朝湖广永顺宣慰使,淫恶多狡计。

[4] 种蠡(lí):春秋时越国大夫文种和范蠡。

[5] 悒郁:忧郁。

[6] 仗钺(yuè):手持黄钺,表示将帅的权威。引申指统帅军队。 孙武:亦称"孙子"。春秋末期军事家。字长卿,齐国乐安(今山东惠民,一说博兴)人。曾以所著《兵法》十三篇见吴王,被吴王重用为将。与伍子胥一起共佐吴王实施破楚击越、尔后争夺中原之方略,使吴成为一隅之霸。其军事思想丰富而深邃,并具有朴素的唯物主义和辩证法因素,所著《孙子兵法》是中国军事学的奠基作。

[7] 安攘役女戎:意即全靠王翠翘平定了盗贼。安攘,平定战乱;女戎,意即巾帼英雄。

[8] 管弦:管乐器和弦乐器。泛指音乐。 介胄:铠甲和头盔。借指战争。 管弦消介胄:意即通过一次宴会就消解了一场战争。

[9] 杯酒殪(yì)枭雄:意即用一杯酒毒死了勇猛的敌军首领。殪,死。

[10] 平夷凯:消灭敌人的一曲凯歌。

[11] 青史:古代在竹片上记事,因称记载史迹的书为"青史"。

[12] 当熊:《汉书·外戚传下·冯昭仪》:"建昭中,上幸虎圈斗兽……熊佚出圈,攀槛欲上殿。左右贵人傅昭仪等皆惊走。冯婕妤直前当熊而立,左右格杀熊。上问:'人情惊惧,何故前当熊?'婕妤对曰:'猛兽得人而止,妾恐熊至御坐,故以身当之。'"后多以"当熊"为女性临危不惧,奋不顾身之典。

[13] 伯越平湖:西施为越国的称霸立了大功后,功成不受赏,与范蠡一起遨游五湖。这里是以西施来比王翠翘。伯,通"霸"。

[14] 和戎汉公主:王昭君为了匈奴和汉朝两国的和平而自愿出塞和亲。这里是以王昭君来比王翠翘。

[15] 舞沉玉鉴腰无力:因为长时间地歌舞欢乐致使身体劳累,连腰间佩带的玉饰都无力承受。

[16] 郊坰(jiōng):远离城市的郊野。

[17] 平吴赏:范蠡和西施为越国打败吴国而立了大功,越王许诺给他们以高官厚禄,可二人深知越王勾践心胸狭隘,只可共患难而不能共安乐,于是悄然离去,泛游五湖。这里借指王翠翘为平定乱贼而立了大功,同样不愿受赏。

[18] 愿选尘情理贝经:指远离尘世,出家念佛。贝经,贝叶经,佛经。

[19] 豪隽(jùn):同"豪俊"。指才智杰出的人。

[20] 瞩目:注视。

[21] 狡枭(xiāo):狡猾的敌首。

[22] 解鞍:指放下武器。 孤馆:孤独冷清的馆舍。

[23] 铭钟鼎:在钟和鼎上铸造铭文,纪念功德。

[24] 元戎:主将、统帅。

［25］酩酊（míngdǐng）：喝酒大醉的样子。

［26］谢出：辞谢而出。

［27］殊：很，非常。

［28］舣（yǐ）舟：停船靠岸。

［29］姑：姑且。　少待：稍微等待。

［30］市：买。

［31］鲸鲵（ní）：即鲸。雄曰鲸，雌曰鲵。经常用来比喻凶恶的敌人，此处指海盗。"幸脱鲸鲵巨波"，比喻侥幸逃脱贼寇之手。

［32］蛮夷：古代汉人对西南地区少数民族的蔑称。这里泛称江南一带地区。

［33］诀：永别，诀别。

［34］侑觞（yòushāng）：劝酒。

［35］的的星眸傲秋水：的的，光亮鲜明的样子；傲秋水，眼波比秋水还清澈澄明。

［36］柔翰：指毛笔。弄柔翰，即写作诗文。

［37］自矜（jīn）：自夸。黄金屋：即像汉武帝皇后阿娇那样住在金屋之中。这里用"金屋藏娇"之典。

［38］不羡石家珠十斛：晋朝的石崇非常富有，曾与贵戚王恺斗富，以蜡代薪，作锦步障五十里。王恺曾拿出晋武帝赏给他的一株高二尺多的世所罕有的珊瑚树与石崇比富，可不想石崇随手就打破了，然后叫家人拿出更多更高的举世无双的珊瑚树来，王恺看后怅然若失。这里是借以说明王翠翘不慕富贵。

［39］蔡琰（yǎn）：字文姬，东汉著名文士蔡邕之女。有才名，后来嫁匈奴左贤王为妻。居胡地十二年，作《悲愤诗》和《胡笳十八拍》等诗。

［40］金日磾（mìdī）：汉时匈奴休屠王太子，汉武帝时归汉，赐姓金，后封侯。

［41］竟：结束。　欷歔（xīxū）：叹息声，抽噎声。

［42］不怿（yì）：不快。

［43］合卺（jǐn）：古代结婚仪式之一。以一瓠分为二瓢称之为"卺"，成婚之礼上男女各执一瓢，以酒漱口。故后称结婚为合卺。

［44］投醪（láo）：醪，醇酒。《吕氏春秋·顺民》："越王苦会稽之耻……下养百姓以来其心，有甘脆，不足分，弗敢食，有酒，流之江，与民同之。"后因以"投醪"指与军民同甘苦。

［45］铩翎（shàlíng）：羽毛受到伤害，比喻失败。　遐举：指成仙。

［46］薄：迫近。　斗牛：二十八宿中的斗宿和牛宿。"义气蓬然薄斗牛"，形容正气浩然，上通于斗牛星宿间。

［47］维：缆绳。

［48］曹娥：东汉孝女，其父溺于江，曹娥沿江哭号数十日，最后投江而死。曹娥渡，即曹娥投江的渡口。

［49］衽席：卧席。引申为寝处之所。这里借指男女情欲之事。"柔豸虎于衽席"，指王翠翘凭借男女之事降服了徐明山。

［50］苏东南半壁之生灵：使东南一带的百姓得救。

［51］竖九重安攘之大烈：建立了与天齐高的平叛伟业。烈，功业。

［52］郡国：郡和国的并称。汉初，兼采封建及郡县之制，分天下为郡与国。郡直属中央，国分封诸王、侯，封王之国称王国，封侯之国称侯国。南北朝仍沿郡、国并置之制，至隋始废国存郡。后亦以"郡

国"泛指地方行政区划。 转输：运输。"息郡国之转输"，指免于运输军用物资。

[53] 免羽檄（xí）之征扰：指免于战争的破坏。

[54] 夷光：又称西施。春秋越国美女。蛊（gǔ）惑：毒害，迷惑。

[55] 鸱（chī）夷：春秋越国范蠡号为"鸱夷子皮"。夷光之再逐鸱夷：意即西施助越王勾践完成打败吴王夫差的任务之后，再次与范蠡团圆，双双泛游五湖。

[56] 聊荐尔觞，以将予忱，尔其享之：祭文写作的套语。意即姑且敬献上一杯酒，以表示我对你的一片诚心，你还是好好享用吧。

[57] 弹铗：弹击剑把。铗，剑把。江皋（gāo）：水边高地。

[58] 功成走狗自宜死：典出《韩非子·内储说下·六微》："狡兔尽则良犬烹，敌国灭则谋臣亡。"又《史记·越王勾践世家》载："范蠡遂去，自齐遗大夫种书曰：'飞鸟尽，良弓藏；狡兔死，走狗烹。'"后用以比喻事成之后，杀害有功之臣的行为。

[59] 玉珂：以贝壳装饰的马勒，摆动时发出悦耳的声响。

[60] 曹瞒：曹操小字阿瞒，因呼为曹瞒。裴启《语林》载，曹操不解曹娥碑阴蔡邕题字之意。蔡邕题字为"黄绢幼妇，外孙齑臼"，意为"绝妙好辞"。

[61] 大招：楚辞中的一篇，据说为屈原所作，为招魂之辞。

[62] 把总：总管，明清各地总兵属下。明驻守京师三大营、清京师巡捕五营皆设把总，为低级武官。

[63] 识：记住。

[64] 讫（qì）：完毕。

自从人类进入文明时代，男人就成为这个世界的主宰，所以"英雄"这个称号更多地属于男人，而女人却成为弱者的代名词。可是也有极个别的女子，有才有识，有胆有略，使男人们刮目相看，成为世人所崇敬的巾帼英雄。本篇小说所叙述的便是这样一个奇女子的故事。小说中主人公王翠翘有才有识、有胆有略、有情有义，给人留下了深刻的印象。不仅一般的闺阁女子难以比肩，就是小说中那些身居高位、手握重权的督府总制，也在她的映衬下显得品行卑劣、形象猥琐，不堪入目。小说尤其深刻地揭露了官府中贪污腐化、草菅人命、上下倾轧的黑暗现实，也在客观上暴露了盗贼产生的原因其实在于官府的罪恶和社会的逼迫。这对于了解明代社会现实具有深刻的认识价值，也对后人有一定的教育意义。在艺术上，故事情节曲折委婉，既出人意料，又扣人心弦；在人物形象塑造上，性格鲜明突出，形象栩栩如生，能给读者留下深刻的印象。本篇小说为清代小说《金云翘传》所本，其后，又对越南近代文学的发展产生了积极的影响。

（裴兴荣）

# 附　录

## 中国古代著名小说集简介

**《列仙传》** 2卷，作者刘向(前77—前6)，字子政，沛(今江苏沛县)人。西汉著名学者，《汉书》卷36有传。《列仙传》记成仙者七十馀人，为我国有作者可考的最早的志怪小说。旨在宣扬神仙道术，开神仙传记类小说之先河，后世不乏续作。

**《列异传》** 3卷，为我国较早的志怪小说集，所记多为汉以来的鬼神怪异之事。作者曹丕(187—226)，三国时著名文学家，字子桓，曹操次子，沛国谯(今安徽亳县)人。建安二十五年(220)代汉即位，为魏文帝，在位七年。其《燕歌行》是现存最早的最完整的七言诗。著有《典论》5卷，文集23卷，已散佚。明人辑有《魏文帝集》。

**《博物志》** 10卷，地理博物体志怪小说，今传本为后人辑录，分38类，记事323条，有人物、地理、动植物、神仙方术等。作者张华(232—300)，字茂先，西晋范阳方城(今河北固安南)人。历任中书令，散骑常侍，都督幽州诸军事。后被赵王伦和孙秀所杀。有文集《张司空集》。

**《搜神记》** 30卷，为魏晋南北朝志怪小说代表作，收故事464则。作者自称是为了证明神鬼为实有，但不少故事有积极意义，对后世影响很大。关汉卿、冯梦龙、鲁迅等人的作品都曾从《搜神记》中取材。作者干宝(？—336)，字令升，东晋新蔡(今属河南)人。勤学博览，并好阴阳术数。东晋初年官佐著作郎，领国史。后因家贫求补山阴令，迁始安太守。明帝以后历任司徒右长史，迁散骑常侍等官。另著有《晋纪》23卷(已佚)。

**《神仙传》** 10卷，记成仙者近百人。作者葛洪(283—363)，字稚川，晋丹阳句容(今属江苏)人。西晋末为伏波将军，东晋时隐居炼丹，自号抱朴子。《晋书》卷72有传。

**《西京杂记》** 6卷，138条。作者葛洪。内容多记轶事、掌故、风俗民情等。其中王昭君、卓文君、秋胡等篇有故事性，对后世有较大影响。

**《拾遗记》** 10卷，前九卷记上古至东晋的一些怪异之事，末卷记昆仑等八座仙山。作者王嘉(？—390？)，字子年，十六国时前秦陇西安阳(今甘肃渭源)人。系方士，初隐居于东阳谷，后居终南山，弟子数百人。符坚累征不起，后被姚苌所杀。

**《搜神后记》** 10卷。作者陶渊明(365—427)，一名潜，字元亮，或字渊明，世号靖节先生，浔阳柴桑(今江西九江)人。41岁时，任彭泽县令，仅八十馀日，辞官归隐。事述见《晋书》《宋书》《南史·隐逸传》《莲社高贤传》及萧统《陶渊明传》。有《陶渊明集》行世。《搜神后记》为作者晚年作品，为《搜神记》之续作。涉猎广泛，文词雅隽，可与前书比美。

**《世说新语》** 全书分36门，是记载汉魏至东晋的轶事传闻的集大成之作。文笔简练含蓄，耐人寻味，对后世笔记小说影响很大，后世仿书很多。有刘孝标注，征引古书395种，很有价值。作者刘义庆(403—444)，南朝宋文学家，彭城(今江苏徐州)人。宋宗室，袭封临川王，曾任南兖州刺史、都督加开府仪同三司。爱好文学，招纳文士。除《世说新语》外，还撰有《幽明录》《宣验记》等小说集。

**《幽明录》** 今佚。作者刘义庆。鲁迅《古小说钩沉》辑得265条。内容多为晋宋间士民僧俗的奇闻异事，真实感较强。文笔优美，描写生动。

《异苑》 10卷,382条,属杂俎类志怪小说,记事简略。作者刘敬叔,彭城(今江苏徐州市)人。史书无传,明人胡震亨"汇其事之散在史书者"为《刘敬叔传》。刘敬叔历仕晋、宋二朝。曾任南平国郎中令、征西长史、给事黄门郎。

《齐谐记》 7卷,志怪小说集。《隋书·经籍志》史部杂传类著录,题宋散骑侍郎东阳无疑撰。作者事迹不详,今人多以为晋末宋初人,成书亦在刘宋之初。本书佚于赵宋时期,《古小说钩沉》辑为一卷,15条。书中多记东阳郡(今浙江金华)事,作者可能为东阳人民。书名则当来自《庄子·逍遥游》:"齐谐者,志怪者也。"

《述异记》 今佚。《古小说钩沉》辑有90条。多叙吉凶征兆之事。作者祖冲之(429—500),字文远,范阳(今河北涞水县)人。南北朝数学家,以推算圆周率、编制《大明历》著称于自然科学史。历仕宋、齐两朝。

《冥祥记》 10卷,记因果报应,旨在宣扬佛法,文笔婉曲,描摹细密。成书于梁代初年。作者王琰(约454——?),太原(今山西太原市)人。曾仕齐三载,为太子舍人。后为梁吴兴令。另著有《宋春秋》20卷。

《续齐谐记》 1卷,17则,现已残缺不全,但文笔优美,其中《阳羡书生》篇,可见印度佛经之影响。作者吴均(469—520),字叔庠,南朝梁吴兴故鄣(今浙江安吉)人。诗文"清拔有古气",号称"吴均体"。另著有《齐春秋》30卷、《后汉书注》90卷等。

《殷芸小说》 10卷,今佚。今人周楞伽辑录163条。所记主要为正史不载的传闻,有历史名人故事、民俗传说、山川风物等,开后世野史笔记之先河。作者殷芸(471—529),字灌蔬,陈郡长平(今河南西华县)人。芸勤修学业,广读群书,知识渊博。梁武帝时任安右将军萧综长史,武帝常命他编此书。

《穷怪录》 今已大多佚缺,仅存10条,所记均为南北朝事。李建国先生认为"乃志怪特佳之作"。叙事委曲,描画宛然,文词清丽飘洒,大有唐传奇之笔意,显示出志怪向传奇演进之迹。作者可能为隋朝人。

《冤魂志》 3卷。虽为志怪小说,但多涉现实,揭露社会黑暗相当深刻。作者颜之推(约531—约591),字介,琅琊临沂(今山东临沂)人。《北齐书·文苑传》《北史》均有传。一生历仕梁、北齐、北周、隋四朝。另有《颜氏家训》20篇传世。《集灵记》20卷,今佚,《古小说钩沉》仅辑得1则。

《启颜录》笑话集,10卷,已散佚,后人辑得100余则。作者侯白,字君素,生卒年不详。魏郡临漳(今河北临漳县)人。举秀才,为儒林郎。隋文帝令于秘省省修国史。《隋书》卷58有传。另著有《旌异记》15卷,已散佚,《古小说钩沉》辑得10则。

《玄怪录》 10卷,今佚,后人仅辑得1卷。为较早的唐传奇专集。作者牛僧孺(779—847),字思黯,唐陇西狄道(今甘肃临洮县)人。贞元元年进士,在唐宪宗、穆宗、文宗、武宗和宣宗各朝历任显职。他少负才名,性喜志怪,《玄怪录》有意显扬虚构之述,文辞雅洁,盛行一时。后人仿作不少。

《续玄怪录》今传本为4卷,23篇,补遗6篇。为《玄怪录》的续书。所记多鬼神灵怪之事。作者李复言,唐文宗太和、开成年间人,其馀不详。此书反映了佛、道思想的流行。描摹细致,想象丰富。

《甘泽谣》 传奇小说集,今传本1卷,9篇。作者袁郊,字子仪(一作子乾),唐蔡州郎山(今河南汝南)人,官至虢州刺史。《红线》为其中名篇,对后世颇有影响。

《酉阳杂俎》 笔记小说集,前集20卷,续集10卷。分36类,内容十分广泛,集传奇、志怪、杂录、琐闻、考证于一炉,为杂俎类小说代表作。作者段成式(803—863),字柯古,唐临淄(今山东淄博东北)人。藏书丰富,学问博洽,深通佛经。另有传奇小说《庐陵官下记》,已残。

**《传奇》** 传奇小说集,今存31篇。"传奇"之名自此集始。集中多写神仙之事,反映道家出世思想。想象奇特、描写生动、文情缠绵。作者裴铏,字号、籍贯、生卒年均不详,大约活动在唐懿宗、僖宗年间(约860—880)。乾符五年(878)以御史大夫为成都节度副使。有《题文翁石室》诗传世。

**《三水小牍》** 笔记小说集。今本为上下两卷,附佚文14条。有仙灵怪异故事,也有晚唐社会动乱之实录。作者皇甫枚,字遵美,安定三水(今甘肃泾川北)人,生卒年不详。咸通末年,曾任汝州鲁山县令。光启年间,僖宗在梁州,召赴行在。

**《开元天宝遗事》** 笔记小说,159条。记唐玄宗时宫中琐闻杂事、风俗习尚,多采自民间传闻。作者王仁裕(880—956),字德辇,甘肃天水人。唐末为秦州节度判官,曾先后仕蜀、晋、汉,与和凝等以文章知名于五代。工诗文,通晓音律,尝集其平生所作诗万馀首,号《西江集》,今佚。

**《异闻集》** 传奇小说集,陈翰辑录。陈翰为晚唐人,僖宗时官至屯田员外郎。此集所收小说多为怪事异闻,叙述生动,描写细腻,富于幻想,文采斐然。《柳毅传》即收入此集。

**《太平广记》** 宋代以前古小说总集,500卷。宋朝李昉等奉敕编纂。其中的神怪故事所占比重最大。引事很广,分类很细,对校辑、研究古小说极有价值,对后世文学影响很大。

**《稽神录》** 志怪小说集,今本6卷,175条,拾遗13条,补遗47条。所记皆灵鬼怪异之事。篇幅简短,文笔粗疏。作者徐铉(916—991),字鼎臣,扬州广陵(今江苏扬州市)人,南唐翰林学士。随后主李煜入宋后,官至散骑常侍。曾同李昉一起编修《太平广记》。

**《江淮异人录》** 今本1卷。专记道流、侠客、术士,自南唐至宋共25人。情节完整、层次井然。作者吴淑(947—1002),字正仪,润州丹阳(今江苏丹阳)人。宋太宗时,曾官大理评事、职方员外郎等职。为著名学者,《太平御览》《太平广记》《文苑英华》的主要编纂人之一。另著有《事类赋》《秘阁闲谈》等。

**《青琐高议》** 传奇杂记小说集,有前后集各10卷,《青琐摭遗》(又名《青琐别集》)20卷(今存7卷)。采辑作品143篇,有所润色。作者刘斧,北宋时人,生卒年不详。大约生活于仁宗、神宗、哲宗时。

**《夷坚志》** 志怪小说集,原有420卷,今存206卷。除志怪外,尚杂有艺文、掌故、方言、民俗、医药等,十分庞杂,后人讥其冗滥。作者洪迈(1123—1202),字景卢,鄱阳(今江西汝阳县)人。官至端明殿学士。主要著作有《容斋随笔》五集等。

**《鬼董》** 5卷,志怪小说集,所记多涉鬼神幻惑之事。作者沈氏,其名已佚,生卒年无考,据有关书籍的零星记载,他为南宋孝、光二宗时的太学生,曾任盐官。

**《类说》** 笔记小说总集,60卷,南宋曾慥编辑。是从249种笔记小说集中选录而成。曾慥,字端伯,晋江(今属福建)人。

**《绿窗新话》** 笔记小说,2卷,154篇。南宋皇都风月主人编。内容主要为爱情故事、文人才女轶事及诗文等。后世戏曲、小说多从中取材。

**《续夷坚志》** 4卷,志怪小说集。虽名为洪迈《夷坚志》之续书,但质量超过前者。有对金末元初社会现实的真实反映,文笔也精美简练。作者元好问(1190—1257),字裕之,号遗山,太原秀容(今山西忻州市)人。著名诗人,金代史官,金亡后不仕。有《遗山集》《中州集》和《壬辰杂编》等。

**《仓相平话五种》** 图像和文字并出的讲史话本。元朝建安虞氏于治(1321—1323)年间刊刻。内容为:《武王伐纣书》《乐毅图齐七国春秋后集》《秦并六国》《前汉书续集》《三国志》五种。

每种分上、中、下3卷,共15卷。为研究宋元平话的重要文本。

**《京本通俗小说》** 话本选集,共9篇。 内容多系宋元话本(有的研究者认为系明人所写,或出于伪造),缪荃孙1915年将其中7篇收入《烟画东堂小品》。《碾玉观音》《错斩崔宁》为其中名篇。

**《说郛》** 收有文言小说的综合性丛书,100卷,元末明初陶宗仪编辑。陶宗仪,字九成,号南村,浙江黄岩人。《太平广记》之后问世的文言小说,多赖此书得以保存。

**《剪灯新话》** 明代第一部传奇小说集,4卷20篇。内容皆稀奇怪异之事,神怪色彩较浓。写爱情的篇章较为优秀,文笔清新,情节曲折,凄婉缠绵。对日本、朝鲜、越南的小说均有影响。作者瞿佑(1341—1427),字宗吉,浙江钱塘(今浙江杭州)人。元末明初诗人、传奇小说作家。著有《归田诗话》等。

**《剪灯馀话》** 承《剪灯新话》之作,4卷20篇,附1篇。取材于元末明初之事,多为政治、爱情故事。既有揭露社会黑暗的篇章,也有不少封建说教。描写细腻,语言流畅,文辞华美。作者李祯(1376—1452),字昌祺,江西庐陵(今江西吉安)人。明初诗人。永乐二年登进士第,选翰林院庶吉士,参与修纂《永乐大典》。博学善诗,卓有文誉,著有《容膝轩草》等。

**《觅灯因话》** 2卷8篇,为续《剪灯新话》之作。但内容与前者有所不同,多写奖善惩恶、表彰节义的故事,反映了明后期理学思想统治的影响。文字质朴,缺乏文采,情节简单,较少描绘,艺术成就不高。作者邵景詹,明万历时人。

**《燕居笔记》** 文言笔记小说。 明朝何大伦撰,杂记奇事美词,韵文散文兼收。其中收小说44种。

**《剑侠传》** 明朝王世贞编,4卷33篇。皆剑侠之事,是第一本剑侠小说汇编,对其后的武侠小说有积极影响。王世贞(1526—1590),字元美,号凤洲,太仓(今属江苏)人,官至刑部尚书。为明代后七子诗文领袖。

**《艳异编》** 40卷,文言小说集,明朝王世贞编辑,收小说352篇。 王世贞又有《续艳异编》19卷、《广艳异编》35卷。

**《九龠别集》** 文言小说集,44篇。作者宋懋澄,字幼清,号稚源,华亭(今上海)人。明万历四十年举人。其中《负情侬传》写杜十娘故事,对后世小说戏曲均有影响。

**《真珠船》** 笔记小说,8卷,明朝胡侍撰。胡侍,字奉之,号濛溪,宁夏人。

**《春泥莲花记》** 以妓女为题材的文言小说集,13卷。明朝梅鼎祚撰辑。梅鼎祚,字禹金,安徽宣城人。他还著有文言小说集《才鬼传》等。

**《六合内外琐言》** 明朝屠绅撰,20卷,165篇,杂记奇人、异物、神仙、精怪等。屠绅(1542—1605),字贤书,江苏江阴人。著作尚有文言长篇小说《蟫史》20卷及诗文集。

**《虞初志》** 志怪、传奇小说选集,8卷。 编者陆采,明中叶长洲(今江苏苏州)人,生卒年、字号不详。擅长戏曲,有传奇《明珠记》《南西厢》《怀香记》。汤显祖有《续虞初志》4卷。

**《清平山堂话本》** 又名《六十家小说》,原书分《雨窗》《长灯》《随航》《欹枕》《解闲》《醒梦》六集,每集分上下卷,每卷5篇,共计60篇,多宋元旧作,也有明人作品。原书散佚,现经各方搜集得29篇(其中两篇残缺)。作者洪楩,字子美,生卒年不详。明嘉靖时浙江钱塘(今浙江杭州)人,以祖荫仕至詹事府主簿。家中藏书颇富,刻书除《清平山堂话本》外,还有《唐诗纪事》《夷坚志》等。

**《喻世名言》** 原名《古今小说》,收小说40篇。 作者冯梦龙(1574—1646),字犹龙,江苏长洲(今江苏苏州)人。明代文学家,戏曲家,是"复社"成员之一,参加过抗清的宣传工作。一生著作丰富，约五十多种，涉及当时通俗文学的各个方面，他编辑整理的话本"三言"（《喻世名言》《警世通言》《醒世恒言》）充分体现了进步思想和艺术才华。

《警世通言》 收小说40篇。

《醒世恒言》 收小说40篇。

以上三种合称"三言"，共120篇。其中经过加工的宋元话本约占三分之一，明代拟话本占三分之二。是我国古代最早的白话短篇小说的总汇。题材广阔，形象生动，思想进步，艺术性很高。对后世小说戏曲有很大影响。

《情史》 冯梦龙编，24卷，870馀篇。根据历代笔记小说和其他著作中有关男女情爱的典故和故事选录编纂而成。

《拍案惊奇》 白话短篇小说集，分初刻、二刻两辑，收小说78篇。写古今奇闻异事，内容良莠不齐。较好的作品反映了明代后期朝廷的腐败以及海外贸易的发展，人物形神兼备，情节跌宕起伏，心理描写、细节刻画都相当细致真实，标志着晚明小说技巧的成熟。但总的来说，作者思想较落后，封建说教多，成就不如"三言"。作者凌濛初（1580—1644），字玄房，号初成，别号空观主人，浙江乌程（今浙江吴兴）人。崇祯初年授上海县丞，官至徐州通判，曾为扑灭李自成起义献《剿寇十策》。著有《国门集》及杂剧《虬髯翁》《北红拂》等。

《今古奇观》 40篇，是从"三言""二拍"中选辑的。选者为抱瓮老人，真实姓名无考。其选择标准为：劝善惩恶、情节新奇、可资谈助者。

《幻影》 又名《三刻拍案惊奇》，8卷30回，白话短篇小说集。明朝梦觉道人撰。

《熊龙峰四种小说》 明代万历年间刻书家熊龙峰刊印的短篇白话小说集。收小说四种：《苏长公章台柳传》《张生彩鸾灯传》《冯伯玉风月相思小说》《孔淑芳双鱼扇坠传》。

《古今说海》 明朝陆楫编，共选入唐宋至明各种笔记小说135种。陆楫，字思豫，上海人。此书对所选作品略有删节。

《虞初新志》 短篇小说集，20卷，清初张潮辑。张潮，字山来，号心斋，江西人，著有《幽梦影》《花鸟春秋》《心斋诗集》等。郑澎若有《虞初续志》12卷。

《聊斋志异》 12卷，近500篇。为我国古代成就最高的文言短篇小说集。在政治、科举、爱情婚姻等方面对封建统治者和封建礼教、科举制度进行了全面深刻的批判。其创作方法富有积极浪漫主义色彩，人物形象鲜明生动，个性突出。语言典雅精炼。对后世影响很大，仿作甚多。作者蒲松龄(1640—1715)，字留仙，一字剑臣，自号柳泉居士，世称聊斋先生，山东淄川（今山东淄博市）蒲家庄人。自幼聪颖，饱读诗书，19岁时第一次参加考试，便以县、府、道三个第一考取秀才。后由于科举接连告败，先后做幕僚和教书先生。71岁时援例入贡，成了一名贡生。蒲松龄一生著作甚丰，除《聊斋志异》外，尚有《日用俗字》《农桑经》等杂著，以及戏曲、俚曲、诗、文、词等多种。

《萤窗异草》 三编12卷，共收文言短篇小说138篇，作者署名为长白浩歌子。此书叙述的多是明末清初的见闻，文字隽爽，在诸多仿《聊斋》的作品中成就较高。今存申报馆本和《笔记小说大观》本。作者尹庆兰，字似村，乾隆时人。

《阅微草堂笔记》 笔记小说集，包括《滦阳消夏录》6卷，《如是我闻》4卷，《槐西杂录》4卷，《姑妄听之》4卷，《滦阳续录》6卷，各有单行本。合刻为《阅微草堂笔记五种》。全书崇尚质直，排斥想象，偏重议论，间杂考辨，叙述雍容淡雅，天趣盎然。作者纪昀（1724—1805），字晓岚，又字春帆，号观奕道人，直隶（今河北）沧州献县人。由编修、侍读学士累迁至礼部尚书、协办大学士，加封太子少保衔。著有《纪文达公遗集》，编选《史通削繁》等书。为《四库全书》总纂官，撰有《四库全书总目提要》《四库全书简明目录》。

**《子不语》(《新齐谐》)** 20卷,续10卷,志怪小说集。书名由《论语》中"子不语怪力乱神"而来,后更名为《新齐谐》。内容多为因果报应故事。文字不尚雕饰,据事直书。作者袁枚(1716—1797),字子才,号简斋,晚号随园老人,钱塘(今浙江杭州)人。乾隆四年(1739)进士,授翰林院庶吉士,后改放外任,亦多政声。而立之年即辞官告归,筑室随园于江宁(今南京)之小仓山,不复出仕。为清代著名的诗人和诗论家,著有《随园全集》等。

**《谐铎》** 12卷,122篇。《聊斋志异》仿作中的佳者,有所创新,多为讽刺小品。借鬼神精怪故事反映现实生活,批判官场腐败现象。对妇女的才能、品德、智力和反抗精神予以歌颂。但也流露出封建伦理观念和宗教迷信思想。艺术特点为追求谐趣,多用讽刺手法,人物形象具有象征意味。作者沈起凤(1741—?),字桐威,号红心词客,江苏吴县(今苏州)人。28岁中举,仕途不顺,以著书自娱。他多才多艺,诗文曲词名播天下,但一生穷困,以做幕僚、卖文维持生计。有文集一种,传奇四种,以及《红心词》等传世。

**《夜谭随录》** 12卷,141篇,志怪小说集。取材广泛,内容丰富。涉及少数民族风尚习俗,异域风光。所记事物名目繁多,罕见罕闻。艺术上模仿《聊斋》,有声有色,形象生动,但文笔稍粗。对社会弊端、人情浇薄有所揭露批判。作者和邦额,生卒年不详,字闲斋,号霁园主人,满族,乾隆年间人,曾任县令。青少年时代随父辈在西北和东南地区生活。著作今存者只有《夜谭随录》一种。

**《豆棚闲话》** 白话短篇小说集。以豆棚之下的闲谈为线索,贯串12个故事,结构精巧,别具一格。书中时露愤懑不平之气。作者艾衲居士,可能为明代遗民。

**《淞隐漫录》** 12卷,《聊斋》的仿书,多写妇女题材,反映当时的社会问题和作者的人生理想,还有一些描写海外风情的作品。善于刻画妇女形象,语言优美而自然。作者王韬(1828—1897),字仲弢,一字紫铨,号天南遁叟,江苏长洲(今江苏苏州)人。著有《弢园文录外编》《弢园尺牍》《蘅华馆诗录》及文言短篇小说集《遁窟谰言》《淞滨琐话》等。为我国最早的办报人。曾赴英、法、俄、日等国考察,有资产阶级民主思想。

**《夜雨秋灯录》** 文言小说集,115篇;《续录》115篇。揭露了晚清统治者的腐败和对人民的压迫,表现了平民爱情意识,生活气息较浓厚。是《聊斋》仿书中的优秀作品。作者宣鼎(1833?—1880?),字瘦梅,安徽天长县人。为人做幕宾十馀年,40岁后专心著述,著有《返魂香传奇》等。

**《客窗闲话》** 初集8卷,续集8卷。共收文言短篇小说百馀篇。主要写江南苏浙一带地方传闻及京都等名城的遗闻轶事。人物形象丰富,思想倾向进步。艺术结构追求奇巧,手法多用白描,语言清丽。作者吴炽昌,号芗厈,清浙江海宁人。仕途不得意,以幕僚终其一生。《客窗闲话》约成书于同治、光绪年间。

**《娱目醒心编》** 清代拟话本小说集,16卷,杜纲编辑。杜纲,字草亭,江苏昆山人。撰有《南北史演义》等。

**《无声戏合集》** 又名《连城璧》,为《无声戏》前后二集合刊本,白话短篇小说集,内编十二回,外编6卷。作者李渔(1611—1680),号笠翁,别号觉世稗官,浙江兰溪(今浙江金华市)人。他尚有小集《十二楼》,包括12篇小说。他的小说颇有新意。

**《唐人说荟》** 一名《唐代丛书》,小说丛书,十六集,166种。清代陈世熙辑。内容为唐人传奇和笔记小说,但有删节之处。

**《晚清文学丛钞·小说卷》** 共4卷,收录李宝嘉、陈天华等17位作家的22种小说。反映了晚清社会生活、政治斗争和思想启蒙运动。

图书在版编目（CIP）数据

话本小说选 / 李正民主编．焦中栋，裴兴荣注析．—太原：三晋出版社，2008.8（2024.5 重印）
（中国家庭基本藏书．戏曲小说卷）
ISBN 978-7-80598-819-1-01

Ⅰ．话… Ⅱ．①李…②焦…③裴… Ⅲ．话本小说—作品集—中国—古代 Ⅳ．I242.3

中国版本图书馆 CIP 数据核字（2008）第 135836 号

## 话本小说选

| | |
|---|---|
| 主　　编：李正民 | 注析者：焦中栋　裴兴荣 |
| 责任编辑：李永明 | 审订者：陈霞村 |
| 封面设计：敬人工作室 | 版式设计：敬人工作室 |
| 责任校对：李永明 | 责任印制：李佳音 |

出版发行　山西出版集团·三晋出版社
地　　址　太原市建设南路 21 号
电　　话　（0351）4956036（咨询）　　4922268（邮购）
传　　真　（0351）4922102
网　　址　www.sxskcb.com
邮　　编　030012

印刷装订：山西新华印业有限公司
（本书如有破损、缺页、装订错误，请与本社联系调换）

开　本：787mm×960mm　　1/16
字　数：278 千字
印　张：17
版　次：2008 年 8 月第 1 版
印　次：2024 年 5 月第 2 次印刷
书　号：ISBN 978-7-80598-819-1-01
定　价：65.50 元

版权所有，翻印必究。本书图文未经书面授权，不得以任何方式转载或公开发表。